Roland Adloff

Die Verschwörung von Monbijou

ROLAND ADLOFF, geboren 1956 bei Ratzeburg, ist in Bad Berleburg aufgewachsen, wo seine Eltern im Schloß beim Fürstenhaus zu Sayn-Wittgenstein angestellt waren. Er machte eine medizinische Ausbildung und erstellte medizinische Gutachten. Nebenher studierte er Politikwissenschaften. Nach 1990 war er als Referent in Brandenburg tätig und Autor kommunalpolitischer Studien. Heute arbeitet er als Schriftsteller und lebt mit seinen Kindern in Berlin. Bisher erschienen von ihm *Evens Buch* (1996), *Der Advocatus* (1999) und *Der Goldkocher* (2002).

Preußen 1712: Die russische Armee lagert in Mecklenburg, um die schwedische Blockade Stralsunds zu brechen. Indes kündigt Peter der Große seinen Besuch in Berlin an. Kein Wunder also, daß man in der preußischen Metropole alle Hebel in Bewegung setzt, um den gefürchteten Zaren gebührend zu empfangen – und mitsamt seiner Armee rasch wieder loszuwerden. Der Wunsch des Monarchen, mit großem Gefolge im Schloß Monbijou zu logieren, löst Panik aus. Für die Vorbereitungen hat der Kastellan des Anwesens zu sorgen, doch der wird hinterrücks überfallen und schwer verletzt. Als Stadtrichter Carl Freiherr von Velasko an das Bett des Fiebernden gerufen wird, faselt er Unverständliches. Nur so viel ist herauszuhören: Ein Attentat auf den Zaren soll in Vorbereitung sein. Die Zeit läuft gegen Velasko, doch er beginnt, die Pläne der Verschwörer zu durchschauen.

Roland Adloff

Die Verschwörung von Monbijou

Historischer Roman

aufbau taschenbuch
AUFBAU VERLAGSGRUPPE

ISBN 978-3-7466-2389-4

Aufbau Taschenbuch ist eine Marke der Aufbau Verlagsgruppe GmbH

1. Auflage 2007

Umschlaggestaltung Mediabureau Di Stefano, Berlin
unter Verwendung eines Fotos der Burstein Collection, Corbis
Druck und Binden CPI Moravia Books, Pohořelice
Printed in Germany

www.aufbau-taschenbuch.de

Es wird in diesem Reich alles mal ein Ende mit Schrecken nehmen, weil die Seufzer so vieler Menschen wider den Zaren zum Himmel steigen, und dem glimmenden Funken der in allen Menschen verborgenen Wut nichts als ein Wind und ein Anführer fehlt.

Friedrich Chr. Weber, Hannoverscher Gesandter,
St. Petersburg 1718

Prolog

Der Himmel blieb dunkel zugezogen an diesem nassen Novembertag des Jahres 1702. Bei Morgengrauen stahl sie sich aus einer Scheune davon und eilte durch die Wälder. Ein harter Wind peitschte den Regen unablässig auf sie herab. Seit Tagen regnete es, als sollte die Erde ersaufen. Blieb Elisabeth stehen, wurde der Modergeruch ihrer Kleider unerträglich. Die junge Frau hatte alles übereinandergezogen, was sie besaß, trotzdem war sie bis auf die Haut durchnäßt und fror. Ihre Füße waren geschwollen und schmerzten. Sie wollten Elisabeth nicht mehr tragen, aber sie lief, als wollte sie mit den Wolken Schritt halten.

Weiter, nur nicht zu spät kommen, trieb sie sich an und lief gegen die Kälte und die Angst. Sie war erschöpft und ganz außer Atem, als sie endlich die Anhöhe erreichte. Der Wind schlug ihr entgegen und fuhr ihr durch die Kleider, daß sie schauderte. Mit einer Hand hielt sie den Hut, mit der anderen ihren geschwollenen Leib.

Da war der Grenzstein, von dem Wasa-Ludwig gesprochen hatte. Nur noch ein paar Meilen bis Schloß Lützenburg, hatte er ihr gesagt, dann nochmals einen halben Tagesmarsch, und sie würden zusammen vor den Stadttoren Berlins stehen.

Elisabeth stellte sich hinter einen blattlosen Strauch und blickte die Anhöhe hinab. Da war auch die Herberge. Davor standen drei Kastanien, rechts ein Backhaus und seitlich eine Bretterscheune. Das mußte es sein. Alles wirkte trostlos und heruntergekommen.

»Du gehst da nicht allein rein«, hatte Wasa-Ludwig gesagt. »Ich warte am Grenzstein auf dich.« In Branntweinlaune war von Freunden die Rede gewesen, die helfen würden, und er wollte sich nach einem Zuhause und gutem Auskommen umsehen. Die Stadt wollte er ihr zeigen. Die Augen würden ihr übergehen. Er sprach von Schaubuden mit Tand und Flitterkram, einer Makkaroni-Garküche und Limonadenverkäufern. Sie hatte sich von seinen Erzählungen mitreißen lassen, obwohl sie nicht wußte, was Tand, Makkaroni und Limonade waren. Aber es mußten wunderbare Dinge sein, die in ihr neues Leben einziehen sollten.

Etwas abseits des Pfades war ein Felsvorsprung. Auch das stimmte. Sie verbarg sich darunter, drückte sich an den Felsen und suchte Schutz. Die kalten Finger schob sie sich unter die Achseln und schaukelte vor und zurück. Ab und an sah sie von ihrem Versteck zur Schenke hinunter, dann wieder ging sie auf die andere Seite der Anhöhe und schaute, ob er den Pfad entlangkam.

Die Wolken rasten dahin, der Himmel riß auf, und der Regen ließ nach. Elisabeth zitterte und atmete den Gestank ihrer Kleider, die sie seit Tagen auf dem Leib hatte. Dabei hatte sie doch immer auf sich gehalten und das gute Kleid geschont. Irgendwann einmal wollte sie einem gefallen. Einem ganz allein, dachte sie bitter, und dann fürchtete sie, daß Wasa-Ludwig nicht mehr kommen würde. Der Mistkerl hatte sie versetzt. Er hatte sein liebes Kindergesicht gemacht, und sie war darauf reingefallen. Sie hatte an ein neues Leben glauben wollen und war blind geworden. So einfach war das.

Im nächsten Augenblick versuchte sie den Gedanken zu verdrängen. Sie durfte so nicht denken, denn dann war es aus. Dann gab es keine Zukunft mehr. Schon sein Name: Wasa-Ludwig! Wenn er überhaupt so hieß. Wasa – was für ein merkwürdiger Hausname.

Einmal beobachtete sie, wie eine Frau aus der Herberge trat und hinüber zum Backhaus lief. Das mußte die Wirtin sein. Eine Hebamme hatte Wasa-Ludwig versprochen, eine ganz erfahrene. Nur daß der Wirt ein Halsabschneider und Grobian sei, der jeder Frau an den Speck ging.

Vielleicht war das Backhaus noch warm, überlegte sie. Auf jeden Fall war es dort trocken. Wenn er bis zum Dunkelwerden nicht kam, würde sie sich dort verkriechen. Da konnte er doch nichts gegen sagen! Nein, sie hätte sich nicht auf ihn einlassen sollen, nicht auf einen Soldaten. Sie hätte ganz auf ihr Gefühl hören sollen, daß der Kerl ein Aufschneider war. Schon sein Blick, mit dem er ihr in Spendierlaune von dem süßen Wein nachbestellt hatte, bis sie im Dusel gewesen war und ihr Mißtrauen vergessen hatte.

Aber endlich war da einer, der sie wollte. Wie die anderen Frauen dann auch beim Tanz nach seinem hübschen Gesicht geschaut hatten! Direkt stolz war sie auf ihre Eroberung gewesen, und alle Warnungen hatte sie in den Wind geschlagen. Sie hatte ihr Gefühl verloren, weil sie an eine Zukunft glauben wollte. Nur ein wenig Glück für ihr Leben, und jetzt zahlte sie den Preis für ihre Dummheit.

Plötzlich spürte Elisabeth, wie es warm zwischen ihren Beinen hinunterschoß. Sie faßte unter ihre Röcke, roch an ihrer Hand. Wasser, wunderte sie sich und versuchte, sich zu beruhigen. Etwas faulig, aber von Wasser hatte ihr keine der Frauen etwas gesagt. Aus dem Wandersack zog sie die Flasche, die sie für ihn mit Branntwein gefüllt hatte, und trank gegen die Kälte, die Angst, den Hunger und das Krampfen in ihrem Bauch, welches bald darauf nachließ. Lange würde es nicht mehr dauern mit der Leibesfrucht. Was sollte sie alleine mit einem Kind anfangen? Mit einem Bankert nahm sie doch niemand in Stellung, da blieb doch bloß der Strick.

Sie drückte sich gegen den Felsen und trank in kleinen Schlucken. Einmal sah sie Kinder den Pfad hochkommen. Auf der Anhöhe blieben sie stehen und blickten sich kurz um. Ein Kleiner zog etwas aus seiner Tasche, die anderen beugten sich darüber und steckten sich etwas in den Mund. Diebesgesindel, dachte Elisabeth. Die hatten was gestohlen. Wer nascht, der stiehlt auch, und der Kleine mit den Drahthaaren, der spielte den Räuberhauptmann. Vor Kleinen mußte man sich in acht nehmen, dachte sie. Mit einem Kleinen hatte sie mal Pech gehabt. Aber der Wasa-Ludwig war kein Kleiner, auch wenn er nicht besonders groß war. Er paßte richtig zu ihr. Eigentlich gaben sie ein schönes Paar ab.

Schon rannten die Kinder um die Wette zur Herberge hinunter. Sie hörte noch ihr Juchzen, als sie über einen Bach sprangen. Elisabeths Leib spannte sich wieder, wurde bretthart, und sie hatte Mühe, dagegen anzuatmen. Das Kind hatte lange nicht mehr gestrampelt. Wenn der Ludwig nicht kommt, dachte sie, dann will ich es nicht. Prüfend schaute sie durch das Glas der Flasche. Am liebsten hätte sie sich in einen Rausch gesoffen, aber sie wollte ihm nicht den Branntwein wegtrinken. Einen richtigen Rausch, dachte sie, viel brauchte sie ja nicht; und dann nicht wieder aufwachen.

Es mußte bald dunkel werden. Elisabeth wischte sich Regentropfen aus dem Gesicht und bemerkte dabei, daß ihr Unterkiefer vor Kälte zitterte. Über den Felsen ragte ein Ast. Aus den Bändern ihres Rucksacks konnte sie ein Seil zusammenknüpfen. Stellte sie sich auf den Felsen, dann konnte sie das Seil darüberwerfen und sich erhängen. Nur einen Schritt ins Leere, und sie war erlöst.

Einen Pulverkopf hatte der Ludwig sich selbst genannt, weil er bei den Soldaten die Kanonen stopfte. Ob er wirklich dem Heer entflohen war, wie er es versprochen hatte? Oder hatten sie ihn wieder eingefangen? Dann Gnade ihm Gott, da war die Obrigkeit gar nicht fein. Den Deserteuren schnitten sie jetzt Nase und Ohren ab, und dann hatte es sich ausgegrinst mit seinem Kindergesicht.

Der Gedanke gefiel Elisabeth nicht. Sie wollte, daß ihr Kind einen Vater hatte. Sie kauerte sich zusammen und rieb ihre Arme, um sich ein wenig Wärme zu geben, und dachte an das bißchen Glück, von dem sie geträumt hatte, und sie dachte wieder an den Ast über sich, zu dem sie nicht aufsehen wollte. Nachher riß das Seil, jetzt, wo sie mit der Leibesfrucht so schwer war. Sie brach sich noch die Beine und krepierte hier im Dreck.

Neulich hatte sie von einer Magd gehört, die das Kind gleich nach der Geburt gestückelt und unter den Schweinetreber gemengt hatte. Warum tat die so etwas? Der Gedanke wollte ihr nicht mehr aus dem Kopf. Ganz festgefressen hatte sich die Geschichte. Wie geistesirre soll die Magd im Kindbett gewesen sein. Es hieß, sie wollte damit die Obrigkeit herausfordern, aber das glaubte Elisabeth nicht. Manche mordeten, damit sie hingerichtet wurden und sich nicht selbst umbringen mußten. Denn sich selbst zu entleiben, hatte der Pfarrer gepredigt, war die größte Sünde gegen den Herrgott. Du gehörst nicht dir, mahnte der Pfarrer, sondern Gott, dem Allmächtigen. Mit Leib und Seele. Nur Gott richtete den Menschen und auf Erden in seinem Auftrag die Obrigkeit, aber der einzelne Mensch richtete sich nicht selbst. Es gab kein größeres Verbrechen, als sich selbst zu morden.

Aber Elisabeth glaubte nicht, daß die Magd beim Stückeln an den Herrgott und die Worte des Pastors gedacht hatte. Es mußte Haß auf das Kind gewesen sein, dachte sie, daß die Magd so etwas Widerliches getan hatte. Haß über das Elend, das der Bankert mit auf die Welt brachte. Bodenloser Haß, weil er das

Leben der Mutter zerstörte, ja, er zerstückelte das Leben der Mutter.

Elisabeth spürte Angst in sich hochkriechen. Es war wie ein hitziges Fieber. »Nein, nein, nein«, sagte sie vor sich hin. »Ich will so nicht denken. Ich will Ordnung in meinem Kopf.« Mit den Fäusten hieb sie sich an die Schläfen, hinter denen sie diese Gedanken verspürte.

Plötzlich hörte sie entferntes Pferdegestampfe. Als sie sich aufrichtete, taumelte sie von der Leere im Kopf und mußte sich am Felsen festhalten. Ein Reiter kam den Pfad hoch. Sie duckte sich und beobachtete den Mann, der immer näher kam – aber es war nicht Wasa-Ludwig. Sie hätte aufschreien können vor Verzweiflung. Ihr Leib krampfte jetzt so heftig und in drängenden Abständen, daß es sie in die Hocke zwang. Ihr Bauch wollte bersten. Da spürte sie, wie ein erneuter Schwall die Beine hinunterlief. Elisabeth lehnte sich zurück an den Felsen, faßte unter die Röcke ins Naß, roch und leckte daran. Blut. Panik überfiel sie. Sie blutete wie eine Abgestochene.

Sie trank einen Schluck Branntwein, noch einen, dann nahm sie ihren Hut ab, beugte sich vor und beobachtete den Mann, der näher kam. Er trug einen breitkrempigen Hut und mochte, soweit sie erkennen konnte, vielleicht zwanzig, vielleicht dreißig Jahre alt sein. Jemand, der etwas auf sich hielt, wie sie an Kleidung, Pferd und Zaumzeug sah. Er wartete, bis das Pferd stillstand, stieg ab und führte es dann weiter. So steif, wie er ging, mußte er schon einige Zeit unterwegs sein.

Kurz bevor er die Anhöhe erreichte, ließ er das Tier zurück. Gebeugt schlich er vor zu dem Gebüsch, hinter dem sie sich verborgen hatte, und spähte zur Herberge. Er ließ seinen Blick schweifen. Erschrocken zog Elisabeth den Kopf ein. Sie drückte sich an den Felsen, rutschte vorsichtig in die Hocke und zog ihr Messer aus dem Wandersack. Die Krämpfe wurden immer heftiger, der Schmerz war so stark, daß sie die Augen aufriß und aufschreien wollte. Verzweifelt stieß sie den Atem aus und hieb sich den Knauf des Messers gegen den Leib, doch der blieb hart. Nicht das Schwarze unterm Fingernagel gab sie auf das Wort des Pfarrers, aber jetzt in der Not wußte sie nichts anderes, und wie von selbst haspelte sie ein stilles Vaterunser vor sich hin und wartete.

Es krampfte noch härter. Herumdrehen sollte sie das Messer und zustechen, dann hätte es sich ausgekrampft. Sie stöhnte auf und hechelte gegen die Leibesfrucht. Die Klinge glitt ihr aus den Händen, sie preßte mit der einen den Rock gegen ihre Scham, mit der anderen hielt sie sich schützend den Leib. Schweiß perlte ihr von der Stirn. Sie wischte ihn weg, griff nach der Flasche und gierte den Rest Branntwein in sich hinein. Von Blut hatte ihr doch niemand etwas gesagt. Die Krämpfe wogten etwas ab.

Plötzlich hörte sie ein Knacken neben sich. Aufgeschreckt sah sie hoch. Der Fremde stand unvermittelt vor ihr. Ihre Augen trafen sich, aber sie hielt seinem Blick stand. Dann, blitzschnell, griff sie nach dem Messer, doch der Fremde sah ihre zuckende Hand, sprang vor und stieß es mit dem Fuß weg.

»Hast du geglaubt, ich hätte dich nicht gesehen«, fragte er.

»Hau ab!« zischte Elisabeth und sah gebannt auf das Messer.

»Ist da etwas nicht in Ordnung beim Wirt, daß du hier oben hockst?«

»Was weiß denn ich. War doch nicht dort.« Die Worte polterten ungewollt hart aus ihr heraus. Seit Tagen hatte sie nicht mehr mit einem Menschen gesprochen.

»Du holst dir den Tod hier oben. Komm mit in die Herberge. Ins Trockene. Und mit dem Kind im Leib!«

»Pack dich! Das geht dich nichts an. Ich geh doch mit keinem Fremden nicht mit, nie nicht.«

»Nie nicht?« Der Fremde lachte amüsiert, aber es klang nicht herablassend, sondern freundlich, als lachte er über ihre Redensart. »Unser Pferdeknecht hat das auch immer gesagt.« Er hob das Messer auf, steckte es in seinen Stiefelschaft und griff nach ihrem Bündel.

»Leg das wieder hin!« sagte Elisabeth. »Das sind meine Sachen. Und gib mir mein Messer zurück!«

»Komm schon, Mädchen. Es wird bald dunkel!« Er faßte sie beherzt unter einen Arm und zog sie hoch. »Mach dich nicht schwerer, als du bist! Den Tod holst du dir hier oben. Mein Gott, du blutest ja.«

»Laß mich los!« fuhr Elisabeth den Fremden an und drehte sich weg. Er roch nach Duftwasser, was sie weibisch fand, aber in der Stadt sollten auch Männer so etwas benutzen. »Der Wasa-Ludwig, der kommt jeden Augenblick. Wenn der sieht, daß du mich anfaßt, dann schlägt er dich zum Krüppel.«

»Dein Herr Wasa, der schlägt mich zum Krüppel, wenn ich dich hier verrecken lasse. Wie lange wartest du denn schon?« Er wies auf ihren Bauch.

Elisabeth blickte unter sich. Inzwischen war ihr alles gleichgültig. Sie hatte keine Kraft mehr, über sich zu bestimmen, und obwohl sie weiter argwöhnisch und ablehnend tat, war sie doch erleichtert, daß sich endlich jemand um sie kümmerte. Als sie sich umdrehte, legte der Fremde rasch aus Stöcken einen Pfeil, der hinunter zur Herberge wies.

»Jetzt wird er dich finden«, sagte er. Er schlug sich den Schmutz von den Händen und reichte ihr lächelnd das Messer. »Sei doch nicht so mißtrauisch! Velasko, ich heiße Velasko.« Einen Augenblick stockte er und schien zu überlegen. »Carl Velasko ist mein Name. Und wie heißt du?«

Elisabeth, sagte sie stumm für sich und mied seinen Blick. Die Elisabeth Rätzer bin ich. Aber das sagte sie keinem Fremden. Sie nahm das Messer und roch wieder das Duftwasser.

»Komm, die Herberge da unten hat nicht den besten Ruf. Bis dein Mann kommt, können wir gegenseitig auf uns achtgeben.«

Sie wollte ihren Rucksack schultern, aber der Fremde nahm ihn ihr ab. Willenlos stolperte sie hinter ihm her. Karl Velasko. Warum hatte er bei seinem Namen gestockt? Ob es nicht der richtige war? Ein Diebesname vielleicht? Von einem Viehknecht hatte er gesprochen, den er mal gehabt habe. Er kam also aus besserem Haus, das sah sie. Er war was Besseres. Auch wie er sprach und sich hielt. Ein Herr eben, ein richtiger Herr.

Karl, dachte sie und hielt mit den Händen ihren Bauch. Das klang eigentlich gar nicht weibisch. Karl. Ein schöner Name für einen Jungen.

1.

Zehn Jahre später, Berlin im November 1712.

Kirchengeläut lag über der Stadt, die Glocken von St. Marien und dem Dom dröhnten vereint gegen die der Kloster-Kirche und St. Nikolai an, und alle zusammen übertönten das klägliche Geläut von St. Petri. Jung und alt wurde von den Sonnenstrahlen überrascht und aus den Häusern gelockt. Die Königsstraße war voller Geschäftigkeit.

Es herrschte eine lebhafte Passage von Menschen und Fuhrwerken. Müßiggänger stellten sich in die Sonne und blickten den Frauen nach. In Eile zog ein Mädchen ihre plärrenden Geschwister zum Mittagessen. Aus Bauchläden wurden schöngemalte Liebesbriefe verkauft. Ein Limonadenhändler mit einem Kanister auf dem Rücken lockte mit Kaufrufen. An einer Straßenecke quietschte ein Krüppel auf einer Drehleier.

Allenthalben hörte man entfernte Dialekte und Sprachen. Mit Brennholz hochbeladene Kiepenträger bahnten sich den Weg. Ein Rattenfänger mit geschulterter Stange, an der tote Nager aufgereiht baumelten, warnte vor einem langen Winter und dem Verlust der Vorräte. Im *König von Preußen* und anderen guten Wirtshäusern, wo Hofleute verkehrten, hielten sich zahlreiche Agenten aus Sachsen, Schweden, Polen, Rußland, Hannover, Holstein, Dänemark und vielen anderen Ländern gegenseitig die Tür auf. Ein Viehjunge trieb mit Haselstrauchrute Schweine zum Schlachthof. Neuankömmlinge und Alte hielten die Geldbörsen festgepreßt in der Hosentasche. Wer vor sich hin träumte, wurde angeraunzt und geschubst. Nach einigem

Überlegen erstand ein Mädchen vom Lande von einem fliegenden Händler ein Stück Fleischpastete auf weißem Brot und versteckte die restlichen Münzen rasch in ihrem Mund. Ein Trinkbruder verfolgte kriecherisch die Passanten und bot seine letzte Jacke feil.

Die Stadt war dieser Tage in Aufruhr und bis in die hinterletzten Gassen überlaufen. Die Nachricht vom Besuch des Zaren lockte sie alle an. Überall standen Soldaten und visitierten Fuhrwerke. Mit Spießen wurde in Heuwagen gestoßen. Kutschen mußten anhalten, und Sänften wurde die Passage verwehrt. Auch die Kiepen der Marktleute wurden durchstöbert, besonders Passanten, die wegen ihres niederen Standes verdächtig waren, mußten Auskunft geben, ob sie brandenburgisch-preußische Untertanen waren, wo sie wohnten und von welcher Arbeit sie sich ernährten. Wer verdächtig erschien, wurde einkassiert oder vor dem Stadttor ausgesetzt.

Stadtrichter Carl Freiherr von Velasko genoß das aufgekratzte Treiben, durch das er sich gerne treiben ließ. Er sah seinem Schreiber Buchner nach, der stets in Eile wirkte, weil er vorgebeugt ging, als kämpfe er gegen Wind an. Buchner verbrachte seine Mittagspause immer in einer Garküche hinter dem Molkenmarkt. Heute war Kohlsuppentag. Wenn er über den Prozeßakten bleiben wolle, hatte Buchner in einer Höflichkeit gefragt, die Velasko aufhorchen ließ, dann könne er dem Herrn Stadtrichter eine Kelle Kohldampf mitbringen. Der *alte Blattscheißer*, wie Buchner unterderhand genannt wurde, hatte die Backen aufgeblasen und langsam ausgeatmet. Der Schreiber konnte richtig spaßig sein, wenn man ihm etwas nach dem Mund ging und ihn nicht mit Arbeiten bedrängte, die sofort zu erledigen waren. Er hatte seinen eigenen Rhythmus. Ließ man ihm aber nicht seine Eigenart, dann verweigerte er sich durch Verzögerung.

Velasko sah noch, wie Buchner mit flinken Hammelbeinen um die Ecke bog, da ging eine Frau in schönem Kleid auf der anderen Straßenseite und schlug seine Richtung ein. Sie war ihm schon öfter begegnet. Einmal hatte er sie überholt und ihre Augen gesucht, aber sie hatte nicht reagiert und durch ihn hindurchgesehen. Auch jetzt schien sie mit den Gedanken weit weg.

Eigentlich mußte er sich beeilen, Martha würde ihn sicher schon erwarten, und sie mochte es nicht, wenn er unpünktlich war, aber er wollte unbedingt das Gesicht der Frau sehen. Er sprang zwischen den Karren auf die andere Straßenseite und stellte sich so auf, als halte er Ausschau nach etwas. Als sie vorüberging, blickte sie an sich herab. Sie wirkte traurig. Ihre Nase hatte einen hohen Ansatz, der ihr Gesicht markant in die Länge zog. Ein Antlitz, das sich jedoch wohltuend einprägte und sehr schön sein mußte, wenn sie lachte. Zu gerne hätte er gesehen, ob sie auch schöne Zähne hatte. Er ließ sie vorgehen, dann folgte er in gehörigem Abstand.

Die Mittagspause bei Martha würde ihn aufmuntern. Schon seit Tagen war sie ganz aufgekratzt wegen des Empfangs in Monbijou, wohin sie mit ihrem Gatten zur Ankunft des Zaren geladen war. Inzwischen versuchte sich die Damenwelt in Gerüchten über Zar Peter I. zu übertrumpfen. Jede würde sich vordrängeln wollen, um ihn wie ein Wundertier zu begaffen.

Aber Velasko war mit den Gedanken noch bei der Magd Elisabeth, deren Aussagen er wieder und wieder studierte. Er scheute sich, die Akten zu schließen, und grübelte über ihre Schuld. Schloß er die Akten, dann durfte es keinen Zweifel mehr daran geben. Vielleicht konnte Martha ihm einen Rat erteilen. Sie, die hohe Dame von Stand, knobelte leidenschaftlich gern an den Fällen der niederen Leute: Diebstahl, Ehrverletzung und Betrug. Sie hatte Spaß an Tüfteleien und begeisterte sich für menschliche Abgründe, in die Velasko sie schauen ließ.

Oft wurde ihm schon beim Erzählen klar, wie ein Problem zu lösen war. Meist bekräftigte Martha seine Überlegungen, so daß er nicht mehr zögerte, die Akten zu schließen, aber manchmal wies sie ihn mit frischem Blick auf etwas hin, das dem Ganzen eine überraschende Wendung gab.

Die traurige Schöne ging die Königsstraße weiter. Martha wohnte rechter Hand in der feinen Heiliggeiststraße, die nicht für jedermann zugänglich war. Die Soldaten am Eingang wollten vor ihm zwei Männer nicht durchlassen. Die drohten in kaum verständlichem Pfälzer Dialekt mit Beschwerden. Erregte Worte schaukelten sich immer lauter hoch. Mißtrauisch wurde ein Soldat zu dem angegebenen Haus geschickt, ob man dort Personen mit den angegebenen Namen erwartete. Es würde etwas dauern.

Velasko fügte sich. Er drehte sich zur Sonne und sah zu, wie an einer Ecke ein Hund gelockt wurde: Ein Scharfrichterknecht hielt den Speck und schnalzte mit der Zunge, ein zweiter stand hinter der Ecke mit langer Astgabel zum Zustoßen bereit, und ein dritter hatte einen Prügel erhoben. Auf dem Schinderkarren lagen schon einige Hundekadaver.

Manchmal wunderte sich Velasko, wie eins die Menschen mit dem Leben waren. Der Scharfrichterknecht erschlug herrenlose Hunde, der Kiepenträger trug das Ofenholz, Söhne folgten selbstverständlich in das Handwerk ihrer Väter, Prinzen wurden zu Herrschern. Und er, Carl Freiherr von Velasko, was wurde aus ihm? Ihm kam es vor, als führte er ein Leben im Wartestand. Die Zeit verging über Halbheiten, kleinen Vergnügungen und Alltagsdingen. Er mußte dringend über sich nachdenken.

Plötzlich reckte sich neben ihm eine Bettelhand in die Höhe. »Einen Dreier gefälligst, der hohe Herr«, flüsterte es. Ehe er sich besonnen hatte, war schon ein Soldat zur Stelle.

»Nach Spandau mit dem!« rief der Wachmann einem anderen

zu und zog den Bettler grob weg. »Ins Arbeitshaus!« Die Stadt wurde in diesen Tagen leergefegt von Bettlern und streunenden Hunden. Zum Staatsbesuch sollte sich die Metropole ganz von ihrer glänzenden Seite zeigen. Auch die Gassenmeister waren angewiesen worden, für Reinheit in den Straßen zu sorgen.

Endlich kam er an die Reihe.

»Freiherr von Velasko«, stellte er sich dem Wachtposten vor.

»Und?« fragte der Soldat.

»Zum Palais des Fürsten von Lichtenau.«

Der Soldat salutierte bei der Nennung des hohen Namens. Ein Offizier machte ein Zeichen, daß Velasko ihm bekannt war. Er konnte ohne Begleitung passieren. Wenig später sprang er die Stufen zum Palais hoch und schlug den Klopfer. Der Diener führte ihn in den Salon. Ihre Durchlaucht die Fürstin würde sogleich erscheinen.

Im Eßraum war für vier Personen gedeckt, also war der Hausherr nicht anwesend, was Velasko angenehm beschwingte, aber er würde nicht mit Martha allein, sondern auch mit den Söhnen Sigismund und Sylvester speisen müssen. Er hatte gehofft, die Jungen wären mit dem Fürsten auf seinen ostelbischen Gütern und würden dort die Dienerschaft mit ihren Bösartigkeiten in Schweiß treiben.

Keine verlockende Aussicht, dachte er, mit ihnen bei Tisch zu sitzen, denn die beiden Prinzen waren so anmaßend und hochmütig wie ihr Vater. Zudem waren sie wie Katz und Maus und zeigten Velasko, da er lediglich Freiherr und unterster Richter war, unverhohlen die kalte Schulter. Einmal hatte er mitbekommen, wie der Fürst seinen Söhnen das Wort Gerichtsbüttel erklärte. Damit war natürlich Velasko gemeint.

Neugierig griff er nach Büchern, die Martha gerade las. Sie hielt immer einen Vorrat an Novitäten bereit. Meist las sie mehrere gleichzeitig. *Beschreibung der Stadt Algier, zu Wasser belagert von …* Der Bericht stammte von einem französischen Admiral, dessen Name ihm nichts sagte. Besonders liebte sie solche Reiseberichte, nach denen sie schon vor dem Aufstehen griff. Und sie war fasziniert von Schriften über große Männer wie Julius Cäsar. Es freute sie immer, wenn sie über ein Buch sprechen konnten, das sie beide begeisterte. Einige Male hatte sie ihn schon beschämt, wenn sie darauf hinwies, daß sich ein Autor bei den antiken Meistern bediente und letztlich von dem Werk nichts an eigener Idee blieb. Jemanden wie Epikur nannte sie einen originellen Kopf, der ohne das Zitat eines anderen ausgekommen wäre.

Velasko mochte es, wenn sie die Fäuste in die Hüften stemmte und ihn fragte, als wäre er verantwortlich zu machen: »Hat Epikur etwa gestohlen?« Sie konnte sich darin verbeißen, abgekupferte Zitate ausfindig zu machen und ein Literaturgericht über den Wert oder Unwert eines Buches abhalten. Sie verzieh keinen Schlendrian im Text. Manchmal dachte Velasko, daß Martha so verrückt las, weil sie ansonsten vom Leben enttäuscht war.

Bücher gaben ihr Halt. Sie wollte etwas über die Welt lernen und hing der Idee nach, daß sie mit richtigem Denken ihr Glück finden würde. Bücher halfen über die Langeweile zwischen den Banketten und Festlichkeiten. Sie zog Leben daraus. Dort fand sie Gefühle, die sie im Leben vermißte. Vielleicht war es das, was sie verband. Sie sehnten sich beide nach einem anderen Leben.

Velasko stutzte. Tatsächlich lag auf den Büchern eine neue Ausgabe des *Mercure galant*, des führenden Pariser Modejournals. Da hörte er von oben Marthas Stimme und horchte im Aufgang. Sie schimpfte in gefährlich spitzer Tonlage. Die Söhne, dachte Velasko. Diese verfluchten Söhne. Sie verdarben wieder alles.

Was waren all die Bücher gegen den *Mercure galant*! Nach den Abbildungen wurde bei den Damen der Manteaurock durch den Bouffanten gebauscht. Gut. Das war nicht neu, nur extremer in der hohen Ausstellung. Fiebrig blätterte er durch die Seiten. Hinten fand er Abbildungen über die aktuelle Männermode. Grundweg trugen alle Muff, was er ziemlich tragisch fand, da man hier in Berlin den Muff immer öfter sah. Sein Muff hatte ihn ein Vermögen gekostet, und nun drohte eine Inflation.

Bei einer Rückenfigur hielt er inne. Den Justaucorps trug man sehr körperbetont und mit einer Borte mit kleinen, in sehr kurzen Abständen hängenden Pompons als Verzierung der Achselband-Schluppen. Er fand den Trend recht ansprechend und überlegte, ob er die Abbildung seinem Schneider zeigen sollte. Aber der Geizkragen hätte ihn nur auf die fällige Rate angesprochen.

Oben schlug irgendwo eine Tür. Der Mohrenknabe Nanu, den die Söhne von ihrem Vater geschenkt bekommen hatten, wirbelte mit hingeworfenem Gruß an ihm vorbei. Nanu riß im Flur eine Truhe auf, wühlte darin herum, dann lief er weiter und verschwand hinter einer Kellertür. Marthas Stimme schraubte sich wieder hoch und drohte zu überschlagen. Velasko wollte ihr von dem Fall der Magd erzählen und ihren Rat hören, denn schließlich ging es um Leben und Tod, aber bei Tisch würde es wieder einmal nur um ihre unerzogenen Söhne gehen, und sie würde kein Ohr für den Fall haben. Mißmutig ging er in die obere Etage. Martha stand mitten im Musikzimmer ihrer Söhne und stemmte die Hände in die Hüften.

»Wo ist der Teppich?« sagte Martha unter gepreßter Beherrschung.

Mit erstaunten Engelsgesichtern erwiderten Sylvester und Sigismund den Blick ihrer Mutter und blieben stumm.

»Zum letzten Mal. Wo ist der Teppich?«

»Aber, Mutter, wenn ich es doch sage, daß ich es nicht war«, entgegnete Sylvester und drehte sich zu seinem Bruder, »dann war es doch jemand anderes.«

Velasko klopfte an die offene Tür, und Martha drehte sich zu ihm um. Sie war im Zorn aufgelöst und gleichzeitig betörend schön in dem rotsamtenen Kleid, das sie für den Empfang des Zaren hatte anfertigen lassen. Ihr Dekolleté war provokant ausgeschnitten. Ihre Haare waren so gesteckt, daß Locken den Nacken umspielten und ihr langer, schlanker Hals um so graziler wirkte. Vor Jahren hatte er ihr – eher beiläufig – gestanden, daß er diese Frisur mit den Liebeslocken an ihr besonders mochte. Seitdem erfand sie immer neue Variationen, die Haare zu stecken. Gesicht und Hals waren blaß gepudert, sie hatte die doppelte Perlenkette umgelegt, die er gerne an ihr sah. Obwohl sie flachbrüstig war, ja knabenhaft und knöchern, und es eigentlich nichts zu sehen gab, mußte Velasko sich zwingen, nicht auf ihr Dekolleté zu starren.

»Sie haben den Gebetsteppich gestohlen«, sagte Martha.

»Was für einen Teppich?«

»Von Nanu«, sagte sie und hielt sich die Hände ratlos vor das Gesicht. »Er braucht ihn doch zum Beten.«

Der Mohrenknabe betete also auf einem Teppich. Velasko hatte von dem religiösen Brauch gelesen.

»Ich bin sicher, daß es die Jungen waren«, sagte Martha.

»Also ich war es jedenfalls nicht«, sagte Sigismund und schubste den älteren Bruder wie bei einer Rauferei, bei der aus Spaß schnell bitterer Ernst werden konnte. Sofort schnellte Sylvester in Gegenwehr vor und stieß den Bruder zurück.

»Laßt das!« schrie Martha und sah hilfesuchend zu Velasko. »Das ist nicht zum Herumjuxen! Ich laß euch durchprügeln, wenn ihr nicht aufhört.«

Die Prinzen blickten unbeeindruckt. Die Drohung war ausgeleiert. Velasko zögerte, sich einzumischen. Die ignoranten

Blicke der Sprößlinge sagten, daß er ihnen gegenüber zu schweigen hatte. Ganze Welten lagen zwischen ihren gesellschaftlichen Rängen. Sie waren erst zwölf und dreizehn Jahre alt, aber alles, was er sagte, würde an ihnen abprallen. Jedes Wort würde sein Verhältnis zu Marthas Söhnen nur noch verschlechtern. Die einzige Autorität, die diese verhätschelten Ungeheuer anerkannten, war die ihres Vaters. Velasko fiel der Hofprediger Hammerstedt ein, der unlängst seine Söhne, deren er mit Predigten nicht mehr Herr wurde, eine Woche lang in das Kerkerloch im Stadtgericht hatte stecken lassen. Die Strafe sollte dann auch einige Zeit vorgehalten haben.

Martha forderte ihn stumm auf, etwas zu sagen, und wartete. Mit Hofprediger Hammerstedt durfte er Martha nicht kommen, da besaß sie überhaupt keinen Humor, und bevor Velasko etwas Ausweichendes einfiel, trat Sylvester einen Schritt vor. Er stellte das rechte Bein seitlich, als wartete er auf den Einsatz zum Menuett.

»Also Frau Mutter, wenn wir es nicht waren«, sagte Sylvester, »wie wir das von Anfang an gesagt haben, dann muß es doch Nanu selbst gewesen sein.«

»Genau«, sagte Sigismund und machte seine erstaunten Kulleraugen, als habe er eine Entdeckung gemacht. »Oder die Diener, aber warum sollten die so etwas machen? Ich glaub auch, daß es Nanu war. Er ist manchmal richtig komisch, daß ich nicht weiß, was er wieder hat.«

»Jetzt seid ihr auch noch unverschämt«, entgegnete Martha. Einen Augenblick blieb ihr der Mund offenstehen, und ihre Lippen gingen leer. »Womit habe ich diese Söhne verdient? Ich begreif es nicht. Carl, ich frage dich, sind das meine Söhne? Was hab ich alles für die beiden hingegeben und dann so etwas. Ich begreife es nicht. Komm, laß uns gehen! Ihr beide bleibt unter Arrest.«

Martha schloß die Tür zum Kinderzimmer und ließ sich im Flur auf ein Sofa fallen. Mit geschlossenen Augen lehnte sie sich zurück und atmete tief. Die Gesichtszüge waren ihr entglitten, ihre Hände lagen kraftlos mit den Innenflächen nach oben auf den Oberschenkeln. Ihr gepreßter Mund zuckte nervös.

Velasko blickte auf sie hinunter und fand sie in diesem Augenblick so begehrenswert wie früher einmal, aber er zögerte, sich neben sie zu setzen und den Arm um sie zu legen oder wenigstens ihre Hand zu fassen. Martha würde dann mehr suchen, und er wollte den Abstand zu ihr halten und nichts wieder aufleben lassen, was ihr Hoffnung geben konnte. Der Gedanke, die Kontrolle zu verlieren, machte ihm Angst. Es wäre ihm wie ein weiterer Verrat an Laetitia vorgekommen, mit der er diese bodenlose Innigkeit erlebt hatte.

Er sehnte sich nach neuem Lebensglück mit einer Frau und Kindern, aber diese Sehnsucht hatte nichts mit Martha zu tun. Er verstand nicht, weshalb sie das nicht begreifen wollte. Mit den Jahren hätte sie doch sein reserviertes Verhalten und seine Andeutungen verstehen müssen, aber ihm war, als würde er gegen den Wind sprechen. Sie mußte doch spüren, daß es vergeblich war. Sie hatten diese Affäre miteinander gehabt, und er wußte, daß er sie nie würde lieben können. Er fürchtete Halbheiten.

Unbeholfen und verloren stand er vor ihr. Unter dem Puder sah er das Gesicht einer Frau, die sich nach Liebesschwüren und Leidenschaft sehnte. Er sah die Mutter, die mit ihren Söhnen überfordert war und nur noch darauf hoffte, daß ihr Gatte auf seine Güter fuhr; er sah die höfische Modezarin, die ihre Verlassenheit mit Würde und Haltung zu überspielen verstand, und die Freundin, die gereizten Stimmungen unterlag und ihm starrsinnig widersprach; die sich schön für ihn machte. Martha, die immer noch auf ihn zu warten schien, während er alte Wunden leckte.

Oben auf dem Dachboden fiel etwas um, dann stolperten irgendwo Schritte.

»Du hast mir doch von dieser Magd erzählt«, sagte Martha plötzlich. Sie öffnete die Augen und lächelte ihn verlegen an. Sie gewann wieder die Kontrolle über sich. Mit herabgezogenen Mundwinkeln bekam ihr Mund etwas Herrisches und Dekadentes, was ihr ausgezeichnet stand. »Wenn du mich fragst, ist die Magd unschuldig. Ich glaub, man hat sie reingelegt. Ganz böse sogar. Wie hieß sie noch?«

»Elisabeth Rätzer. Wie kommst du darauf?«

»Ein Gefühl, aber damit kannst du als Mann natürlich nicht viel anfangen.« Martha fegte zart mit den Fingerspitzen, als wollte sie schlechte Gedanken verjagen. »Ich glaub nicht, daß sie so dumm ist, wie du sie mir geschildert hast.«

»Manche Menschen sind unfaßbar dumm.«

»Aber nicht diese Magd. Nein, man wollte sie loswerden. Ich weiß nicht.« Sie reichte ihm die Hand, damit er ihr hochhalf. »Laß uns in den Salon gehen. Ich schau dir beim Essen zu, und du erzählst mir alles noch einmal.«

Martha hakte sich bei ihm unter und suchte mit der Stirn Trost an seinem Arm. Ihr Atem roch frisch nach Apfel, ein Hauch sauer und sehr anziehend. Der Geruch eines langen Liebesspiels. Velasko hörte, wie hinter ihnen die Tür zum Kinderzimmer geöffnet wurde. Als er sich umblickte, ermordeten ihn die giftspritzenden Blicke von Marthas Söhnen. Mit Sicherheit hatten sie an der Tür gelauscht.

Er erschrak, als er die beiden Gesichter so nah beieinander sah. Die Brüder hatten kaum Ähnlichkeit miteinander. Sigismund hatte schon als Säugling die kantige Kopfform seines Vaters gehabt, aber Sylvester wurde Velasko in der schlaksigen Figur und den Gesichtszügen immer ähnlicher. Die Ähnlichkeit war kaum noch zu leugnen. Er hatte die gleichen tiefbraunen

Augen und bekam sein dunkles, lockiges Haar und an den äußeren Enden leicht gehobene Augenbrauen, was etwas angenehm Distanziertes an sich hatte. Eigentlich war er ein hübscher Bursche. Die Frauen würden ihn einmal mögen.

Um keinen Vergleich herauszufordern, dachte Velasko, sollte er künftig nicht mehr direkt neben Sylvester stehen.

Als sie die Treppe hinuntergingen, beugte Martha sich etwas vor. Die Perlenkette löste sich von ihrem Dekolleté und schlenkerte etwas. Das Reiben der Perlen erinnerte ihn angenehm. Damals hatte sie auch diese Perlen getragen.

Nur Perlen auf ihrer Haut.

2.

Der Kastellan eilte durch die Gassen und spürte, wie ihm die Angst auf die Blase drückte. Bis nach Hause würde er es nicht schaffen. Seit er sich einer Quecksilberkur unterzog, mußte er ständig pissen. Einen ganzen Gottesdienst hielt er gar nicht mehr durch. Zwischen zwei Schaubuden für Flitterkram und Galanteriewaren fand er einen Durchgang zum Ufer der Spree. Es mußte eine Stelle sein, an der morgens die Koteimer der Herrschaften ausgeleert wurden, denn nach einigen Schritten war der Gestank abscheulich.

Die ersten Tropfen mahnten schon. Er beugte sich zur Seite, damit er unter dem Bauch sein Gemächt halten konnte. Gegen den Gestank hielt er den Atem flach und wartete auf die Tropfen. Der Harn schoß ab wie Worte eines Stotterers. Und es brannte höllisch. Die verfluchten Ärzte und Apotheker hatten ihn krank gemacht. War da tatsächlich jemand hinter ihm?

Eilig richtete der Kastellan seine Kleidung und hastete weiter. In der Dunkelheit mußte er auf Bretter achten, die über den Gossen fehlten oder dort gedankenlos hingeworfen waren. Er überlegte, ob er den Weg vorbei an der Domkirche nehmen sollte, dann aber entschied er sich für die belebtere Route über die Jungfernbrücke.

Dort standen noch vier, fünf Huren in weiten Abständen zueinander. Wohin er auch schaute, lungerten abgespielte Geigen, die ihn anekelten. Da wartete nichts Frisches mehr. Er ging bis ans Ende der Brücke und spähte ins Dunkel, und wo er auch hinsah, überall warteten nur abgelebte Gestalten.

Normalerweise hätte er vielleicht jemand mitgenommen. Einen knackigen Abgeiler. Zu zweit war man sicherer, und auch jetzt hatte er Lust, sich zu rächen für die Mißachtung, für die Verlogenheit und seine Einsamkeit. Für die Enttäuschungen und Demütigungen, die er nicht vergessen wollte und die unter die Haut gingen, bis sie in schuppenden Gesichtsflecken aufbrachen.

Aber wehe wenn der Weinkeller in Schloß Monbijou zu bestücken war, dachte er zornig. Dann kannten die Artigkeiten keine Grenzen, und die Herren Hoflieferanten krochen ihm in den Arsch, bis man die Fußspitzen nicht mehr sehen konnte. Ging es jedoch um ein abendliches Vergnügen mit Kartenspiel und vielleicht auch etwas Musik, dann vergaß man ihn. Sie wollten ihn nicht dabeihaben. Immer nur ging es um Geld, Geld und nochmals Geld. Es gab Tage wie diesen, da trieb es ihn geradezu, möglichst vielen die Syphilis anzuhängen. Ganz egal wem. Sie sollten alle das erbärmliche Harnstottern kriegen und in die Wäsche pissen. Jeder Tropfen sollte brennen, daß sie aufschrien.

Er mußte einen Augenblick verschnaufen und stellte sich, als wollte er auf das Wasser der Spree sehen. Wind drückte von hinten gegen seinen Körper, so daß die Locken seiner Perücke kitzelten. Der Haarpuder stäubte und reizte seine Nase. Er griff sich in den Rücken, zupfte am Hemd, kreiste mit den

Schultern und versuchte, den angeklatschten Stoff vom Rücken zu lösen.

Warum schwitzte er nur so? War es die Angst oder hatten sie ihm etwas in die Arznei gemischt? Der Arzt hatte ihm angeraten, sich vor Erhitzung zu hüten und nur mäßig zu bewegen. Dieser Klugscheißer sagte das bei jeder Erkrankung. Und die Fenster sollte er geschlossen halten, um sich an reiner Zimmerluft zu erfreuen. Für diese Plattheiten, dachte er empört, brauchte man doch keinen Arzt. Da konnte er auch seinen Schuster fragen. Und er sollte sich tunlichst aller Leidenschaften enthalten, schon wegen der französischen Lustseuche. Aber da hatte sich der Herr Medicus getäuscht.

Er zog den Mantel enger um den Hals. Nur keine Erkältung. Und dann hatte ihn der Arzt vor Übermaß der Speisen und Getränke gewarnt, er sollte stets wollenes Beinzeug unter den Seidenstrümpfen tragen. Ging es nach dem Quacksalber, sollte er ein Leben ganz für dessen Geldbeutel führen; und für den Apotheker, mit dem er unter einer Decke steckte. Diesen Kropfgeschwüren sollte man das Handwerk legen. Seit dem Tag, als der Arzt ins Haus gekommen war, fühlte er sich elend und hatte dieses brennende Harnstottern.

War da doch jemand? Der Kastellan spähte ins Dunkel und zwang sich langsam durchzuatmen. Er stützte sich auf den Gehstock und reckte sich über das Geländer. Auf der Spree schäumten kleine Wellen gegen die Brückenpfeiler. Wenn er nur wüßte, was in Schloß Monbijou vor sich ging. Da wuchs sich etwas aus, das spürte er. Sie hatten ihn reingelegt.

Plötzlich überkam ihn ein anderer Gedanke. Vor ein paar Tagen hatte sein Wachhund morgens steif vor der Tür gelegen. Hatten sie ihm den Bullenbeißer etwa vergiftet? Der hatte noch längst nicht das Alter erreicht und war von kräftiger Natur gewesen. Er mußte sich sofort wieder einen kräftigen Hund zulegen, dachte der Kastellan, und damit den Pöbel auf Abstand halten. Mit dem Bullenbeißer an seiner Seite hatte ihn noch keiner um einen Dreier angebettelt. Da drückte sich jedermann an die Hauswand oder wechselte gleich die Straßenseite. Gerade heute abend vermißte er seinen Hund. Mit dem hatte er keine Umwege machen müssen.

War da nun jemand? Nein, eine Hure hatte irgendwo ihr Wasser gelassen. Er mußte sich zusammennehmen und durfte sich nicht irre machen. In ein paar Wochen würde er nach Karlsbad zur Wasserkur reisen, und das ganze Monbijou konnte ihn mal kreuzweise.

Weiter jetzt. Er sah sich um, aber er konnte niemand entdecken, der verdächtig erschien. Unwillkürlich wurden seine Schritte größer. Er hätte doch nicht alleine gehen sollen, dachte er, und lief jetzt schneller. Als er endlich vor seiner Gasse stand, spähte er erst um die Ecke. Im Dunkel meinte er die tote Katze zu erkennen, die seit Tagen an einem Dreckhaufen lag und Ratten anlockte. Den Gassenmeister hatte er schon geschlagene dreimal angemahnt, daß er den Nachbarn ihren Dreck in den Hausflur warf, aber nichts war passiert.

Plötzlich hörte er hinter sich ein kratzendes, schleifendes Geräusch. Verdammt, sein Gefühl hatte ihn also doch nicht getrogen. Da, ein Luftzug und angestrengtes Atemholen. Da war jemand in seinem Nacken, er spürte, wie der einen Augenblick innehielt und Kraft sammelte. Er wußte nicht, ob es mehrere waren. Der Kastellan zog den Kopf ein, duckte sich und faßte den Gehstock nach. Ein Schlag streifte seinen Kopf und traf mit Wucht seine Schulter. Er schrie auf, mehr vor Schreck, als wegen des Schmerzes. Der Gehstock geriet ihm zwischen die Beine, und er strauchelte.

Vom Schlag taumelte er einige Schritte vornüber, dann fing er sich. Plötzlich huschte vor ihm ein undeutlicher Schatten.

Waren es mehrere? Alles geschah rasend schnell, und er spürte, daß es aufs Ganze ging. Er stand noch gebeugt und tarierte sein Gewicht aus. Mit der Rechten faßte er den Gehstock, die Linke hielt er schützend vor das Gesicht. Aus seiner gebeugten Haltung zog er auf Verdacht von unten ins Dunkel und legte dabei all seine Wut in den Schlag, die ganze Verbitterung und seinen bodenlosen Haß auf alle Ärzte und Apotheker, auf die korrupten Hoflieferanten und die Zugehfrau, die Marktgeld zurückhielt, wenn er nicht aufpaßte. In den Schlag legte er all seine Wut und Verachtung auf die Menschheit. Er spürte, wie der Stock auf einen Körper prallte. Ein unterdrückter Schrei aus einer Männerkehle.

»Nicht mit mir!« schrie der Kastellan. Kampfeswütig schlug er nach. Der Knauf des Gehstocks, den er nach dem Kopf des Bullenbeißers hatte anfertigen lassen, drosch auf einen Körper. Er erkannte es an dem knackenden Geräusch unmittelbar gefolgt von einem gurgelnden Schmerzlaut. Den hab ich erwischt, schoß es ihm durch den Kopf. Den mach ich fertig. Und jetzt den anderen.

Da traf ihn etwas mit spitzer Wucht an der Brust. Der Stoß kam aus anderer Richtung und überraschte ihn. In seiner Brusttasche trug er den Geldbeutel, den der Hoflieferant mit Münzen prall gefüllt hatte. Der Geldbeutel fing den Stoß ab und platzte. Mit der Hand griff der Kastellan ins Leere und taumelte zurück. Er stolperte über etwas, trat auf ein Brett, das über einer Gosse lag, es federte und wollte nachgeben. Er fing sich, aber da rutschte das Brett weg. Er ruderte mit den Armen und fiel hinterrücks in den Straßenkot.

Er war überwach und völlig klar in seinen Gedanken. Für den Bruchteil einer Sekunde stand die Zeit still. Sein Gefühl hatte ihn nicht getrogen. Der Kerl war ihm also doch gefolgt. Der Kastellan sah sich, wie er noch vor einer halben Stunde am Tor des Hoflieferanten gestanden hatte. Einige Fuhrwagen waren von einem Bankett zurückgekommen. Leere Fässer und Körbe wurden abgeladen und eilig in die Wirtschaftsgebäude getragen. Gehetzt liefen Knechte und Mägde hin und her und beluden einen anderen Wagen für ein Nachtmahl, das irgendwo ausgerichtet wurde. Ein Oberaufseher kontrollierte den Inhalt der Kisten und Körbe; er rief etwas zu einem Kutscher, der mit anderen zusammenstand und beim Tragen einer Pyramide für Obst und Leckereien anfassen sollte.

Der Kastellan hatte schon weitergehen wollen, als er aus dem Augenwinkel bemerkte, daß der Hoflieferant Kaulitz ihn von oben aus seinem Bureau beobachtete. Wegen der saftigen Provision würde der ihm den Tod wünschen. Der Kastellan stand noch etwas am Tor und ließ den Hoflieferanten schmoren. Er faßte nach dem Geldbeutel in seiner Brusttasche und sah in den Hof, da drehte sich der Kutscher um.

Der Kastellan war zusammengezuckt und hatte seinen Augen nicht getraut. Zunächst war er nicht sicher gewesen. Was hatte der Kerl hier beim Hoflieferanten zu suchen? Was ging da vor? Der Kerl blickte in seine Richtung und beugte sich vor, als würde er selbst seinen Augen nicht trauen. Ihre Blicke trafen sich, der Kerl hob die Hand, als wollte er Ruhe gebieten. Abrupt hatte der Kastellan sich umgedreht und war davongeeilt. In dem Augenblick hatte er gewußt, daß sie ihn hereingelegt hatten.

Nun aber lag er wehrlos auf dem Boden. Seine Hand suchte nach dem Gehstock. Er spürte das Blut heftig in seinem Kopf pulsen. Eine plötzliche Klarheit überkam ihn, wie selten in seinem Leben. Er hätte sich nicht auf die heikle Sache einlassen sollen. Das also sollte das Ende sein? Erschlagen in seiner Gasse? Die nächsten Sekunden entschieden über Tod oder Leben, aber so einfach gab er das Leben nicht her. Nicht er, der

Kastellan von Monbijou, der Herrscher über ein Heer von Hoflieferanten und Bediensteten. Der Gehstock, wo war der Gehstock? Mit einem Ruck warf er sich zur Seite.

Seine Hand krallte in den Straßenkot.

3.

Der Wind schlug gegen das Fenster und drückte es auf. Auf der Ablage darunter flatterten einige Blätter hoch und segelten dann zu Boden. Von der Straße hörte er das »Hoh Hooh!« eines Kutschers. Nach der Mittagszeit standen unten vor der Stadtwaage die Fuhrwerke immer in einer Schlange. Ein Pferd wieherte, man lachte dreckig über einen Witz.

Carl Freiherr von Velasko stand hinter dem Richterpult und wartete. Gerichtsschreiber Buchner schloß das Fenster, der Straßenlärm war nur noch dumpf zu hören. Buchner legte die Blätter zurück, dann war es wieder still. Vom Vorübergehen Buchners blieb ein Geruch nach angebrannten Kohlblättern. Der Geizhals ernährte sich wohl nur von billigen Suppen.

Velasko schob die schriftlich festgehaltenen Aussagen der Magd Elisabeth zur Seite und musterte sie. Was ging in dieser trotzigen Gestalt vor? Zu gerne hätte er in ihren Kopf gesehen. Die Magd war schon jung verbraucht und als Frau nie zur Blüte gelangt. Ihr Gesicht war vorgealtert. Sie wirkte auf ihn wie ein Mensch ohne Träume, aber etwas trotzte in ihr. Sie wollte ihr Leben. Velasko konnte die Fragen wieder und wieder stellen, aber er sah ihrem entschlossenen Mund an, daß sie ihre Aussage beteuern und damit die Tortur herausfordern würde. Ihm graute bei der Vorstellung, ihre Verstocktheit brechen zu müssen.

Dabei lag der Fall offen zutage. Jeder Richterkollege am Stadtgericht hätte sich über die augenfällige Beweislage gefreut und nur noch versucht, die Gerichtsgebühren hochzutreiben. Die Aussage der Dienstmagd stand gegen die Aussagen ihrer Herrin Johanne Merck, die einen einwandfreien Leumund hatte, sowie die der Geldwechslerin Anna Heckwolf, bei der die Magd eine der gestohlenen Gedenkmünzen, welche zur Königskrönung geprägt worden waren, hatte eintauschen wollen.

Velasko zweifelte jedoch an der Schuld der Magd, und Martha hatte ihn bestärkt: Die Schuld sei zu offensichtlich. Gab es so etwas? Wollte er nicht an ihre Schuld glauben, weil sich alles so nahtlos fügte? Laut nachdenken durfte er darüber hier im Stadtgericht allerdings nicht. Über die Reaktion der Kollegen und des Vorgesetzten von Kalkstein, der auf eine rasche Abarbeitung der Fälle drängte, hatte er nicht den geringsten Zweifel. Bei so einem Argument würde ihm hier jeder eine Nase drehen.

»Elisabeth Rätzer, wenn du nicht gestehst, dann kommst du auf die Tortur«, sagte Velasko. »Man verlangt auf jeden Fall dein Geständnis, sonst kann man dich nicht richten. Verstehst du?«

»Ja. Nein.«

»Was denn jetzt?«

»Ich weiß doch nicht.«

»Auch wenn wir wissen, daß du schuldig bist, wir brauchen dein Geständnis, sonst müßten wir dich wieder freilassen. So sieht es die Gerichtsordnung vor. Aber bei den Aussagen gegen dich kann dich niemand freigeben. Man wird dich foltern, bis du gestehst. Wenn notwendig durch alle Grade.«

»Das übersteh ich nicht«, flüsterte die Magd. »Der Scharfrichter braucht mir nur die Geräte zeigen, dann sag ich alles, was der Herr Richter will.«

»Rede doch lauter, damit der Gerichtsschreiber dich versteht!«

Sie holte Atem und hob die Tonlage. »Ich sag, daß ich in der Marterstube alles gestehe, was der Herr Richter hören will.«

Velasko brauchte nicht zu seinem Schreiber zu sehen, um zu wissen, daß dieser jetzt für sich nickte. Der hatte längst einen Schlußstrich unter das Leben der Magd gezogen und hakte die Liste der Abschriften für die Juristische Fakultät der Universität Halle ab, bei der das Urteil des Spruchkollegiums eingeholt werden sollte. Wenigstens die Versendung an die Fakultät in Halle, wo mit dem Rechtsgelehrten Professor Thomasius ein frischer Wind wehte, hatte Velasko an höherer Stelle durchsetzten können, aber auch von dort konnte es am Urteil keinen Zweifel geben. Die Indizien waren erdrückend und ließen keinen anderen Schluß zu, als bei Verweigerung des Geständnisses die Tortur bis zum letzten Grad zu empfehlen.

Der Gelehrte schrieb mit seiner ganzen Autorität gegen die Anwendung der Tortur im Strafverfahren an. In mutigen Schriften forderte Thomasius Verstand und Menschlichkeit und sorgte im Justizwesen für Empörung, da er die Barbarei der Richter geißelte und gegen sie polemisierte. Besonders über ihre Unfähigkeit und Bestechlichkeit, aber auch ein Reformer wie Thomasius mußte bei einem Verfahren wie diesem die Gerichtsordnung anerkennen, wie sie nun einmal bestand, ansonsten würde seine Fakultät keine Aufträge mehr zur Urteilsfindung bekommen.

Velasko traf ein ermahnender Blick. Schreiber Buchner hatte die Kordel zum Verschnüren des Aktenbündels schon parat und zog an den Enden, um die Festigkeit zu prüfen. Der Siegellack lag neben der Kerze. Auf dem Anschreiben fehlte nur noch die Unterschrift des ermittelnden Richters. Das Schicksal der Magd lag in den Seiten, die vom Lesen Eselsohren bekommen hatten. Er sah, wie Buchner die fortlaufenden Numerierungen und Haken auf seiner Liste kontrollierte und an den Blättern herumbog.

Buchner drängte es nach Hause. Er hatte angekündigt, daß er heute noch Holz für den Winter bekäme. Eine Gelegenheit, wie er sagte. Gutes Buchenholz, durchgetrocknet und ofenfertig geschlagen. Ob Velasko auch welches brauchte? Natürlich brauchte er noch Winterholz, aber er hatte bei dem Wort *Gelegenheit* gezuckt und schroff abgelehnt. Er hoffte inständig, daß Buchners *Gelegenheit* nicht im Zusammenhang mit irgendeinem Verfahren stand, in dem jemand eine Auskunft außer der Reihe begehrte, oder Akten aus dem Archiv entliehen wurden und unauffindbar blieben. Derartige *Gelegenheiten* standen am Stadtgericht hoch in Kurs. Alle schienen ihre *Gelegenheiten* zu haben.

Velasko stieg von dem Podest, das die Vorgeladenen zu den Gerichtsherren aufschauen ließ, und ging zu seinem Lieblingsplatz am Fenster. Er war ratlos. Keinesfalls wollte er die Magd in die Marterstube begleiten müssen. Was konnte er noch tun?

Sein Mund wurde trocken, und er spürte Panik in sich aufsteigen. Bislang hatte er es ein Mal nicht geschafft, die Tortur abzuwenden. Damals hatte er nicht kneifen und wie die Schöffen nebenan im Ratskeller die Münzen, die es zusätzlich für den Aufwand gab, vertrinken wollen. Der Delinquent war schuldig gewesen, da hatte auch Velasko keinen Zweifel gehabt, aber der Mann hatte erst beim letzten Grad gestanden.

Für Velasko blieb es eine erschütternde Niederlage, daß er die Tortur nicht hatte abwenden können. Er hatte versagt. Die Bilder des Gemarterten, seine viehischen Schreie und gurgelnden Laute, das Knacken der Gelenke, der Gestank der Ausscheidungen verfolgten ihn und prägten sich in sein Gedächtnis. Vielleicht hätte er auch in den Ratskeller flüchten sollen, aber das wäre ihm feige und verlogen vorgekommen. Es wäre nicht mannhaft gewesen, und schließlich wußte er, was er verantwortete. Auf keinen Fall hatte er den Scharfrichter mit dem Delinquenten alleine lassen wollen. Zu oft geschah es, daß jemand bei den letzten Graden starb.

Die Tortur hatte ihn damals in seinem Innersten erschüttert. Meist überkam es ihn nachts. Die Regelmäßigkeit wunderte ihn immer. Er konnte darauf warten. Meist um zwei Uhr und fünfundvierzig Minuten. Er hörte Laetitia atmen, zitterte innerlich. Eine Angst vor den Menschen überkam ihn, wie er sie vorher nicht gekannt hatte. Sein Vertrauen in die Welt war erschüttert. Voller Wut schlug er sich durch den Tag. Jedes Lachen auf der Straße erzürnte ihn. Er erschrak vor seinen Gedanken. Bedrängte ihn jemand auch nur beiläufig, verspürte er Lust zu schlagen. Er kannte diese körperliche Wut nicht an sich. Tagelang hatte er nicht richtig sprechen können, hatte völlig falsche Worte gewählt und mit den Silben gerungen, die ihm im Hals steckenblieben.

Er hatte auch den Trost von Laetitia nicht gewollt, denn dann hätte er sich erklären müssen, und er ahnte, daß ihr Trost an der Oberfläche bleiben und ihn nicht erreichen würde. Es konnte doch keinen Trost geben. Ihn schreckte der Gedanke an seichtes Dahergerede, denn was schon konnte jemand darüber sagen, der nicht dabeigewesen war? Laetitia hatte sich einmal mit einer wegwerfenden Bemerkung gewehrt, und er hatte sich bezwingen müssen, nicht die Hand gegen sie zu heben. Das war der Tiefpunkt gewesen. Er hatte sich nicht mehr mit sich ausgekannt.

Die Dielen knarrten unter Velaskos Schritten. Von der Seite musterte er die Magd und suchte in ihrem Gesicht. Ihr Aussehen war schlicht; der Kopf rundlich, der Mund nichtssagend, die Wangen etwas dicklich. Ein Alltagsgesicht, aber nicht unfreundlich. Ihre Hände waren das Zupacken gewohnt, an Hüfte und Schultern war sie nicht übermäßig stark. Eine junge Frau also, die einem keinen steifen Hals machte – zumindest nicht bei jemand mit verfeinertem Geschmack.

Aber ihr Blick war nicht der einer Diebin. Darin lagen vielmehr Hoffnung auf ein bißchen Glück und Trotz. Und sie war, dachte Velasko in Erinnerung an Marthas Worte, ganz bestimmt nicht dumm. Sein Gefühl diktierte ihm, daß der Fall viel zu glattpoliert war. Mehr als dieses vage Gefühl hatte er nicht. Oder wollte er eine offensichtliche Schuld nur deshalb nicht anerkennen, weil er Furcht vor dem hatte, was er in der Marterstube sehen und hören würde? Weil er ihre Ausscheidungen nicht riechen wollte? Sträubte er sich, weil er nicht zusehen wollte, wie sie danach für den Galgen gesund gepflegt wurde und schließlich am Strick ihr Leben auszuckte?

Inzwischen hatte Buchner die Schreibfeder beiseite gelegt. Er drückte die Protokolle mit beiden Händen flach, räusperte sich so laut, daß Velasko es hören mußte, und begann unter dem Pult einen Apfel zu schälen.

»Und im Kerker?« fragte Velasko. »Schlägt man dich auf Biergeld?«

»Man schlägt halt nach«, sagte die Magd und blähte ihre Wangen, als sei dies das geringste Problem. »Man muß sich halt gütlich stellen. Aber die Folterbank, die überleb ich nicht. Da sag ich alles, was der Herr Richter will.«

Das sagte die Magd fast nach jeder Antwort. Ihr *ceterum censeo*, mit dem sie auf die Unsinnigkeit der Folter hinwies und ihn auch noch in Verantwortung nahm. In ihrem Trotz war sie nicht ungeschickt und traf den Kern. Thomasius schrieb zur Widersinnigkeit der Folter knapp: Die Tortur täuscht die Wahrheit. Dem gab es eigentlich nichts hinzuzufügen.

Velasko zögerte seine letzten Worte hinaus. Inzwischen kannte er schon alle knarrenden Stellen der Dielung. Das Knarren fiel ihm immer auf, wenn er überlegte und mit sich haderte. Wie oft schon hatte er sich gefragt, was er in diesem Stadtgericht verloren hatte. Das ausgediente Mobiliar, die schmuddeligen Wände mit dem bröckelnden Putz. Die Mäuseköttel, die

Buchner achtlos zum Ofendreck fegte. Am Fenster die eingestaubten Spinnweben. Dort mußte es schon seit Jahrzehnten hineingeregnet haben, denn die Dielen waren gräulich verfärbt und die Bretter an den Rändern so gewellt, daß Mäuse hindurchflüchten konnten.

Was wollte er in diesem Drecksloch? Warum mühte er sich mit Buchner ab, der nicht über den Tellerrand seiner Kohlsuppe hinaus dachte, und kämpfte gegen dessen Launen. Dabei nährte ihn das Richteramt noch nicht einmal standesgemäß. Bei manchen Fällen hatte er sogar zugesetzt, weil er sich nicht auf das Gebührenschinden hatte verlegen wollen. Inzwischen war die Mitgift von Laetitia abgelebt, und es drängte, dem Vater einen Bettelbrief auf das Erbe zu schreiben.

Nach dem plötzlichen Tod von Laetitia hatte er sich in der Richterstube verloren. Das war der Einschnitt in seinem Leben gewesen, der alles veränderte und von dem er sich bis heute nicht mehr erholt hatte. Dabei kannte er den Tod. Er hatte bei Sterbenden am Bett gesessen, bei seinem Großvater und bei Kindern der Familie, aber der Tod von Laetitia war etwas anderes gewesen. Ein Stück von seinem eigenen Leben ging mit ihr ins Grab. Vielleicht, weil ihn ihre Schönheit zu Überheblichkeit verleitet hatte. Er brachte ihre lebendige Schönheit einfach nicht in Verbindung mit dem Tod und Zerfall.

Die Stellung am Stadtgericht war zunächst als Provisorium gedacht gewesen, jedenfalls hatten sie beide daran glauben wollen, aber nach ihrem Tod war die Stellung beständig geworden. Anfangs war er wie taub, er funktionierte nach Reaktion und Gewohnheit. Ihn trafen sogar besorgte Blicke der anderen Richter, die einige Zeit auf kollegiale Bosheiten verzichteten. Man sprach ihn leise an, als wollte man ihn nicht stören. Er spürte selbst, wie sein Körper in Schmerz und Selbstaufgabe zusammensackte, und schaffte es immer nur kurz, sich aufzurichten.

Damit Velasko nicht alleine über Akten hatte sitzen müssen, war Buchner unter wechselndem Vorwand länger im Bureau geblieben. Dabei wußte er gar nicht, was er las, und konnte geraume Zeit auf das gleiche Blatt stieren. Wachte er auf, dann ging er zum Fenster. Er legte die Hand auf die Scheibe und schaute hinaus. Irgendwann war ihm das Knarren der Dielen aufgefallen, das Buchner über Stunden hatte ertragen müssen, und er hatte sich wieder ans Richterpult gestellt.

Er besaß kein Muster mehr für sein Leben. Der Frühling kam, da war Grün, es blühte in Rot, Blau, in den schönsten Farben, aber er sah nichts davon. Für ihn blieb alles grau. In seiner Erinnerung wuchs Laetitia über sich hinaus, sie wurde unerreichbar in ihrer Schönheit. Eine Göttin der Liebe.

Er war dankbar für die Arbeit am Stadtgericht, über der der härteste Schmerz verging, und obwohl die Zeit an ihm nagte und oft unerträglich stillzustehen schien, verging sie doch so rasch, daß er in wachen Augenblicken aufschreckte. Er fühlte selbst, wie sein Leben hier in der Richterstube versickerte, und es war ihm manchmal bewußt, daß er sich belog und seine Träume nur rückwärtsgewandte Gespinste waren. Er huldigte einer Erinnerung und richtete sich in einer Vergangenheit ein, wie sie nie gewesen war.

Das war das eine. Er war aber auch aus Stolz in dieser Richterstube geblieben und trotzte den Anfeindungen. Ein Freiherr von Velasko ließ sich nicht wie ein Schuljunge wegschubsen. Stoisch betrat er jeden Morgen das Stadtgericht, weil man am Hofe damit gerechnet hatte, daß er die Degradierung jetzt nicht mehr ertragen und nach Hinterpommern auf das elterliche Gut verschwinden würde. Sie wollten ihn ganz weghaben. Er trotzte, und das war vielleicht der Fehler eines jungen Mannes gewesen.

Er saß noch immer in diesem Bureau und hielt Gericht über Betrüger, Brot- und Marktdiebe, Kofferschneider und Nachbarn in Verleumdung. Er bestrafte unerlaubte Bettelei und richtete über menschlichen Abschaum der untersten Kategorie. Er stand Auge in Auge mit Gewichtsfälschern, Haupträubern, Meineidern, Raufbolden, Beleidigern, Totschlägern und Giftlerinnen.

Auch jetzt entschied er wieder über das Schicksal eines Menschen. Ein Wink genügte, und Buchner würde den Zuchtknecht hereinholen und die Magd in den Kerker bringen lassen. Es hatte etwas Lächerliches, denn zwischen dem Tod oder Leben der Magd lag lediglich die Geste eines römischen Gebieters.

»Du bleibst also bei der Aussage«, fragte Velasko, »daß deine Herrin dich mit Münzen zur Wechselstube geschickt hat.«

»Ja, Herr Richter«, sagte die Magd mit ernster Bestimmtheit. »Das ist die Wahrheit. Die Frau Merck, die meine Herrin ist, die hatte sich hessische Albus andrehen lassen. Auf dem Markt hatte sie die Albus dann nicht wieder losbekommen. Die waren ganz ohne Eisen, so leicht wie Papier. Daß die Frau Merck sich überhaupt so etwas hat andrehen lassen! Man konnte die Albus über den Tisch pusten, so leicht waren die. Ich tät doch nie solche Papiermünzen annehmen. Also mit den Albus hat sie mich dann geschickt. Ich hab ihr doch noch selbst den Wechselzettel der Geldwechslerin zurückgegeben. Das kann die gnädige Frau Merck doch nicht vergessen haben.«

Buchner wies stumm auf die Akten vor sich und sagte damit, daß Velasko die Fragen stellte, die für die Befragung in der Marterstube vorgesehen waren. Die ganze Leier an Fragen war schon aufgeschrieben und akkurat aufgelistet.

Velasko trat näher, um ihre Gesichtszüge genauer zu studieren. In ihren Augen lagen Angst und Zweifel – wie sollte es in ihrer Situation auch anders sein. Die feinen Haare auf der Oberlippe, die ihrem Mund etwas Schmutziges gaben, zitterten. Ihr Haupthaar hatte sie streng zu einem Dutt gesteckt. Einige kurze Strähnen, die sie nicht hatte bündeln können, hingen unordentlich. An den Handgelenken war die Haut vom Schließeisen wund. Zum Schutz hatte sie Lumpen daruntergeschoben. Die Ketten an Händen und Füßen waren so kurz geschlossen, daß sie etwas gebeugt stand. Sie gab wohl nicht genug Biergeld, denn längere Ketten ließen sich die Kerkerknechte extra entlohnen. Ihre Kleider stanken nach Kerkerluft. Ein scharfes Gemisch aus Schweiß, Schimmel und lebendigem Verfall.

Sie sah nach Schuld aus und stank nach Sünde und Diebstahl. Eine solche Jammergestalt in Ketten mußte einfach schuldig sein. Jeder Delinquent in so abgerissener Verfassung wirkte auf den Betrachter wie Abschaum und verführte zur Annahme, daß etwas an den Anschuldigungen dran sein mußte. Sie mußte es irgendwie verdient haben, da unten in dem Kerkerloch zu vermodern.

»Ich hab immer auf mich gehalten«, sagte die Magd, als lese sie seine Gedanken. »Man schämt sich doch so, in diesem Zustand vor die Menschheit zu treten.«

Nicht schlecht, dachte er. Er war für sie die Menschheit. Die Redewendung gefiel ihm und beschämte ihn gleichzeitig, denn darin lag auch ein Appell an die Menschlichkeit. Buchner lächelte wissend, als wartete er darauf, welche Winkelzüge sich die Magd noch einfallen ließ. Obwohl sie kurz zu Buchner blickte, hatte sie diesen wohl kaum mit der Menschheit gemeint, dachte Velasko. Dessen routinierte Gleichgültigkeit spürte sie, aber sie wollte ihn offensichtlich nicht ausschließen und gegen sich aufbringen. Ihn, den Stadtrichter Velasko, meinte sie mit Menschheit. Er war ihre Hoffnung, niemand sonst.

»Du solltest so schnell wie möglich einen Advokaten bestellen«, sagte Velasko und hätte fast aufgelacht, wie es Buchner durchzuckte, als hätte man ihm von hinten einen Besenstiel hineingerammt.

»Das hab ich auch schon überlegt«, erwiderte die Magd leise

und beugte sich vor. »Aber man meinte, es würde mir schlecht ausgelegt. Deswegen wollte ich das nicht.«

Natürlich hatte sie recht. Kein Richter mochte das Advokatengeschmeiß, das den Beschuldigten einflüsterte, was sie zu sagen und zu verschweigen hatten, und so die Wahrheit verdunkelte. Für die Advokaten waren einzig die endlosen Prozesse mit möglichst hohen Gebühren und Streitwerten von Interesse. Das galt jedoch auch für die Richter. Da waren sich plötzlich alle einig, denn eine Richterstelle war teuer zu erkaufen, und da man von seinem Gehalt alleine nicht leben konnte, verlegte man sich auf das Sportelieren, das Schinden von Gerichtsgebühren. Aber in diesem mageren Fall gab es keinen Ehemann oder Eltern, die man aussaugen konnte.

»Aber es drängt«, sagte Velasko. »Die Obrigkeit verlangt rasche Urteile, weil Diebstähle vom Gesinde überhandgenommen haben.«

»Man riet mir, ich solle abwarten. Es dauert bei Gericht doch immer sehr lange, bis die Dinge geprüft sind. Ich wollte mich inzwischen wohl verhalten und hab gehofft, daß man mir glaubt und irgendwann die Wahrheit herauskommt. Herr Richter, ich klau doch keine Gedenkmünze und geh damit in die nächste Wechselstube!«

»Du bist nicht gleich gegangen. Es lagen acht Wochen dazwischen.«

»Ja, aber auch nach acht Jahren würde ich so eine Dummheit nicht tun.« Sie zog Rotz hoch und fügte trotzig an: »Nie nicht.«

»Nie nicht?« Velasko mußte bei der Redensart, die der Stallknecht zu Hause in Hinterpommern gebraucht hatte, lächeln und versuchte sich an etwas zu erinnern. Ihm war, als hätte er schon einmal über dieses trotzige *Nie nicht* gelacht. Da blitzte es für einen Augenblick im Gesicht der Magd freudig auf.

»Hat der Herr Richter mich jetzt doch erkannt?« flüsterte

sie und sah ängstlich zu Buchner, daß dieser nichts von ihrem Gespräch mitbekam. »Damals vor zehn Jahren. Der Regen. Ich war das an dem Fels im Wald. Der Herr Richter hat mich doch in die Herberge mitgenommen.«

Velasko schaute sie ungläubig an.

»Ja, ich bin die Elisabeth. Den Herrn Richter hab ich gleich wiedererkannt. Auch ohne Seinen Namen.«

»Du bist es?« fragte er und versuchte das Mädchen von damals zu erkennen. »Elisabeth? Ja, doch, mit dem Kind. Eigentlich warst du selbst noch eines.«

Ein unwilliger Schatten zog über ihr Gesicht. Mit Blick auf Buchner machte die Magd einen spitzen Mund, als sollte Velasko darüber schweigen, und es gäbe ein Geheimnis zwischen ihnen.

»Wirklich, jetzt erkenne ich dich«, sagte Velasko und freute sich. Wie von selbst sprach auch er leise und versuchte, sich an die Ereignisse zu erinnern. »Ich hab dich in die Herberge mitgenommen und bin am nächsten Tag weitergeritten. Du hattest auf deinen Mann gewartet, nicht? Ist der noch gekommen?«

»Nein, ja. Der hatte mich ziemlich versetzt«, flüsterte Elisabeth. Das Nachfragen war ihr sichtlich unangenehm. »Der Wasa-Ludwig war auch gar nicht mein Angetrauter. Er kam aber später.« Ihr Lächeln fiel wieder zurück in die Angst einer Inquisitin, die auf den Hals einsaß. Mit Blick auf Buchner hob sie ihre Stimme wieder an. »Jedenfalls soll ich mich wegen dem Advokaten dann beizeiten entscheiden, hat man mir gesagt.«

»Es ist aber keine Zeit mehr, irgend etwas zu überlegen. Ich kann nichts mehr für dich tun. Bestell sofort einen Advokaten! Vielleicht kann er jemand finden, der dir einen guten Leumund bescheinigt.«

»Einen Leumund?«

»Ja, und zwar einen guten. Das ist sehr, sehr wichtig für die

Akten. Denk nach, wo du alles in Stellung warst. Ob da jemand mit Ansehen ist, der etwas Gutes über deinen Lebenswandel sagen kann. Vielleicht hast du Diebe verscheucht oder kranke Kinder wohlgehütet. Oder eine Münze gefunden und deiner Herrschaft abgegeben. Irgend etwas in der Art. Wer hat dir eigentlich gesagt, daß du mit einem Advokaten abwarten sollst? War das jemand im Kerker?«

Da war wieder ihr Trotz. Sie zog das Kinn ein, stockte und wollte nicht mit der Sprache herausrücken. Velasko sah jetzt in ihr das trotzige Mädchen, das in Wehen lag und gegen ihr Kind tobte. Damals fieberte sie hoch und schrie zum Gotterbarmen. Die Wirtin der Herberge versuchte sie zu beruhigen, und als sie in ihre Scham griff und das Kind holen wollte, mußten sie Männerhände festhalten. Dann phantasierte sie über Zerstückelung. Man verpaßte ihr Ohrfeigen und versuchte sie zu beruhigen.

Gleichzeitig dachte Velasko an den Schnappgalgen, der im Hof des Stadtgerichtes für sie bereitstand. Zur Abschreckung stellte man jetzt fahrbare Galgen vor den Häusern auf, in denen gestohlen worden war, und hielt dort Gericht. Velasko überlegte, was wohl aus dem Kind geworden war. In ihren Aussagen zur Person hatte Elisabeth nichts von einem Kind angegeben.

»Was sagst du auf meine Frage?« fragte Velasko. Er wartete. »Nichts, nein?« Er mußte also die Tonlage verschärfen. »Es ist so gut wie beschlossen. Wenn du nicht gestehst, bringt man dich auf die Tortur, und dann kommst du an den Schnappgalgen.«

»Dann sehen mich ja alle!« Plötzlich zitterten ihre Hände, so daß die Ketten schlugen.

»Ich will dir nicht drohen«, sagte Velasko. »Aber es geht dir auf den Hals. Hörst du mich eigentlich? Jetzt sag: Wer hat dir geraten, mit einem Advokaten abzuwarten?«

Sie sah vor sich hin und schluckte so hart, daß man es hören konnte, dann flüsterte sie: »Der gnädige Herr Merck.«

Sprachlos blickte Velasko zum Sekretär. Der schob rasch ein Apfelstück in den Mund und rieb die Hände, als käme er aus der Kälte und wärme sich am Ofen – das Zeichen, daß es ihn wegen der Lieferung Brennholz nach Hause drängte. Buchner wurde immer unverschämter. Velasko hatte sich in der letzten Zeit zu Nettigkeiten hinreißen lassen, und Buchner nutzte dies aus. Er mußte den Standesunterschied zwischen ihnen wieder herausstreichen.

»Von deinem Dienstherrn holst du dir Rat?« fragte Velasko verärgert. »Ich hab dich für klüger gehalten. Also überleg es dir gut. Spar das Biergeld für die Zuchtknechte und bestell einen Advokaten. Ich kann die Versendung der Akten nicht mehr lange zurückhalten.«

Velasko winkte Buchner, dem über die Verzögerung die Miene gefroren war. Der rief den Zuchtknecht vom Flur herein. Velasko wollte keine Vertraulichkeiten mehr, die der Magd Mut machten. Er nickte entschieden, dann wurde sie in den Kerker abgeführt.

»Ich muß dann los, Herr Stadtrichter«, sagte Buchner sogleich und zog sich den Mantel über. »Das Brennholz, ich sprach ja davon.«

»Man kann doch nicht so dumm sein«, sagte Velasko ganz in Gedanken, »und gleich mit gestohlenem Geld herumwerfen. Schon gar nicht mit Gedenkmünzen.«

»Mit Verlaub, Herr Stadtrichter, es hat die Magd pressiert. Die Rätzerin ist so wie ein jeder Dieb.«

»Und wie soll nach Seiner Meinung jeder Dieb sein?« fragte Velasko spitz und dachte, daß Buchner ein Mensch war, der keine Fragen stellte und für alles sofort Antworten parat hatte. Solche Menschen waren für ihn schwer erträglich und langweilten ihn. Er hielt sie auch für gefährlich, weil sie ihre Maßstäbe auf andere übertrugen, die in ganz anderen Zusammenhängen lebten. Jemand wie Buchner bewirkte, daß man sich Fragen verkniff, weil sofort ein Schwall ihrer Alltagsweisheiten zu erwarten war. Wahrscheinlich war er schon immer ein Mensch ohne Fragen gewesen. Jemand, der sich in seinem kleinen Leben auskannte und glaubte, mit seinem Horizont über andere richten zu können – dies dann aber mit entschlossener Härte. Nach seiner Erfahrung neigten besonders Kleingeister zu harten Urteilen. Im Grunde mußte alles, was gegen die Regeln ihrer kleinen Welt verstieß und fremd war, abgestraft werden.

»Ein Dieb will nämlich etwas von seiner Schlechtigkeit haben«, sagte Buchner. »Man stiehlt doch des Vorteils wegen und nicht in der Meinung, daß man erwischt wird. Außerdem sieht man es der Rätzerin an.«

»So? Woran denn?«

»Weil ihr Gesicht schlecht ist. Dieses weibische Zittern um den Mund kommt daher, daß sie schlecht ist. Sie kann die Schlechtigkeit nicht zurückhalten. Und jetzt kriegt sie Angst und macht harmlose Gesichter durch alle Schattierungen. Mitleid will sie damit wecken. Und dann dieser Kunstgriff mit dem Wiedererkennen vom Herrn Stadtrichter.« Buchner machte eine Pause und hoffte wohl, Velasko würde sich erklären, aber der schwieg sich aus.

»Das hatte sie sich aufgespart«, sagte Buchner weiter. »Ganz geschickt, muß man sagen. Also ich jedenfalls sehe der Rätzerin die Schlechtigkeit an. Man kriegt da nach den Jahren in der Justiz einen Blick für. Ein Erfahrungsblick, gewissermaßen.«

»Ich weiß, Herr Gerichtsschreiber. Der erfahrene Blick in die Köpfe der Menschen. Aber man kann den Menschen nicht Gutes oder Schlechtes ansehen.«

Auch wenn Buchner ernst blieb und mit der Schulter zuckte, so schien es Velasko, als werde er belächelt. Er meinte es ihm anzusehen und wußte selbst um den Widerspruch. Schließlich studierte er selbst die Gesichter der Zeugen und Delinquenten und versuchte in ihr Inneres zu schauen.

»Die Aktenversendung ...«, hob Buchner an.

»Schluß mit dem Disputieren«, sagte Velasko. »Die Akten bleiben dann hier.«

»Wenn ich mir untertänigst erlauben darf. Man wird es nicht gerne sehen, Herr Stadtrichter, wenn Er die Versendung zurückhält. Man hat wegen der Versendung schon angemahnt.«

»Das interessiert mich nicht.«

»Die Herren Richterkollegen ...«

»Sind mir egal.«

»Wenn ich sagen darf ...«

»Darf Er nicht, Herr Gerichtsschreiber. Ich bin hier der Richter, und ich trage die Verantwortung. Und sonst niemand.« Velasko wußte selbst, daß dies nicht stimmte, aber er wollte jedes Widerwort ersticken. »Morgen nachmittag auf zwei Uhr bestell Er mir den Herrn Merck ein!«

»Den Arnold Merck?« fragte Buchner und ordnete unwillig seinen Kragen. »Warum soll denn der für frischen Wind sorgen. Der hat doch überhaupt nichts damit zu tun. Wir haben doch schon irgendwo seine Aussage. Augenblick, ich finde sie ...«

»Buchner, ich dulde keine Widerrede mehr.« Wie einem unerzogenen Kind, das belehrt wurde, sah er ihm eindringlich in die Augen, bis dieser wegsah. »Geh Er auf dem Nachhauseweg bei den Mercks vorbei!«

Da klopfte es. Ein Bote trat ohne Aufforderung ein. Sein Gesicht war von Eile erhitzt.

»Herr Stadtrichter von Velasko?« fragte der Bote und überreichte ein Kuvert. »Gnädigst eine Nachricht vom Präsidenten des Kammergerichts, Herrn von Cojejji. Unten wartet die Kutsche des Herrn Präsidenten.«

Velasko war genauso überrascht wie Buchner, der vor Neugierde krumm stand.

»Geh Er jetzt ruhig zu seiner *Gelegenheit* Buchenholz«, sagte Velasko. »Nicht, daß noch jemand auf ihn warten muß.«

Buchner machte einen Diener, der wie immer ein wenig zu flach ausfiel. Eigentlich war es nur eine Andeutung des annähernd doppelt so Alten. Nur unwillig zog er die Tür hinter sich zu, denn so etwas hatte Buchner, wie Velasko vermutete, in seinen Jahrzehnten am Stadtgericht noch nicht erlebt: Unter Umgehung aller Amtswege schickte der oberste Dienstherr im brandenburgisch-preußischen Justizwesen nach einem subalternen Richter des untersten Gerichts und ließ obendrein die eigene Kutsche vorfahren. Eine Sensation.

Es dämmerte bereits. Die Tage schlugen jetzt rasch um. Velasko suchte Licht am Fenster, brach das Siegel und hastete über die Zeilen. Der Präsident des Kammergerichts von Cojejji erbat den *Höchst geehrten Freiherrn von Velasko*, Richter am hiesigen Stadtgericht zu Berlin, in einem *casus* um unverzügliche Amtshilfe. Auf weitere *facta* verzichtete er mit dem Hinweis auf Geheimhaltung. Velasko wurde höflichst anbefohlen, dem Boten unmittelbar zu folgen.

Worum konnte es gehen? Er war hellwach. Die Sache war kitzlig. Cojejji, der Präsident des Kammergerichts, war sein ehemaliger Vorgesetzter, in dessen Namen damals seine Degradierung ans Stadtgericht ausgesprochen worden war. Die Nachricht hatte man damals auch mit einem Boten überbracht. Niemand hatte den Mut gefunden, direkt mit ihm zu sprechen, oder man hatte es nicht für notwendig gehalten. Velasko wußte bis heute nicht, wer alles hinter der Versetzung stand.

Er ging in den Nebenraum und öffnete seinen Kleiderschrank mit einer kleinen Auswahl von Hosen, Mänteln, Hüten, Haarzöpfen, Schnallen, Locken, alles nach neuer und neuester Mode, was er benötigte, wenn er gleich vom Dienst zu einer Abendgesellschaft ging. Er schüttelte die Perücke aus, die dringend zum Accomodieren und Coiffieren mußte. Er ordnete die Locken, die lahm zurückfielen, und puderte sie frisch. Nach einigem Überlegen wählte er den besten Überrock in dunkelrotem, fast braunem Samt mit schwarzem Aufschlag und dazu weiße Seidenstrümpfe, die, wie er besorgt feststellte, an den Hacken schon gefährlich dünn wurden.

Cojejji war klein und Velasko hoch aufgeschossen, aber er wollte den Vorgesetzten deutlich überragen und entschied sich für die Schnallenschuhe mit den frech gebogenen Spitzen und den hohen roten Absätzen, die er im Stadtgericht gar nicht trug. Rote Absätze waren Zeichen und Vorrecht des Adels und wären als Provokation aufgefaßt worden. Der Degen fiel ihm ein. Unter den ansonsten bürgerlichen Richtern am Stadtgericht war auch eine Klinge nicht angemessen, aber jetzt war die Gelegenheit gekommen, den Degen, den er von einer Kavalierstour aus London mitgebracht hatte, wieder hervorzuholen.

Damals hatte er so hoffnungsvoll in die Welt geblickt. Nach einigen Semestern Staatswissen standen alle Zeichen gut für eine günstige Laufbahn. Seine juristische Abhandlung hatte die erwünschte Aufmerksamkeit gefunden. Man konnte höheren Ortes erwarten, daß er sich einfügen würde. Als er nach einer Kavalierstour durch europäische Metropolen nach Berlin zurückkehrte, begann er seine Karriere ohne eigentliche Arbeit. Es folgte eine beschwingte, sorgenfreie Zeit.

Dann allerdings war handstreichartig sein Förderer und Großonkel Danckelmann, der preußisch-brandenburgische Ministerpräsident, gestürzt und unter Beschuldigungen, die auf den nachrückenden Grafen Wartenberg und seine Seilschaft haargenau zutrafen, in Kerkerhaft gesetzt worden. In

Sippenhaft war auch Velasko vom Kammergericht abgezogen und zum Richter am Stadtgericht degradiert worden.

Er zog den Degen aus der Scheide, nahm Fechtstellung ein und versuchte einen Ausfallschritt. Noch einmal. Er konzentrierte sich. Die Absätze knallten auf den Dielen. Die Klinge schnitt durch die Luft. Die Bewegungen hatte er noch im Blut. Er übte einige Figuren. Cojejji sollte auf ihn warten.

Dann puderte er sein Gesicht zu morbider Blässe und setzte mit pingeliger Sorgfalt über dem linken Mundwinkel einen Schönheitsfleck. Er griff nach seinem Hut, den er nach der Pariser Saison erstanden hatte, und übte vor dem Spiegel ein arrogantes Lächeln und den Einsatz der Augenbrauen. Um sich ganz zu sehen, stellte er den Spiegel ans Fenster und schaute vorsichtig von der Seite hinaus. Unten stand die Kutsche des Präsidenten. Der Bote ging ungeduldig hin und her und sah zum Eingang. In den Fenstern des Stadtgerichts reckten sich neugierige Schatten. Er würde einen großen Auftritt haben. Das Publikum hinter den Fenstern sollte noch etwas hungern.

Velasko mußte den Abstand zum Spiegel etwas ausprobieren und in die Knie gehen, als er sich davor drehte und mit dem Degen einige Posen prüfte. Laetitia hätte ihm zufrieden zugenickt und ihren Arm angeboten. Er hatte sich in einen Mann von Stand verwandelt.

Gutgelaunt sprang er die Treppenstufen hinunter. Bevor er aus dem Gerichtsgebäude trat, bremste er seinen Schritt und legte eine gelassene, ja gelangweilte Haltung in seine Bewegungen, als müßte er zu einem lästigen Staatsbankett. Ein Bediensteter öffnete den Wagenschlag. Von oben wußte er die Augen der Kollegen auf sich, man tuschelte und spekulierte jetzt Schulter an Schulter, wahrscheinlich stand auch sein Vorgesetzter von Kalkstein in einem der Fenster. Und Buchner natürlich. Der würde sich das Spektakel trotz der Gelegenheit Ofenholz auch nicht entgehen lassen.

Carl Johann Friedrich Wenzel Anton Freiherr von Velasko, derer zu Sayn-Hohenstedt und Radziwil-Kronfeld, Enkel des kaiserlichen Feldmarschalls Johann Wenzel von Nassau-Siegen und Ur-Ur-Enkel des legendären Kammerherren Carl Gideon Freiherr von Lehndorf, lehnte sich in der Kutsche zurück.

Er fühlte sich mit Hochmut wohl gepolstert.

4.

Es ruckte an. In der Kutsche hatte man eine Lampe angezündet. Velasko legte die Füße auf den Sitz gegenüber und rieb die Absätze am Polster blank. Es roch stark nach Parfüm. Eine süßliche Schwere hatte sich in die Polster gesogen; etwas ziehend und überladen, wie von einer Frau, die sich gegen das Altern sträubte. Von irgendwoher kannte Velasko den Geruch. Er erinnerte sich vage an eine wogende Üppigkeit, die er aber nicht in Einklang mit der Gattin des Präsidenten von Cojejji bringen konnte. Wie es hieß, war diese durch Krankheit bis auf die Knochen ausgezehrt und verließ das Bett nicht mehr. Die Ärzte verdienten Unsummen an ihr.

Wer weiß, dachte Velasko, wer schon alles in dieser Kutsche zu einer Landpartie abgeholt worden war. Mit dem Degen schob er den Vorhang zurück. Auf dem Mühlendamm drängten sich die Menschen vor den Schaubuden. Im Cöllnschen Rathaus waren nur noch wenige Lichter auszumachen, dann ging es weiter über die Jungfernbrücke. Vor einer französischen Pastetenbude wartete man in Schlange.

Seit dem starken Zuzug der Hugenotten, die in Frankreich wegen ihrer Religion verfolgt wurden und im armen Brandenburg-Preußen mit ihren gut gefüllten Geldbeuteln und guten Handwerken höchst willkommen waren, war so ziemlich alles französisch geworden: Essen und Kleidung, Sprache und Etikette am Hof, die grassierende Syphilis hieß nur noch *der Franzose*. Selbst der Tod war französisch, denn wer etwas auf sich hielt, ließ sich mit französischem Pomp unter die Erde bringen.

Plötzlich dröhnte es. Jemand schlug ein paarmal gegen die Kutsche. Draußen hörte Velasko das übermütige Auflachen eines Burschen, das vom Schimpfen des Kutschers übertönt wurde. Der ließ die Peitsche knallen, und es ruckte wieder an.

Als Junge hatte Velasko sich beim Abklatschen der Kutschen getraut, auf den Tritt zu springen und den Kopf durch das Fenster zu stecken. Einmal erschrak er selbst, als er in das Gesicht eines Mädchens sah, das entschlossen Spucke sammelte. Vom Naturell her konnte es seine Freundin Martha gewesen sein. Er mußte sie demnächst fragen, ob sie sich an einen solchen Vorfall erinnerte.

Es ging weiter zum Leipziger Tor. Er dachte an die Magd Elisabeth und ihre Freude, als er sie wiedererkannt hatte. War sie wirklich schlecht und durchtrieben, wie Buchner meinte? Ihre Freude hatte aufrichtig gewirkt und ihre Verfassung sein Mitleid geweckt. Er mußte aufpassen und die Dinge streng auseinanderhalten, mahnte er sich, denn er wußte um seine Schwäche: Er war schon öfter auf harmlose Gesichter hereingefallen.

Velasko spekulierte schon, ob Cojejji einen so hohen Rang bei Hofe hatte, daß man seine Kutsche ohne Halt das Stadttor passieren ließ, da war die Fahrt auch schon zu Ende, der Bote öffnete den Wagenschlag.

»Wenn der Herr Stadtrichter geruhen würde, gnädigst zu folgen.«

Die Ansprache war Balsam für seine Ohren. Wie lange war er nicht mehr so hofiert worden! Wegen hoher Dreckhaufen war die Gasse nicht weiter passierbar. Man sollte den Gassenmeister dafür zur Rechenschaft ziehen, dachte er, daß er gezwungen war, in bester Kleidung durch diesen Dreck zu gehen. Der Bote leuchtete voran. In der Dunkelheit wählte Velasko seine Schritte sorgfältig, um die Schuhe nicht zu beschmutzen. Über eine offene Gosse wollte er nicht springen und wartete, bis der Bote ein Brett gefunden und darüber festgetreten hatte.

Er folgte zu einem zweistöckigen Haus, das von den Nachbarhäusern durch ein frisches Gelb abstach. Vor die meisten Gebäude waren Schweinekoben oder Bretterverschläge gebaut, aber bei diesem Haus war vom Gehweg ein Vorgarten abgezwackt. Rosensträucher rankten bis in die obere Etage. Besonders wenn sie blühten, mußte das Haus einen sehr einladenden Anblick bieten. Soweit Velasko sehen konnte, waren die Fenster verdunkelt. Oben war zwischen Vorhängen kurz ein schmaler Lichtschein zu erkennen. Gut, dachte er und sah sich um, man erwartete ihn. Der Straßenkot war in der Gasse an einigen Stellen so aufgewühlt, als hätten Wildschweine nach Erdfrüchten gesucht.

Der Bote wollte den Türklopfer anheben, da wurde schon von innen geöffnet. Ein Mann in Zivil stellte sich als Herr von Rieger vor, Sekretär des Präsidenten des Kammergerichts, und bat ihn herein. Sein Gestus verriet eine militärische Schulung. Rieger ging voraus zur Treppe in die obere Etage.

Flur, Aufgang und die Zimmer, in die Velasko sehen konnte, bestätigten den angenehmen Eindruck, den das Haus von außen machte. Hier regierte ein veredelter Geschmack, der nicht so recht in die abseitige Gasse passen wollte, sondern eher in die Heiliggeist- oder Königsstraße gehörte. Aber unter der prunkvollen Hofhaltung des ersten Preußenkönigs und dem Erblühen der Stadt, das so viele Menschen anzog, waren selbst hohe Herrschaften zum Wohnen auf Miete gezwungen. So kam es zum Teil zu einem kuriosen Durcheinander der Stände.

Velasko wußte nicht, in wessen Haus er war. Alles war sorgsam ausgesucht und gestellt. Er sah blank polierte Möbel und Bilder in Öl und Kreide, fein gewirkte Stoffe; er sah kühne, aber wohlüberlegte Farbgebungen der Wände und Parkettfußböden mit Mäandern nach griechischem Geschmack. Alles war von Grund auf reinlich, aber es störte eine hektische Unordnung. Mitten im Raum stand eine Reisekiste, Porträts waren abgehängt und an die Wand gelehnt. An einem Stuhl hing ein Pulverhorn, der Verschluß war abgezogen. Eine Weinflasche lag umgestürzt auf dem Parkett. Es roch alt, die Luft war verbraucht.

Bevor Velasko dem Sekretär Rieger die Treppe hinauf folgte, federte er auf dem Parkett. Er hatte so lange Jahre im Stadtgericht gewartet, jetzt wollte er, daß man auf ihn wartete. Er probierte noch eine andere Stelle. Hier knarrte nichts. Als er aufblickte, stand eine ältere Magd in der Tür zu den Wirtschaftsräumen. Ihren verwunderten Blick auf seine federnden Beine quittierte er mit einem verlegenen Lächeln, aber innerlich lachte er über sich selbst.

Oben kam ihm Gerichtspräsident Cojejji mit offenen Armen und krauser Stirn entgegen und faßte beim Handgruß gleich noch seinen Arm. Von außen mußte es aussehen wie eine Begegnung unter guten Bekannten. Seit ihrem letzten Treffen vor einigen Jahren war Cojejji um die Augen herum gealtert, jedoch nicht zu seinem Nachteil. Er hatte kein Fett angesetzt. Das Alter schadete ihm nicht. Er strahlte eine ungewöhnlich drahtige Spannkraft aus, die ein hohes und gesundes Alter erwarten ließ. Die selbstsichere Erscheinung und seine Art, mit leichter Hand zu dirigieren, sowie seine hoffähige Kleidung deuteten auf die Festigung seiner Position hin. Jemand wie Cojejji erwartete zweifelsohne, daß man sich seiner Autorität fügte.

Als sie beide voreinander standen und Velasko mit durchgestrecktem Kreuz auf ihn hinunterblickte, trat Cojejji wieder einige Schritte zurück. Unausgesprochen standen zwischen ihnen die Ereignisse von damals.

»Schön, daß Er abkömmlich war«, sagte Cojejji und lächelte, als freue er sich wirklich. »Und daß Er so rasch meiner Bitte folgen konnte. Wie ich mich erinnerte, spricht Er russisch.«

»Meine verstorbene Frau war Russin«, sagte Velasko und ging wieder einen Schritt auf ihn zu. Er wollte nicht einfach auf den aktuellen Anlaß eingehen – zumindest wollte er es dem Gerichtspräsidenten nicht so einfach machen. »Ich verstehe Russisch inzwischen recht gut. Meiner Frau ging es damals ...«

»Ich hörte davon, ja. Leider, leider, ich hörte. Es ist so lange her. Wie hieß sie noch? Sie hatte diesen schönen Vornamen.«

»Laetitia.«

»Nur eine schöne Frau verdient einen solchen Namen, sonst wirkt es lächerlich. Ja, das Schicksal läßt uns Menschen oft, ähm, mit unser Bestimmung des Schicksals hadern.«

Was für ein dümmlicher, ja sinnloser Satz, dachte Velasko. Eine Beleidigung für einen Menschen mit nur etwas Verstand, aber Cojejji schien so angespannt, daß er den Unsinn gar nicht mitbekommen hatte. Es mußte um etwas wirklich Wichtiges gehen.

Velasko sah sich um. Hier im Obergeschoß waren die Wände in verschiedenen Pastelltönen gehalten und genau abgestimmt auf Bilder holländischer und französischer Schule. Vermögen protzten von den Wänden. Zudem standen auf Säulen und in Nischen einige Statuen griechischer und römischer Herkunft, die auch echt zu sein schienen. Auch hier wurde der angenehm kultivierte Eindruck gebrochen. Ein Teller mit eingetrockneten Essensresten stand herum, und in einer Ecke lag ein Haufen mit Weißwäsche. Blutflecken hatten sich weit in den Stoff gefressen.

»Mit dem Schicksal hadere ich weniger«, sagte Velasko. »Eher läßt es sich mit den Menschen …«

»Ich will nicht unhöflich erscheinen, aber die Ereignisse geben keine Gelegenheit für Konversation. Er wird mich gleich verstehen. Man sagt, Er verstehe Russisch nicht nur, Er spreche es auch sehr gut. So manche Galanterie könne Er aus dem Stegreif hersagen.«

Velasko mußte lächeln. Durch Verwandtschaft konnte er von Jugend auf ein wenig Russisch. Richtig hatte er es dann im Bett gelernt. Eine Erinnerung, die ihm besonders lieb war. Damals hatte Laetitia mit erhitztem Gesicht an das Kopfteil gelehnt gesessen und das Bettzeug hochgezerrt. Mit plötzlichem Ernst hatte sie nicht geduldet, daß er an der Decke zog und sie im Ausklang des Liebesspiels weiter streichelte, sondern hatte ihn russische Vokabeln in Liebesdingen abgefragt. Er hatte in der Duftwolke ihrer Körper gelegen und Vokabeln in Liebesbekundungen, für Hoffen und Warten, Sehnen und Verzeihen und für Ängste umeinander gelernt. Das waren die Momente gewesen, in denen er das Lebensglück mit Laetitia begriffen hatte, und die ihn später immer wieder damit hadern ließen, ob es nach ihr noch einmal eine Frau geben könnte.

Schlagartig erinnerte Velasko sich nun auch an das Parfüm, das er gerade in der Kutsche gerochen hatte, und ihm fiel eine Abendgesellschaft ein, in der er von einer Dame süßlich angehaucht worden war, er möchte doch ein russisches Liebesgedicht hersagen. Cojejji und er hatten offensichtlich schon zwischen die gleichen Brüste geschaut, die, wie er sich nun gut erinnerte, einander in ihrer Üppigkeit zu übertrumpfen suchten.

»Wir benötigen Seine russischen Kenntnisse«, sagte Cojejji. »Steht Er vielleicht mit dem Kastellan von Monbijou auf gutem Fuß?«

»Mit Herrn von Langerfeld? *In privatim*? Nein, sicher nicht.

Ich kenne ihn nicht persönlich. Er lebt wohl zurückgezogen.« Velasko vermied jede weitere Andeutung, denn der Kastellan galt dem Hörensagen nach als ruppiger und korrupter Sonderling. Man mied ihn und lud ihn nicht zu Gesellschaften. »Dann ist das hier also sein Haus. Sehr geschmackvoll. Nein, hier war ich nie geladen. Ein einziges Juwel, wie mir scheint.«

»Er wird mich gleich verstehen«, sagte Cojejji. Er öffnete eine Tür und ging vor. Velasko trat in ein Schlafgemach und fuhr zurück. Es stank infernalisch nach verbrauchter Luft wie am Kohlsuppentag; dazu mischte sich ein Geruch von scharfer Arznei, Exkrementen und ausgehauchtem Wein. Aber vor allem roch er Schweiß. Scharfen, durchdringenden Angstschweiß.

Einige Talglichter leuchteten den Raum aus. Auch hier lagen Kleidungsstücke herum. An einem Tisch lehnten zwei Gewehre. Die Hähne waren zum Schuß gespannt. Als sie eintraten, erhob sich ein Wundarzt, der Velasko vom Sehen bekannt war, von einem Bett, das offensichtlich von seinem Platz an der Wand hinüber ans Fenster geschoben worden war und nun schräg in den Raum ragte.

»Die Rekonstruktion der Ereignisse ist abgeschlossen«, sagte Cojejji. Er nahm ein Talglicht und winkte Velasko näher ans Bett. »Ich möchte Ihn eindringlich bitten, nichts anzurühren.«

Velasko erwartete den Anblick eines Toten, aber er sah in das Gesicht eines Fiebernden. Das Haupt hatte man so verbunden, daß nur noch an den Rändern Haare zu sehen waren. An der Wange war eine Wunde mit Stichen genäht. Die Bartstoppeln waren vielleicht zwei, drei Tage alt. Die Augen hielt der Kastellan geschlossen. Seine Brauen waren wulstig gekrampft, die Lider zuckten nervös, darunter arbeitete es, und die borkig eingetrockneten Lippen schienen etwas flüstern zu wollen. Schweiß perlte den Hals herab, so daß das Kopfkissen naß war.

»Bitte, Herr von Rieger«, sagte Cojejji. »Wenn Er jetzt Rapport erstattet.«

»Sehr wohl«, sagte Rieger. Er sprach fast nur mit den Lippen, sein Ton schnarrte hölzern. »Wir vermuten einen Überfall auf den Herrn Kastellan nachts nach einem Besuch beim Hoflieferanten Kaulitz. Es ging um Bestellungen für den Staatsbesuch des Zaren. Es muß also vor zwei Tagen passiert sein auf dem Weg vom Herrn Hoflieferanten hierher zu seiner Gasse. Wie die Spuren zeigen, hat sich Herr von Langerfeld in bravouröser Manier gegen die Banditen gewehrt. Er hat starke Kopfverletzungen davongetragen, die ihn in verwirrten Gemütszustand setzten. Nur so ist erklärlich, daß er das Gesinde durch die Tür abgewiesen hat, sie sollten später wiederkommen. Heute morgen hat der Kastellan sich auf das Klopfen der Magd gar nicht mehr gerührt. Inzwischen hatte ihn wohl das Wundfieber niedergestreckt. Bedenklich sind vor allem noch die großen Fleischwunden an den Beinen und der Schulter. Ein Ohr hing nur noch an einem Rest und mußte einer *Amputatio* zugeführt werden. Auf der Brust finden sich dann noch ...«

»Keine Ausführlichkeiten, bitte«, sagte Cojejji.

»Sehr wohl«, sagte Rieger. »Die Magd hat schließlich in Schloß Monbijou nachgefragt. Dort vermißte man den Kastellan bereits, da er gerade in diesen Tagen nötigst gebraucht wurde. Ein Laufbursche, der ebenfalls ...«

»Danke, Herr von Rieger«, sagte Cojejji. »Der Kastellan wird bei förderlicher Behandlung überleben. Wenn uns der Herr Wundarzt jetzt alleine läßt.«

»Ich sehe nachher noch einmal nach dem Herrn Kastellan«, sagte der.

»Morgen genügt«, bestimmte Cojejji mit leichter Stimme. »Herr von Rieger begleitet Ihn dann hinunter und nimmt den Eid auf Verschwiegenheit ab.«

Cojejji bot Velasko einen Stuhl direkt am Kopfende des Bettes an und wartete, bis sie alleine waren.

»Der Arzt sollte die Rekonstruktion so hören, wie wir es augenblicklich für sinnvoll halten«, flüsterte der Gerichtspräsident. »Sicher wurde der Kastellan Opfer eines Verbrechens, was uns jedoch beunruhigt, ist die Tatsache, daß er über Dinge phantasiert, über die er eigentlich nichts wissen dürfte. Bevor ich weiterspreche, erinnere ich Ihn an den Richtereid. Ein Vergehen gegen das Schweigegelöbnis würde in diesem Fall als Staatsverbrechen abgeurteilt. Er würde vor das königliche Hausvogtei-Gericht gestellt.«

»Ich war immer loyal, Herr Präsident. Und bin es bis heute. Was, wie ich inzwischen denke, sicher nicht in jedem Fall belohnt wird.«

»Verzichten wir doch bitte auf die Konversation«, sagte Cojejji verärgert und setzte jeder Nebenrede einen energischen Punkt. »Kann ich jetzt auf Ihn zählen oder nicht?«

»Doch, natürlich.«

»Na also. Wir müssen nahe heran. Der Kastellan redet wirr. Russisch und Deutsch durcheinander. Ich wußte bislang nicht, daß der Kerl von mütterlicher Herkunft ein Viertel Russe ist. Manchmal ist sein Reden lauter und deutlicher zu verstehen. Hör Er genau hin!«

Sie lauschten. Der Kastellan murmelte unruhig, formte die Lippen, als wollte er ein *W* sprechen; er blies aus, röchelte etwas, aber es war nichts zu verstehen.

»Wasser«, sagte Cojejji. »Der will wieder Wasser. Das war am Nachmittag deutlicher. Ich hab doch schon vor zwei Stunden nach Ihm geschickt. Wo ist Er denn geblieben? Er ist gekleidet … Kommt Er von einem Empfang?«

»Nein, ich war im Verhör. Entscheidungen über Tod oder Leben eines Menschen wollen sorgsam bedacht sein.«

»Ja, natürlich, das wissen wir ja alle.« Der Gerichtspräsident langte nach einem Riechfläschchen und hielt es dem Fiebernden unter die Nase. Ein Geruch nach Essig und Muskatnuß verbreitete sich. Der Kastellan schnaubte unwillig und drehte den Kopf zur Seite.

Verärgert reichte Cojejji dem Stadtrichter das Fläschchen und zog sich Handschuhe über. Dann stellte er sich hinter das Kopfende, drehte den Kopf zurück und drückte ihn ins Kissen.

»Jetzt das Riechwasser unter die Nase!« befahl Cojejji mit angestrengtem Gesicht. »Reden wirst du, dann kriegst du auch Wasser. Komm schon, was geht hier vor?«

Irritiert über die plötzliche Direktheit folgte Velasko der Aufforderung. Der Kastellan versuchte sich zu entwinden, sein Oberkörper wollte sich aufbäumen, die Hände krampften hilflos in die Höhe, er schnappte nach Luft.

»Jetzt rede!« sagte Cojejji mit gepreßter Stimme. »Was ist mit dem Zaren?«

Der Mund des Kastellans zuckte. Velasko versuchte, die Laute mit der Lippensprache in Einklang zu bringen, aber es war nichts zu verstehen. Ein Zittern erfaßte den Kopf des Fiebernden, dann ging es über auf den Leib und wurde so heftig, daß Cojejji ihn nicht mehr halten konnte und losließ.

»Verstell dich nur«, flüsterte Cojejji. »Ich bring es aus dir heraus. Und wenn ich dich selbst auf der Leiter ausspanne, daß man durch deine Eingeweide sehen kann!« Cojejji zog die Handschuhe aus, holte einige gefaltete Bögen aus seiner Brusttasche und reichte sie Velasko. »Rieger hat das russische Gestammel nach den Lauten aufgeschrieben, wie er es verstanden hat. Vielleicht kann Er etwas damit anfangen.«

Während Velasko las, wurde das Zittern des Kastellans so heftig wie bei einem schweren Schüttelfrost, daß es auf das Bett überging und ein Pfosten leise gegen einen Schrank klopfte.

»Reden sollst du, nicht klappern«, brauste Cojejji auf und stieß mit dem Fuß gegen das Bett, so daß es ein Stück wegrutschte.

Velasko wunderte sich über seinen obersten Dienstherren, wie dieser seine Beherrschung verlor. Es mußte um einiges gehen. Cojejji war in Bedrängnis. Der Fall wurde immer aufregender.

Auf den Blättern, die der Gerichtspräsident ihm gereicht hatte, konnte er auf Anhieb in den Anhäufungen von Konsonanten kein klares Wort erkennen. Die Silben ergaben keinen Zusammenhang. Weder auf deutsch noch auf russisch.

»Rieger hat irgendwann mit dem Aufschreiben aufgehört«, sagte Cojejji. »Es wiederholte sich. Der Kastellan bettelte nur noch nach Wasser.«

»Vielleicht sollte man ihm etwas zu trinken geben.«

»Haben wir, aber die Floskel danach hat sich wohl in seinem Hirn festgefressen.« Dann traf Velasko ein vorwurfsvoller Blick. »Denkt Er etwa, wir sind keine Christenmenschen und würden einem Kranken die Nächstenliebe verweigern?«

»Nichts liegt mir ferner«, log Velasko. »Es wäre hilfreich zu wissen, in welchem Zusammenhang die Worte stehen könnten.«

»Geld, ich vermute Geld. Dieser Gierschlund hier kann davon nie genug bekommen, aber das ist hinlänglich bekannt. Der Kastellan ist groß im Nehmen, aber auch sehr achtsam im Geben, so daß er bislang nicht angreifbar war. Ein geschickter Hund. Unten hat er genommen und oben geschmiert. Ich brauch Ihm nicht erklären, wovon ich spreche. Die Aufmerksamkeiten unterderhand: Präsente zu Neujahr, für die Frau Gemahlin eine Perlenkette, hier ein Faß Burgunder und dort ein Büfett, das wohl der Herrgott ausgerichtet hat und der Teufel bezahlt, ein Beutel mit Münzen bleibt zufällig liegen – die ganze Leier.«

Cojejji erhob sich und ging zur Tür. Er horchte, dann öffnete er sie mit einem Ruck und sah nach allen Seiten, ob irgendwo jemand lauschte, dann kam er zurück und sprach weiter. »Wie Er sicher gehört hat, wird der russische Zar zum Staatsbesuch erwartet.«

»Sicher, die Damenwelt ist deswegen in Aufruhr.«

»Vor ein paar Tagen wurden wir von russischer Seite für den Zaren und sein umfangreiches Gefolge um ein anderes Quartier gebeten. Vorgesehen waren zunächst Räumlichkeiten im Stadtschloß. Wir konnten uns dem Wunsch der Russen natürlich nicht verschließen. Es blieb bei der Größe des Gefolges eigentlich nur Monbijou.«

»Was wurde als Grund für die Umquartierung genannt.«

»Da trifft Er den delikaten Kern.« Cojejji blickte ihm das erste Mal direkt in die Augen. Er haderte offensichtlich mit sich, wie er antworten sollte. »Ein mögliches Attentat auf Zar Peter I.«

»Ein Attentat auf den Zaren?« Velasko wollte es nicht glauben. »Hier in Berlin? Das ist nicht möglich.«

»Angeblich sollen den Russen Hinweise vorliegen, daß die Schweden, gegen die der Zar eine Entscheidungsschlacht führen will, ein Attentat geplant haben. Der schwedische König, so heißt es, hat kein Vertrauen mehr in die eigene Armee und will dem Kriegsgegner das Haupt abschlagen.«

»Aber ein Attentat ist gegen jedes Ehrverhalten.«

»Das sehe ich auch so, doch geht es hier nicht um unsere Einschätzung als Edelleute, sondern um die Mutmaßungen der russischen Sicherheitskräfte. Es gibt aber noch andere Möglichkeiten. Man spekuliert darüber, daß das Attentat ohne Wissen des schwedischen Königs aus Kreisen seines Hofes oder gar der Armee selbst geplant sein könnte. Man will dem schwedischen König den Grund zu weiteren Kriegen entziehen. Das schwedische Volk ist kriegsmüde. Nach den vielen Schlachten sind keine Soldaten mehr zu rekrutieren. Hinzu kommt die Pest, die so stark gewütet hat, daß in Stockholm nur noch ein Drittel der Menschen am Leben ist.«

»Aber die Schweden sind ein Soldatenvolk und keine Attentäter.«

»Bislang ja. Man spekuliert allerdings auch über Feinde im Osmanischen Reich, ganz zu schweigen in Rußland selbst, wo der Zar sich mit seiner Politik viele Feinde gemacht hat. Vom alten Adel und der Kirche haben die meisten nichts mehr zu sagen. Die wünschen dem Zaren nur noch den Tod und hoffen auf den Zarewitsch Alexei, der die alte Ordnung wiederherstellen soll. Und außerdem, Velasko, irgendwann hat jede Schweinerei ein erstes Mal Geschichte gemacht. Schließlich geht es um die Macht über die Ostsee.«

»Wieso das?«

»Der Schwedenkönig will Rußland ganz von Europa abschneiden. Auch Petersburg soll zerstört werden. Rußland soll nicht mehr wachsen und ganz der Zugang zur Ostsee genommen werden.«

»Wie ich hörte, stehen russische Armeen in unserem Land.«

»Bei Laage, einem Dorf nördlich von Berlin, haben sie ihr Hauptquartier eingerichtet. Die Russen werden Stralsund so lange belagern, bis sie die Schweden besiegt haben. Deswegen ist unser König auch zutiefst besorgt, denn ein Attentat auf den Zaren würde für uns eine unkalkulierbare Situation schaffen. Man fürchtet Machtkämpfe in seinem Gefolge.«

»Bei einem Attentat könnte die russische Armee in zwei, drei Tagen hier sein.«

»Das schätzt Er in etwa richtig ein. Ich möchte nicht erleben, daß die hier mit schwerem Geschütz vor den Stadttoren stehen. Dann gnade uns Gott. Unser König wünscht, daß der Zar nach seinem Besuch mit seinem Heer und dem ganzen Anhang in seine Wälder verschwindet. Und zwar so schnell wie möglich.«

»Und welche Rolle spielt dabei der Kastellan?«

»Ehrlich gesagt, wir wissen es nicht. Wir haben noch nicht einmal Vermutungen. König Friedrich hat deswegen ein Geheimes Sicherheitskollegium einberufen. Nur eine Handvoll Eingeweihter. Die Sicherheitsfragen *in praxi* sind meiner Person überantwortet. Selbstverständlich gehört der Kastellan nicht zum Kreis der Eingeweihten. Ihm wurde lediglich gesagt, daß eine Umquartierung der Russen nach Monbijou aus Platzgründen erwünscht sei. Sicher dachte er, daß alles wegen der Königin ist, die bekanntermaßen einen ... ähm ... schlechten Schlaf hat. Wir wollten den Kastellan in dieser Annahme lassen. Es fügt sich ja zusammen. Er hat sicher von den Gerüchten gehört.«

»Nichts Genaues«, wich Velasko bei dem delikaten Thema aus. »Ihre Königliche Hoheit soll sehr gläubig sein.«

»Ja, ziemlich gläubig«, sagte Cojejji und verbiß sich ketzerische Bemerkungen. »Jedenfalls hatte ich den Kastellan in Monbijou aufsuchen wollen, um Details zum Besuch des Zaren zu besprechen. Die Räumlichkeiten waren zu visitieren, was ich dann mit einem Subalternen des Kastellans vornehmen mußte. Man hat mich benachrichtigt, daß die Hausmagd des Kastellans in Monbijou nach ihrem Herrn fragte. Als wir den Kastellan hier vorfanden, sprach er im Wahn über ein Attentat auf den Zaren. Wir wissen nicht, ob er sich etwas erdichtet hat oder ob irgend etwas zu ihm durchgedrungen ist. In dem Fall muß ich natürlich herausbekommen, wer die Plaudertasche im Sicherheitskollegium ist. Vielleicht gibt es ganz andere Quellen, die ich natürlich kennen sollte.«

Cojejji lauschte. Die Bettdecke des Fiebernden war heruntergerutscht, sein Hals im Nacken überstreckt, Nase und Stirn glänzten vom Schweiß, und er flüsterte: »Acht, acht, sieben, sieben, sechs ...«

»Jetzt zählt er wieder«, sagte Cojejji. Er beugte sich vor und stieß den Kastellan an. »Wer will den Zar ermorden? Sag schon? Was weißt du?«

»Acht, acht, sieben ... Wasser.«

»Das gibt es erst, wenn du sprichst. Mit wem hast du geredet? Schweden, Russen ...«

»Sechs, sechs, fünf ...«

»Mit wem hast du geredet?« fragte nun auch Velasko auf russisch und beugte sich vor. »Schweden? Russen?«

Der Kastellan horchte auf, hielt inne mit der Zahlenreihe und öffnete die Augen.

»Wer?« fragte Velasko auf russisch.

Trotzig verschloß der Kastellan Augen und Lippen.

»Wer wollte dich umbringen?« fragte Velasko auf russisch.

»Sie bringen mich um«, sagte der Kastellan ebenfalls auf russisch.

»Wer?« fragte Velasko.

»Vier, vier, drei ...«

Velasko versuchte es noch einmal auf deutsch, aber der Kastellan blieb stumm und schlief ein.

»Na also«, sagte Cojejji. »Ein Anfang ist gemacht. Was sagt der Kerl?«

»Nur, daß sie ihn umbringen.«

Cojejji nickte zustimmend, als wäre es ganz nach seinem Geschmack. »Aber vorher bekommt Er noch aus ihm raus, was dahintersteckt. Der Kastellan spricht von *sie*?«

»Ja, es klingt nicht nach einem einzelnen.«

»Ich muß jetzt zum Hof«, sagte der Gerichtspräsident und spitzte nachdenklich den Mund. »Man erwartet beruhigende

Worte. Der Kastellan möchte doch tunlichst das Opfer eines Raubüberfalls gewesen sein. Irgend so etwas in der Art. Mehr wird nicht gewünscht. Alles andere soll bitte nur Zufall sein, das Gestammel eines Fiebernden.«

Die Stellung Cojejjis mußte erheblich gefährdet sein, dachte Velasko, wenn mehr als Zufall und wirres Gerede dahintersteckten. Bei einem Attentat auf den Zaren würde sein Stern vermutlich schnell verglühen. Und dann gefiel Velasko der Gedanke, daß Cojejji ihn brauchte. Ihn, den untergeordneten und bedeutungslosen Stadtrichter. Es mußte noch mehr Untergebene geben, die Russisch sprachen, aber daß gerade jemand wie er ausgesucht worden war, deutete darauf hin, daß Cojejji den Leuten im eigenen Apparat mißtraute.

»Er bleibt hier«, bestimmte der Gerichtspräsident und wies auf das Riechfläschchen. »Verhör Er den Kastellan weiter! Da hinten auf dem Sekretär liegt Korrespondenz von ihm, darunter auch auf russisch. Lies Er die Briefe bitte bis morgen früh! Der Kastellan hat einen Halbbruder, der unter dem Zaren dient. Der Kerl soll sich gegen die Türken verdient gemacht haben, mehr wissen wir nicht. Vielleicht ergibt sich etwas aus den Briefen. Rieger wird nochmals die Hausmagd verhören und sie dann aus der Stadt schaffen. Wir wollen kein Gerede auf der Gasse.«

»Hat man die Nachbarschaft befragt?« erkundigte sich Velasko.

»Ja, sehr vorsichtig und nicht offiziell. Nur über Spitzel. Demnach hat wohl niemand etwas bemerkt. Studier Er dann sorgfältig die Aufzeichnungen! Rieger wird Ihm etwas zur Verköstigung bringen. Der Keller hier ist bestückt wie beim Hoflieferanten Kaulitz. Unten werden wir einen Sergeanten postieren, aber in Zivil. Der weiß lediglich, daß er zur allgemeinen Wache abgestellt ist.« Cojejji lächelte einnehmend. »Der Sergeant versteht sein Handwerk. Ein bewährter Mann.«

Velasko verstand das Drohwort, die Anordnungen strikt zu befolgen und jede Eigenmächtigkeit zu unterlassen. Aber gerade das juckte ihn in dem außergewöhnlichen Fall.

»Nach dem Überfall war der Kastellan in Panik geraten«, sagte er. »Die Waffen, die umgestellten Möbel, alles deutet darauf hin, daß er ...«

»Also bitte«, sagte Cojejji und hob abwehrend die Hand. »Gerade das wollte ich vermeiden. Um diese *facta* kümmert sich Rieger. Der führt die Ermittlungen. Ausschließlich Rieger. Studier Er die Aufzeichnungen von dem Gestammel und die Briefe. Ich hoffe, heute nacht noch einmal abkömmlich zu sein, ansonsten sehen wir uns morgen in aller Frühe. Und schreib Er Wort für Wort auf, was er aus dem Kastellan herausbringt!« Cojejji senkte die Stimme. »Die Wahl der Mittel ist in Sein Belieben gestellt, meinethalben geh Er durch alle Grade, aber ich will den Kerl lebend wiedersehen.«

»Selbstverständlich.«

»Noch etwas. Der Kastellan lebt sehr zurückgezogen, aber es gibt Hinweise auf eine Weibsperson, mit der er offensichtlich sehr nahe verbunden ist. Wir haben Kleider gefunden, auch Schuhwerk und anderen Weiberkram. Ich will den Namen von ihr.«

»Vielleicht kam sie gelegenheitshalber«, sagte Velasko. Das Wort *gelegenheitshalber* tauchte in letzter Zeit zu oft auf. Er dachte dabei an die vielen fragwürdigen Gelegenheiten am Stadtgericht. Auch ihm war schon im Zuge eines Prozesses ein Wochenende in Weibergesellschaft angeboten worden.

»Ein Weib gewissermaßen als Naturalie?« nahm Cojejji den Gedanken auf. »Mag sein. Üblich ist so etwas ja, aber wem sag ich das. Der Sergeant unten ist angewiesen, jeden Besucher ohne Ansehen der Person festzusetzen, bis Rieger oder ich diese befragt haben. Braucht Er sonst noch etwas? Sollen wir jemand nach Hause schicken, daß Er nicht abkömmlich ist?«

»Nein.«

»Wirklich nicht?«

»Nein«, beharrte Velasko und blieb wortkarg. Vermutlich wollte der alte Fuchs herausbekommen, ob eine Frau auf ihn wartete und wie seine privaten Verhältnisse waren.

»Ich wollte es angeboten haben«, sagte Cojejji. Er sah sich noch einmal um, als suche er nach Spuren, die bisher übersehen worden waren und könne sich nicht vom Tatort lösen, dann verließ er das Zimmer.

Velasko nahm den Degen ab und lockerte die Schnallen seiner Schuhe, dann griff er nach den Briefen, die durchweg in russisch abgefaßt und etwa ein bis zwei Jahre alt waren. Er setzte sich auf den Rand des Bettes und überflog die Zeilen.

Der Halbbruder des Kastellans war ein gewisser Hermann-Harrach von Lilienroth. Er schrieb über seine Kinder, die der Reihe nach sehr jung verstorben waren und nur zum Profit der Ärzte hergehalten hatten. Es wiederholten sich Klagen über einen schlimmen Ehekrieg mit einer Russin, gefolgt von Klagen über die Kosten einer standesgemäßen Lebenshaltung und dem Wucher der Pfandleiher, und immer wieder Anfragen auf einen Wechsel, der schon seit längerem vom Kastellan erwartet wurde, aber noch immer nicht angekommen war, obwohl der Kastellan ihn offensichtlich schon öfter angekündigt hatte.

Dem Halbbruder Lilienroth stand das Wasser bis zum Hals, genaugenommen schwappte es ihm bereits in den Schlund. Aus eigener Kraft schien er sich nicht aus der Misere befreien zu können. Die Klagen wiederholten sich von Brief zu Brief. Der Ton war scharf und unverschämt, und die Fragen nach der Gesundheit des Kastellans waren, obwohl der sich offensichtlich am Franzosen angesteckt hatte und am Harnstottern litt, spürbar nur dahingeschrieben.

Ansonsten ließen die Zeilen keinen Rückschluß auf das private Leben des Kastellans oder andere Verbindungen zwischen den Halbbrüdern zu. Man war sich offensichtlich in herzlicher Abneigung zugetan. Irgendwann war die Korrespondenz versiegt. Vermutlich, weil die Klagen von Lilienroth auf taube Ohren stießen und kein Wechsel bei ihm angekommen war.

Inzwischen warf sich der Kastellan auf seinem Kopfkissen unruhig hin und her. Velasko nahm ein Tuch, zog ihn im Nacken hoch und drehte das Kissen um. Darunter entdeckte er eine fein gefertigte Pistole wie für eine Damenhand. Mit den Fingerspitzen fuhr er über die feine Gravur. Er nahm das Zündhütchen herunter und drückte den Abzug. Klack! Ein feines, sattes Klack! Er drückte nochmals. Ein wunderbar leiser, kompakter Klang. Velasko verstand nicht viel von Pistolen, aber dieser Klang mußte für einen Waffenfreund wie beste Opernmusik sein. Der Kastellan hatte in allem einen feinen und vor allem sehr teuren Geschmack.

Geschirr klapperte. Vor der Tür wurde etwas abgestellt. Dann gingen Schritte die Treppe hinunter. Velasko stellte sich ans Fenster und zog den Vorhang vorsichtig zur Seite. Im Dunkeln war Cojejji zu erahnen, der in Begleitung eines Bediensteten in Richtung der Kutsche ging.

Kurz darauf schlug unten wieder die Tür. Velaskos Augen hatten sich an das Dunkel gewöhnt. Er erkannte Herrn von Rieger und die Magd, die zusammen das Haus verließen. Unten war jetzt nur noch der Sergeant in Zivil. Velasko öffnete das Fenster, um frische Luft hereinzulassen. Gegen den Nachthimmel zeichnete sich der Umriß der Dächer ab. In den umliegenden Häusern lag man schon zur Nachtruhe. Aus einem Schornstein kräuselte etwas Rauch. Höchste Zeit, daß er endlich Holz für den Winter kaufte. Die Preise zogen jetzt entschieden an, aber woher sollte er das Geld nehmen? Die Miete für das Haus drückte schon wieder. Und zuerst mußte der

Schneider bezahlt werden, vorher würde dieser nicht Maß nehmen für die Kniehose aus grauem Flanell mit eingewirktem Muster. Er mußte die Hose unbedingt haben. Wie lange hatte er schon auf diesen Stoff spekuliert, und außerdem hatte er schon einen passenden Mantel bei einem Schneider am anderen Ende der Stadt ausmessen lassen. In der Übergangszeit konnte er sich abends auch in eine Decke hüllen. Das Ofenholz mußte jedenfalls warten.

Auf der Gasse roch es von den modernden Dreckhaufen kaum besser, aber im Schlafgemach des Kastellans war der Geruch schier unerträglich, so daß Velasko das Fenster offenließ und nur den Vorhang zuschob. Vor der Tür fand er ein Tablett mit Schälchen gefüllt mit Delikatessen. Er roch Pastete von Gänseleber, sah Fischstücke in Öl, eingelegte blasse Früchte, die er bislang nicht gekannt hatte, vielleicht etwas von Pilzen, dann geschnittenen Schweinebraten und Pökelfleisch, sauer gestockte Milch, gestürzten Karamellpudding und Käsegebäck, ein Stück Rosinenbrot vom Zopf. Daneben standen Krüge mit rotem und weißem Wein. Selbst an ein Waschgefäß mit einer Karaffe Wasser hatte man gedacht und ein Tischhandtuch darübergelegt. Erstaunlich, was für erlesene Delikatessen Küche und Keller des Kastellans bereithielten.

Velasko hob eine Haube zum Warmhalten, deren Griff in der Form einer Wildsau gefertigt war. Der Gerichtspräsident war nicht ohne Humor: Für das Verhör hatte er ihm ein paar exquisite Handschuhe aus dunkelgrauem Leder geschickt, wie sie nur speziell in einem Dorf bei Warschau gefertigt wurden. Das Leder war samtig wie junges Mäusefell, gleichmäßig in der Farbe und ohne Flecken oder Schattierungen. Die Nähte waren so sorgfältig gesetzt, daß kein Faden zu sehen war. Die Handschuhe würden vorzüglich zu seinem dunkelgrauen Gehrock mit schwarzem Aufschlag passen, dazu die neue Kniehose, natürlich weiße Seidenstümpfe, bei Hut und Schuhen müßte er ein wenig ausprobieren.

Aber er legte die Handschuhe zurück und ließ die Haube darüberfallen. Die Musterung des Innenfutters behagte ihm nicht.

5.

Velasko ging die Aufzeichnungen Riegers wieder und wieder durch. Sein Ehrgeiz war angestachelt. Er sprach die Silben nach und versuchte mögliche Varianten, doch das lautmalerische Gekrakel, das angeblich Russisch sein sollte, war nicht in Zusammenhang mit seinem Wortschatz zu bringen.

Währenddessen schlief der Kastellan unruhig. Irgend etwas arbeitete in ihm und bedrängte ihn. Wie zur Abwehr waren die Hände zu Fäusten geballt. Velasko tränkte das Tischhandtuch in Wasser und benetzte die Lippen des Fiebernden. Der Kastellan saugte sich sogleich an dem Zipfel fest, so daß Velasko etwas ziehen mußte, um den Zipfel loszubekommen. Dann legte er ihm das Tuch auf die Stirn. Die Augäpfel wanderten unruhig unter den geschlossenen Lidern. Einmal formte der Kastellan die Lippen, als wollte er trinken. Velasko hielt ihm einen Löffel mit Wasser an den Mund und ließ es vorsichtig hineinlaufen. Der Kastellan schluckte krampfig, als schmerze es ihn, und er mußte husten. Es war mühsam, aber er nahm noch ein paarmal etwas Wasser ab.

»Wer wollte Ihn umbringen?« fragte Velasko auf russisch.

Der Kastellan reagierte nicht. Mißtrauisch blickte Velasko auf das Tablett. Seit dem Tod Laetitias war er vorsichtig gegenüber allen Delikatessen. Schon beim Anblick von Fischstücken in Öl bekam er Brechreiz. Damals hatten sie zu einer Abendgesellschaft geladen. Die Erinnerung war in allen Details so präsent, als wäre es vor ein paar Stunden geschehen.

Dieser Abend damals hatte sein Leben schlagartig verändert. Sie hatten sich Blicke zugeworfen, die ihn auf später brennen ließen. Er hörte sich selbst mit den Gästen lachen und dachte dabei an ihren Hals und ihre Lippen. Er achtete darauf, daß einem Trinker mit Sitzfleisch nachgeschenkt wurde, damit er zügig auf sein Quantum kam. Einmal beobachtete er Laetitia, wie sie von den Fischstücken in Öl aß und die Delikatesse dann ganz abräumen ließ.

In der Nacht erbrach sie sich, Fieber ließ sie glühen, und der Arzt ließ sie zur Ader. Ein zweiter Aderlaß wurde notwendig, um das heiße Blut abfließen zu lassen, aber sie wurde immer schwächer. Hilflos sah er zu, wie ihre Lippen grau wurden, die Haut ihres Gesichts, das er so oft liebkost hatte, ihre Hände bekamen schattige Flecken. Ihre Augen hatten ihn ängstlich angeblickt und an ein Reh erinnert, das nach der Hetze schlecht getroffen war und den Gnadenschuß erwartete. Er hatte hilflos am Bett gesessen und nicht begreifen können, was geschah. Ihr Atem war schnell und flach geworden, bis er anfing in Abständen auszusetzen und schließlich ruhte. Als sie auf dem Totenbett lag, hatte er den Maler Pesne, der gerade Furore machte, kommen und Laetitia so portraitieren lassen, wie sie ihm in Erinnerung bleiben sollte.

Mit Schwung schmiß Velasko jetzt die Schale mit den Fischstücken aus dem Fenster. Sie klatschte auf, da meinte er im Dunkel der Gasse jemanden zu sehen. Er zog den Vorhang vor und ging ins Nebenzimmer. Vorsichtig öffnete er das Fenster. Als sich seine Augen angepaßt hatten, sah er unten an der Stelle, die ihm beim Kommen aufgefallen war, weil sie wie von Wildschweinen aufgewühlt war, menschliche Gestalten mit Eimern und Schaufeln. Er hörte Geflüster. In stiller Hektik wurde der Straßenkot weggetragen.

Es gab zwar Anordnungen, den Dreck vor dem eigenen Haus

zum Sonntag zu entfernen, aber je öfter die Untertanen daran erinnert wurden, desto weniger schien zu passieren. Die Stadt war in manchen Seitenstraßen so mit Unrat verdreckt, daß Strafen angedroht wurden, aber die Leute hatten sich an die Warnungen gewöhnt. Gerade in dieser Gasse, die wegen der Dreckhaufen kaum mehr für eine Kutsche passierbar war, überraschte die Eilfertigkeit. Zumal um diese Zeit und bei Dunkelheit. Der Gassenmeister hatte wohl doch noch kräftig durchgegriffen. Velasko versuchte etwas zu erlauschen, aber man arbeitete still. Als der Kastellan hustete, schloß er das Fenster.

Er probierte vom Weißwein – ein Rheinwein der gehobenen Kategorie und goß sich nach. *Gelegenheitshalber*, wie er mit sich scherzte. Dann sah er sich im Zimmer um und rekonstruierte die Ereignisse. Aber zuerst das Opfer. Er zog das Hemd des Kastellans hoch und untersuchte den Körper. An der Schulter suppte es blutig durch einen Verband. Über der linken Brust hatte ihn etwas oberflächlich gestreift. Ein Kreis zeichnete sich im Halbrund ab. An den Händen und Armen waren größere, blutunterlaufene Schwellungen, als hätte er mehrfach stumpfe Schläge abgewehrt. Das Blut war noch nicht in andere Farben übergegangen. Die Zeit von zwei Tagen seit dem Überfall mochte damit hinkommen.

Die Schwarzwäsche des Kastellans stank nach Urin. Zu seinem Bedauern waren die Beine zum größten Teil an Ober- und Unterschenkeln verbunden. Die großen Fleischwunden, von denen Rieger gesprochen hatte. Der Schnitt im Gesicht konnte von einem Messer herrühren oder einer kurzen Klinge. Unter dem Bett stand das Nachtgeschirr, vermutlich seit zwei Tagen nicht geleert. Der Harn war stark konzentriert. Wenn er genügend trank, mußte ihm viel Flüssigkeit vom Schwitzen abgegangen sein. Velasko zog die Handschuhe an, die Cojejji geschickt hatte, und leerte das Nachtgeschirr aus dem Fenster.

Als er den Topf unter das Bett schob, bemerkte er weiter hinten einen Geldbeutel. Das Leder war zerschlissen und eingerissen. Drei Dukaten waren noch darin. Er jubelte. Der akkurate Rieger hatte also etwas übersehen! Die Münzen waren hochwertig und stammten aus einer Prägeserie mit einheitlichem Stempel desselben Münzwardeins. Er hielt einen Dukaten auf den kreisrunden Abdruck auf der Brust des Kastellans. Offensichtlich hatte eine Münze einen Stoß abgefangen.

Im Nebenzimmer lagen wollenes Unterzeug und Seidenstrümpfe, alles stark eingeschmutzt. Über das Sofa war achtlos ein verdreckter Mantel geworfen worden. Eine Tasche des Mantels war tief eingerissen. Über der linken Brusttasche entdeckte er einen glatten Durchstich. Der Kampf mußte so erbittert gewesen sein, daß man von dem Opfer abgelassen hatte, oder er hatte sie verletzt und in sein Haus flüchten können. Was auch immer. Aber warum hatte er keinen Arzt gerufen, obwohl er schwer in Mitleidenschaft gezogen worden war? Dann die Waffen überall und die Reisekisten. Warum hatte sich der Kastellan verbarrikadiert und packte?

Velasko durchsuchte Schubladen und Schränke. In einem hingen die Kleider, von denen Cojejji und sein Sekretär auf eine weibliche Bekanntschaft geschlossen hatten. In die Oberteile waren Polster eingearbeitet. Die Dame hatte, obwohl sie von ziemlicher Größe und Umfang sein mußte, so gut wie keinen Busen zu bieten. Die Ärmste war platt wie ein Brett.

Der Wein mundete. Velasko drückte das Busenpolster und mußte daran denken, wie er seine Freundin Martha kennengelernt hatte. Es war eine Abendgesellschaft des ostelbischen Junkers Fürst von Lichtenau gewesen. Man hatte mit einer Pyramide aus Obst und Süßspeisen geprotzt. Ein Brunnen sprudelte mit Franzosenwein, und als Höhepunkt wurden die Gäste mit einem eigens komponierten Singspiel erheitert. Laetitia und er waren der Ehefrau des Fürsten von Lichtenau vorgestellt worden. Velasko spürte damals den Neid des Fürsten auf Laetitia, die mit ihrem Dekolleté selbst die Blicke der Frauen auf sich zog – eine Erscheinung an der Grenze zur Schamlosigkeit, und gleichzeitig war im Blick des Fürsten eine Scham über die Flachbrüstigkeit seiner Frau gewesen. Eine Demütigung für Martha, was Velasko wiederum für sie eingenommen hatte. »Schönheit ist ungerecht«, hatte Laetitia ihm zugeraunt und ihren Auftritt genossen.

Manchmal dachte er, daß er sich damals aus Trotz auf Marthas Annäherungen eingelassen hatte. Vielleicht war es so einfach. Vielleicht war es auch aus einer Laune heraus passiert, aber das erklärte nicht, weshalb sie sich noch ein paar Mal heimlich trafen. Vielleicht war es auch nur Lust am sündigen Vergnügen, das viele Hofleute zu ihrem Lebensinhalt machten. Ihm gefiel daran die überhebliche Unmoral. Plötzlich hatte er sich als Weltmensch gefühlt. Eigenartigerweise hatte ihn die Affäre mit Martha nicht von Laetitia getrennt. Im Gegenteil. Er hatte sich ihr näher gefühlt als zuvor.

Velasko schenkte sich vom Wein nach. Er hing das Kleid zurück und suchte weiter. In einer Schachtel lag Stickzeug, er fand Damenschuhe von ziemlicher Größe. Vielleicht bestellte sich der Kastellan immer die gleiche Hure, überlegte Velasko, aber er haderte mit dem Gedanken. Mit dem Talglicht ging er hinüber in die anderen Zimmer. Eine Reisekiste war aufgestoßen, aber noch leer. Leibwäsche lag in Haufen auf dem Boden. Neben den Fenstern lehnten nochmals Gewehre. Velasko wollte die untere Etage untersuchen und ging zur Treppe.

»Hallo, Er da unten«, rief er hinunter. »Ich bin der Stadtrichter und komme jetzt herunter.«

Ein Mann mittleren Alters stand unten im Flur. Alle Türen

zu den abgehenden Räumen waren jetzt geschlossen, als sollte er keine Einblicke mehr bekommen.

»Wulfens«, sagte der Sergeant und stellte sich Velasko mit Bestimmtheit in den Weg. Er wirkte etwas müde.

»Freiherr von Velasko«, stellte er sich vor. »Ich brauche Wasser für den Kranken.«

»Warte Er hier bitte!« Der Sergeant zögerte einen Augenblick, dann ging er zur Küchentür und verschwand dahinter. Velasko wollte rasch eine weitere Tür öffnen, da hörte er schon den Sergeanten zurückkommen.

»Ich stelle Ihm den Krug vor die Tür.« Offensichtlich hatte der Sergeant nicht schnell genug etwas gefunden. Der Kerl mißtraute ihm oder er hatte eindeutige Anweisungen.

»Hat Er nichts gefunden?« fragte Velasko.

»Ich sagte, daß ich gleich den Krug hochbringe.«

Der Sergeant stand starr und wartete, bis Velasko wieder die Treppe hinaufgegangen war. Eine solche Dienstauffassung gefiel ihm grundsätzlich. Der Mann hatte Autorität und war brauchbar, aber er mußte auf der richtigen Seite sein, und jetzt ging es leider gegen Velasko.

Er setzte sich ans Bett des Fiebernden und stellte seine Fragen, doch dem Kastellan war nichts mehr zu entlocken. Velasko probierte das Riechfläschchen, er fragte auf deutsch und auf russisch, er verschärfte die Tonlage, duzte ihn milde und wurde schroff. Alles brachte nichts.

Im Sekretär lagen Packen mit amtlichen Abrechnungen. Dann riesige Schlüsselbunde, vermutlich vom Schloß Monbijou. Nachdem er den Rheinwein ausgetrunken hatte, nahm er den Krug Rotwein und setzte sich mit den Abrechnungen auf das Sofa im Nebenzimmer. Listen über Listen mit Ein- und Ausgängen von Bettwäsche, Geschirr und Küchenzeugs, Möbeln, chinesischem Porzellan, unglaubliche Mengen an Weinen in Fässern und Flaschen. Die Wirtschaft eines riesigen Schlosses lief durch die Hände des Kastellans. Schwindelerregende Beträge summierten sich in endlosen Spalten.

Mit einem Ohr horchte er zu dem Verwundeten und legte die Füße hoch, die von den Schuhen schmerzten. Der Wein stimmte ihn nachdenklich und sentimental. Es gab Tage wie diese, da fehlte Laetitia ihm mehr als an anderen. Er hätte sich gerne mit ihr besprochen und den aufregenden Fall mit ihr geteilt. Es gab so viel, was er ihr hätte sagen wollen, und er ärgerte sich besonders über seine Dummheit, daß er damals so häufig mit Liebesgeständnissen gegeizt hatte.

Es war gegen Morgen, als Velasko vor Müdigkeit langsam die Augen zufielen. Mit der Damenkleidung stimmte etwas nicht, dachte er noch und horchte zum Kastellan. Dann versank er in dumpfe Selbstgespräche: Er durfte sich nicht mehr in Wehmut trinken. Es wurde Zeit, daß er sein Leben wieder in die Hand nahm. Sicher, er konnte in der Vergangenheit leben, ohne damit sonderlich aufzufallen. Er kannte einige, die sich mit Huren behalfen. Aber er wollte sich nicht behelfen. Das hatte nichts mit dem zu tun, was ihm fehlte. Huren langweilten ihn, ihre Händel hatten nichts mit Lust und Erotik zu tun, und danach hatte er sich stets schal und um so einsamer gefühlt. Er hatte etwas Kostbares kennengelernt und sehnte sich nach etwas, das sehr viel mit seiner Vergangenheit zu tun hatte. Es mußte doch möglich sein, diesen Schatz in sich zu wahren und ein zweites Leben zu finden.

Er legte die Füße über Kreuz und horchte noch einmal nach dem Kastellan. War er ein schwacher Mensch? Er wollte an die Zukunft glauben, gleichzeitig schien ihm der Glaube daran so brüchig. Ihm fiel noch ein, daß er nach dem Krug Wasser hatte sehen wollen. Später, dachte er. Später.

6.

Seine Lage auf dem Sofa war unbequem. Velasko pendelte zwischen Traum und Wachsein und hielt die Augen geschlossen. Er mußte bald die Beine strecken und sich umdrehen, aber dann war er richtig wach. Nur noch ein wenig dösen. Von irgendwo hörte er eine Stimme. Jetzt war sie deutlicher.

»Hallo?« fragte die Stimme des Sergeanten.

Der Herr Sergeant konnte ihn um die Tageszeit mal kreuzweise.

»Hallo?« Wieder der Sergeant. »Ist da wer?«

Natürlich war da wer, dachte Velasko. Er war doch nicht nichts. Plötzlich faßte jemand seine Schulter und rüttelte ihn heftig. Velasko riß die Augen auf und zuckte zurück. Er versuchte sich zu besinnen und blickte in das aufgelöste Gesicht eines Unbekannten, der ängstlich den Nacken einzog und zur Tür sah, als drohe von dort Gefahr. Velasko wollte verschreckt aufschreien, aber der Mann legte einen Zeigefinger warnend auf den Mund und wies zur Decke.

»Da oben, Herr«, flüsterte der Mann. »Ich bin der Barbier.«

»Wer?«

»Der Herr Kastellan hat mich bestellt. Zur Rasur. Da oben ist jemand. Ich hab Schritte und Stimmen gehört. Herr, irgendwas geht da oben vor. Ich ....«

»Hallo!« rief von unten der Sergeant.

Velasko setzte sich auf und versuchte sich zu besinnen. »Der Barbier?« flüsterte er und sah in ein ängstliches Kindergesicht. »Wie bist du hier reingekommen?«

»Der da unten muß leise sein«, sagte der Barbier in Panik. »Der Kastellan hat mich doch einbestellt.«

»Was sagst du? Wo soll jemand sein?«

»Oben, auf dem Boden. Gnädiger Herr, da geht etwas vor.«

»Wie bist du hier reingekommen?«

»Durch die Tür natürlich. Der Sergeant da unten, der hat geschlafen.«

»Heeh, was ist da oben los?« rief der Sergeant von der Treppe. »Herr Stadtrichter, ist Er das da oben? Mit wem spricht Er?«

»Der soll leise sein«, flüsterte der Barbier.

Velasko lief ins Gemach des Kastellans. Der glänzte im Fieber, sein Gesicht war gerötet, und er schmatzte. Velasko war beruhigt. Er griff ein Gewehr, das der Kastellan bereitgestellt hatte, entschied sich dann aber für die Damenpistole, mit der er wendiger sein würde, und eilte in den Flur. Der Sergeant kam ihm schon auf der Treppe entgegen.

»Wo kommt der denn her?« fragte der Soldat mit erstauntem Blick auf den Barbier und fuchtelte mit seiner Pistole.

»Das würde ich Ihn gerne fragen!« zischte Velasko und wies zum Aufgang vom Dachboden. »Das ist der Barbier vom Kastellan. Auf dem Dachboden ist jemand. Wir müssen vorsichtig sein.«

Der Sergeant besann sich einen Augenblick. Mit einer entschiedenen Geste bedeutete er, daß der Barbier an seinem Platz bleiben sollte. In der Stellung einer schleichenden Katze ging er voran und winkte Velasko, ihm zu folgen. Sie schlichen die Treppe hoch, öffneten vorsichtig eine Tür, horchten einen Augenblick. Der Sergeant betrat den Dachboden zuerst.

Velasko kochte das Blut. Plötzlich war er in eine Situation geraten, die er immer zu vermeiden suchte. Er war kein Hasenfuß, aber er haßte sinnlose Gefahr für Leib und Leben und wäre nie auf die Idee gekommen, zur Armee zu gehen und das Abschlachten in irgendwelchen Kriegen, die ihn überhaupt nichts angingen, mitzutun. Velasko bevorzugte es, seinen Kopf zu benutzen. Gewalt war etwas für Dummköpfe.

Der Sergeant horchte, dann schlichen sie um abgedeckte

Schränke und Kisten herum. Stühle waren in Lumpen gewickelt, Bettwäsche hing auf Leinen. Es gab so viele Möglichkeiten sich zu verstecken. Jeden Augenblick rechnete Velasko mit einem Schußwechsel. Vorsichtig folgte er und versuchte alles gleichzeitig im Blick zu behalten. Mit ihren Waffen gaben sie sich Zeichen und erkundeten nach und nach jede Ecke und jeden Winkel. Die Dachfester waren verriegelt, und es gab keinen Durchgang zu einem Nachbarhaus.

Schließlich standen sie wieder am Eingang. Velasko sah den Sergeanten an und musterte dessen Kleidung. Einen Wimpernschlag später zuckte er zusammen. Der Barbier hatte von einem Sergeanten gesprochen, aber dieser war in Zivil.

»Gottverfluchte Scheiße!« schrie Velasko und raste die Treppe hinunter, er stolperte und rutschte ein paar Stufen, er raffte sich auf und rannte weiter. Die Haustür war abgeschlossen, wie auch die Tür zum Hinterausgang. Schon stand der Sergeant hinter ihm.

»Den Schlüssel!« schrie Velasko. »Schnell! Und du läufst hoch zum Kastellan!«

Der Soldat reichte ihm den Schlüssel und nahm drei Stufen gleichzeitig die Treppe hoch. Mit zittrigen Fingern öffnete Velasko die Haustür und sprang hinaus auf die Gasse, aber es war niemand mehr zu sehen. Er entschied sich für eine Richtung, aber er wußte, es war sinnlos. Zuviel Zeit war bereits vergangen.

Nein, bitte nicht, dachte er. Nur das nicht.

Nach wenigen Metern drehte er um und lief zurück ins Haus. Er stürmte die Treppe hoch und hatte Angst vor dem, was ihn erwartete. Als er den Sergeanten wie versteinert am Bett des Kastellans stehen sah, wußte er, daß er einen Toten finden würde.

Den Anblick würde er nie vergessen. Der Kastellan lag regungslos da mit fortgestreckten Gliedern. Der Oberkörper lehnte zurückgezogen und etwas aufgerichtet gegen das

Rückenteil des Bettes. Die Zunge war bläulich rausgestreckt, die Augen quollen hervor wie bei einem Fisch, und am Hals war eine feine Spur tief eingeschnitten. Ein Draht war um den Hals gezogen und hinter dem Gestänge des Kopfteils verschlungen worden. Den Draht brauchte man nicht mehr zu lösen, denn der Kopf war unnatürlich vorgeneigt, so daß das Kinn beinahe auf der Brust lag. Zur Sicherheit hatte man ihm auch noch das Genick gebrochen. Der Kastellan würde nie mehr atmen.

Velasko wurden die Beine schwach. Hinterrücks faßte er nach einem Stuhl und ließ sich fallen. Fassungslos rief er sich das Gesicht des Barbiers in Erinnerung. Er hatte sich von diesem Kindergesicht hereinlegen lassen. Was für eine lächerliche Finte. Regelrecht vorgeführt hatte ihn der angebliche Barbier. Velasko war wie taub und hoffte für einen Augenblick, daß alles nur ein Angsttraum war. Gleichzeitig verfluchte er sich für den Hochmut, mit dem er sich Cojejji gegenüber gewappnet hatte. Sein Hochmut hatte ihn zu Nachlässigkeit und Dummheit verleitet. So schlicht diese Weisheit war, so richtig war sie auch. Hochmut kam vor dem Fall. Er war doch nur noch Stadtrichter. Konnte er noch tiefer fallen?

Ihm schwindelte, als sei er vom Ende der Welt gesprungen und taumele ins Bodenlose. Als er die Augen öffnete und die Fischaugen des Toten sah, wünschte er sich, er könnte sich in Nichts auflösen.

Der Sergeant reichte ihm ein Glas Wasser.

7.

Velasko saß gekrümmt. Sein Bauch hatte sich zusammengeklumpt, als habe er einen Schlag in die Magengrube bekommen. In seinem Kopf tobte der Herzschlag – ein helles, knisterndes

Rauschen wie früher beim Wettauchen, wenn man zu lange unter Wasser blieb.

»Es ist nicht wahr«, sagte Velasko vor sich hin. »Es darf nicht wahr sein.«

Fassungslos ging er um das Bett herum und sah auf die Schlinge um den Hals des Ermordeten. Nachdem er sich etwas gefangen hatte, stellte er den Sergeanten zur Rede. Er habe nur kurz seinen Platz im Flur verlassen, um hinter dem Haus sein Morgenwasser abzuschlagen. In der Zeit mußte der Barbier mit einem Diebesschlüssel vorne zur Tür hereingeschlichen sein. Als der Sergeant wieder im Haus war, habe er ein verdächtiges Geräusch gehört und sofort nach Velasko gerufen.

Demnach hatte der angebliche Barbier plötzlich in der Falle gesessen und dann ziemlich kaltblütig reagiert, überlegte Velasko. Der Mörder hatte ihn aufgerüttelt und sie beide mit der Finte auf den Dachboden geschickt. Als sie dort herumgeschlichen waren, hatte er die Schlinge um den Hals des Kastellans gelegt. Die Erklärung des Sergeanten war logisch, klang aber gewollt, und vermutlich hatte der Mörder sogar die Wahrheit gesagt: Der Sergeant hatte nicht gehört, als die Tür aufgeschlossen worden war. Er war eingeschlafen – wie Velasko.

Er wollte den Sergeanten mit einer Nachricht zum Gerichtspräsidenten schicken, aber er weigerte sich, seinen Platz im Hausflur zu verlassen. Er handle ansonsten gegen ausdrücklichen Befehl.

»Wen will er denn jetzt noch festhalten?« fragte Velasko, aber er ließ es damit bewenden. Natürlich wollte dieser nicht den Zorn von Cojejji als erster abbekommen.

Was war jetzt zu tun? Die Gedanken purzelten durcheinander. Was für eine Blamage! Er konnte sich den Strick nehmen und sich freiwillig an den Schnappgalgen hängen. Er sah schon das Grinsen der Richterkollegen, aber das Gesicht Cojejjis konnte er sich nicht vorstellen. Er sah keine Möglichkeit, den schwersten Fehler seines Lebens wettzumachen, es sei denn, er präsentierte den Mörder. Wenigstens das.

Er konnte doch nicht mit leeren Händen vor den Gerichtspräsidenten treten! Er fing an, nach Spuren zu suchen und die Tat zu rekonstruieren. Die Hintertür zum Hof war die ganze Zeit durch Schloß und Innenriegel gesichert gewesen, dadurch konnte der Mörder also nicht gekommen sein.

Der Bart des Schlüssels für die vordere Haustür war raffiniert ausgefeilt, aber für einen geübten Einbrecher war es vermutlich leicht, das Schloß mit einem Diebesschlüssel zu öffnen. Velasko hatte sich die Kunstfertigkeit einmal von einem verurteilten Meisterdieb zeigen lassen und war beeindruckt, wie rasch und nahezu geräuschlos auch ein gutes Schloß geöffnet werden konnte.

Vor dem Haus suchte Velasko nach Spuren, aber er fand in dem Durcheinander an Fußabdrücken keinen, der irgendwie verdächtig war. Da war kein wegeilender Laufschritt oder eine besondere Abformung einer Sohle zu sehen. Benommen stierte er auf den Boden und sah nichts. Sein Kopf wollte platzen. Diese Blamage!

In einiger Entfernung blieb ein Junge, der Nachteimer forttrug, stehen und glotzte ihn an. Velasko wollte ihn schon anraunzen, da bemerkte er, daß er noch mit der Damenpistole in der Hand herumlief. Aus den Fenstern der Nachbarhäuser schaute man neugierig. Er eilte durch einen Durchgang zum Nebenhaus rechter Hand und stand bald vor einer hohen Bretterwand. Durch die Ritzen spähte er in den Hinterhof und war überrascht. In einer Ecke schlug der Sergeant sein Morgenwasser ab und sah dabei zur Hintertür, ob Velasko wieder ins Haus kam. Wer schlug sein Morgenwasser gleich zweimal ab? Wie vermutet, war der Mörder an dem schlafenden Sergeanten vorbeigeschlichen.

Er bemerkte zwei morsche Bretter und brach sie heraus. Er sah noch, wie der Sergeant ins Haus eilte und dabei die Hose hochzog, dann schlüpfte Velasko durch die Lücke und stand in einem kleinen Innenhof.

Ein kleiner Schuppen war durch ein derbes Vorhängeschloß gesichert. Ofenholz war akkurat unter einem Vordach gestapelt. Eine Hundehütte lehnte an dem Schuppen. Nach den Maßen war sie für einen großen Hund gebaut. Die Hütte war verwaist. Eine Kette, die lang genug für den ganzen Hof war, lag dort sorgsam zusammengelegt.

Oh Gott, dachte er immer wieder und wollte sich nicht vorstellen, wie Cojejji reagieren würde. Er mußte ihn unverzüglich informieren, aber er mußte etwas finden, was ihn selbst entlastete. Irgendeine Fährte, eine Spur, die weiter half. Nur irgend etwas.

Der Hof war gut gefegt. Der Kastellan hatte alles in gepflegter Ordnung halten lassen. Die Hinterfenster im Erdgeschoß waren eng vergittert. Velasko rüttelte an den Stäben. Alle waren fest in der Hauswand verankert, die Fenster der oberen Etage ohne Leiter nicht zu erreichen. Es stand auch keine herum.

Inzwischen hatte der Sergeant die Tür zum Innenhof hinter sich verschlossen und verriegelt, als hätte er den Stadtrichter nicht bemerkt. Velasko schlug gegen die Tür, bis der Sergeant öffnete. Sie schwiegen sich kurz an, dann drückte er sich an dem Soldaten vorbei und ging im Haus den Weg nach, den der Mörder gegangen sein mußte.

Schließlich stand er wieder am Bett des Toten. Ungläubig tastete er an dem Draht entlang und befingerte die Enden der Schlinge, an denen Holzgriffe angebracht waren, so daß man damit kräftig zuziehen und alles gegeneinander verdrehen konnte. Man brauchte vermutlich nicht einmal übermäßige Kraft, wenn man sich rückwärts mit seinem Körper hineinlegte.

Velasko ging auf die Knie, um unter dem Bett nach Spuren zu schauen. Er schob den Nachttopf zu Seite und kroch unter die Bettstatt. Die Matratze über seinem Kopf stank nach Urin. Da hörte er Schritte. Als er den Kopf hob, sah er zuerst die Schuhe der beiden Männer, die vor dem Bett standen. Er wünschte in dem Augenblick, sich in Nichts aufzulösen. Er kroch rückwärts, stieß sich noch und sah dann in das vibrierende Gesicht des Gerichtspräsidenten. Velasko erhob sich so schnell er konnte.

»Ich weiß auch nicht«, sagte er entgeistert. Er hätte sich ohrfeigen können für die dümmliche Floskel. Rasch trat er einige Schritte zurück und blieb etwas gebeugt, damit der Gerichtspräsident nicht so sehr zu ihm aufschauen mußte.

»Das ist nicht wahr«, flüsterte der und starrte auf den Ermordeten. Rieger stand neben ihm. Er war völlig regungslos und totenblaß, nur sein Adamsapfel hüpfte auf und ab.

»Das ist nicht wahr«, flüsterte Cojejji noch einmal.

In diesem Augenblick wäre es Velasko lieber gewesen, der Gerichtspräsident hätte getobt und herumgebrüllt. Das Flüstern kroch ihm fröstelnd unter die Haut.

»Was ist das hier?« fragte Cojejji. Er ging um das Bett herum und faßte nach den Handgriffen der Drahtschlinge. »Rieger, erklär Er mir bitte, was ich hier sehe!«

»Ich bin fassungslos, Herr Präsident«, flüsterte der Angesprochene. »Der Kastellan war unsere einzige Fährte. Sonst haben wir doch keinen Anhalt.«

»Wie soll ich das hier erklären?« fragte Cojejji. »Der Kastellan war doch unter Bewachung. … Sogar doppelt. … Rieger, was sag ich dem König?«

Velasko zuckte bei der Erwähnung des Königs zusammen und hatte das Gefühl, ein Stück in den Erdboden gerammt zu werden. Er konnte sich nicht erinnern, jemals eine derartige

Scham empfunden zu haben. Das Ganze war unwirklich, und doch passierte es genau in diesem Augenblick.

Cojejji umkrampfte den Knauf seines Gehstocks. Velasko konnte nicht einschätzen, ob sich der oberste Vorgesetzte im Justizwesen in der Gewalt behalten würde. Wie von selbst spannte sich sein Körper zur Abwehr.

8.

Ihr Po war eingeschlafen und wie taub. Ihr Rücken war durchgeschüttelt und schmerzte von der langen Fahrt. Charlotte stützte sich mit den Händen in die Polster und lüftete ihr Hinterteil. Der Sitz fühlte sich an wie eine Steinbank. Jeder Reisende wäre froh gewesen, endlich die Station zu erreichen und aus der Kutsche zu steigen, sie aber verspürte dennoch keine Lust anzukommen.

Plötzlich ruckte es, sie hörte die Pferde wiehern und schnauben. Die schienen vor irgend etwas zu scheuen. Die Kutsche kam aus der Spur und schwankte gefährlich, so daß Charlotte auf ihrem Sitz hin und her geworfen wurde. Sie hörte die Stimme des Kutschers, eines jungen Burschen, der seine erste große Fahrt machte und an jedem Nebenweg auf Wegeszeichen achtete. Charlotte hielt sich fest und hörte nach draußen. Der Bursche rief und ließ die Peitsche knallen. Die Pferde brachen nicht aus und schienen sich zu beruhigen.

Der Bursche war ihr angenehm. Seine Frische hatte ihr gleich gefallen. Sie mochte seine Umsicht und Aufmerksamkeit. Er hatte die Nachfolge seines Vaters, der bis an sein Lebensziel Kutscher im Elternhause in Wolfenbüttel gewesen war, angetreten, und er strahlte eine Zuversicht aus, daß er den vorgezeichneten Lebensweg weiter gehen würde. Das Leben des

Vaters kam nahtlos auf den Sohn. Charlotte beneidete ihn um diese Klarheit, denn sie wußte nicht, was ihr die Zukunft bringen würde. Sie haderte mit ihrem Schicksal.

Sie fuhren durch eine unwirtliche Gegend. Gleich würden sie die Packstation von Magdeburg erreichen. Draußen sah sie Ruinen und Schutthaufen, die von Sträuchern und Gestrüpp überwuchert wurden. Nach über einem halben Jahrhundert hatte sich die Stadt immer noch nicht von den Wunden des Dreißigjährigen Krieges erholt. Versengte Balken ragten sinnlos in die Luft. Von toten Fachwerkwänden war der Lehm, den Menschenhände einmal an die geflochtenen Hölzer angeklatscht hatten, durch Wind und Wetter ausgewaschen. Die Holzgerippe erinnerten an Kadaver. In Häuserlücken standen traurige Birken, die längst über die umstehenden Dächer hinausgewachsen waren.

Man konnte noch das Wüten der Flammen, das Plündern und Morden erahnen, und wenn man nur lange genug in die Stille horchte, war das Winseln und Jammern zu hören. Und dann auch das infernalische Lorren der Kühe, die in ihrer Todesangst zurück in die brennenden Ställe drängten. Ein alter Stallmeister hatte ihr von dem Irrsinn erzählt. Bei einem Brand konnten Kühe überallhin ausbrechen, jede Richtung wäre eine Chance zum Überleben gewesen, aber das Vieh drängte ausgerechnet zurück in den brennenden Stall und damit ins sichere Verderben. Dieser Irrsinn bedrückte Charlotte, weil es sie so fatal an ihre eigene Situation erinnerte.

Eine Katze schlich auf einem Trümmerhaufen herum. Plötzlich verharrte sie zum Sprung. Abrupt wand Charlotte sich vom Anblick der Ruinen ab. Nein, sie hatte sich in ihr Schicksal gefügt und wollte hoffen. Sie hatte zu hoffen beschlossen.

Sie erinnerte sich an ein Kinderspiel und legte sich auf den Sitz. Mit ihren Füßen wanderte sie die Kutschwand hoch, stemmte sich dagegen, drückte den Rücken durch und versuchte noch ein paar Zentimeter zu gewinnen, so wie sie es als Kinder immer um die Wette getan hatten. Bis ihre Brüder sie an Körperlänge überholt hatten, war sie die Siegerin gewesen.

Sie hielt die Stellung, Kleid und Unterkleider rutschten herunter. Sie betrachtete ihre Knie, befühlte unter den Strümpfen die angespannten Muskeln ihrer Schenkel und dachte an Alexei. Es kam ihr so unwirklich vor, daß sie den Mann treffen sollte, der sie irgendwann an ihren geheimsten Stellen berühren würde. Sie versuchte sich an seine Hände zu erinnern und wie seine Fingernägel manikürt waren, aber es wollte ihr nicht gelingen.

Wieder schaukelte die Kutsche aus der Spur. Charlotte wäre fast heruntergefallen. Eine andere Kutsche fuhr an ihnen vorbei. Sie hörte ein »Hooh, hooh!« des fremden Lenkers, dann fuhr sie wieder ruhiger.

Es waren die letzten Meilen ihres Ausbruchs. Gleich würde sie ihrem Mann, dem Zarewitsch und Thronfolger Alexei, Sohn von Zar Peter I., begegnen. Nach ihrer Heirat waren sie noch einige Zeit in Deutschland geblieben. Alexei hatte einige Aufgaben für den Zaren zu erledigen gehabt. Es ging um Rekrutierungen und Proviantbeschaffung für russische Truppen, die Stralsund belagerten. Mit Beklemmung dachte sie an diese Wochen mit Alexei zurück. Sie fanden einfach nicht zueinander.

Dann war ein Brief des Zaren gekommen. Charlotte wurde endgültig nach Rußland befohlen. Man hatte ein Kinderbett für den Enkel aufgestellt. Alles, sagte ihr eine innere Stimme, aber nur nicht nach Rußland! Alexei würde sie an den geheimsten Stellen berühren müssen. Bei der Vorstellung schauderte ihr. Ob er wollte oder nicht, der Zar verlangte nach einem Enkelsohn. In Panik war sie zu ihren Eltern nach Wolfenbüttel geflüchtet. Sie wußte, daß sie zu Hause nicht bleiben konnte und der Vater sie zurückschicken würde. Es war eine sinnlose

Flucht. Und doch hoffte sie in kindlichem Glauben darauf, daß die Heirat mit dem Zarewitsch vergessen wurde.

Dieser war inzwischen von Zar Peter an die Universität in Dresden befohlen worden, wo er Festungsbau und Geographie studierte. Sein Deutsch sollte er verbessern und europäische Lebensart lernen. Charlotte stand in Korrespondenz mit Verwandten am Dresdner Hof, die Erkundigungen über ihn einzogen und ihre Aufwartung machten. Sie schrieben, daß Alexei auch Fecht- und Tanzunterricht nahm. Er besuchte die Vorlesungen, ansonsten wußten sie nichts zu berichten. Er lebte zurückgezogen, und obwohl Einladungen ausgesprochen wurden, hielt er sich vom glamourösen Leben am sächsischen Hofe fern. Sooft sie die Briefe auch las, darin stand nichts davon, daß er jemals nach ihr gefragt hätte.

Seit ihrer Flucht waren Monate vergangen, ohne daß sie sich gesehen oder geschrieben hatten. Als hätte auch Alexei ihre Ehe vergessen. Manchmal dachte Charlotte schon, daß alles so bleiben würde. Nur ein dummer Irrtum, den alle einsahen und über den sie schweigend hinweggingen. Sie war so gefällig, wie sich Eltern eine Tochter nur wünschen konnten, und machte sich nützlich. Sorgsam vermied sie alles, was unangenehme Aufmerksamkeit erregen konnte, und hoffte auf stille Duldung. Mit klopfendem Herzen sah sie, wie der Vater die Korrespondenz erledigte, und versuchte dann, die Adressaten und Empfänger herauszubekommen.

Eines Tages platzte die Illusion. Es kam kein Brief, sondern Zar Peter ritt persönlich zu ihrem Elternhaus nach Wolfenbüttel und bat sie einfühlsam, ja zärtlich, zu ihrem angetrauten Mann zurückzukehren und mit diesem nach Rußland zu gehen. Dabei machte ihr der Zar keinen wirklichen Vorwurf, sondern handelte ihre Flucht wie einen kindischen Einfall ab. Er stellte es so hin, als wäre alles nur die Folge eines Mißverständnisses gewesen.

»Hättest du doch nur gesagt«, sagte Zar Peter, »daß du deine Eltern besuchen willst, dann hätte ich es dir doch erlaubt. Alexei ist auch ein guter Sohn. Ich habe jetzt so viel Hoffnung für ihn. Die Zeit in Dresden hat ihn vieles gelehrt, was ein Herrscher braucht. Er hat mir auch immer wieder geschrieben, daß er eine aufrichtige Zuneigung zu dir hat.«

Charlotte war darüber überrascht und mußte den Zaren ungläubig angesehen haben, denn er umfaßte nun ihre Hände, wie Alexei es nie getan hatte.

»Charlotte, ich vertraue dir«, sagte er weiter. »Alexei braucht eine Frau wie dich. Er war unter schlechten Einfluß geraten und hat sich nur noch in den Kirchen herumgetrieben. Du weißt, die Moskauer Popen sind meine größten Feinde. Ich mußte Alexei fortbringen. Deswegen das Studium in Dresden und die Heirat mit dir. Seit eurer Heirat ist er ein anderer Mensch. Er ist stärker geworden, und Rußland braucht einen starken Zarewitsch, der einmal mein Erbe antritt. Wenn er nicht stark gegen meine Feinde ist, war mein ganzes Werk umsonst. Versteh doch, du bist die einzige, die wirklich noch einen guten Einfluß auf ihn nimmt. Komm doch künftig gleich zu mir, wenn du etwas brauchst oder Sorgen mit ihm hast. Hab ein Auge auf Alexei!«

Immer wieder beteuerte der Zar die Gefühle seines Sohnes, als wäre es mehr, als Charlotte bei einer Heirat zwischen zwei Herrscherhäusern erwarten konnte. Sie würde in St. Petersburg eine Heimat und Familie finden. Die Popen hätten dort nicht die Stellung wie in Moskau. Ansonsten sollte sie den Gerüchten über sein Land nicht glauben. Er schwärmte so warm von der Schönheit Rußlands und dem Empfang, den seine neue Frau, die Zarin Katharina, ihr bereiten würde, daß sie schließlich nachgegeben hatte.

Ihr Vater, der Herzog von Wolfenbüttel, war geschmeichelt über den hohen Besucher. Seit die russische Armee die Schweden in der Schlacht von Poltawa besiegt hatte, horchte ganz Europa auf. Man mochte es zuerst gar nicht glauben. Die Schweden waren von Russen geschlagen worden! Eine Sensation. Plötzlich war aus dem Nichts eine neue Macht aufgetaucht. Aus den Kinderspielregimentern eines Zarenknaben war eine Armee erwachsen, die ernst zu nehmen war. Auch bei der zunächst verlachten russischen Galeerenflotte zeigte sich auf einmal eine taktische Überlegenheit gegenüber den schwerfälligen Schlachtschiffen, wie sie sonst bevorzugt wurden. Ein neues Rußland veränderte die Landkarten.

Plötzlich waren auch Eheschließungen mit dem Hause Romanow äußerst attraktiv. Selbst vom Kaiserhof in Wien aus sondierten Abgesandte nützliche Allianzen. Auch die einflußreiche Dynastie von Wolfenbüttel wollte nicht zurückstecken und fühlte sich geehrt, daß Heiratspolitik mit ihnen gemacht wurde. Die Väter einigten sich zu beider Vorteil und stießen ganz selbstverständlich auf einen strammen Thronfolger und viele, viele Enkelkinder an.

Sie sollte dem Zaren Enkel schenken. Dabei hatten sich Charlotte und Alexei in der Hochzeitsnacht gar nicht berührt. Auch später war die Ehe nicht vollzogen worden. Sie hatten sich noch nicht einmal auf den Mund geküßt. Immer nur die drei Küsse auf Stirn und Wangen. Sie hatte den Eindruck, er fände sie nicht hübsch mit ihrer hoch aufgeschossenen, dünnen Gestalt, den Pockennarben unter dem Puder und ihren Apfelbrüsten, die aufgesetzt und verloren auf den Rippen wirkten.

Mit der Entscheidung, nach Rußland zu gehen, hatte sie sich aber auch dafür entschieden, Alexei eine Frau zu sein. Er würde sie berühren, und sie fragte sich, was sie mit ihren Händen machen sollte.

Dabei war sie durchaus lustvoll und erforschte ihren Körper. Sie verschlang empfindsame Literatur und träumte lesend von der Liebe. Bei Anspielungen horchte sie auf und versuchte herauszubekommen, was sich dahinter verbarg. Sie durchstöberte die Bibliothek und fand galante Bilder, die irgendein Vorfahr einmal gesammelt hatte und die dann in Vergessenheit geraten waren. Die Bilder befremdeten sie, gleichzeitig aber ließen sie Charlotte nicht los und beschäftigten sie weiter, so daß sie diese immer wieder hervorholte und studierte, was Männer und Frauen miteinander machten.

So erfuhr sie mit der Zeit von immer neuen Varianten fleischlicher Hingabe. Sie war wie angestachelt davon und beobachtete Verliebte. Sie spürte Verlockungen in sich wachsen und hatte auch schon einen Cousin ausgeguckt, dessen Art, sie anzuschauen, ihr gefiel. Die Erinnerung an seine Hände versetzten sie in einen sinnlichen Zustand und ließen Charlotte von ihm träumen. Wachte sie auf, so sehnte sie sich nach Berührung und stellte sich vor, es wären seine Finger, die sie liebkosten. Und er würde ihre heimlichsten Wünsche, die natürlich auch die seinen waren, erraten. In ihrer Phantasie waren sie ein liebendes Paar geworden.

Charlotte suchte die Nähe des Cousins, um den Geruch seines Atems zu erhaschen und Berührungen zu provozieren. Aber dann hatte sich etwas verändert. Die Vertrautheit aus gemeinsamen Kindertagen war wie weggeblasen. Er schien verunsichert und zuckte zurück, als hätte er Angst, sich die Finger zu verbrennen. Er wurde förmlich und zeigte ihr die kalte Schulter.

Über Wochen und Monate litt sie Qualen, wie sie in den empfindsamen Romanen beschrieben wurden. Sie litt Sehnsucht und meinte, die tiefsten Gefühle zu verstehen, ohne sie zuvor gelebt zu haben. In ihr bohrte die Frage, warum er sie zurückwies. Innerlich fühlte sie sich zerstört. Sie war vernichtet. Das Liebesleid lag wie eine Glocke über ihr. Aber irgendwann erwuchs aus Kummer und Selbstzweifel eine Wut, die sie vorher nie für möglich gehalten hätte. Und nochmals später bemerkte sie, daß die Wut auf ihn verblaßte. Bis sie sie ganz vergaß. Aber es blieb etwas, das sich in ihr Gedächtnis eingegraben hatte.

Wenn sie ihm dann begegnete und beobachtete, wie er sprach, lachte, wie er sich in Posen zu setzen wußte und schon ganz Mann geworden war, dann kam er ihr unreif und lächerlich vor. Und gleichzeitig dachte sie an ihre unartigen Begierden, die weiter in ihr lebten. Sie lebte in einem Zustand ständigen Verlangens und sagte sich, daß sich doch irgendwann ihre Träume erfüllen mußten. Es würde ein erstes Mal geben. Schloß sie die Augen und ließ sich sinnlich entführen, dann waren es noch immer die Hände des Cousins, die sie verzauberten.

Sie besuchte Freundinnen und fuhr zur Verwandtschaft, sie sehnte den Gesellschaften am elterlichen Hof in Wolfenbüttel entgegen, aber wo sie sich auch umschaute, war niemand, der ihren Liebeswunsch so erregte wie der Cousin. Dabei ängstigte sie immer noch das Unbekannte im Zusammensein von Mann und Frau.

Ihre Lust zu fassen und angefaßt zu werden, dieser Wunsch nach Erkundung und Begierde, hatten jedoch nichts mit ihrem Ehemann Alexei und seinen Händen zu tun. Vielleicht mußte sie sich erst an ihn gewöhnen, dachte sie manchmal, und die liebenswerten Seiten an ihm entdecken. Vielleicht würde mit der Zeit eine Zuneigung wachsen. Sie wollte sich bemühen.

Fünftausend Gulden hatte der Zar ihnen für den Anfang gegeben. Wie viel ihr Vater jetzt nochmals bekommen hatte, wußte sie nicht, aber es wäre ihr lieber gewesen, sie hätte nichts von dem Geld mitbekommen, denn sie wollte sich ja wirklich bemühen, und so blieb ein demütigender Geschmack, daß man sie verkauft hatte.

Sie sollten nicht in Armut leben, hatte der Zar versprochen, und in St. Petersburg würde schon ein Zuhause auf sie warten mit vielen, vielen Kinderbetten. Eigentlich wollte sie ja Kinder.

Aber St. Petersburg sollte eine riesige Baustelle in unendlichen Sümpfen sein. Sie hatte sich davon erzählen lassen. Es war eine völlig neue Stadt nur nach dem Willen des Zaren gebaut. Hunderttausende Leibeigene, die dorthin gezwungen worden waren, sollten schon in den Sümpfen umgekommen sein. Die Fundamente von Petersburg waren auf Gebeine gesetzt. Charlotte hatte Angst vor Rußland, Angst vor der Barbarei und den Sümpfen.

Und jetzt hatte sie auch Angst vor der Begegnung mit Alexei. Vor seinem Mund und seinen Händen, aber sie hatte sich vorgenommen, ihrem Mann zu Willen zu sein.

Charlotte setzte sich auf und sah hinaus. Vor der Poststation stand die Kutsche mit dem Wappen der Romanows. Die Pferde waren ausgeschirrt. Ein Junge tauchte aus dem Nichts auf, lief ein Stück neben ihrer Kutsche her, sprang dann auf das Trittbrett und fragte in die Kutsche, wo sie herkamen, dann stürmte er vor ins Haupthaus. Männer kamen heraus und gingen einige Schritte auf die Kutsche zu.

Sie erkannte Alexei an seiner nachlässigen Haltung und dem eingezogenen Nacken. Er hielt sich immer, als würde er mit großer Schuld vor den Beichtstuhl treten. Er trug keine Perücke, sondern hatte sich inzwischen die schwarzen Haare lockig bis über die Schulter wachsen lassen und streng in der Mitte gescheitelt, so daß seine hohe Stirn nochmals länger wirkte. Obwohl die Augen ziemlich eng beieinander standen, fand sie sein Gesicht eigentlich nicht häßlich. Hinter seinem Lächeln blieb eine Scheu, mit der er auf alles blickte.

Zarewitsch Alexei verneigte sich, wobei er die Hände gekreuzt auf die Brust legte. Bevor Charlotte die Finger studieren konnte, küßte Alexei sie dreimal auf die Wangen rechts und links. Seine Rasur war nicht frisch. Das harte Kratzen erschreckte sie, und sie zuckte zurück. Es war nicht unangenehm, es war nur neu, und sie hatte einfach nicht damit gerechnet.

»Ich freue mich, die Zarewna zu sehen«, sagte Alexei. »Hatte Sie eine angenehme Fahrt?«

»Oh, danke. Ich freue mich ...«, hob Charlotte an. Sie war erleichtert, denn sie hörte keinen Vorwurf heraus, gleichzeitig dachte sie, daß ihm ihre Flucht eigentlich nicht gleichgültig sein durfte. Sie überlegte, sein verbessertes Deutsch zu loben.

»Ich bin krank«, sagte Alexei unvermittelt. »Ich müßte zur Kur nach Karlsbad, aber der Zar hat mich nach Berlin befohlen. Die Zarewna wird sich etwas erfrischen wollen.«

»Was ist es denn für eine Krankheit?« fragte Charlotte. Sie vermied die direkte Anrede, denn sie war unsicher, ob sie ihn duzen sollte, wie sie es bislang nur in Gegenwart von anderen getan hatten.

»Es sitzt im Kopf«, sagte Alexei. »Das Gedächtnis geht mir aus.«

Es klang merkwürdig entrückt und eher wie eine Entscheidung. Mit einem Wischen der Hand drückte Alexei aus, daß er darüber nicht weiter sprechen wollte. Es lag darin kein Vorwurf, nein, er wischte einfach nur ihre Anteilnahme weg. Es ging Charlotte nichts an. Offensichtlich kam er gar nicht auf den Gedanken, daß es sie als Ehefrau etwas angehen könnte, und sie spürte in seiner Geste eine tiefe Einsamkeit.

Mit den Fingern machte er eine verlegene Bewegung wie die Apothekerknechte beim Pillendrehen. Die Fingerspitzen waren etwas abgeplattet, der Daumen stark entwickelt und die Handrücken mit dunklen Haaren bedeckt. Er reichte ihr den Arm. Schweigend wandten sie sich zum Haupthaus und gingen ein paar Schritte. Plötzlich drehte er sich zu ihr, als sei ihm etwas eingefallen, und er zog ein Medaillon aus der Tasche und überreichte es ihr.

»Fast hätte ich es vergessen«, sagte Alexei und lächelte. »Ein Geschenk für die Zarewna.«

»Ich hab auch ein Medaillon für den Zarewitsch«, sagte Charlotte und nahm seinen abgespreizten Arm. Obwohl er sehr kurz atmete, roch sie den Branntwein.

9.

Velasko konnte nicht sitzen oder auf der Stelle stehen. Es trieb ihn auf und ab wie ein wildes Tier in den Käfigen des Hetzgartens. Tiefste Scham wechselte mit Zorn über sein Versagen. Er fuhr sich mit der Hand über die Augen, rieb sie ganz fest und versuchte das Bild des Ermordeten wegzuwischen. Am liebsten hätte er die Reisekisten gepackt und sich auf das elterliche Gut nach Hinterpommern verkrochen. Auf ewig, dachte er, aber er wußte, daß es für ihn keinen Weg zurück gab. Jedenfalls nicht, solange der Vater noch lebte. Auf Gut Velasko konnte es nur einen Herren geben, und das war sein Ahnherr.

Keine Ausflüchte, dachte er. Es galt das Beste aus der Situation zu machen. Aber wie? Nicht auszudenken, wenn die Kollegen am Stadtgericht von dem Mord erführen. Man brauchte gar nichts hinzuzufügen oder aufzubauschen, und kübelweise würde sich Häme über ihn ergießen. Völlig zu Recht, wie er sich eingestand.

Velasko war entschlossen, an dem Fall dranzubleiben und alles daranzusetzen, die Blamage wieder wettzumachen – soweit das überhaupt möglich war. Vielleicht konnte er auch darauf hoffen, daß der Mord verheimlicht würde, denn bisher sollte ja alles geheim bleiben.

Er hörte Schritte. Rieger öffnete die Tür und bat ihn hoch ins Schlafzimmer des Kastellans. Velasko versuchte etwas in Riegers Gesicht zu lesen, was ihn erwarten würde, aber es war leblos wie eine Maske. Velasko folgte mit schwerem Tritt. Leise trat er an das Bett des Toten.

»Ich kann die Visage nicht mehr sehen«, sagte der Gerichtspräsident zu Rieger, der daraufhin dem Kastellan ein Tuch über die hervorgequollenen Fischaugen legte.

»Würde Er den angeblichen Barbier wiedererkennen?« wandte Cojejji sich mit saurer Miene an Velasko.

»Sehr wohl, Herr Gerichtspräsident.«

»Wir schreiben eine Fahndung aus und verstärken die Wachen an den Stadttoren, obwohl der Kerl längst über die Grenze ist – wenn er das vorhatte. Auch in der Stadt müssen wir die Kontrollen verstärken. Rieger, Er setzt die Beschreibung des Mörders auf! Velasko, hat Er etwas aus den Aufzeichnungen lesen können, die Rieger von dem Kauderwelsch gemacht hat?«

»Der Kastellan hat viele Worte nur angedeutet. Oft nur Silben, und vermutlich ist wirklich alles wirr. Ohne Zweifel hatte er Angst. Todesangst, würde ich sagen. Ich habe noch keine wirklichen Zusammenhänge herstellen können.«

Velasko sah den unwilligen Blick seines Vorgesetzten. Er mußte unbedingt in einer Richtung nachlegen, in der Cojejji ihn brauchte.

»Also ich meine wirklich zwingend in der Logik«, sagte er weiter. »Immer wieder sagte der Kastellan etwas auf russisch, das Verrat bedeuten könnte. Und dann hat er noch über Wein gesprochen.« So weit stimmte es, dachte er, auch wenn der Hinweis auf *Verrat* bereits mehr als vage war, aber er mußte noch etwas draufpacken, wollte er sich unentbehrlich machen.

»*Wasser*«, sagte Rieger. »Der Kastellan verlangte immer wieder *Wasser*.«

»Das auch«, erwiderte Velasko.

»Hat mich gewundert, daß der Kerl keinen Wein trinken wollte«, meinte Cojejji. »Hat der Kastellan in der Nacht noch irgend etwas gesagt?«

»Auf russisch?« fragte Velasko und überlegte fieberhaft. Der

Gerichtspräsident hatte ihn nur wegen seiner Russischkenntnisse holen lassen und weil er nicht zu den intriganten Kreisen am Hofe und den Seilschaften in der Justiz gehörte. Sein Russisch war der einzige Trumpf, den er jetzt ausspielen mußte. Er gab sich einen Ruck und hob hervor, was ohnehin in der Luft lag.

»Der Kastellan sprach von *Empfang*«, sagte Velasko. »Immer wieder *Empfang der Russen* und *Feierlichkeiten*. Als würde Gefahr aus den Reihen der Russen selbst drohen.«

»Mehr als *Empfang* sagte der Kastellan nicht?« fragte Cojejji mit süffisantem Unterton. »Ich meine bis auf Seine spitzfindige Spekulation.«

»Nein, Herr Gerichtspräsident, aber ich will die Aufzeichnungen noch einmal studieren.«

»Dann haben wir also *Wein*, *Verrat* und *Empfang der Russen*. Rieger, was haben wir noch?«

»*Wasser*.«

»Ach Rieger! Er jetzt wieder.«

»Es war das einzige, was der Kastellan deutlich ausgesprochen hat.«

»Bis auf die Angst«, sagte Cojejji, »man würde ihn umbringen. Er hatte Todesangst. Das wollen wir nicht vergessen.«

Es stach in Velasko. Nie mehr würde er vergessen, daß der Kastellan Todesangst gehabt hatte. Er zog den zerschlissenen Geldbeutel aus der Tasche und nahm die Münzen heraus, die noch darin gewesen waren.

»Der Beutel lag unter dem Bett«, sagte Velasko. »Drei Dukaten waren darin.« Er zog das Hemd des Kastellans hoch, nahm einen Dukaten und hielt ihn gegen den kreisrunden Abdruck auf der Brust. »Offensichtlich hat eine Münze einen Stoß abgefangen und wurde ins Fleisch gedrückt. Aus der Art, wie der Beutel zerschlissen ist, ist zu schließen, daß er ziemlich prall gefüllt war. Er ist regelrecht geplatzt.«

»Beim Kastellan war der Geldbeutel immer prall gefüllt«, sagte Cojejji. »Was schließt Er daraus?«

Velasko bemerkte den mißbilligenden Blick Riegers, aber er mußte sich gegenüber Cojejji als scharfsinniger Ermittler herausstellen. Es war unvermeidlich. Er war im Begriff, sich in Rieger einen neuen Feind zu machen.

»Es war ein kleines Vermögen in dem Beutel«, sagte Velasko. »Vorausgesetzt, es waren alles Dukaten. Sie stammen alle aus der gleichen Prägeserie. Ganz hochwertige Münzen. Sie sind vom hiesigen Wardein auf ganzen Wert gestempelt. Man könnte in den Rechnungen nachprüfen, ob größere Beträge von zwanzig bis dreißig Dukaten vermerkt sind. Mehr kann ich darüber nicht spekulieren.«

»Die Frauenkleider«, sagte Rieger und schob sich vor. Er nahm den Geldbeutel und untersuchte das Gewebe. »Wir sollten nachforschen, mit wem der Kastellan in so nahem Kontakt stand, daß sogar Kleider im Schrank hängen. Jeder Mensch hat das Bedürfnis, sich mit jemandem zu besprechen, besonders natürlich, wenn man in ...« Rieger suchte ein Wort.

»Was denn nun, Rieger?« fragte Cojejji.

»Ähm, ja, wenn man in fleischlicher Vermischung miteinander steht.«

»Was soll denn das sein?« Cojejji lachte amüsiert auf. »Ich faß es nicht! Sagte Er fleischliche Vermischung?«

»So ist es, Herr Gerichtspräsident.«

»Rieger, die Leute vögeln und ficken. So heißt das seit Jahrhunderten. Er spricht wie ein Eheschänder im Beichtstuhl.«

»Es ist die Erziehung, Herr von Cojejji.«

Einen Augenblick war es still. Velasko war beeindruckt und zog innerlich den Hut. Rieger war kein höfischer Pantoffelküsser.

»Seine Erziehung also«, sagte Cojejji und räusperte sich. »Weiter bitte, Herr von Rieger.«

»Ich hatte die Magd des Kastellans nach seinem Umgang und Besuchern befragt«, sagte Rieger. »Sie konnte aber nichts angeben.«

»Oder sie wollte nicht«, sagte Cojejji. »Und weiter?«

»Tagsüber war sie im Haus meist allein. Zu den Räumen hier oben bekam sie nur Zugang in Gegenwart des Kastellans. Sonst waren die Räume verschlossen. Besucher hat sie nie mitbekommen. Manchmal kamen Knechte der Hoflieferanten, die die Vorräte im Keller auffüllten. Man müßte hier in der Nachbarschaft nachfragen, ob abends jemand gekommen ist, und natürlich bei den Untergebenen des Kastellans in Monbijou.«

»Was soll das bringen?« fragte Cojejji.

»Die Leute bekommen immer mehr mit, als man denkt, und machen sich ihre Gedanken. Die Neugierde treibt die Menschen geradezu, sich aus wenigen Fakten ein Urteil zu bilden.«

Bei den Allgemeinplätzen legte sich Cojejjis Stirn ungeduldig in Falten. »Gerade deswegen möchte ich doch keine allgemeinen Befragungen«, sagte er nachdrücklich. »Außerdem ist in Monbijou kein Personal mehr. Die Russen haben das Schloß völlig in Beschlag genommen. Wir haben dort keine Wachsoldaten mehr. Es müssen hier doch Hinweise auf den Umgang sein. Jeder Mann mit Geld hat Weibergeschichten.«

Rieger hob die Augenbrauen, als habe er einen Einwand.

»Nicht jeder«, sagte Velasko. Ein Gedanke blitzte auf. Er ging zum Schrank, nahm ein Paar Damenschuhe und ein Kleid vom Bügel. Unter den skeptischen Blicken der beiden Männer schlug er die Decke zur Seite und legte das Kleid auf den Leichnam – wie bei einer Frau, die vor dem Spiegel das Tageskleid aussuchte. Er zupfte herum, so daß es den Kastellan sorgsam bedeckte und ordnete die Falten. Dann nahm er die übergroßen

Damenschuhe und zog sie der Leiche an. Sie paßten tadellos. Velasko nahm das Stickzeug und wollte es dem Toten in die Hände geben, aber die Arme fielen immer wieder zur Seite, und er legte es auf den Bauch. Er fand noch eine Perücke, die zu einem Turm frisiert war, und setzte sie ihm auf. Zum Schluß konnte Velasko es sich nicht verkneifen, er nahm das Tuch weg, das Rieger über das Gesicht gelegt hatte.

»So ein Schwein!« sagte Cojejji und hielt die Hand ans Kinn gelegt, als stände er in einer Bildergalerie. »Der hatte den griechischen Geschmack. Widerlich. Hab mir schon so etwas gedacht. Diese parfümierte Wohnung, dieser weibische Farbensinn. Aber wen wundert es noch. Die Stadt ist inzwischen so verkommen. Wie ich hören mußte, stehen an der Jungfernbrücke jetzt auch schon Knaben aus. Wahrscheinlich muß ich mich auch noch darum kümmern! Rieger, warum ist Er eigentlich nicht darauf gekommen, daß der Kerl auf der anderen Fakultät herumpussiert hat? Ist das eine moralische Dimension, die für Ihn nicht mehr denkbar ist?«

Rieger schwieg betreten.

»Das Römische Reich ist an der Schweinemoral zugrunde gegangen«, sagte Cojejji. »Ein später Triumph der Griechen über die Römer. Aber lassen wir das.« Cojejji drehte sich weg und sprach jetzt für sich. »Ich muß wohl mit den Mitarbeitern auskommen, die mir zur Verfügung stehen.«

Cojejji ließ die Worte ein wenig nachklingen, sammelte sich und hob die Stimme wieder. »Ich möchte, daß die beiden Herren zusammenarbeiten und sich nicht zerfleischen, wie das sonst im Justizwesen der Fall ist. Zuerst setzen Sie beide das Fahndungsschreiben auf. Der Sergeant soll es sofort zu den Stellen bringen, anschließend bleibt er hier auf Wache. Dann durchsuchen die beiden Herren noch einmal das Haus und rekonstruieren die Ereignisse. Und Velasko, Er wird heute nachmittag beim Empfang des Zaren in Monbijou an meiner Seite stehen und die Ohren offenhalten. Er läßt sich keine einzige Silbe der Russen entgehen.«

Gegen Mittag waren sie fertig. Velasko faßte den Packen mit Briefen, die der Bruder des Kastellans geschrieben hatte. Rieger nahm die Schlüsselbunde von Schloß Monbijou an sich. Er würde sich durch den Wust an Rechnungen und Bestellisten arbeiten.

Als sie das Haus verließen, versuchten sie, ihre üble Laune mit Frotzeleien über die Menschen zu überspielen, die den Straßenkot hinter ihre Häuser trugen. Es waren noch mehr geworden, die mit den Eimern davoneilten. Rieger wußte von einer Verordnung, wonach der Gassenmeister hier auf dem Friedrichswerder denjenigen, die die Straße nicht säuberten, den Dreck in den Hausflur warf. Zudem wurde Hausrat gepfändet, der nur durch eine saftige Strafgebühr ausgelöst werden konnte. Das wäre die Sprache, die der Pöbel verstehe. Endlich würde ernsthaft durchgegriffen.

Velasko war in Eile. Den Dienstherren der Magd Elisabeth hatte er zu zwei Uhr ins Stadtgericht einbestellt, und er mußte sich für den Empfang des Zaren frischmachen und kleiden.

Am Ende der Gasse sah er noch ein Handgemenge mit dem Bettler, der am Vortag am Eingang zu Marthas Straße verhaftet worden war. Wahrscheinlich waren die Kerker der Stadt inzwischen so überfüllt, daß sie den Bettler wieder hatten laufen lassen. Das Berliner Justizwesen war unberechenbar. Der eine verhaftete verdächtiges Gesindel, der andere ließ es wieder laufen. Einer wußte vom anderen nicht. Nach den Jahren als Stadtrichter wunderte Velasko sich über nichts mehr, und immer wieder nahm er sich vor, sich nicht über die Ungereimtheiten aufzuregen.

Im Wegeilen sah er noch, wie der Bettler mit Fußtritten verjagt wurde.

10.

Vor dem Stadtgericht wurde gegafft, gescherzt und gepfiffen. Am Pranger stand ein Mann, den man in Eisen geschlossen hatte, seine Zeit aus. Damit ihn alle sehen konnten, hatte man ihn auf ein Weinfaß plaziert. Um seinen gebeugten Hals hing an einem Seil ein schwerer Lästerstein – ein Zeichen, daß er über jemand falsch gesprochen hatte.

Immer wieder blieben Vorübergehende stehen und sahen den Kindern und Burschen zu, die auf ein Kommando mit dem Dreck, den sie auf der Straße fanden, auf den Mann warfen. Der konnte den vielen Flatschen, die plötzlich auf ihn zuflogen, nicht ausweichen. Gejohle und Applaus brandete auf, wenn der Lästerstein getroffen wurde.

Als Stadtrichter sprach Velasko selbst solche Strafen aus, aber er fragte sich immer, wie sich die Leute an einer solchen Demütigung auch noch erfreuen konnten. Manchmal ekelte ihn vor den Menschen, und ihm wurde bange. Seine gereizte Laune verdüsterte sich nochmals.

Er drängte durch die Menge ins Stadtgericht, nahm zwei Stufen auf einmal und eilte den Flur zu seinem Bureau entlang. Auf einer Wartebank saß eine Mutter, die ihr Kind auf dem Schoß hüpfen ließ. Sie schäkerte mit ihrem Sprößling und lachte, sie wollte ihr Kind zeigen und daß man ihr im Mutterstolz zusah, wie das Kleine hüpfte und ulkige Juchzer ausstieß. Eine andere Frau sah ihr lächelnd zu.

Was gab es denn hier in diesem Drecksloch von Stadtgericht zu lachen, dachte Velasko. Gar nichts. Er wußte, daß er ungerecht war, und in diesem Augenblick wollte er ungerecht sein. Die Welt war auch zu ihm ungerecht. Als er nahe war, erkannte er in der anderen Frau Johanne Merck, die Herrin der Magd Elisabeth. Sie nickte ihm freundlich zu.

Vor einem Zimmer waren die Richterkollegen Kessel und Westphal im Gespräch. Als sie ihn kommen sahen, verstummten sie, drehten sich weg und raunten etwas. Sie schienen Spaß an irgend etwas zu haben und waren guter Stimmung. Neulich war das schon einmal vorgekommen. Was nahmen die beiden sich eigentlich heraus? Ihr Verhalten hatte Methode. Oder wußten sie gar etwas über den Mord am Kastellan? Sah er Häme, und sie lachten ihn aus?

Er war in einer Verfassung, die beiden wegen ihrer Unhöflichkeit zur Rede zu stellen, aber er hätte sie vermutlich gleich angeschrien, und diese Blöße gönnte er ihnen nicht. Zumal nach der jetzigen Blamage. Ein andermal, dachte er. Grußlos ging er an ihnen vorbei, dann hielt er inne. Sollte sich ein Freiherr von Velasko diese ungeheure Provokation gefallen lassen? Es brodelte in ihm. Wo blieb sein Stolz?

Er drehte sich, und ging auf die beiden zu. »Meine Herren, was soll das?« fragte er.

»Was bitte, werter Kollege?« fragte Westphal lächelnd.

»Er weiß genau, wovon ich rede.«

»Nein, Herr Kollege?«

»Warum drehen sich die Herren Kollegen weg, wenn ich erscheine?«

»Wir, nein«, sagte Westphal und sah seinen Kollegen an.

»Wie kommt Er auf dieses Urteil?« fragte Kessel freundlich und tat erschreckt.

In ihrer Verlogenheit erinnerten ihn die beiden an Marthas Söhne Sigismund und Sylvester. Seine Kollegen waren genau so feige und verlogen.

»Weil es Methode hat, Herr Kollege«, sagte Velasko. »Es ist neulich schon einmal geschehen.

»Wovon spricht Er eigentlich?« fragte Westphal.

»Wir sollten uns nur darauf einigen, ob wir uns grüßen oder

nicht«, sagte Velasko und verneigte sich. »Ich grüße Sie, meine Herrn Kollegen.«

»Einen guten Tag, Herr von Velasko«, sagte Kessel.

»Ja, das wünsche ich Ihm auch«, schloß Westphal sich an.

Sah er Häme in ihrem Lächeln?

Im Bureau empfing ihn sein Schreiber Buchner mit einem Blick von zerfressender Neugierde.

»Wo ist der Merck?« fragte Velasko scharf und blickte sich um. Seine gereizte Stimmung war nicht mehr zu steigern.

»Guten Tag«, sagte Buchner mit einer Betonung, als antworte er auf einen Gruß. »Der Herr Merck ist nicht gekommen, dafür seine Vorgesetzte?«

»Was soll das heißen: Vorgesetzte? Ich bin hier der Vorgesetzte. Kann Er sich nicht klar ausdrücken?«

»Ich meine, daß die Merck ihrem Gatten über ist.«

»Was heißt über? Über was? Überdrüssig, überfällig, überdreht, über...« Velasko fiel nichts mehr ein. Er wußte, was Buchner sagen wollte, aber er war dieses saloppe Herumgerede, das witzig sein sollte, manchmal so über. »Also, über was?«

»Überlegen«, sagte Buchner. »Die Merck ist ihrem Mann über. Das sagt man doch so.«

Buchner schien immer noch nicht den Ernst der Lage zu begreifen.

»Den Merck will ich hier sehen und sonst niemanden. Hat Er das nicht ausgerichtet?«

»Doch«, sagte Buchner. »Natürlich. Aber man stellt sich immer etwas vor, es kommt dann aber immer anders, als man denkt.«

»Jetzt wird Er unverschämt«, sagte Velasko scharf. »Was ist das überhaupt für ein Ton in letzter Zeit!«

Schlagartig kochte in ihm die Wut hoch, die sich in ihm aufgestaut hatte. Sein Blick fraß sich fest an den Mäusekötteln am

Ofen. Dieses verdammte Drecksloch, in dem er sein Leben vergeudete. Diese Unverschämtheiten der Menschen! Am schlimmsten war die Wut über sich selbst. Über sein Versagen. Die Wut wollte ihn bersten lassen. Er war nur noch Wut, Wut, Wut!

Im nächsten Augenblick donnerte er mit der Faust auf einen Nebentisch, daß die Akten hochhüpften und es aus den Ritzen aufstaubte. Ein Apfel, der auf den Akten lag, rollte langsam herunter, dann über den Tisch, er fiel auf die Dielen und rollte weiter.

Velasko erschrak vor sich selbst. Bisher hatte er sich noch nie derartig gehen lassen. Buchner und er sahen dem Apfel hinterher.

»Warum liegen hier Äpfel auf den Akten herum?« fragte Velasko. »Haben wir Markttag?«

»Eine Partie Äpfel«, sagte Buchner kleinlaut. »Eine Gelegenheit. Der da ist für den Herrn Richter.« Er zog die Hose in den Knien hoch, bückte sich mit rotem Gesicht nach dem Obst, polierte ihn mit den Händen, dann legte er ihn zurück und drehte ihn so, daß die beste Seite nach vorne zeigte. »Ich hatte den Mercks alles ausgerichtet, wie es der Herr Richter aufgetragen hatte. Ohne Abstriche und eigenes Zutun. Was wünscht der Herr Richter? Soll ich die Frau Merck jetzt reinholen?«

»Ich will den Merck verhören und nicht sie.«

»Dann schick ich die Dame also weg.«

»Halt«, sagte Velasko und blickte auf den Apfel, *gelegenheitshalber*. Wie er diese Gelegenheiten haßte. Jetzt tat es ihm leid, wie er Buchner behandelt hatte, aber nach den Unverschämtheiten der letzten Zeit mußte er ihn ohnehin wieder härter anfassen. Als hätte Buchner seine Gedanken geahnt, kam er jetzt mit Nettigkeiten daher. Das mit dem Apfel war doch kein Zufall. Aber vor allem mußte er sich jetzt wieder in den Griff bekommen, sonst entglitten ihm die Dinge noch weiter. Er atmete tief durch und lenkte ein. »Warum ist die Merck ihrem Mann über?«

»Die ist tüchtiger als er«, sagte Buchner eilfertig. Er war wohl dankbar für die Frage. »Das sagen die Leute jedenfalls. Die weiß, was die Leute kaufen wollen, und sie hält immer alles auf Vorrat, ohne daß viel verdirbt. Die weiß auch genau, bei wem sie anschreiben kann und bei wem besser nicht. Ohne sie wäre das Geschäft nichts.«

»Dann rein mit ihr«, sagte Velasko. »Ähm, bitte.«

Buchner zog sich die blauen Strümpfe, die ihn als Gerichtsmenschen auswiesen, an den Waden glatt, eine ziemlich ungewohnte Eitelkeit, dann ging er hinaus.

Unterdessen versuchte Velasko sich zu besinnen. Er hatte Johanne Merck insgesamt dreimal verhört, ohne daß in ihren Aussagen geringste Abweichungen zu bemerken waren. Es gab keinen stichhaltigen Grund, irgend etwas anzuzweifeln. Eigentlich. Da war nur das vage Gefühle, daß der *casus* zu glatt poliert war.

Johanne Merck grüßte höflich, vergaß auch Buchner nicht und bedachte diesen mit einem Nicken. Velasko schaute sich nach einer Sitzgelegenheit um, da holte Buchner schon aus der Ecke den guten Stuhl, der nicht wackelte, und stand damit hinter ihr.

Ihr Auftreten hatte etwas Gewinnendes und nahm einen Mann sofort für sie ein. Ihr Blick war wach, ihr Gesicht ansprechend. Die Augenbrauen waren in den Bögen fein nach oben gezupft. Die Nase war gerade und schmal und hatte ein hängendes Nasenbändchen. Obwohl die Frau innerlich ganz ruhig zu sein schien, hatte ihre Haltung etwas Waches und Aufgeregtes. Vielleicht auch etwas Aufreizendes. Ihr Mund war in den Linien der Oberlippe ausladend geschwungen, die Unterlippe stand etwas fleischiger vor. Ihre Haut war rein und glatt, ihr Haar von einem gesunden Dunkelbraun. Es mußte eine Freude sein, hineinzugreifen und damit zu spielen.

Auch wenn sie schon über Vierzig war, hätte wohl niemand widersprochen, sie eine schöne Frau zu nennen. Ihre Schönheit hatte etwas Zeitloses. Vermutlich würde davon auch als alte Frau etwas erhalten bleiben. Es gab Gesichter gerade von älteren Frauen, die faszinierten Velasko. Sie waren vom Leben gezeichnet, aber nicht gebrochen.

Johanne Merck wartete, bis Buchner ihr den Stuhl hingerückt hatte, setzte sich mit angemessener Schicklichkeit und vermied es, sich anzulehnen. Dann sah sie auf. Was bei ihr jedoch wirklich hervorstach und Velasko verunsicherte, waren die Augen, die in einem Blau strahlten, das er in dieser Klarheit noch nie gesehen hatte. Im Kontrast zu ihrem hellen Teint und den dunklen Haaren bekam ihr Blick etwas Entwaffnendes. Ihm war, als blicke er in das ungesunde Licht der Sonne, er mußte sich zurücknehmen, sie nicht anzustarren. Sie mußte um die Wirkung wissen, denn sie schweifte von selbst ab. Das Blau zog einen in den Bann, aber es wärmte nicht. Und dann fragte er sich, ob es nicht die Augen einer Lügnerin waren.

»Mein Ehemann läßt sich vielmals entschuldigen, Herr Richter«, sagte die Merck. »Es ist ihm unangenehm, daß er nicht selbst kommen konnte. Er hat etwas Falsches gegessen.«

»Damit ist nicht zu spaßen. Hat ein Arzt nach ihm gesehen?«

»Der Apotheker meinte, es würde mit Brechwurz rasch kuriert. Wir wollten den Herrn Richter nicht verstimmen, daher bin ich gekommen. Kann ich vielleicht helfen?«

»Ja, möglicherweise.«

Er stellte alle Fragen noch einmal. Erwartungsgemäß blieb sie bei dem Diebstahl der zwölf Gedenkmünzen in allen Einzelheiten bei ihrer Aussage. Dann konfrontierte Velasko sie mit der Aussage von Elisabeth, daß ihre Herrin mit minderwertigen hessischen Albus vom Markt zurückgekehrt sei. Mit denen sei Elisabeth von ihr selbst zur Wechselstube geschickt worden.

»Was soll ich dazu sagen, Herr Richter. Es ist einfach nicht die Wahrheit, die ich immer nur wiederholen kann. Ich würde keine solchen Papiermünzen annehmen, schon gar nicht minderwertige hessische Albus. Schließlich führe ich mit meinem Ehemann schon lange Jahre das Geschäft. Da ist man in solchen Dingen nicht ganz unerfahren.«

Sie hielt sich betont bescheiden, denn wer ein Geschäft wie das ihre betrieb, mußte sich hervorragend im Münzwesen auskennen, da man sonst erheblichen Schaden nehmen konnte. Ihm fiel auf, daß auch Elisabeth den Begriff Papiermünzen verwendet hatte, aber die hessischen Albus, die sich derzeit im Umlauf befanden, waren allgemein als Papiermünzen verrufen und taugten nur als Almosen oder für den Klingelbeutel. Abzuleiten war daraus schwerlich irgend etwas. Genaugenommen gar nichts.

Er überlegte noch, ob er Johanne Merck dazu befragen sollte, warum ihr Ehemann die Magd mit schlechten Ratschlägen weiter an den Galgen trieb, aber sein Gefühl sagte ihm, daß er sie lieber in dem Glauben lassen wolle, der Fall sei eigentlich abgeschlossen.

»Wir möchten den Fall endlich abschließen«, sagte Velasko. »Ich möchte aber noch die Aussage Ihres Mannes zu den Akten nehmen. Wird er morgen kommen können, gegen zwei Uhr am Nachmittag?«

»Ja, ich glaube wohl.«

Damit war Johanne Merck entlassen. Buchner sah ihr beim Hinausgehen nach, als wäre sie ganz nach seinem Geschmack. Selbst die Tür schloß er hinter ihr mit erhöhter Aufmerksamkeit.

»Buchner, ist Ihm irgend etwas an ihr aufgefallen?« fragte Velasko resigniert. Er war keinen Deut weitergekommen.

»Die Frau Merck fällt allgemein sehr angenehm auf«, sagte Buchner. Er lächelte noch immer, als hätte ihn die Merck angeschnurrt. »Das muß man ihr zugestehen. Ein Mann an ihrer Seite kann sich glücklich schätzen. Da kassiert man bei jedem Spaziergang neidische Blicke.«

»So, ich wußte gar nicht, daß mein Schreiber ein Herr Frauenkenner ist.«

»Mit Verlaub, Herr Richter, ich weiß, wovon ich spreche. Ich sage es so unverstellt, wie ich es oft dachte: Die Meinige hatte, wenn die morgens aufwachte … mit Verlaub und Gott hab sie selig.« Buchner ruderte mit den Armen und schien sich selbst Mut zu machen. »Die Meinige hatte eine Visage wie ein … wie ein Schweineschneider.«

Velasko mußte losprusten und vergaß in dem Augenblick Zorn und Wut. Tränen schossen ihm in die Augen. Es dauerte, bis er sich beruhigen konnte.

»Hat Er an der Aussage der Frau Merck irgend etwas bemerkt?« fragte Velasko dann und knöpfte sich die Weste zu, die ihm extrem auf den Leib geschnitten und beim Lachen etwas aufgegangen war.

»Nein, da gibt es nichts zu rütteln. Dann hat sich noch der Kuno Hesselbach gemeldet. Die Elisabeth Rätzer hat ihn zum Advokaten genommen.«

»Den Hesselbach? Ausgerechnet diesen Gebührenschinder?«

Buchner spitzte abwägend den Mund, was so viel bedeutete, daß schließlich jeder zusehen mußte, wie er zurechtkam.

»Der Schlimmste ist er auch nicht«, sagte Buchner. »Da gibt es ganz andere. Es wird aber schwierig werden mit guten Leumundszeugen für die Rätzerin. Der Hesselbach weiß gar nicht, was er in dem Fall noch machen soll. Ist doch alles schon abgeschlossen. Das sagt selbst der Hesselbach.«

»Ich sage, wann der Fall abgeschlossen ist«, entgegnete Velasko und wußte, daß es wunderschön in den Wind gesprochen war. Es war einfach nicht die Wahrheit. Sein Vorgesetzter von Kalkstein konnte ihm jederzeit seine Meinung aufzwingen, und es gab kaum Möglichkeiten, sich dagegen zu wehren. Natürlich konnte er Buchner nichts vormachen. »Niemand sonst entscheidet«, setzte er nach.

»Selbstverständlich, Herr Richter. Darf ich den Hesselbach dann in die Akten sehen lassen?«

»Ja, aber Er bleibt daneben sitzen, daß ja nichts abhanden kommt. Den Hesselbach hat ihr wohl auch der angeblich so schwerkranke Herr Merck empfohlen. Buchner, Er geht nachher die Apotheken in der Nähe der Mercks ab, ob Johanne Merck wirklich Brechwurz gekauft hat. Ich muß mich beeilen. Ich hab eigentlich gar keine Lust.« Er schwindelte, um Buchners Reaktion zu verstärken. »Aber ich muß los. In zwei Stunden ist der Empfang des Zaren.«

»Ein Empfang?«

»Ja.«

»Der Empfang des Zaren?« fragte Buchner und lächelte unsicher.

»Ja, des Zaren. Das sagte ich.«

»Des Zaren?«

»Ist Er harthörig?« fragte Velasko und betonte jede Silbe. »Ich sagte: Der Empfang des Zaren in Monbijou. Neulich dachte ich schon mal, daß Er sich die Ohren ausspülen sollte.«

»In Monbijou«, echote Buchner. »Aha!«

Wie schon öfter, wenn Velasko außerhalb der regulären Dienstpflichten etwas von Buchner wollte, griff er in die eigene Tasche und suchte nach Münzen. Dabei holte er die Aufzeichnungen hervor, die Rieger vom russisch-deutschen Gestammel des Kastellans gemacht hatte. Er legte ein paar Groschen auf Buchners Pult. Der saß regungslos da und ließ Velasko Zeit, Münzen nachzulegen.

»Zar Peter?« fragte Buchner wie betäubt. »Das ist der russische Kaiser.«

»Ja, Zar Peter. Das sagte ich.«

»Darf ich den Herrn Richter höflichst fragen, was es mit dem Fahndungsschreiben auf sich hat, das so eilig verteilt worden ist.«

»Nein, das darf er nicht.« Auf keinen Fall sollte Buchner in der Sache herumwühlen. »Später vielleicht, ich muß mich jetzt umziehen. Ich sollte Herrn von Cojejji nicht warten lassen.«

»Herrn von Cojejji?« Buchner leckte die Lippe, sonst wäre ein Speicheltropfen zu Boden gegangen. »Unseren Herrn Präsidenten ... nein, den darf man nicht warten lassen.«

»Genau. Herr von Cojejji und meine Wenigkeit gehen zusammen zum Empfang.«

Buchner zog den Geldturm, der ihm inzwischen wohl hoch genug erschien, zu sich herüber und sortierte die Münzen.

»Der Herr Richter geht also mit Herrn von Cojejji zum Empfang des Zaren im Schloß Monbijou«, sagte der Schreiber.

»Richtig, Buchner. Jetzt hat Er es in Gänze. So lob ich's mir.«

Buchner steckte die Münzen ein. Ganz in Gedanken schob er einen minderwertigen Groschen zurück, den Velasko ihm schon einmal hatte unterjubeln wollen.

11.

Salutschüsse begrüßten die russische Flotte, die am Ufer von Schloß Monbijou anlegte. Mit der gleichmäßigen Bewegung eines Fächers wurden die Ruder der vordersten Galeere eingezogen. An Bord warteten Matrosen auf Taue, die ihnen zugeworfen wurden. Unruhe kam in die Hofgesellschaft. Man drängte sich, alle wollten den Zaren zuerst sehen.

In den Parkanlagen vor dem Schloß hatte sich die gesamte Prominenz mit höfischem Rang eingefunden. Die Herren mit Orden, Schärpen und hohen Galaperücken. Man stand umständlich, begrüßte sich in gespreizten Gesten und näselndem Tonfall; Taschenuhren mit Edelsteinbesatz und Tabatieren mit galanten Innendeckeln wurden dem Nachbarn unter die Nase gehalten, und wie auf der Pirsch wurde Witterung zu den Damen aufgenommen.

Diese wirbelten mit ihren Fächern ihre Parfums durcheinander und wetteiferten mit Roben und Perlenketten in sich überlagernden Reihen. Riesige Haartürme schaukelten mit eingeflochtenen Bändern, Amoretten, glitzerndem Tand und bizarren Aufbauten, von denen die Kühnsten die Höhe von zwei Fuß erreichten. Die Frisuren der Provinz-Herzoginnen aus den hintersten Winkeln der Wetterau schossen jedoch an der Mode vorbei und erinnerten eher an geplünderte Vogelnester.

Eine unleidliche Prinzessin, die von ihrer Mutter herumgeschoben wurde, kaute an abgeknabberten Fingernägeln. Das Mädchen würde nur mit gewaltiger Aussteuer an den Mann zu bringen sein, denn sie war so häßlich, daß man unweigerlich hinschauen mußte.

Velasko sah Schönheitspflaster ganz nach Pariser Mode in Form von Mündern, Liebespfeilen und Phantasiemustern. Ihm krochen Gerüche von Edelpudern in die Nase. In den Gesichtern der Männer lag offene Gier nach dem Weib des Nachbarn. Er sah Standesdünkel und Neid, Geiz und Verschwendungssucht, schönste Jugend und gebrechlichen Verfall, Intrige und Bosheit, anrührende Schüchternheit, Raffinesse und Kleingeist und alle Arten von Ausschweifung und Käuflichkeit.

Hier waren die Mächte versammelt, die gegen Velaskos Oheim Danckelmann, den ehemaligen Ministerpräsidenten, die Intrigen gesponnen hatten und ihn unter Beschuldigungen von Bestechung und Unterschleif, die nie bewiesen worden waren, aber auf die Intriganten selbst zutrafen, in den Kerker setzen ließen. Die gleichen Männer, die dafür gesorgt hatten, daß Velasko ans Stadtgericht verbannt worden war.

Er stand neben Cojejji, der genau registrierte, wer alles gekommen war, und sah hinüber zu Martha, die mit ihrem Ehemann unmittelbar hinter dem Kronprinzenpaar Aufstellung genommen hatte. Martha war weniger spektakulär angezogen, beschämte die anderen Frauen jedoch durch ihre Eleganz. Sie trug das rote Kleid, das sie am Vortag für Velasko angezogen hatte, und genoß ihren Auftritt.

Als sie ihn hier beim Empfang bemerkte, war sie überrascht und winkte ihm zu. Auch ihr Ehegatte sah nun herüber. Unmutig legte der Fürst von Lichtenau die Stirn in Falten. Wahrscheinlich fragte er sich, was ein hinterpommerscher Freiherr ohne jeden Hofrang und Stadtrichter, den er nie ernsthaft als Mann wahrgenommen hatte, hier zu suchen hatte.

Velasko gefiel die Denkaufgabe. Er grüßte den Fürsten, als wäre auch er überrascht, ihn hier zu sehen. Martha winkte nochmals. Sie freute sich wirklich. Cojejji bemerkte die Szene und sah Velasko verwundert an, denn offensichtlich hatte er beim ersten Wink von Martha geglaubt, ihr Lächeln habe ihm gegolten.

Inzwischen wurden Schiffstaue geworfen und festgemacht. Vom Ufer wurde ein Steg zur Galeere gelegt. Der brandenburgische Oberhofzeremonienmeister hob seinen Stab, wieder erklangen Trompetenstöße und Trommelwirbel. Die Gesellschaft stellte sich in neuer Ordnung auf, als wäre der Wind nun aus einer anderen Richtung in ein Weizenfeld gefahren.

Die achtspännige Kutsche des Königs fuhr vor. Lakaien flitzten, und die farbenprächtigen Soldaten der Schweizergarde, der Leibwache des Königs, bildeten mit ihren überlangen Lanzen ein Spalier. König Friedrich und Gemahlin stiegen huldvoll aus. Die Herren nahmen Stellung ein und senkten die Köpfe, die Damen machten mit ihren Haartürmen einen steifen Knicks und atmeten in die Schnürbrüste.

Zum ersten Mal sah Velasko den König ganz aus der Nähe. Dieser war noch kleiner, als er ihn sich vorgestellt hatte, und wirkte scheu in der Haltung und Sprache seines Körpers. Die riesige, weit wallende Perücke, die angeblich bis auf das Haar eine Kopie der Perücke des französischen Sonnenkönigs sein sollte, ließ nur wenig von seinem Gesicht erkennen und verdeckte nur mühsam die bucklige Verkrüppelung von Schulter und Rücken.

Wie es hieß, war der König als Kind vom Arm einer Magd gefallen und dann schief ausgewachsen. Auch seine Füße waren nach innen verdreht, so daß er über die Zehen ging und aufpassen mußte, nicht zu stolpern, und die Kieselsteine des Weges vor sich herstieß. Alle Kurpfuscherei und Apparate, mit denen man den König als Kind beinahe zu Tode geschunden hatte, hatten nur bewirkt, daß der Knabe völlig schüchtern geworden war.

Man erzählte sich, der König habe schon als Kind nie gelacht. Seine zweite Frau Sophie Charlotte, die seine Liebe zu Geschenken und Verschwendungssucht tadelte und ihn als Mann nicht ernst nahm, nannte ihn in ihrer überheblichen Art *ihren buckligen Äsop*. Hinter vorgehaltener Hand wurde erzählt, daß der König ihr am Preußentag, dem Tag des Beischlafs, zum Zeichen des Vollzugs vorab seine Rückenkissen nach Schloß Charlottenburg gesandt und sie dann gerufen habe: »Mein Gott, diese Kissen kommen wieder!«

Aber nun schritt, nach deren frühem Tod, an seiner Seite die dritte Ehefrau Sophie Luise, die am Hof für Unmut sorgte, weil sie in ihrem Schloß Tanz und Spiel verbieten wollte. Wie Velasko verläßlich von Martha wußte, gab sich die Königin mit ihrem Beichtvater stundenlangen Gebetsübungen auf den Knien hin und irrte nachts nur mit dem Nachthemd bekleidet durch das Schloß. Sie stieß Türen auf und forschte nach heimlichem Tanz, Spiel und Trunk, so daß man dem Wunsch des Zaren nach Umquartierung erleichtert entgegengekommen war. Allmählich begriff man am Hofe, daß der König eine Geisteskranke geheiratet hatte, die man besser in eine Wasseranstalt eingesperrt hätte.

Auf dem Deck der vordersten russischen Galeere formierte man sich. Die ersten Russen gingen über den Steg und nahmen auf der anderen Seite Aufstellung. Dann sah Velasko einen Mann von wahrhaft riesiger Gestalt, der sich aus einer Gruppe Männer löste und auf den König zuschritt. Sofort drängten ihm die anderen Russen nach.

»Das ist nur der Schein-Zar«, flüsterte Cojejji.

»Ein Schein-Zar?« fragte Velasko irritiert und wich zurück, weil der Gerichtspräsident nach Mundfäule stank.

»Eine einzige Farce«, flüsterte der. »Unwürdig, wenn man mich fragen würde.«

»Ich versteh nicht ganz«, sagte Velasko. Er war froh, daß Cojejji mit dem Blick an einer Schönen hängenblieb und nach vorne sprach.

»Für den Zaren hat man aus Sicherheitsgründen einen Doppelgänger vorgeschickt«, flüsterte Cojejji. »Man will von dem wirklichen Zaren ablenken. Der Schein-Zar wird das offizielle Programm wahrnehmen. Dabei will der echte das ganze Zeremoniell nicht, dafür ist er bekannt. Ein merkwürdiger Kerl. Haßt jede Lebensart und schlägt Feste aus, die nur für ihn arrangiert werden. Er ist völlig unberechenbar. Oh, da!« Unruhig sah der Gerichtspräsident zur Schönen, die ihm keine Ruhe ließ, und formte den Mund zu einem Loch, dann sah er wieder zum Schiff. »Da hinten der andere Riese, der Matrose auf der zweiten Galeere, das ist Pjotr Michajlowitsch, in Wirklichkeit Zar Peter. Den Schein-Zaren liebt er wie einen Bruder. Gnade uns Gott, wenn dem irgendwas passiert.«

Velasko betrachtete den echten Zaren mit spontaner Sympathie, wie dieser in einfacher Matrosenkleidung an einem Steuerrad stand und Befehle gab. Er trug einen schwarzen Mantel, schlichte Kniehosen, einen breiten Hut ohne Feder oder sonstiges Zeichen, was ihn irgendwie hervorhob. Was für ein Gegensatz zu König Friedrich, dachte Velasko. Hier der Hüne, der Prunk und Zeremonien verachtete, dort der kleinwüchsige Krüppel, der davon nicht genug bekommen konnte.

»Aber König Friedrich ist der richtige?« fragte Velasko.

»Ja, aber das war ein hartes Stück diplomatische Arbeit. Es hat lange Verhandlungen wegen der Protokollfragen gegeben, bis der König schließlich eingelenkt hat. Er ist ja nicht friedgehässig.«

Ein Unterton lag in der Stimme, als hätte Cojejji sich in so einem Fall anders entschieden. Ganz anders. Velasko hielt den Atem an, weil sein Vorgesetzter ihm ganz nahe kam und kaum hörbar flüsterte.

»Es wird nur private Treffen geben, das entspricht ohnehin dem Charakter des Zaren. Der will hier auch seinen Sohn, den Zarewitsch Alexei, treffen. Aber ohne jedes Protokoll. Eine Familiensache, wie die Geheimleute melden. Charlotte von Wolfenbüttel, die Frau des Zarewitschs, war zu ihren Eltern geflüchtet, als es nach Rußland gehen sollte. Alexei war das nur recht.«

»Er wird sich seine Frau nicht ausgesucht haben.«

»Den hat niemand gefragt. Der Zar mußte in der Affäre selbst nach Wolfenbüttel reisen. Jetzt wird er seinen Sohn auf Vordermann bringen wollen, daß er endlich einen Enkel bekommt. Das Verhältnis zwischen beiden soll nicht das Beste sein. Den Ort des Treffens wollten unsere Informanten nicht preisgeben, oder sie kannten ihn wirklich nicht. Der Zar ist ständig unterwegs. Auf nichts kann man sich verlassen. Letztlich traut der Zar wohl niemandem, am wenigsten der eigenen Familie.«

»Das ist im Prinzip nicht unvernünftig. Die meisten Totschläger und Giftmischer sitzen im engsten Verwandtenkreis.«

»Wohl wahr. Morgen früh ist ein inoffizieller Empfang beim russischen Gesandten. Die wichtigsten Männer unseres Justizwesens sind geladen. Dann kommen wir direkt an den Zaren und seine Leute heran.«

»Ich? Herr Präsident, ich habe keinen Hofrang. Wie kann ich da mitkommen.«

»Das laß Er nur meine Sorge sein! Da hinten der eitle Fatzke, das ist Jaguschinski, der Busenfreund des Zaren. Als kleiner Junge hat er auf der Straße Pasteten verkauft. Jetzt ist er Sicherheitsminister. Selbst die Weiber haben sich die beiden schon geteilt. Dem Zaren ist er ergeben wie ein Köter. Und der Kerl in der Mitte, der mit dem Lachen eines Totengräbers, das ist ...«

Plötzlich kam Unruhe auf. Velasko stellte sich auf die Zehen und konnte sehen, wie Königin Sophie Luise wütend mit den Armen ruderte, als wollte sie sich Zugriffen erwehren. Sie wich vor dem Schein-Zaren zurück und schien sich zu weigern, ihn zu begrüßen.

»Das hab ich befürchtet«, sagte Cojejji süffisant, was darauf hindeutete, daß er persönlich keinen Ärger erwartete. »Hab ich gleich gesagt, daß das Protokoll ...« Er verschluckte den Rest.

Hofdamen umringten die Königin und drängten sie in Richtung des Schlosses. Von irgendwoher wurde eilig eine Sänfte herbeigetragen.

»Hurengesindel! Säufer!« schrie die Königin hysterisch. »Ich verneige mich vor Gott, aber nicht vor Dienstboten!«

Der Oberzeremonienmeister rang nach Luft, die Menschen sahen mit erschreckten Gesichtern zu, wie man die Königin in die Sänfte schob, jemand hielt gegen die Tür, dann wurde sie eilig weggetragen.

»Ein Alptraum«, sagte Cojejji mit verhaltener Genugtuung. Sein Blick suchte nach den Verantwortlichen, deren höfischer Stern gerade verglühte, und blieb dann wieder an der Schönen hängen, die tatsächlich länger als schicklich zurücklächelte und mit dem Fächer in die Hand schlug. Velasko staunte. Sie hatte angebissen. Der alte Hahn an seiner Seite machte ihm vor, wie einfach es ging.

Inzwischen schritt der König mit dem Schein-Zaren und Gefolge zur Terrasse des Schlosses. Dann stieg er in die Kutsche und fuhr davon. Der Schein-Zar wurde von seinen russischen Begleitern ins Schloß geführt.

Nach dem Eklat stoben alle peinlich berührt auseinander, als hätte man Angst, mit dem Exzeß der Königin in Verbindung gebracht zu werden. Cojejji machte noch rasch der Schönen seine Aufwartung. Wie Velasko beobachtete, schienen die beiden sich nicht zu kennen, aber schon nach einigen Sätzen hatte er sie zum Lachen gebracht. Cojejji hatte ein wirkliches Händchen, galant mit Damen umzugehen.

Von den Galeeren folgten weitere Russen. Velasko sah fremdländische Gewänder aus Goldbrokat und mit Zobel besetzt, Festkleider aus schwarzem Satin mit Gold, Perlen und Edelsteinen bestickt, zarteste Seidenrüschen. Ein Russe mit dem gequollenen Kopf einer Kaulquappe war so dick, daß er mit seinen vorkämpfenden Bewegungen wie ein Faß zu rollen schien. Eine erwartungsvolle Unruhe lag in den Gesichtern.

Mit einem Räuspern stellte sich Cojejji wieder neben Velasko und flüsterte ihm russische, holländische, deutsche und englische Namen des Gefolges zu. Auch einige Namen, die er keiner Nation zuordnen konnte, dazu Rang und Amt. Es waren Minister, Landesfürsten unbekannter russischer Völker, Spaßmacher und Sekretäre, Heeresführer, Diplomaten, Ratgeber und allesamt wohl Mitglieder der *Fidelen Gesellschaft*, des engsten Freundeskreises des Zaren. Auf alle sollte Velasko achtgeben. Jeder dieser bunten Gesellschaft, die durch alle Nationen der Welt zu gehen schien, war Cojejji verdächtig, ein Verräter zu sein.

»Ist Er trinkfest?« fragte der Gerichtspräsident und verneigte sich zur Schönen

»Nicht übermäßig.«

»Es wäre aber besser. Ich rate ihm, sich vor dem Empfang zu präparieren. Fisch in Öl eingelegt ist ein bewährtes Präservativ.«

Innerlich trat Velasko einen Schritt zurück. Steckte dahinter eine Gemeinheit? Die Schöne zog nun ihren Fächer durch die Hand.

»Die Frau Gemahlin ist wohlauf?« fragte Velasko.

»Leider nicht«, sagte Cojejji in plötzlichem Ernst. »Sie hütet das Bett. Die Podagra quält sie. Ein Aderlaß nach dem anderen, aber die Ärmste leidet und leidet. Es ist eine große Last.«

Damit hatte Velasko nicht gerechnet. Cojejji klang wirklich bekümmert. Nun gingen etliche Zwerge in hellrosa Kostümen, roten Lederstiefeln und grünen Kappen an ihnen vorüber.

»Der Zar liebt sie«, sagte Cojejji und belustigte sich über den drolligen Wackelgang. »Er hat sogar ein Regiment mit Zwergen.«

Inzwischen standen von der Hofgesellschaft nur noch wenige am Ausgang des Parks. Martha winkte Velasko heran und fragte in ihrer strahlenden Art, ob er nachher zu ihr kommen würde. Sie hätte ein Abendessen arrangiert. Einige Namen fielen, die eine reizende Gesellschaft versprachen. Und ihr Gatte würde auf einen anderen Empfang gehen, so daß es wirklich angenehm werden konnte.

Es tat ihm aufrichtig leid, aber er mußte auf die Arbeit am Stadtgericht verweisen. Lange würde er den Fall der Magd Elisabeth nicht mehr zurückhalten können. Enttäuscht ging Martha zu ihrer Kutsche. Plötzlich hatte er eine Idee und eilte ihr hinterher.

»Martha, warte doch, du mußt mir einen Gefallen tun. Geh in das Geschäft der Mercks! Kauf etwas und schau dich um! Beobachte die Mercks, wie sie miteinander umgehen!«

Martha strahlte weiter ihr Lächeln, aber hinter diesem Lächeln sagte sie, daß sie zu diesem Gefallen nicht bereit war. Warum auch, sprachen ihre arrogant hochgezogenen Augenbrauen, wenn er doch nie da war, wenn sie ihn brauchte.

»Bitte, Martha! Es ist etwas Furchtbares passiert. Ich kann es jetzt nicht erklären. Da ist jemand ermordet worden.«

»Ich sterbe täglich mehrere Tode, aber immer geht es nur um dich und deine Fälle. Dafür bin ich gut genug. Wenn ich dich brauche, bist du nie für mich da. Nie. Hörst du mir eigentlich zu?«

Es war zwecklos. Es war die Leier, die er befürchtet hatte. Wenn sie so im Absoluten sprach, wollte sie keine Zwischentöne mehr hören, sondern nur noch ihrer Weiberlaune Luft verschaffen. Abrupt drehte sie sich weg und ließ ihn stehen.

Unterdessen kam Dienstpersonal von den Galeeren. Er beobachtete, wie der Zar ein Faß nahm und ohne Anstrengung hielt, als wäre es leer. Er gab es an einen Matrosen weiter, der unter der plötzlichen Last schwankte. Unter dem Lachen der anderen Matrosen mußte er das Faß abstellen und über den Steg rollen.

»Seine Kaiserliche Hoheit kann mit seinen Pranken Silberteller zusammenrollen«, sagte Cojejji. »Morgen will er etwas über unser Justizwesen erfahren. Ich werde den Vortrag halten, aber Er braucht nur die Ohren offenzuhalten und seiner Kaiserlichen Hoheit nicht zu übersetzen. Pjotr Michajlowitsch spricht ganz passabel deutsch.«

Ein Pulk junger Russinnen lief lachend an ihnen vorüber. Sie steckten in unförmigen Gewändern, an die allerlei Flitterkram, religiöse Zeichen und kleine Spiegel geheftet waren, so daß es beim Laufen klimperte. Dann folgten Musiker mit Instrumentenkästen. Von den Galeeren wurden in endloser Zahl Reisekisten herbeigetragen; dann Käfige mit Hühnern und Ferkeln, Fässer mit Delikatessen, Handkanonen für Böllerschüsse und Waffenkisten, Honigkrüge, Lachs und Räucherfisch auf Stangen, Fässer über Fässer mit ungarischem Wein, holländischem Bier und Wodka.

»Eine liebreizende Frau übrigens, die Fürstin von Lichtenau«, sagte Cojejji beiläufig.

»Ja«, sagte Velasko nur. Der Gerichtspräsident mußte seine Abfuhr bei Martha beobachtet haben. Velasko dachte gar nicht daran, mit ihm über seine Privatsachen zu sprechen.

»Da, die Fürstin Galizin.« Cojejji wies ihn auf eine Frau hin, die gebeugt zu einem Dienstboteneingang lief. »Den Rücken haben sie ihr zur Strafe rund gehauen.«

»Einer Fürstin?«

»Sie war angeblich an einer Verschwörung gegen den Zaren beteiligt. Die haben sie geknutet, bis sie irre wurde. Dem Gefolge des Zaren soll sie ein lebendes Denkmal sein. Die Knute bekommt bei den Russen jeder ohne Ansehen des Standes. Barbaren eben.«

Seit Velasko sich eigene Gedanken über das Justizwesen machte, empfand er die vielen Standesgerichte zunehmend als ungerecht. Nicht, daß ein Adliger etwa am Pranger ausstehen sollte. Das war undenkbar. Auch die vielen Leibesstrafen wie Fingerabschlagen bei Meineid oder das Schlechtbrennen sollten bei Personen von Stand natürlich nicht angewendet werden. Den Gedanken, daß allen das gleiche Strafmaß drohte, fand er zwar überlegenswert und tollkühn, aber wirr. Vor Gott waren alle gleich. Aber hiervon irgend etwas über die irdische Gerechtigkeit abzuleiten, war nur ein wirrer Gedanke weltfremder Rechtsprofessoren. Für jeden Stand mit seinen unterschiedlichen Menschen und Fähigkeiten mußte es auch ein eigenes Gericht geben. Man mußte die Unterschiede der Menschen doch anerkennen. Ihn ärgerte nur die Willkür, mit der in Prozesse eingegriffen oder diese sogar unterdrückt wurden. Ein Rechtssystem mußte ein verbindliches Regelwerk für alle Stände aufweisen.

Inzwischen waren sie fast alleine im Park von Monbijou. Sie beobachteten, wie Zar Peter ein Tau löste und sich ans Steuerrad stellte. Obwohl er jeden um ein bis zwei Köpfe überragte, wirkte er nicht massig, eher eckig und schmal. Sein Gesicht war, soweit unter dem Hut zu erkennen, rundlich und jugendlich frisch. Er trug einen kleinen Oberlippenbart, sein Haar war glatt und reichte bis zu den Schultern. Im Gesicht zuckte es einige Male merkwürdig.

Sie verneigten sich zum Steuermann Pjotr Michajlowitsch, der jedoch ganz mit dem Ablegen beschäftigt war. Dann gingen sie den Kiesweg zum Schloß hoch. Die Tür zur Terrasse war geöffnet. Noch mehr Fässer wurden direkt in den Prunksaal gerollt. Aus einem Fenster hörten sie heftigen Streit. Offensichtlich beanspruchten mehrere das gleiche Zimmer mit Blick auf die Spree und den Park. Irgendwo wurde eine Trommel geschlagen, eine warme Männerstimme setzte dazu ein, Trinksprüche erklangen. Man fing an, sich einzutrinken.

Nachdenklich stieß Cojejji die Kieselsteine des Parkwegs vor sich her. Es knirschte bei jedem Schritt.

12.

Die Bürokratie im Stadtgericht schob Hunderte von Ermittlungen und Prozessen vor sich her. Seit Jahrzehnten waren es die gleichen Klagen über Schlendrian und Verschleppung, über Willkür, Bestechung, Amtsmißbrauch und Unfähigkeit. Neue Herren wurden der Bürokratie vorgesetzt, aber es änderte sich nichts.

Während Kläger starben, bevor Recht gesprochen wurde und Aktuare über mangelndes Schreibzeug klagten, brüteten die Delinquenten in vollgestopften Kerkerlöchern über Schuld und Sühne. Was hatte man über sie herausbekommen? Worüber schwieg man besser, und in welchem Punkt lenkte man vorsichtig ein? Sollte man sich etwas zerknirschter zeigen? Wo machte man Eingeständnisse und zeigte Reue?

Vor schwitzenden Kerkerwänden übte man Gesichter für alle Eventualitäten. Man litt, spielte Unschuld oder gab den Ahnungslosen. Verdruß wechselte mit Empörung, angestrengtem Nachdenken und stotterndem Gedächtnis. Dazu kamen die Schlampereien im Gericht. Die Delinquenten, die sich für unschuldig hielten, sorgten sich, daß gerade ihr Aktenstück verlorenging und man schlicht vergessen wurde. Ganz anders bei denen, die bei erdrückender Beweislage auf den Hals einsaßen. Die hofften geradezu darauf, daß ihre Akten unbeachtet einstaubten, bis die nächste Amnestie wegen der Geburt eines königlichen Erbverdächtigen erfolgte.

Allen gemeinsam war die Furcht vor der Marterstube. Würde es beim ersten Grad der Tortur bleiben und einem nur die Instrumente gezeigt? Oder würde man tatsächlich bis zum letzten foltern? Wenn man den Grad beizeiten gegen ein Handgeld herausbekam, konnte man jemand zu Scharfrichter Coblenz schicken, der in der Heidereuther-Gasse Nummer 6, rechter Hand und fast an der Ecke zur Rosengasse, wohnte. Das kostete nochmals, aber dann tat der Folterer nur so, als ziehe er die Schrauben an.

Vielleicht sollte man sich auch gleich an den Richter halten und beim Hinausgehen eine Aufmerksamkeit, die ihn nachdenklich stimmte, auf dem Nebentisch liegenlassen. Oder man setzte Diebesgesindel auf die Akten an, um sie auf dem Weg zur Juristischen Fakultät abzufangen. Und was war mit den Abschriften? Vieles wollte bedacht sein, denn alles ging stark ins Geld, und jeder Taler wollte wohl nur einmal investiert sein. Fragen über Fragen, die die Delinquenten nicht zur Ruhe kommen ließen.

Obwohl es noch vor der Zeit war, hatte man oben in den Diensträumen schon Feierabend gemacht. Velasko lief durch verlassene Gänge des Stadtgerichts. Die Tür zu seinem Bureau war verschlossen, also war Buchner auch schon weg. Er hoffte auf eine Nachricht, daß dieser etwas über die Mercks oder die Geldwechslerin herausgefunden hatte.

Da kam der Vorgesetzte von Kalkstein den Gang hinunter. Ausgerechnet der, dachte Velasko. Von Kalkstein war ebenfalls ein Mann von Adel, aber durch Spielkarten ruiniert. Am Anfang des Monats sah man ihn im *König von Preußen*, einer Gastwirtschaft in der Heiliggeiststraße schräg gegenüber von Marthas Palais. Die Geldnot gab ihm etwas Getriebenes und Hektisches. Eine Patina von Talg ließ sein Gesicht wächsern schimmern. Er sprach schnell und fiel leicht in ein unverständliches Nuscheln.

Velasko hatte den Eindruck, daß von Kalkstein ihn abgefangen hatte, denn sein Bureau lag in einem entgegengesetzten Trakt. Hierher kam er freiwillig nie und zufällig schon gar nicht.

Rasch suchte Velasko den Schlüssel und klopfte die Taschen ab. Wußte von Kalkstein schon etwas über den Mord am Kastellan? Es war das Denken eines Sünders. Es gab so viele Möglichkeiten, aber zuerst fiel einem immer das Unangenehmste ein.

Velasko wurde hektisch. Wo war nur der verfluchte Schlüssel? Von Kalkstein und er mochten sich nicht sonderlich, aber der Vorgesetzte pflegte ihm gegenüber im Vergleich zu den ansonsten bürgerlichen Richtern ein stilles, standesgemäßes Einverständnis. Velasko erfuhr keine bevorzugte Behandlung und bekam auch keine Prozesse mit fetteren Sporteln, aber eine allgemeine Aufmerksamkeit. Das wiederum registrierten die bürgerlichen Kollegen und brachte sie gegen Velasko auf. Als würde er dem Vorgesetzten auf dem Schoß sitzen. Der einzige konkrete Unterschied war, daß von Kalksteins Aussprache seinem Standesgenossen gegenüber weniger nuschelnd war. Er gab sich einfach mehr Mühe, jedenfalls eine Zeitlang. Das Wort eines Menschen von Stand hatte bei ihm mehr Gewicht, schließlich schaute man im Schulterschluß auf die bürgerlichen Kollegen.

Vermutlich würde von Kalkstein etwas darüber wissen wollen, warum Velasko mit der Kutsche von Cojejji abgeholt worden war. Und alles andere natürlich. Der Name Cojejji mußte ihm den Schweiß treiben und Löcher in den Magen fressen. Was ansonsten im Gericht geschah, interessierte den Vorgesetzten nur, wenn es heftige Beschwerden gab, die nicht mehr abzuschütteln waren. Von Kalkstein war immer nur mit den schlimmsten Auswüchsen beschäftigt. Wie bei der Belagerung von Stralsund sah er angestrengt in den juristischen Himmel, denn er wußte, der nächste Kanonenhagel würde unweigerlich kommen.

Was ihn wirklich auszeichnete, war seine hingenuschelte

Meisterschaft in Statistik, wonach die Abarbeitung der Aktenberge zügig vorankam. Eigentlich gab es gar keinen Aktenstau mehr, sondern bedauernswerte Einzelfälle. Da war ein gewinnsüchtiger Advokat, der ein Verfahren verleierte. Ein Zeuge war nicht aufzutreiben. Beteiligte Fakultäten, an die die Akten zur Urteilsfindung gesandt worden waren, hatte man schon mehrfach angemahnt. Von Kalkstein trieb die Furcht, daß man sein Gericht schließen könnte, wie dies dem Kammergericht wegen unhaltbarer Mißstände für ganze zwei Jahre geschehen war. Man hatte obrigkeitlich keinen anderen Rat mehr gewußt und ein Exempel statuieren wollen. Jedenfalls war das die offizielle Rede gewesen.

Es hatte aber auch andere Überlegungen gegeben. Jedenfalls war das Unglaubliche geschehen. Am Vormittag waren zu bester Bureauzeit die Ausgänge besetzt worden, Soldaten standen in doppelter Reihe, und Herausdrängenden wurden Aktenstücke, die unter Mänteln hinausgeschmuggelt werden sollten, abgenommen. Wie es hieß, war bei der spektakulären Aktion Cojejji einer der Strippenzieher gewesen.

Inzwischen waren die meisten Amtsinhaber am Kammergericht wieder eingesetzt, der gleiche Schlendrian regierte, aber sie hatten Unsummen für die fetten Justizstellen hingeben müssen. Für die Staatskasse war das kein schlechtes Geschäft, und auch so manche private Schatulle hatte sich bei der Aktion gefüllt. Böse Zungen behaupteten, daß die Aktion nur deshalb durchzusetzen gewesen war. Was blieb, war die Furcht vor dem obersten Gerichtsherrn. Von Kalkstein mußte beim Namen Cojejji erbeben.

Sooft Velasko auch in seine Taschen faßte, er fand den Schlüssel zu seinem Bureau nicht und überlegte, welchen Justaucorps er zuletzt getragen hatte. Innerlich verfluchte er seine Fahrigkeit. Schon stand sein Vorgesetzter neben ihm.

»Wenn ich helfen darf?« fragte er und triumphierte mit seinem Generalschlüssel. Er war so beflügelt oder spielte es vor, als habe er gerade auf dem Jahrmarkt auf ein Los gesetzt, woraus Velasko folgerte, daß er nichts vom Tod des Kastellans wußte. Jedenfalls noch nicht.

»Noch immer im Dienst«, sagte von Kalkstein und musterte die Festtagskleidung, die Velasko noch von dem Empfang in Monbijou trug. »Und wie geht es?«

»Danke, ja«, sagte Velasko. Die Frage nach seinem Befinden war neu. »Es geht voran.«

»Danke, äh. Was geht voran?«

»Der Fall der Elisabeth Rätzer«, ergänzte Velasko. »Ich habe die Aktenversendung zurückgehalten.«

»So. Die Rätzerin, natürlich. Und warum, wenn ich fragen darf?«

»Es gibt einige Ungereimtheiten.«

»Der *casus* ist doch abgeschlossen«, sagte von Kalkstein und fiel zunehmend in sein maulendes Nuscheln, was auf Ungeduld und Gleichgültigkeit hinwies. »Die Diebereien grassieren wie eine Lustseuche. Gerade unter dem Gesinde. Wir müssen die Schrauben wieder anziehen.«

Von Kalkstein liebte solchen Wortwitz auf niederem Niveau.

»Selbstverständlich, Herr Präsident, muß so rasch wie möglich ein Urteil gefunden werden.«

»Und warum hat Er nochmals die Frau Merck verhört? Gibt es neue Aspekte?«

Velasko war überrascht. Er konnte ja kein Geheimnis aus dem Verhör machen, aber er hatte keine unnötige Aufmerksamkeit gesucht. Woher wußte von Kalkstein von dem Verhör? Hatte Johanna Merck sich an ihn gewandt oder hatte Buchner sich wichtig gemacht und herumerzählt?

»Ich möchte alle Aspekte noch einmal gründlich überprüfen«, sagte Velasko. »Die Frage von Schuld und Unschuld wollen …«

»Warte Er bitte nicht zu lange!«

»Sehr wohl.«

Sogar zu einem *Bitte* hatte von Kalkstein sich durchgerungen. Der Ton war nur deshalb milde, dachte Velasko, weil sein Vorgesetzter nicht wußte, was es mit Cojejji auf sich hatte, und er nichts von dem Desaster ahnte. Ansonsten hätte er das Ende der Ermittlungen und die sofortige Versendung der Akten zur Urteilsfindung verlangt. Velasko ahnte, daß er von Kalkstein nicht lange würde hinhalten können. Der scherzte noch einen Moment mit dem Generalschlüssel vor Velaskos Nase und wartete, ob er etwas von sich aus preisgab, dann schloß er ihm endlich auf und verabschiedete sich.

Auf seinem Pult fand Velasko tatsächlich eine Nachricht von Buchner. Aber von anderer Art. Der Schreiber warnte den Herrn Stadtrichter, er möge kein Ofenholz kaufen. Buchner würde auf dem Holzhof jemanden kennen, der eine größere Partie günstig hergeben könnte.

Velasko drehte den Zettel um, aber da stand nichts mehr. Was war das wieder für eine schwammige Formulierung: Hergeben! Ofenholz wurde gekauft und nicht hergegeben. Und dann auch noch dieses *könnte*! Man kaufte Ofenholz doch nicht in der Möglichkeitsform.

Er stellte seinen Degen in den Spind, schüttelte die Perücke aus und roch daran. Sie mußte unbedingt zur Pflege zum Perückenmacher. Da fiel sein Blick auf einen Stapel neuer Akten, die Buchner aus den Archiven geholt hatte. Buchner war selbst ein lebendiges Archiv. Schon oft hatte Velasko vom scharfen Gedächtnis und den jahrzehntelangen Erfahrungen des Alten profitiert und wertvolle Hinweise bekommen. Buchner legte die Aktenstücke meist still auf einen Nebentisch und wartete ab, welche Schlüsse Velasko daraus zog. Merkte Buchner dann, daß es nicht in die Richtung lief, die er favorisierte, stellte er beizeiten beiläufige Fragen oder machte eine lose Bemerkung, die Velasko aufhorchen ließ.

Velasko blätterte durch die Seiten und spürte, wie sich sein Herzschlag beschleunigte. Buchner mit seinen Löffelohren mußte beim Verhör der Magd mehr mitbekommen haben, als er angenommen hatte. Anstatt etwas Entlastendes zu suchen, hatte Buchner die Berichte hervorgekramt, die Velasko vor zehn Jahren über den Besuch in einer Diebesherberge angefertigt hatte. Er war damals neu am Stadtgericht gewesen und hatte als Unbekannter die Herberge in den Wäldern vor Schloß Lützenburg ausspioniert. Nach dem Tod der Königin Charlotte hieß das Schloß nun Charlottenburg.

Er erinnerte sich noch gut, mit welchem Eifer er an die Aufgabe herangegangen war. Es schien die Gelegenheit zu sein, sich zu bewähren, und er glaubte noch daran, daß ein Zusammenhang zwischen guter Arbeit und einem Aufstieg in der juristischen Hierarchie bestand.

Es hatte schon längere Zeit Gerüchte um die Herberge gegeben. Raubgesindel sollte sich dort treffen. Der Wirt sei ein Hehler. Dann war im Sommer ein Reisender auf dem Weg nach Braunschweig mitsamt Kalesche und Pferd verschwunden. Der Mann war vermögend gewesen, und lachende Erben drängten bei von Kalkstein auf das Ende der Ermittlungen, damit das Vermögen freigegeben wurde.

Damals ging es auf den Winter zu. Es war kalt und regnerisch. Nasser Schnee war zu erwarten. Das Raubgesindel war in der warmen Jahreszeit auf seinen Diebesstrichen unterwegs, die um die Grenzstationen herumführten und durch das ganze Reich gingen. Über den Winter rotteten sie sich mit Weib und Kindern in ihren Herbergen zusammen und suchten die Gesellschaft von ihresgleichen. Der Winter war die beste Zeit, möglichst viele auf einen Wurf auszuspionieren und mit einer gezielten Aktion in Eisen zu legen.

Velasko erinnerte sich gut an die Magd Elisabeth, die er an dem Felsen gefunden hatte. Obwohl es regnete, als sollte die Erde ersaufen, hatte sie auf ihren Schwängerer gewartet und sich nicht von der Stelle getraut. Als sie zusammen die Herberge betraten, verstummten sofort die Gespräche. Mißtrauen stand ihm wie eine Wand entgegen. Ihn trafen schnelle, lauernde Blicke, und ihm war sofort klar, daß er sich auch gar nicht zu verstellen brauchte. Er gehörte nicht hierher und spielte den normalen Reisenden aus besserem Haus. Selbst ein kleiner Junge, der gerade laufen konnte, wußte gleich, daß Velasko keiner der ihren war und suchte Schutz am Bein der Mutter.

Die Gespräche kamen wieder auf, aber anders als zuvor. Sie sorgten sich ein wenig zu freundlich um Elisabeth und sprachen dabei so laut über ihren erbärmlichen Zustand, daß er es hatte hören müssen. Alles war zu bemüht. Die Gesten gerieten entweder zu klein oder zu großspurig. Alles nur eine Nuance, aber fühlbar für jemand mit nur etwas Gespür.

Man führte Elisabeth hoch in eine Kammer. Im Schankraum hatte man Velasko den Rücken zu gedreht und getan, als sei man wieder mit sich beschäftigt. Kleider und Fußlappen hingen um das Herdfeuer, und Stiefel standen zum Trocknen herum, der Wirt machte auf den Leinen Platz für Velaskos Sachen. Von den Kleidern stockte es muffig, die Leute schnieften. Man saß eng beieinander und löffelte aus den Schüsseln mit Brühsuppe. Galgengesichter glänzten vom Branntwein.

Elisabeth schrie zum Gotterbarmen gegen das Kind an. Der Wirt wurde nervös davon und schlug Holz im Schankraum. Dabei schwang er die Axt, als wollte er dem Herrgott drohen. Draußen tobte unterdessen das Unwetter. Der Wind drückte den Rauch zurück in den Abzug. Im Schankraum war es so stickig, daß die Augen brannten. Einer, der hinkte und den sie Klump riefen, drehte sich vor Velasko weg, als er seinen Beinschaden mit schwarzer Salbe einrieb. Oben schrie Elisabeth wie von Sinnen. Er hörte Fußgetrampel und ein derbes Poltern, als hätte sie jemand zu Boden gestoßen, der sie festhalten wollte. Jemand raunzte sie an.

Einen Augenblick war Ruhe, dann fing diese Sache mit dem Zerstückeln an. Velasko trafen erschrockene Blicke, als Elisabeth immer wieder etwas von Zerstückeln schrie. Man versuchte wohl, ihr den Mund zuzuhalten, aber es war deutlich zu hören. Immer wieder Zerstückeln. Wäre er nicht dagewesen, hätte sich niemand sonderlich darum geschert, aber jetzt machte einer ein Zeichen, daß Elisabeth wohl nicht richtig im Kopf sei.

Ein anderer wußte von einem Weib zu erzählen, das beim Abgang der Leibesfrucht auch so getobt habe. Einfach nicht mehr bei Sinnen, stimmte ein weiterer zu. Wie die Furiosi im Irrenhaus. Die hätten die Gewohnheit, sich in die eigene Hand zu verbeißen. Ja, beteuerte der erste, so stark, daß es knackte. Sie erzählten sich gegenseitig quer durch den Raum, aber ihre Schauergeschichten, die immer weiter ausholten, galten Velasko.

Er hielt die Schreie nicht mehr aus und lief hinüber zum Pferdestall. Der Wind ging immer härter und trieb nasse Schneeflocken vor sich her. Er schlug sein Wasser an einer Bretterwand ab und lauschte in den Stall.

»Moves 'n Kochemer, is 'n Wittich«, hörte er eine Knabenstimme in der geheimen Gaunersprache.

Die hier waren Kochemer und er ein Wittischer – wie alle genannt wurden, die nicht zur geheimen Gaunerwelt gehörten. Sie hatten ihre Sprache, heimliche Diebesnamen, eigene Gesetze und Ränge, die sie den Soldaten, Beamten und dem Adel absahen. Sie folgten den versteckten Wegzeichen, mit denen sie ihre Diebesstriche markierten. Sie besaßen eigene Karten, auf denen verzeichnet wurde, wo etwas zu holen war. Wo etwa ein Bullenbeißer wachte oder Unterkunft in einer Scheune zu bekommen war. Die Kochemer lebten in einer eigenen Welt, die den Wittischen verborgen blieb.

Er sah nach einem Pferd und spionierte noch ein wenig herum, aber er fand nichts, was irgendwie auffällig war, und die Pferdejungen wollten sich nicht auf ihn einlassen. Als sich im Schankraum alle müde getrunken hatten, wurden Tische und Bänke hochgestellt. Er bekam einen Strohsack, und man bestand auf einem Platz nahe der Feuerstelle. Er lag mitten unter Raubgesindel und Galgenvögeln und lauschte ihren Gesprächen. Oben tobte Elisabeth und schrie wieder von Zerstückelung. Einer bot Velasko von dem Wachs, das er sich in die Ohren stopfte.

Es dauerte noch Stunden, bis er das Schreien eines Kindes hörte. Am Morgen kam die Wirtin mit dem Säugling herunter und rief in seine Richtung, es sei ein strammer Junge mit einem ziemlichen Drum und Dran, was mit überschießenden Lachern quittiert wurde. Vor allem aber sei die Mutter wohlauf.

Etwas später begleiteten sie Elisabeth die Treppe hinunter und führten sie vor. Nur damit er sie sah. Sie war im Fieber und mußte nach wenigen Minuten wieder hochgebracht werden. Es sollte nicht der geringste Verdacht aufkommen, daß irgend etwas nicht in Ordnung sein könnte.

Man wollte ihn schnell weghaben und stellte ihm als Morgenbrot sauer gestockte Milch hin. Die anderen warteten mit dem Frühstück und saßen nutzlos herum. Als er den Wirt mit großer Münze bezahlte, um vielleicht verdächtiges Rückgeld zu erhalten, bekam er noch mit, daß Klump, der Hinkende, von der Wirtin das Nabelband verlangte. Für eine Heilsalbe, wie Velasko heraushörte.

Im Stall stand jetzt noch ein weiteres Pferd, aber Velasko hatte niemand neues gesehen. Auch dieses hatte nicht die auffällige Blesse, wie sie vom Pferd des Vermißten beschrieben worden war. Er ging noch einmal zurück ins Haupthaus, weil er absichtlich eine Tasche vergessen hatte. Wieder stand er wie vor einer Wand aus Schweigen. Aus der Küche roch es jetzt nach Mokka. Man hatte die Bettstellen zur Seite getan und Tische für das Morgenbrot hingestellt. Jemand hielt die Tür auf, damit frische Luft hereinkam, aber die Geste war an ihn gerichtet. Sie wurden ungeduldig.

Umgehend verfaßte er einen Bericht mit den genauen Beschreibungen der Männer, Frauen und Kinder in der Herberge. Er notierte Aussehen, Alter, Auffälligkeiten, Besonderheiten der Kleidung, Namen, die er mitbekommen hatte, und Dialekte, die er zuordnen konnte, und wen er für einen Haupträuber hielt. Sorgfältig malte er einen Plan der Räumlichkeiten und Umgebung. Er maß seine Schritte nach, die er abgezählt hatte, und übertrug sie im Maßstab. Er zeichnete mögliche Fluchtwege und Verstecke ein. Von welcher Seite am ehesten ein Angriff zu führen wäre, wo die Diebe Deckung suchen könnten und Gegenwehr zu erwarten war. Selbst das Nagelbrett für die Pistolen vermerkte er.

Der Vorgesetzte von Kalkstein lobte seinen Wagemut und Eifer, ja, er sei genau aus dem richtigen Holz geschnitzt, das ausgeleierte Justizwesen voranzubringen. Von einer groß angelegten Visitation war die Rede, man wolle keine kleinlichen Pusselien, sondern eine ganze Armee sollte die Diebesherberge umstellen. Das Ganze wuchs ins Große. Übergeordnete Dienststellen gaben ihren Senf und zogen den *casus* an sich, denn das Stadtgericht sei mit seinem Personal überfordert. Besonders dieser Nuschelkopf von Kalkstein und seine unerfahrenen Stadtrichter.

Dann kippte die Angelegenheit. Jemand in der übergeordneten Bürokratie fiel in Ungnade und riß andere mit sich fort. Neue Köpfe hatten ernste Bedenken gegen die Pläne ihrer Vorgänger, mit denen sie keinesfalls in Verbindung gebracht werden wollten. Erster Staub legte sich auf die Akten, die bald immer mehr in Vergessenheit gerieten.

Sorgenvoll blätterte Velasko durch seine alten Aufzeichnungen. Seine Handschrift war damals weniger geübt gewesen und bemühter als heute. Wie die Schönschrift eines artigen Schülers. In den Strichen und Schnörkeln spürte er die Hoffnung, sich zu bewähren. Seine Degradierung würde sich als Mißverständnis herausstellen, und er bekäme endlich die Stellung, die ihm gebührte.

Und jetzt hatte Buchner die Akten hervorgekramt. Damit waren sie nicht mehr aus der Welt zu denken. Velasko war gezwungen, sie erneut zur Kenntnis zu nehmen. Er vermutete, daß Elisabeth in der Herberge geblieben war. Wo sollte sie mit einem Neugeborenen auch hin? Damit erklärten sich auch die vagen Angaben zu ihren Dienststellen. Die Hoffnung auf ein vorteilhaftes Leumundszeugnis konnte er damit vergessen. Im Gegenteil. Sie hatte in einer Diebesherberge gelebt, und es sah für Elisabeth schlimmer aus als zuvor. Der Strick zog sich enger um ihren Hals.

Velasko öffnete das Fenster. Unten auf der Straße spielten ein paar Kinder. Die traurige Schöne, die abends manchmal am Gericht vorbeikam, war nicht zu sehen. Vielleicht war sie schon vorbei. Er überlegte, was zu tun war. Es flirrte und summte in seinem Kopf von der Anstrengung der beiden letzten Tage. Er hatte keine Ordnung mehr in den Gedanken, und die Ereignisse hetzten einander, überschlugen sich. Am nächsten Morgen schon war der inoffizielle Empfang des Zaren.

Er mußte etwas ausruhen und wieder zu klaren Gedanken kommen. Am liebsten wäre er ins Badehaus gegangen. Was war mit Martha? Sie wurde anhänglich und schwierig. Er mochte ihre Gesellschaft, fürchtete aber neue Launen. Unschlüssig öffnete er seinen Schrank und prüfte die Kleidung. Ob er für den morgigen Empfang etwas mit nach Hause nehmen sollte? Kurzentschlossen nahm er wieder Perücke und Degen, steckte die Aufzeichnungen mit dem Kauderwelsch des Kastellans ein und verließ das Gericht.

Unter seiner Haustür war ein Kuvert durchgeschoben worden. Eine Nachricht von Martha. Er erkannte ihre hoch aufgestellte Schrift auf dem Kuvert. Er rief ins Haus, aber Frau Sobieski, die ihm jeden Tag für ein paar Stunden den Haushalt führte, war nicht mehr da. Martha schrieb, sie habe allen Gästen absagen müssen. Es ginge ihr nicht gut, und er möge sie bitte besuchen.

Velasko trank einige Schlucke Wasser, dann machte er sich auf den Weg. Von der Straße sah er Licht in ihrem Salon. Martha saß an ihrem Fensterplatz umgeben von Büchern. Als er näher trat, sah er ihre verweinten Augen. Sie lachte dankbar, als er sich zu ihr beugte und ihr einen Handkuß gab. Ihr Ehegatte war wieder auf seine Güter abgereist. Die Söhne Sigismund und Sylvester hatten Zimmerarrest. Inzwischen hatte der Mohrenknabe Nanu seinen Gebetsteppich gefunden, aber jemand hatte diesen eingepinkelt.

»Wie können die so etwas machen?« fragte Martha. »Sag mir das doch!«

Als sie aufstand, um ihnen einen Cherry einzuschenken, merkte er, daß sie etwas beschwipst war. Es gefiel ihm nicht, daß Martha alleine Cherry trank.

Sie prosteten sich zu, dann bestand sie darauf, ihm den neuesten französischen Tanzschritt beizubringen, und nahm seine Hand.

13.

Es war kurz vor neun Uhr morgens. Während der Schein-Zar einen Besuch des Zeughauses absolvierte und dort die brandenburgischen Kanonen bewunderte, sammelte man sich im Palais des russischen Gesandten zum inoffiziellen Empfang von Zar Peter I. Im Spiegelzimmer gaben die Delegierten ihre Degen in Verwahrung, Teint und Kleidung wurden kritisch geprüft. Velasko wurde den Spitzenbeamten und höchsten Würdenträgern vorgestellt. Obwohl Cojejji äußerlich ruhig schien, sah er immer wieder auf einen Zettel, auf dem er die obligaten Grußworte wichtiger Staatspersonen notiert hatte sowie Stichpunkte für einen Vortrag über das hiesige Justizwesens. Das hier war sein Tag, sein Auftritt.

Velasko hielt sich im Hintergrund und erhaschte einige Bemerkungen über das rückständige Rußland. Bei den Barbaren gäbe es keinerlei Zivilisation. Schon die Rasur wäre für die Waldmenschen eine Todsünde. Die Russen äßen rohes Fleisch, das sie unter ihren Sätteln mürbe ritten, die Bauern trügen Bärenfelle und Schuhe aus Birkenrinde. Überhaupt sei es ein Volk von dummen Bauern. Bevor ein Russe seine Frau bestieg, würde er ihr das Kruzifix vom Hals nehmen und alle Ikonen mit Tüchern verdecken. Die Seele der Untertanen gehörte Gott, der Rücken dem Herrn und der Kopf dem Zaren. Was bringe da ein Vortrag über die hiesige Rechtsordnung, wenn es ohnehin nur den Willen des Zaren gäbe?

Ein russischer Diener meldete, seine kaiserlichen Gnaden Zar Peter I. sei zum Empfang bereit. Cojejji winkte Velasko noch einmal heran und flüsterte ihm zu, er solle sich jede russische Silbe merken, sonst gnade ihm Gott.

Die Delegierten nahmen Aufstellung. Dann wurden die Flügeltüren geöffnet, die Männer verstummten und stellten sich gerade. Cojejji konzentrierte sich und ließ seinen Zettel in einer Tasche verschwinden, man nickte sich zu, dann schritten sie in Zweierreihe durch einen weiteren Vorraum in den Saal. Velasko ging als letzter.

Zunächst sah er aus der Ferne linker Hand einen meterlangen Tisch, auf dem ein schier überbordendes Büffet hergerichtet war. Es roch angenehm nach fremden Gewürzen und dem Duft von Bienenwachskerzen. Der Raum war angenehm geheizt. Da hörte er einen Juchzer, als hätte jemand ein Mädchen gezwickt. Die Männer vor Velasko reckten sich und blickten einander irritiert an.

Sie traten in den Saal und ruderten bei dem Anblick, der sich ihnen bot, schlagartig aus der Aufstellung. Auf einmal ging jeder, wie er wollte. Velasko wußte nur, daß etwas Außergewöhnliches passiert war, da sah er das Unfaßbare und starrte wie alle anderen auf Zar Peter, der mit ausgestreckten Beinen halb auf einem Sofa lag. An jeder Seite des Hünen räkelte sich eine junge Frau mit entblößtem Oberkörper. Der Zar umfaßte die Frauen, die in sich hineinkicherten, hinterrücks und hob ihre weißen Brüste an, als wollte er sie den Delegierten zum Dessert empfehlen.

Die brandenburgisch-preußische Delegation lief völlig auseinander, und die Honoratioren schnappten wie Karpfen, die man aufs Land geworfen hatte, nach Atem.

»Herr Präsident von Cojejji«, rief Zar Peter. »Ich freue mich, Ihn zu sehen. Wo waren wir uns zuletzt begegnet?«

Der stand da wie eine Kuh, die man aufs Eis geführt hatte. Er suchte nach Worten, faßte mehrere Male in die gleiche Tasche, bis er endlich seinen Zettel fand. Cojejji schaute darauf, suchte nach etwas, woran er sich klammern konnte, drehte sich zu den anderen herum, sah dann wieder auf den Zaren und die herrlichen Brüste, an denen der herumspielte, und steckte den Zettel mit den Grußworten wieder ein.

Unter den Delegierten herrschte völlige Stille. Die Köpfe der Männer waren ungläubig vorgeneigt, jeder schien mit sich zu ringen.

»War das in Königsberg?« fragte Zar Peter. »Oder Torgau?«

»Ja«, sagte Cojejji, dann versagte die Stimme. Er räusperte sich und zog die Unterlippe ein, um sie anzufeuchten. »Ja«, wiederholte er mit der kleinlauten Stimme eines Kindes, das mit dem Finger im Zuckertopf erwischt worden war. »Ja, doch. Königsberg.«

Jetzt erst registrierte Velasko die Russen, die in einigem Abstand hinter dem Sofa des Zaren standen. Einige erkannte er vom Vortag wieder. Obwohl die Russen um Ernsthaftigkeit bemüht waren, schienen sie über die Situation amüsiert.

»Richtig, Herr Präsident sprach über Reformen im Justizwesen«, sagte Zar Peter und walkte genüßlich an Sodoms Äpfeln. Sein Deutsch war überraschend gut in der Grammatik, nur die Aussprache hatte einen holländischen Einschlag. »Das muß Er mir später erzählen, was daraus geworden ist. Vielleicht können wir Gewinn davon haben. Wir wollen gründliche Veränderungen in der Justiz. Wer sind die Herren? Kann Er die Herrn Delegierten vorstellen?«

Cojejji war sichtlich durcheinander, weil er die Grußworte nicht loswurde, stellte dann aber die Herren nacheinander vor und gewann dabei an Stimme. Peter hörte aufmerksam zu und schien wirklich an den Mitgliedern der Delegation interessiert. Bei einigen fragte er nach ihren genauen Arbeitsgebieten, Familienstand und Verwandtschaftsbeziehungen. Er schien die

Männer auf Brauchbarkeit zu prüfen und horchte besonders auf bei Kenntnissen im Steuer- und Münzwesen. Einen hohen Beamten befragte er gründlich über Formulare in Verwaltungsangelegenheiten. Er habe beschlossen, in Rußland einheitliche Briefbögen benutzen zu lassen. Das sei nützlich, sonst mache jeder, wie er wollte. Als letzter wurde Velasko vorgestellt.

»Freiherr von Velasko also«, sagte Zar Peter. Er richtete sich etwas auf und blickte ihn neugierig an. »Und Seine Profession?«

»Geheimer Justizsekretär«, sagte Cojejji, bevor Velasko antworten konnte.

»Und welche Profession?«

»Für Besonderheiten«, sagte der Gerichtspräsident.

Der Zar schien unwillig und verwundert, daß Velasko nicht selbst antwortete und hob zu einer Erwiderung an. Plötzlich ging sein Blick zu einer Flügeltür. Blitzartig erhellte sich sein Gesicht. Alle drehten sich um. In der Tür standen Herzog Otto von Mecklenburg und seine Gemahlin Henriette. Velasko war das Ehepaar einmal auf einem Gesellschaftsabend bei einer Freundin von Martha vorgestellt worden. Man munkelte über einen lockeren Umgang, den die beiden pflegten.

»Henriette!« rief der Zar und drehte sich wild um. »Jaguschinski, stell dir vor, das ist Henriette! Ich hab dir doch von ihr erzählt!«

Jaguschinski trat einen Schritt vor und lächelte wissend. Der Fürst war nicht sehr hoch gewachsen, mäßig attraktiv, aber sorgfältig gepflegt und hatte wache Augen. Wie angestochen drückte sich Zar Peter aus dem Sofa hoch. Alles andere schien vergessen. Mit ausgestreckten Armen lief er der Herzogin entgegen.

»Cousine, ich bin glücklich!« rief er. »Jaguschinski, da steckst du doch hinter!«

Der Herzog blieb an der Flügeltür stehen, während der Zar

die Herzogin in seine Arme schloß. Aber nicht wie eine Cousine. Die Männer der Delegation hatten sich einigermaßen gefangen, jetzt geschah das Unfaßbare.

Der Zar beugte sich zu ihr hinunter, er küßte ihre Stirn und flüsterte ihr etwas ins Ohr, seine Hände glitten über ihre Schultern, sie reckte sich lüstern unter seinem Atem und bot ihm ihren Mund, sie schmiegten sich bei dem Größenunterschied etwas umständlich aneinander, sein Mund saugte über ihren Hals, er leckte ihr Ohr.

Cojejji verlor nun völlig die Fassung. Er holte wieder den Zettel hervor, hielt sich daran fest und starrte mit offenem Mund. Jetzt biß der Zar der Herzogin ins Ohr, sie kam in Wallung, sie kochte und warf den Kopf mit angegeilter Miene zurück und bot ihm ihren Hals wie eine Hündin, die sich ergeben hatte. Dann hob sie der Zar mit einem Schwung auf die Arme, daß man die Fischbeinstäbe von Mieder und Untergestell ihres Kleides krachen hörte. Die Tür zu einem Nebenzimmer stieß er mit Ellenbogen und Fuß auf. Kurz darauf waren enthemmte Liebesgeräusche zu hören. Niemand wagte, die Tür zu schließen.

Der Herzog stand lässig da und lächelte überheblich in die Runde. Velasko wußte nicht, ob dieser den Exzeß überspielte oder aber die Anwesenden verspottete.

»Lieber Herzog«, rief Jaguschinski und brach die Lähmung. »Ich freue mich, Ihn zu sehen!«

Die beiden begrüßten sich wie gute Bekannte, faßten sich an den Armen. Inzwischen machten Lakaien mit Getränken die Runde. Die Tabletts waren umgehend abgeräumt, weil manche doppelt nahmen, aber sofort wurde nachgereicht.

Cojejji, der immer noch nicht wußte, wie ihm geschah, wurde von Jaguschinski zum Büffet geführt. Auch die anderen Russen traten jetzt vor. Einige Herren kannten sich, andere wurden miteinander bekannt gemacht. Auf russischer Seite waren überraschend viele Deutsche und Holländer, überhaupt Europäer, die im Sold des Zaren standen.

Man flüsterte und lachte verhalten. Wie alle anderen lauschte Velasko mit einem Ohr dem Liebesspiel, mit dem anderen hörte er Jaguschinski zu, der die Leckereien des Büffets erklärte. Zu den russischen Speisen gehörte traditionell rohes Gemüse, Gurken in allen möglichen Formen, Salzfisch, Speck und unzählige Piroggen, die mit Fleisch, Ei, Fisch, Reis oder Kohl und verschiedenen Kräutern gefüllt waren. Sehr schmackhaft auch mit Erdbeeren und etwas Zimt darauf. Dann gab es diverse Schalen mit eingemachten Pilzen.

Aus dem Nebenzimmer kamen jetzt männliche Brunftlaute, und auch die Herzogin summte geil und machte Stimmen. Velasko bewunderte den Fürsten, der die Nerven behielt. Vermutlich war er mit derartigen Exzessen seines Herrschers gut vertraut. Er ließ von jedem Topf den Deckel heben und erklärte Cojejji, der immer nur nickte oder *ja* sagte, die Zutaten von russischen Suppen. Wenn Jaguschinski etwas auf deutsch nicht wußte, versuchte er es auf französisch. Es gab Braten vom Rind, Hammel, Schwein, alles fein gewürzt mit Zwiebeln, Knoblauch, Safran und Pfeffer. Er erklärte Wildbret und Fisch wie Lachs, Stör und Sterlet. Jaguschinski fragte hinter sich, ob er den Namen des Fisches richtig ausspräche. Ja, rief jemand, Sterlet sei ein kleiner, delikater Stör.

Inzwischen zogen sich die beiden jungen Frauen auf dem Sofa die Kleider über die Brüste und wurden von einem Diener hinausgeführt.

Wegen der durchdringenden Brunftlaute schwankte Velasko zwischen Entsetzen und Lachanfall. Jetzt klang es, als bekäme die Herzogin etwas auf ihren Po, Velasko mußte sich zur Wand drehen, damit er nicht losprustete.

Fürst Jaguschinski konzentrierte sich. Zum Dessert sollte Cojejji wählen zwischen Kuchen, Käse, besonders empfahl er Limburger, übrigens der Lieblingskäse seiner Hoheit des Zaren. Es gab eingemachtes oder frisches Obst, dazu Wodka, Bier mit etwas Zimt verfeinert, denn Zimt sei nun einmal das kaiserliche Aroma, oder Kwaß, der aus vergorenem Schwarzbrot hergestellt und mit Himbeeren, Kirschen oder anderen Früchten versetzt wurde. Ob Cojejji schon einmal von dem Brot probiert habe. Ein sehr grobes Brot, das er persönlich gegenüber dem weißen französischen bevorzuge, da es ihm auf die Verdauung schlage.

Die Herzogin hechelte und stieß den Atem wie eine Gebärende, es polterte Geschirr, das weggefegt wurde, zwei Stimmen stießen einen Rhythmus, ein letztes Aufbäumen schraubte sich in die Höhe, dann war es schlagartig ruhig.

Man könne etwas Salz auf das Brot streuen, ergänzte Fürst Jaguschinski noch, dann gab er das Büffet frei. Man war allseits erlöst und griff zu den Tellern.

Cojejji hatte wieder Farbe bekommen, wollte aber mit dem Essen warten und erbat zunächst einen Cognac. Velasko stand vor dem Meer an Leckereien und lauschte zwei Russen, die überhaupt nicht verwundert schienen über das Gebaren ihres Monarchen. Sie sprachen über eine größere Partie Zobelpelze, die sie hier in Berlin verkaufen wollten. Beim Anblick der eingelegten Pilze bekam Velasko einen harten Magen und begnügte sich mit einem Apfel.

Ein Russe kam aus dem Nebenzimmer und flüsterte Jaguschinski etwas ins Ohr, worauf dieser sich bei Cojejji entschuldigte und an Velasko herantrat.

»Freiherr von Velasko«, sagte er. »Zar Peter würde sich geehrt fühlen, Ihn empfangen zu dürfen.«

»Mich?« fragte Velasko und wußte nicht, wie ihm geschah.

»Selbstverständlich.«

Cojejji zog fragend die Schultern hoch, gleichzeitig nickte er ihm ermutigend zu. Schon lud Jaguschinski ihn mit ausladender Hand ein, ihm zu folgen, und bremste Cojejji, der sich ihnen anschließen wollte. Leider werde in Person nur Freiherr von Velasko gewünscht.

Jetzt wurden auch andere Russen aufmerksam. Plötzlich drängten alle hinter ihnen her und wollten wissen, was es denn da zu sehen gab, aber der Fürst hob die Hände, daß sie zurückbleiben sollten. Velasko sah offene Neugier und Unmut.

Als er eintrat, war die Herzogin offensichtlich schon durch eine andere Tür hinausgelangt. Der Zar stand an einem Tisch mit Kartenrollen. Seine schulterlangen Haare waren noch in Unordnung. In der Kleidung erschien er wenig gepflegt, ja nachlässig. Er hatte sich einen schlichten Soldatenrock übergeworfen, der von oben bis unten aufgeknöpft blieb und dessen Grün ausgeblichen war. Die Hose war so eng, daß die Nähte spannten, und die Weste angeschmutzt. Die Stiefel hatte er dermaßen ausgetreten, daß Velasko sie dem Bettler in seiner Straße gegeben hätte. Offensichtlich fehlte dem Zaren jedes Verständnis für Reinheit und schöne Kleidung. Hinter ihnen wurde die Tür geschlossen.

»Komm Er näher, Freiherr von Velasko«, sagte der Zar.

»Kaiserliche Hoheit«, entgegnete der. Er verneigte sich und wartete in gehörigem Abstand.

Das Gesicht des Zaren zeigte noch etwas Röte, ansonsten wies nichts mehr auf den Exzeß hin. Er ging vor dem Kartentisch hin und her, seine Hände mußten sich regen und faßten nach anderen Karten und Meßinstrumenten, ohne sie jedoch aufzunehmen. Sein ganzer Körper war in gespannter Unruhe. Er konnte nicht stillstehen.

»Komm Er doch näher«, sagte der Zar.

Velasko war es nicht gewohnt, nach oben zu schauen, und

kam sich neben dem Hünen vor wie ein Zwerg. Aus dessen Soldatenrock roch es nach Wald und Pferdestall. Ihre Blicke trafen sich und ruhten ineinander. Die anderen waren vergessen. Zwei Männer sahen sich an, jeder hielt dem anderen stand. Es war jedoch kein Augenkampf. Der Zar versuchte ihn zu taxieren. Velasko schaute in muntere, aber auch traurige Augen, die viel Leid gesehen haben mußten. In dem Blick lag eine Urgewalt, die ihn anzog. Er spürte, daß es etwas Besonderes mit diesem Menschen auf sich hatte, und er begriff, daß diese Begegnung nicht zufällig war.

Natürlich war es nicht statthaft, einen Herrscher so unverblümt anzuschauen. Er überlegte auch, auszuweichen, aber er tat es nicht, denn der Zar schien diesen Moment der Begegnung herauszufordern. Velasko wollte alles vergessen, was er an Schauergeschichten und Gerüchten über den Monarchen gehört hatte, und sich der Begegnung ohne Vorurteil stellen. Er sah einen Mann, der seine Gefühle unmittelbar lebte und zu Leidenschaft und Freundschaft fähig war. Vor ihm war ein Mann, der mitten in einem Lebenswerk stand und Großes bewirkte. Der Zar wirkte in seinem ganzen Habitus unbeugsam, ja brutal in seiner Leidenschaft und opferte sich nicht Tand und Flitterkram. Da war eine Kraft, die ungezügelt nach vorne drängte und nichts und niemanden schonte. Eine Kraft, die die Hülle dieses Mannes bersten lassen und Velasko mitreißen wollte. Dieser Mann beugte sich nicht gängigen Vorstellungen. Er lebte eine Mission.

Man beobachtete sie und wurde unruhig.

»Kennt Er Stralsund?« fragte Zar Peter und zeigte auf eine Karte mit Befestigungsanlagen.

»Ja, Majestät«, erwiderte Velasko. »Aber ich weiß nicht, in welchem Zustand die Stadt jetzt ist.«

»Wir haben Stralsund bis in den Herbst belagert, aber die

Schweden sind harte Soldaten. Die Festung war nicht zu nehmen. Jetzt müssen wir mit dem Heer ins Winterquartier. Kennt Er die Schweden?«

»Auf der Kavalierstour war ich einige Wochen in Stockholm und habe die nördliche Geographie studiert. Hier in Berlin habe ich natürlich schwedische Hofleute getroffen, aber die Schweden kennen? Nein, Hoheit, das kann ich nicht behaupten. Ich weiß nur, was allgemein erzählt wird. Ich hab keine vernünftige Wissenschaft von Land und Leuten. Alles ist nur zufälliges Flickwerk, mehr nicht.«

Jeder Charge am Hofe hätte entsetzt den Kopf geschüttelt, denn selbstverständlich setzte sich jeder, der nach oben strebte, gegenüber einem Herrscher ins beste Licht. Aber der Zar schien mit dieser Antwort zufrieden.

Velasko war äußerst angespannt und hellhörig. Was ging hier vor? Warum hatte der Zar gerade ihn hereingerufen? Und warum fragte er ihn nach den Schweden, gegen die Rußland seit Jahren Kriege um die Ostsee führte?

»Von meinen Ministern hat keiner eine vernünftige Wissenschaft«, sagte der Zar. »Aber was hätten sie sich jetzt aufgeblasen mit ihrem Viertelwissen! Nicht wahr, Jaguschinski?«

Der hielt eine Hand ans Kinn und lachte in sich hinein. Der Zar ging mit langem, eigenartig federndem Schritt auf ihn zu und faßte den Kopf des Fürsten mit beiden Händen, als wolle er ihn auspressen.

»Was mußte ich hören!« flüsterte der Zar auf russisch. »Kopf! Kopf! Kopf! Was bist du nur so habgierig! Alexaschka, wärst du nicht mein Eingeweide, ich hätte deinen Kopf schon dreimal abgeschlagen!«

Dann küßte er Jaguschinski auf den Mund und wandte sich wieder an Velasko. »Der Fürst glaubt, daß die Schweden ein Attentat auf mich planen. Stimmt doch, Jaguschinski!«

»Es gab Gerüchte, Hoheit«, sagte der Angesprochene.

Velasko war völlig überrascht. Darum ging es also. Offensichtlich reichte die undichte Stelle im Geheimen Sicherheitskollegium bis zum Monarchen.

»Sie wollen meinem Land das Haupt abschlagen«, sagte Zar Peter. »Sonst verlieren sie den Krieg. Was hält Er davon?«

»Mit Verlaub, Eure Hoheit, die Schweden sind ein ehrenhaftes Soldatenvolk«, antwortete Velasko ausweichend. Ihm gefiel nicht, in welche Richtung das Gespräch lief.

»Das sagt mir jeder, den ich frage. Bis auf Fürst Jaguschinski natürlich. Der glaubt an die Gerüchte. Er muß ja an solche Gerüchte glauben, sonst nähme ich sie nicht ernst. Aber ist es denkbar, daß die Schweden ein Attentat planen?«

»Alles ist denkbar, Euer Gnaden. Alles geschieht irgendwann ein erstes Mal.«

»Das ist mir zu ungefähr«, sagte der Zar. Er stand jetzt direkt vor Velasko, so daß dieser den Kopf weit zurück in den Nacken legen mußte. Da war wieder diese nervöse Zuckung der linken Gesichthälfte.

»Es gibt Gerüchte«, sagte das Oberhaupt der Russen und wischte mit der Hand über die zitternden Partien. »Wir hörten von dem Tod des Kastellans von Schloß Monbijou. Es soll eine Verbindung zu den Schweden geben. Wie es heißt, ist Er mit dem Fall befaßt.«

»Verzeihung, Euer Gnaden«, sagte Velasko. Selbst das wußten die Russen. »Euere Hoheit sollten den Herrn Kammergerichtspräsidenten von Cojejji in dieser Angelegenheit befragen.«

»Ich frage aber den Herrn Stadtrichter von Velasko«, sagte Zar Peter ernst.

»Mit Verlaub, Euer Gnaden, das ist nicht möglich«, erwiderte Velasko. Jetzt war er nochmals irritierter. Der Zar wußte demnach sogar, daß er kein Geheimer Justizsekretär war, wie

Cojejji ihn vorgestellt hatte, sondern lediglich Stadtrichter. Man hatte ihn offensichtlich gründlich ausspioniert. Wie sollte er sich nur aus der Affäre ziehen?

»Ich muß an Herrn von Cojejji verweisen«, sagte Velasko. »Ich bin nicht befugt, in Staatsaffären Auskunft zu geben. Herr von Cojejji wird während des Aufenthalts Euer Hoheit alles Menschenmögliche für Seine Sicherheit unternehmen.«

»Alles ist denkbar, hat Er das nicht gerade gesagt? Warum soll es nicht denkbar sein, daß Er mir, da es diese Gerüchte um mein Leben gibt, nicht Rede und Antwort steht?«

»Das wäre denkbar, aber in diesem Fall nicht möglich, da ich in brandenburgisch-preußischen Diensten stehe. Ich habe den Treueeid auf meinen König geleistet.«

Zar Peter nickte ihm zu, dann reichte er Velasko die Hand, als sei er ein Mann von der Straße. Der schlug ein. Seine Hand verschwand in der Pranke wie eine Kinderhand. Der Zar drückte nicht übermäßig, aber Velasko spürte die ungeheure Kraft, die dieser zurückhielt.

Man begleitete ihn hinaus. Er war entlassen.

14.

Kutschen kamen, und Pferde wurden gewechselt. Die Reisenden kehrten in der Schankstube ein oder sparten das Geld und vertraten sich die Beine, dann fuhr man so schnell wie möglich weiter, um nicht in diesem unbequemen Packhof übernachten zu müssen.

Der erwartete Kurier aus Rußland war schon am Vorabend eingetroffen. Es gab keinen Grund mehr zu verweilen, aber Alexei zögerte die Weiterfahrt hinaus, und sie saßen nutzlos herum. Charlotte fügte sich. Was blieb ihr auch übrig.

In den Briefen an die Eltern und Freundin Henriette, die in ein Herzogtum in Süddeutschland verheiratet worden war, machte sie sich selbst Mut und versicherte ihren Glauben an eine glückliche Zukunft. Sie gab die Briefe dem jungen Kutscher mit auf den Weg, der den Pferden einen Tag Ruhe gegönnt hatte und heute nach Wolfenbüttel zurückfahren würde. Damit war dann das letzte Band zu ihrer Heimat durchschnitten.

Zum Mittag gab es Huhn, Apfelkompott und schlechtes Brot. Alexei und sie aßen schweigend. Er vergaß seine Haltung und beugte sich tief über den Teller, als sackte er in seiner Angst zusammen, seinem Vater zu begegnen. Obwohl sie selbst mit ihren Gefühlen kämpfte, ahnte sie seine Verzweiflung. Er war gefangen in einem Leben, das er sich nicht ausgesucht hatte. Es gehörte anderen und nicht ihm. Er war genau so hilflos wie sie und tat ihr leid wie ein Kind, das man zu etwas quälte, dessen Sinn es einfach nicht verstehen konnte. Sie beide lebten in einem fremden Leben.

Mit den Augen war Alexei immer wieder bei dem russischen Kurier, der an einem anderen Tisch aß. Ihr Gefühl sagte, daß etwas mit diesem Kurier nicht stimmte. Alexei hatte seine Freude über die Briefe seiner Mutter nur schwer verbergen können. Es war aber mehr als Freude über den Briefwechsel zwischen Mutter und Sohn, den Zar Peter verboten hatte, nachdem er die Mutter in ein Kloster verbannt und das Bauernmädchen Katharina zur neuen Zarin gemacht hatte. Durch die Mutter fürchtete der Zar einen schlechten Einfluß auf Alexei, und er fürchtete ihren Machtanspruch.

Charlotte hatte bemerkt, daß Alexei und der Kurier zu viel miteinander sprachen, und es lag eine Dringlichkeit darin, die nicht zu einem Kurier paßte. Schon wieder schnippte Alexei nach dem Mädchen, das mit einem Weinkrug herumging. Es mochte sechs, acht Jahre alt sein. Ein süßes Mädchen und hübsch anzuschauen. Mit der Zunge zwischen den Lippen schenkte es nach und machte auf einem Brett sorgsam Kreidestriche. Charlotte gefiel, wie das Mädchen ihre Aufgabe ordentlich machen wollte. So ein Mädchen wollte sie auch haben.

An anderen Tischen unterhielt man sich über Beschwerlichkeiten der Reise. Nichts Anregendes, aber man sprach wenigstens miteinander. Es nahm überhand mit den Kofferschneidern, die in den Wäldern lauerten und hinter den Kutschen herschlichen. Ohne daß man etwas mitbekam, schnitten sie ratzfatz etwas vom Gepäck ab, und schon waren die Gauner mit ihrer Beute verschwunden.

An einem anderen Tisch wurde jemand geneckt und spaßig an der Schulter gestoßen, so daß er fast von der Bank fiel. Charlotte hätte sich gerne von dem Spaß mitreißen lassen, aber Alexei strafte sie mit seinem Blick ab. In seiner Gegenwart verbot es sich zu lachen. Am schlimmsten war das Schweigen zwischen ihnen. Es entsetzte Charlotte und trieb ihr Tränen in die Augen. Sein Schweigen ging nicht gegen sie. Das meinte sie zu spüren. Alexei war nicht böse gegen sie, eben nur mit sich selbst beschäftigt, weil er innerlich vor der Begegnung mit seinem Vater bebte.

Von den Nachbartischen blickte man neugierig herüber. Charlotte schämte sich vor den Reisenden. Wer sie beide so sitzen sah, mußte sofort ihr Unglück erkennen. Inzwischen würde auch jeder wissen, daß dieser unscheinbare junge Mann, der in sich zusammengesunken dasaß, als hätte er keine Kinderzucht genossen, und Hühnerfleisch in Apfelkompott tunkte und die Knochen unter den Tisch warf, der Thronfolger des russischen Reiches war.

Charlotte schämte sich selbst vor dem Mädchen mit dem Weinkrug. Sie schämte sich für jeden Kreidestrich, den es für Alexei machte, und in seinem ungläubigen Blick lag die Frage, wie man diese ungeheuren Mengen Wein in sich hineinschütten konnte, ohne daß man betrunken wurde. Charlotte hätte bei jedem Schnipsen von Alexei aufspringen und davonlaufen wollen.

Nach dem Mittagessen ging sie auf ihre Kammer – eigentlich war es nur ein enger Bretterverschlag, den sie sich mit ihm teilte, und setzte sich auf die Bettstelle. Die Möbel waren roh gezimmert. Es stank nach dem Atem alter Menschen. Ein ziehender, miefiger Geruch, der aus den Möbeln, Dielen, dem Putz der Wände kroch und wie eine klebrige Patina an den Händen blieb, so daß sie gar nichts mehr anfassen wollte.

Sie legte das Medaillon mit Alexeis Bild und einer Haarlocke darin ab und atmete schwer. Sie hatte sich über das Medaillon gefreut. Es war eine nette Geste von ihm gewesen, aber trotz allem gutem Willen schien nichts zwischen ihnen zusammenzukommen. Inzwischen waren die überlegten Fragen gestellt. Nicht nur, daß sie schweigend saßen und Charlotte verstohlen zu den anderen Tischen sah, während er sich müde trank. Auch im Bett lagen sie schweigend und hätten sich doch wenigstens zur Nacht küssen müssen. Das Schweigen ließ sie die Zähne zusammenpressen, bis ihr der Kiefer schmerzte.

Auch er schien genauso ratlos, was sie miteinander anfangen sollten. Sie waren zwei fremde Menschen, dem Willen ihrer Väter geopfert. Er lag starr auf dem Rücken und hielt die Hände wie ein Pastor, dem bei der Leichenrede die Worte ausgegangen waren. Wie sollte sie ihm je eine Frau sein? Unvorstellbar. Auch Alexei machte keine Versuche. Aber der Zar verlangte einen Thronfolger. Er würde keine Ruhe geben, bis sie ihm einen Enkelsohn gebar.

Charlotte sah sich um. Ihr war langweilig. Sie stöberte in den Reisekisten nach den Büchern, die Alexei in großen Mengen in Antiquariaten kaufte. Meist waren es Schriften über Kirchengeschichte und die Beziehung zwischen geistlicher und weltlicher Macht. Auf den Buchrücken las sie Titel wie *Das göttliche Manna*, *Die Wunder Gottes* und *Imitatio Christi*. Alexei schien jedoch auch eine Neigung zu Mathematik, Festungsbau und fremden Sprachen zu haben. Das war ihr neu, und sie wußte nicht, was sie davon halten sollte.

Auf russisch wollte sie nicht lesen, das ermüdete sie noch zu sehr, und einen Roman in deutscher Sprache fand sie nicht. Sie nahm ein religiöses Buch, mit dem sie ihn einmal gesehen hatte. Weil ihr vor dem Bettzeug ekelte, legte sie einen Mantel darüber und kuschelte sich ein.

Sie suchte nach Stellen, die er angestrichen hatte, und überlegte, warum er gerade die Passagen über Ketzerei und Verdammnis hervorgehoben hatte. Nie wäre sie auf den Gedanken gekommen, freiwillig ein solches Buch zu lesen. Es war ihr fremd, über religiöse Angelegenheiten nachzudenken, und die Gedanken über Schuld und Sühne ermüdeten sie. Wenn es notwendig war, machte sie die Zeremonien mit. Sie betete bei den Anlässen, aber sie empfand eigentlich nichts dabei, außer einer unbestimmten Schuld, die jedem Christen in die Wiege gelegt wurde und über allem Menschlichen zu liegen schien. Sie wollte sich jedoch nicht schuldig fühlen. Darüber schlief sie ein.

Als sie aufwachte, vermutete sie Alexei im Schankraum, aber dort war er nicht. Auch im Pferdestall fand sie ihn nicht. Plötzlich befürchtete sie, Alexei sei ohne sie abgereist. Sie lief ins Kutschenhaus, aber die Kutsche mit dem Wappen der Romanows stand noch an ihrem Platz. Der Bursche, der Charlotte hergefahren hatte, schirrte gerade die Pferde ein. Bald fuhr er wieder ohne sie zurück nach Wolfenbüttel.

Ihre Kiefer preßten sich aufeinander. Sie hatte das Bedürfnis, ein wenig zu sprechen und das Schweigen in sich zu brechen. Sie bedankte sich bei dem Burschen für die angenehme Herfahrt und wünschte ihm eine gute Reise. Er errötete, zeigte gute Zähne und freute sich wohl über ihre Aufmerksamkeit, aber er war es nicht gewohnt, einer Herrschaft gehörig zu antworten, es schien ihm unangenehm. Seine Antworten waren überlegt und beinahe so zugeknöpft wie die von Alexei.

Charlotte stand noch etwas bei den Pferden, streichelte ihre Köpfe und schmuste mit den Nüstern. Sie liebte den Geruch der Pferde. Sie fragte den Burschen noch etwas über den Vater, in dessen Fußstapfen er getreten war, und wurde traurig beim Dialekt ihrer Heimat. Mit Zaumzeug in der Hand stand der Bursche verlegen da. Er gefiel ihr. Er wollte weiter einschirren, und Charlotte bemerkte, daß sie ihn nur aufhielt.

Sie schaute hinter einem Backhaus nach, auch hinter den Ställen und Scheunen. Sie suchte um den ganzen Packhof herum, ob Alexei sich vielleicht die Beine vertrat, aber sie fand ihn nicht und ging zurück. Sie wurde unruhig. Im Schankraum war nur das Mädchen, das sie nach dem russischen Mann fragte. Es hatte die Herrschaft mit dem Kurier zu den Schlafkammern gehen sehen.

Charlotte sah erst in ihrer Kammer nach, aber dort war Alexei nicht. Sie horchte an der Tür des Bretterverschlags mit den Schlafstellen für das Gesinde, da hörte sie ihn, hörte, wie Alexei mit dem Kurier sprach. Seine Stimme klang dringlich und gehetzt. Der Kurier hingegen sprach salbungsvoll gedehnt und halb singend. Durch einen Riß in der Brettertür konnte sie sehen, wie Alexei vor ihm kniete. Er betete. Seine Stimme wurde immer lauter. Als der Kurier über seinem Kopf ein religiöses Zeichen machte, wußte Charlotte, daß es eigentlich ein russischer Pope war, der sich hinter deutscher Kleidung, Perücke und abrasiertem Bart versteckte.

»Der ehrwürdige Adel, der über Jahrhunderte regiert hat, ist nutzlos geworden«, sagte der Pope gerade. »Die Bauern verhungern wegen der Steuern für die unsinnigen Schiffe. Die vielen Kriege, die der Zar ...«

»Warum diese Kriege?

»Er ist der Antichrist.«

»Ich will keine Kriege und keine Schiffe. Ich werde alles Land, das nicht Rußland ist, zurückgeben. Gott will keine Kriege.«

»Herr, Rußland betet darum, daß der Kirche wieder die Macht zurückgegeben wird, wie Gott es will. Alle hoffen auf den Zarewitsch Alexei. Rußland betet für den Zarewitsch.«

»Das Volk liebt mich. Ich hab es gesehen. Sie werfen sich zu Boden und küssen meine Füße. Ich bin ihnen ein Gott.«

»Mein Sohn, du bist weiser als dein Vater. Der Zar kann uns Priestern nicht die Bärte ausreißen und glauben, daß wir die Demütigung einfach hinnehmen. Er kann Rußland nicht gegen den Willen Gottes regieren. Alle Opfer, die der Zar von seinem Volk verlangt, werden umsonst sein, weil es nicht gottgefällig ist. Von seinem Werk wird nichts bleiben.«

»Es ist das Werk Satans.«

»Er ist der Antichrist?«

»So sagt man in der Geistlichkeit. Alle sind gegen ihn. Und hör auf deine Mutter! Schau, was er ihr angetan hat!«

»Er sagt, ich bin ein Dummkopf, aber ich bin nicht dumm. Ich kann nur nicht arbeiten, wie er es von mir verlangt. Mein Gedächtnis vergeht mir von Tag zu Tag, aber er glaubt mir nicht. Wie oft schon habe ich seinen Tod herbeigewünscht.«

»Wir alle sehnen seinen Tod herbei, weil die Menschen diese unsinnige Last zu tragen haben. Gott hat Mitleid mit deiner Seele. Er wird dir vergeben.«

»Aber die Zarewna ist eine Heidin!« Alexeis Stimme heulte auf. »Sie ist gottlos. Wie soll ich der Verdammnis entgehen, wenn ich eine Ketzerin nach Moskau führe?«

»Gott wird dir auch diese Sünde verzeihen. Sag ihr nichts, sie wird uns bespitzeln. Deswegen hat der Zar sie ausgesucht.«

»Ja, sie wird mich verraten. Wir müssen vorsichtig sein. Hat man dir heiliges Brot mitgegeben?«

Charlotte stand da wie gelähmt, und es durchfuhr sie eisig. Es war unfaßbar, was sie da hörte. Sie hatte jedes Opfer gebracht, das von ihr verlangt wurde. Sogar zu seiner Religion, die ihr völlig fremd war, war sie übergetreten und hatte deren Riten gelernt. Auch wenn sie nicht viel auf ihre Religion hielt, so hatte sie diese doch für Alexei aufgegeben. Auch das, aber es genügte ihm nicht. Für ihn blieb sie eine Ketzerin, die ihn in die Hölle brachte. Schlimmer noch: Sie war die Ehegattin, die ihn für Zar Peter bespitzelte und verraten würde.

Sie wußte nicht, wohin mit sich, und taumelte hinunter in den Schankraum. Sie mußte sich setzen und an der Tischkante festhalten. Das Mädchen trat scheu näher und sah sie besorgt an. Plötzlich hörte Charlotte draußen ein »Hohoo! Hooo!«. Die Stimme des Burschen. In Panik raffte sie ihr Kleid und lief hinaus. Die Kutsche fuhr zurück nach Hause!

Knechte standen im Tor zum Pferdestall und tippten zum Abschied mit dem Zeigefinger an ihre Hüte. Der Bursche stand halb auf dem Bock, nur mit den Kniekehlen stützte er sich ab und trieb die Pferde mit weit kreisender Peitsche. Die Kutsche flog nach vorne, schwankte in die Fahrspur und wurde wild hin und her geworfen.

Charlotte wollte rufen, er solle anhalten, aber in ihr war noch das Schweigen. Ihre Kiefer waren zusammengepreßt und ihr Hals wie zugeschnürt.

Der Bursche war wie entfesselt. Seine Haare wehten, er hatte Spaß an der Geschwindigkeit und trieb tollkühn die Pferde an, die sich ins Zeug legten, als wollten sie ihrem Herrn zeigen, was für Urkräfte in ihnen steckten.

Obwohl Charlotte wußte, daß sie die Kutsche nicht mehr erreichen würde, rannte sie hinterher. Sie achtete nicht darauf, wo sie hintrat. Ihre Augen hingen an der Kutsche. Sie stolperte, raffte sich auf, und blieb immer weiter zurück. Sie rannte, bis die Lungen brannten.

Die Kutsche zog einen großen Bogen und verschwand in einem Wald. Charlotte stand gebeugt, die Hände auf die Schenkel gestützt, sie rang nach Atem und keuchte mit aufgerissenen Augen. Sie blickte zu der Stelle, wo das Gefährt verschwunden war, und wußte nicht weiter. Sie war für ihn eine Ketzerin. Wie konnte er sagen, daß sie eine Ketzerin sei!

Nach einer Weile fand sie sich am Wegrand sitzend wieder. In die Hölle bringe sie Alexei! Charlotte kreuzte die Arme, drückte sich so fest sie konnte und wippte dabei mit dem Oberkörper wie die bettelnden Dorfidioten am Stadttor. Obwohl sie noch nie so verzweifelt und einsam gewesen war und es in ihr anschwoll, wollten die Tränen nicht aus ihr heraus.

Sie rang nach Atem und warf sich auf den Bauch. Ihre Hände krampften sich zu Fäusten, und sie schlug auf die Erde. Sie mußte sich weh tun. Sich bestrafen. Sie schlug immer fester, immer schneller, bis ihr die Arme schwer wurden. Die Fäuste schmerzten, aber der Schmerz erlöste sie nicht, und sie schlug weiter. Sie wollte liegenbleiben und sterben. Sie jaulte vor sich hin, preßte die Augen zusammen, Speichel lief aus dem Mund, sie schmeckte Erde.

Warum hatte ihr Vater sie nach Rußland verkauft? Der verdammte Vater, der an allem schuld war. Es wirbelte in ihr wirr durcheinander. Der Zar verlangte Verrat von ihr. Und einen Enkel. Sie wünschte, der Vater würde sehen, was er ihr angetan hatte und wie sie hier im Dreck lag und verreckte. Wie konnte er ihr das antun, wenn er nur etwas Liebe für sie empfand. Sie war Dreck. Es hämmerte in ihrem Kopf.

Sie heulte auf und schrie in die Erde. »Dreck! Dreck! Dreck!« Sie schlug über den Schmerz hinweg, bis sie die Fäuste nicht mehr spürte. Lange lag sie leblos mit dem Gesicht nach unten gekehrt und wünschte sich, es gäbe eine Erlösung. Einfach nicht mehr atmen, einfach tot sein.

Irgendwann hörte sie einen Karren näherkommen, der in Richtung der Packstation fuhr. Charlotte schreckte hoch, spuckte Erde aus und wischte sie vom Mund. Sie versteckte sich hinter einem Baum, bis der Karren vorbei war, dann ging sie den Weg zurück und leckte den Dreck von ihren Händen.

Aus dem Tor zum Pferdestall sprangen sie fragende Blicke an. In ihren Händen schmerzte und pochte es. Sie senkte ihren Kopf und wollte sofort in ihre Kammer flüchten, da ging die Tür auf, und sie erschrak, als plötzlich Alexei vor ihr stand.

»Ich habe anspannen lassen«, sagte er. Er war vom Branntwein gereizt. »Wo war die Zarewna?«

»Spazieren. Mir war langweilig.«

Einen Augenblick dachte sie, er würde die Faust gegen sie erheben. Charlotte duckte sich und vergrub die Hände in den Falten ihres Kleides, dann drückte sie sich an ihm vorbei.

Sie würde ein Kind bekommen, aber nicht von ihm.

15.

Gesundheiten wurden ausgesprochen, Gläser schlugen gegeneinander, Münder gierten nach Wodka. Das russische Frühstück fand kein Ende. Velasko war schon angetrunken. Das sinnlose Trinken mißfiel ihm, aber er hatte keine andere Wahl. Die Russen standen ihrer Delegation gegenüber, hielten die Gläser stets gehoben und riefen in immer härterer Abfolge ihre Trinksprüche aus, die er partout nicht ausschlagen konnte.

»Auf König Friedrich!«

»Auf Zar Peter!«

»Auf die Preußische Königin!«
»Auf die Zarin!«
»Auf den preußischen Thronfolger!«
»Auf den Zarewitsch Alexei und die Zarewna Charlotte!«
»Auf Brandenburg-Preußen!«
»Auf das russische Kaiserreich!«
»Auf die Allianz gegen die Schweden!«
»Auf die Eroberung Stralsunds!«

Velasko versuchte da und dort etwas von den Gesprächen zu erhaschen. Wie er erstaunt heraushörte, war Zar Peter kurz nach ihrem Gespräch durch einen Nebenausgang mit einem Instrumentenkasten weggeeilt. Er sollte ein leidenschaftlicher Operateur sein und immer nach interessanten Fällen Ausschau halten. Aus Gastlichkeit hatte man sich bemüht und im Armenhaus einen Alten gefunden, dem der Zar den Blasenstein schneiden sollte.

Velasko bekam von Cojejji einen Wink, die Nähe von Jaguschinski zu suchen. Der Fürst stand mit einem Herrn ihrer Delegation zusammen. Er besaß im Gefolge des Zaren eine offensichtlich herausragende Rolle und hatte schließlich auch die Umquartierung nach Monbijou bewirkt. Als Velasko sich zu ihm stellte, mußte der Fürst die angestrengten Falten auf der Stirn des Stadtrichters richtig gedeutet haben und fiel weltgewandt von Französisch in ein angenehm flüssiges Deutsch. Seine rechte Hand hielt er dabei hinter dem Rücken.

Mit lebendigen Gesten erzählte Jaguschinski, daß er dem Zaren seit der Kindheit verbunden war und, solange er zurückdenken konnte, immer alles mit ihm geteilt habe. Als Fünfjähriger hatte er noch Piroggen auf der Straße verkauft, bis er dann über Zufälle in das Spielregiment des Knaben Peter aufgenommen worden war. Wie richtige Soldaten hatten die Kinder in Kasernen gelebt. Sie exerzierten, nachts wurde marschiert. Sie hoben Schützengräben aus, bauten Befestigungsanlagen und erstürmten sie dann in erbitterten Schlachten. Damit es richtig krachte, mußten sie täglich Pulver aus dem Arsenal holen.

Peter hatte sich selbst im Kinderregiment nur den Rang eines Trommlers zugestanden, nicht den eines Obersts. Auch ließ der Knabe nicht zu, daß zwischen ihm und den Kameraden ein Unterschied gemacht wurde. Nur manchmal hatte er sich selbst zum Artilleristen befördert, so daß er die Kanonen, die am meisten Lärm verursachten, abfeuern konnte. Das Ganze war nicht ungefährlich. Das Spielregiment bestand aus über dreihundert Knaben. Viele entstammten bedeutendem Moskauer Bojaren-Adel. Es waren aber auch Söhne von Stallmeistern, Knechten, ja sogar Kinder von Leibeigenen wie Jaguschinski darunter gewesen. Ohne Ansehen ihrer Herkunft wurden einige von ihnen seine Freunde, und Zar Peter machte sie später zu Ministern, Fürsten und Landesherren. Nun reisten sie im Gefolge des Zaren mit zu Kriegsschauplätzen, Festen, auf Entdeckungs- und Lehrreisen und Treffen mit Königen.

Ein Saaldiener flüsterte dem Fürsten etwas ins Ohr, worauf dieser sich entschuldigte. Als er sich abwandte, sah Velasko, daß die Hand, die Jaguschinski hinter seinem Rücken verbarg, in einem Handschuh steckte. Nach der Form zu schließen, war sie verkrüppelt.

Velasko stellte sich nun zu Cojejji. »Eure Exzellenz«, flüsterte er, »ich kann nicht mehr trinken, und ich will nicht mehr.«

»Hat Er sich denn nicht präpariert?« flüsterte der Gerichtspräsident, der inzwischen seine Fassung wiedergewonnen hatte und das Gelage ziemlich unbeschadet mitmachte. »Was wollte der Zar von Ihm?«

»Die Russen wissen alles über den Mord«, flüsterte Velasko.

»Wie? Ich höre wohl nicht richtig?«

»Doch, die ganzen Gerüchte über ein Attentat. Exzellenz, die Russen fangen gleich wieder von vorne an mit den Gesundheiten. Noch einen Durchgang schaffe ich nicht. Mir ist schon schlecht.«

»Ich verstehe wohl nicht«, flüsterte Cojejji. »Was wissen die Russen?«

»Alles, einfach alles. Die Zeit läuft uns davon. Ich muß hier weg.«

»Ich hatte Ihn doch gewarnt«, flüsterte Cojejji. »Wer nicht besoffen nach Hause geht, der beleidigt den Gastgeber. Das ist so bei den Barbaren. Was hat Er dem Zaren geantwortet?«

»Nichts. Natürlich gar nichts.«

»Er kann doch nicht stumm geblieben sein. Irgend etwas muß Er doch gesagt haben.«

»Nur die Wahrheit, Eure Exzellenz. Daß ich meinem König gegenüber loyal bin und über den *casus* nichts sagen kann. Der Zar weiß sogar, daß ich lediglich Stadtrichter bin. Woher wissen die Russen das alles.«

»Draußen wartet Rieger auf Ihn«, sagte Cojejji angesäuert und sah über die Schulter zu den Herren seiner Delegation, von denen einige, so vermutete Velasko, im Geheimen Sicherheitskollegium waren.

Velasko bemerkte, wie der russische Justizminister Sotov, der den Ruf als schlimmster Säufer von ganz Moskowien besaß, in sein Glas sah und auf eine Lücke im Gespräch wartete, um eine Gesundheit auf König Friedrich auszusprechen. Gleich würde der nächste Durchgang in gnadenloser Härte losgehen.

Was tat er sich hier eigentlich an, dachte Velasko trotzig. Wenn ein Zar ging, wie er wollte, dann konnte es auch ein Freiherr von Velasko. Er hatte schließlich auch zu tun. Und zwar dringend.

»Ich bin betrunken«, sagte Velasko auf russisch in die Runde. »Sturzbetrunken. Ich danke für die Gastfreundschaft.«

Die Russen lachten, als würden sie ihm nicht glauben. Velasko verneigte sich übertrieben und machte einen Schlenker, als würde er schwanken, dann schoß er mitten durch die Menge hinaus.

Rieger wartete im Vorraum, die Beine akkurat übereinander geschlagen, sehr aufrecht sitzend und leblos wie ein Leichenstein. Beim Hinausgehen erzählte Velasko, daß Zar Peter ihn zur Audienz gebeten hatte und die Russen genauestens über den Mord am Kastellan informiert waren. Rieger verzog den Mund, als habe er so etwas geahnt.

»Jemand aus dem Sicherheitskollegium?« fragte Velasko.

Rieger hüstelte und schwieg vieldeutig. »Warum ist gerade Er vom Zaren dazu befragt worden?« erkundigte er sich nach einigen Schritten. »Und nicht Herr von Cojejji? Das ist ziemlich ungewöhnlich und gegen jede Rangordnung.«

»Der Zar ist auch ein ungewöhnlicher Mensch. Ihm bedeutet ein Hofrang offensichtlich nicht viel. Ich weiß nicht, wie die Russen auf mich gekommen sind.«

»Wie ich hörte, soll der Zar sogar Schiffe zimmern können.«

»Und er schneidet auch den Blasenstein.«

Rieger nickte etwas unglücklich. Es war ihm anzumerken, daß er gerne mehr über den Zaren und Velaskos Audienz erfahren hätte.

»Was ist mit dem Schein-Zaren?« fragte Velasko.

»Der macht das offizielle Programm und fühlt sich wie die Made im Speck. Er besichtigt das Zeughaus, danach Museen, Galerien. Ein Kampf im Hetzgarten wurde für ihn ausgerichtet mit einem Bären und einem Auerochsen. Wir haben bei der Schnelligkeit, mit der er durch die Stadt hetzt, große Not, für seine Sicherheit zu sorgen.«

»Und ist Er bei den Ermittlungen weitergekommen?«

»Ich bin die Bestellisten durchgegangen, die wir vom

Kastellan mitgenommen haben. Wir sollten gemeinsam einen Blick darauf werfen und das weitere Vorgehen absprechen.«

Velasko mußte erst einmal den Wodka aus seinem Körper schwemmen. Am besten mit großen Mengen Mokka. Da sie mit den Unterlagen schlecht in einer Gaststube sitzen konnten und seine Wohnung in der Nähe war, bot er Rieger an, zu ihm zu gehen. Aber insgeheim hoffte er auch, daß Martha ihm inzwischen eine Nachricht nach Hause gesandt hatte. Sie hatte nach dem gestrigen Tanzvergnügen, bei dem er den neuesten französischen Menuettschritt ganz passabel hinbekommen hatte, zugesagt, ins Geschäft der Mercks zu gehen und herumzuspionieren. Denn auf Buchner alleine, der die Frau Merck hofierte und wie benebelt von ihr war, so daß Velasko ihn kaum wiedererkannte, durfte er sich nicht verlassen.

Als er die Haustür aufschloß, roch er Bratenduft und rief wie gewohnt ins Haus. Frau Sobieski machte in der Küchentür einen Knicks und lachte ihn erleichtert an, als habe sie sich Sorgen gemacht, wo er in den letzten Tagen gewesen war. Da sie nicht gewußt hatte, wann er nach Hause kommen würde, hatte sie ihm als Nachtmahl einen Hirschbraten zubereitet. Ihre Fürsorge rührte ihn immer. Von Martha gab es keine Nachricht.

Er bat Rieger in den Salon. Während dieser Möbel, Bilder und Bücher taxierte, schickte er Frau Sobieski nach dem Laufburschen von nebenan, damit er Buchner eine kurze Notiz brachte. Er wies seinen Schreiber an, gegenüber niemandem etwas über den Stand der Ermittlungen im Fall der Magd Elisabeth zu sagen. Selbst gegenüber von Kalkstein nicht das geringste Wort. Er sollte strikt an Velasko verweisen. Und Buchner sollte dringend die Erkundigungen über die Geldwechslerin und das Ehepaar Merck einholen.

Nach dem Gang machte Frau Sobieski Mokka, dessen Duft sich angenehm verbreitete, dazu gab es Napfkuchen und viel

Wasser. Das Porträt von Laetitia hatte es Rieger besonders angetan. Er lobte die lebendigen Fleischfarben des Gemäldes. Es sei ein Meisterwerk, besonders in dem Lächeln des Mundes. Ihm schien es, als besinne sie sich nur für einen Atemzug.

»Sehr schön«, schloß Rieger. »Als lebte sie noch.«

Dann brüteten sie über den Bestellisten, Abrechnungen und Kostenvoranschlägen, über denen Velasko im Haus des Kastellans eingeschlafen war. Das Merkwürdigste schienen Velasko die Listen mit Ein- und Ausgängen von Bett- und Tischwäsche, von Geschirr, Stühlen, Kommoden, Betten, Delikatessen und unglaublichen Mengen an Weinen in Fässern und Flaschen.

»Was soll das?« fragte er. »Hier, das ist alles innerhalb weniger Tage aufgeschrieben worden. Ich werde daraus nicht klug. War das eine Inventur oder wie ist das zu verstehen?«

»Also, ich bin eigentlich nicht ermächtigt«, sagte Rieger.

»Herr von Rieger, wie darf ich das bitte verstehen?«

»Wie ich es sagte.«

»Pardon. Wie sollen wir so zusammenarbeiten? Soll ich mich mit Andeutungen und Halbwissen abfinden? Dann muß ich mir ständig Bemerkungen über meine dienstliche Verschwiegenheit anhören und meine Loyalität wird angezweifelt. Unterstelle ich irgend jemand, daß Er gegenüber den Russen geplaudert hat, daß die über den Mord am Kastellan informiert sind? Man sollte ganz andere an ihre Pflichten erinnern.«

»Entschuldigung«, sagte Rieger verlegen. »Es soll wegen der Affäre kein Gerede geben. Das bleibt dann bitte unter uns.«

»Er muß mir gar nichts sagen«, erwiderte Velasko gereizt. »Ich kann sofort ins Stadtgericht gehen. Da wartet genug Arbeit auf mich.«

Rieger ging nicht darauf ein. Er tippte mit dem Finger nach Kuchenkrümeln auf seinem Teller und räusperte sich. »Als von den Russen die Umquartierung vom Stadtschloß nach

Monbijou gewünscht wurde, mußte alles über Nacht raus. Die Gemälde, das Porzellan, die Möbel und Teppiche. Selbst die Kronleuchter wurden heruntergeholt. Alles mußten wir in Sicherheit bringen und durch zweite Wahl ersetzen.«

»Zugegeben, die Russen trinken ziemlich hart, aber es ist doch übertrieben, selbst die Kronleuchter auszutauschen.«

»Die Königin bestand darauf. Formal ist es ihr Schloß. Man hat Ihrer Hoheit wohl einiges über die *Fidele Gesellschaft* des Zaren erzählt. Von Saufsynoden ist die Rede.«

»Das sind auch wieder solche Gerüchte. Was soll das überhaupt sein?«

»Nun, die Feiern der *Fidelen Gesellschaft* sind offensichtlich recht herzhaft. Es gibt Informanten, die dies bestätigten. Man verhöhne dabei Gott und hause wie die Vandalen. In der Entourage des Zaren sollen etliche Mitglieder der Fidelen Gesellschaft sein. Meiner Meinung nach geht es bei den Saufsynoden aber mehr gegen die russischen Popen als gegen Gott. Ich weiß nicht, was genau an dem Gerede ist. Die Königin ist jedenfalls aufrichtig besorgt.«

Das erste Mal überhaupt sah Velasko den Schalk sitzen in Riegers Blick. Natürlich wußte auch er von der Königin, daß sie nachts wie geistesirre durch das Schloß lief, die Türen aufriß und nach Spiel, Trunk und anderen Sünden suchte.

»Und die Listen mit den Fässern?« fragte Velasko. »Was ist damit? Die Russen müssen doch etwas zu trinken bekommen.«

»In Monbijou gibt es etliche Weinkeller mit sehr kostbaren Beständen«, sagte Rieger. »Auch die Weine wurden gegen einfache ausgetauscht. Wenn die Russen weg sind, kommen die alten wieder zurück. Nach meiner Rechnung stimmen aber auf den Listen Ein- und Ausgangsmengen nicht überein. Das ist ein einziges Durcheinander. Ausgeführt wurde der Austausch durch den Hoflieferanten Kaulitz, bei dem der Kastellan noch kurz vor dem Überfall war. In der Hektik kann natürlich etwas auf den Listen durcheinandergeraten sein.«

»Ich vermute Schwund. Es war eine günstige Gelegenheit, einiges vom Wagen fallen zu lassen.«

»Ja, das vermuteten wir auch. Demnach müßten aber die Berliner Straßen voller Weinfässer sein. Es geht um vierzig, fünfzig Wagenladungen, die hinausgebracht und beim Hoflieferanten Kaulitz eingelagert wurden. Den Kaulitz haben wir schon länger auf der Pique. Wir ermitteln gegen ihn und den Kastellan wegen Unterschleif.«

»Gut, aber bringt uns das jetzt weiter?« fragte Velasko. »Wir ermitteln in einem Mordfall, und es besteht ein Verdacht, daß auf den Zaren ein Attentat verübt werden könnte. Wir dürfen uns nicht auf Nebenwege führen lassen. Man müßte Faß für Faß durchzählen und die Zahlen mit den Fässern in Monbijou abgleichen. Was wurde hinausgeschafft, und was wurde geliefert.«

»Uns muß jetzt aber ein Verdacht genügen, denn wir kommen nicht mehr in die Keller von Monbijou. Die Russen haben ihre Geheimsoldaten im Schloß. Die sind wie angestochen und würden uns nicht vom Leib rücken. Die klopfen jedem auf die Finger, der in ihre Nähe kommt. Außerdem wird nicht gewünscht, daß wir Aufmerksamkeit erregen.«

»Die Russen wissen doch sowieso schon alles«, sagte Velasko unwillig und trank vom Mokka. Dann sah er auf einer Liste eine ungewöhnliche Position. »Was ist denn das? Drei Zentner Pastete von Gänseleber. Kann Er mir sagen, was die Russen mit drei Zentnern Pastete vorhaben? Das muß ein regelrechter Berg sein.«

»Hoflieferant Kaulitz kann sich bei der Bestellung verschrieben haben«, sagte Rieger. »Das glaube ich aber nicht. Es geht vermutlich gar nicht um eine wirkliche Lieferung, vielmehr nur um die Bezahlung. Und der Kastellan wollte dabei *gelegenheitshalber* die Hand aufhalten. Hier, diese Summe in der rechten Spalte. Was sich dort addiert, ist erheblich.«

»Drei Zentner Pastete! Das ist dreist. Prüft denn niemand die Listen auf Richtigkeit?«

Plötzlich schlug etwas gegen das Fenster. Kurz darauf nochmals. Velasko dachte an die unerzogenen Kinder aus der Nachbarschaft.

»Darf ich fragen, wie der Zar in Person ist?« fragte Rieger. »Ich meine ganz aus der Nähe.«

»Der Empfang war recht illuster«, sagte Velasko unbestimmt. Es gefiel ihm, Rieger ein wenig in der Luft zu halten. »Es entbehrte nicht einer gewissen Pikanterie, die Herrn von Cojejji in ziemliche Verwirrung setzte. Ehrlich gesagt, er verlor die Fassung. Ich war auch überrascht, wie offenherzig der Zar sein Naturell auslebt.«

Wieder schlug etwas gegen das Fenster. Die Kinder auf der Gasse wurden immer frecher, dachte Velasko und überlegte, ob er mit dem Gehstock hinter ihnen herjagen sollte. Als er zum Fenster hinaussah, traute er seinen Augen nicht.

»Der Zar ist ein ziemlich ungewöhnlicher Mann«, sagte Velasko weiter. »Er entzieht sich einer einfachen Einschätzung. Man hört so allerhand Schauergeschichten und weiß nicht, was man davon halten soll. Aber komm Er doch her, dann kann Er sich selbst einen Eindruck verschaffen! Da draußen ist er.«

»Wie bitte? Wer?« Mit einem Satz stand Rieger auf, kam ans Fenster und starrte ungläubig. Jetzt war er wirklich aus der Fassung.

Der russische Kaiser stand einige Schritte hinter dem Zaun von Velaskos Haus. Aus einem Hut verteilte er Pflaumen an Kinder, die ihn dicht umringten und mit vergnügtem Geschrei an dem Riesen hochsprangen. Der Zar streichelte einem Kind, das ein Bein von ihm fest umklammerte, über den Kopf. Zar Peter schien Kinder zu lieben.

»Das soll der Zar sein?« fragte Rieger.

Der nahm gerade einen Pflaumenstein aus dem Mund und wollte werfen, da sah er, daß Velasko das Fenster geöffnet hatte.

»Säuft Er?« rief Zar Peter, aber es klang eher, als würde er fragen, ob Velasko sein Freund sein wollte.

»Mokka, Eure Hoheit«, antwortete Velasko und lachte. »Ich saufe heute nur noch Mokka. Den aber in ziemlichen Mengen. Darf ich Eure Hoheit auf einen Mokka einladen?«

»Ist Er denn allein?« fragte der Zar, obwohl er Rieger sehen mußte.

»Mein Gast wollte gerade gehen«, rief Velasko.

Der Zar warf die Pflaumen in weitem Bogen aus dem Hut. Sofort flitzten die Kinder danach. Sie balgten miteinander und rissen den Kleineren die Beute aus den Händen.

Beim Eintreten mußte sich der Zar bücken. Mit ausgestreckten Armen hätte er wohl an die Decke reichen können. Den Hut hielt er schüchtern mit beiden Händen, und sein Gesicht war errötet, als sei ihm sein plötzliches Auftreten peinlich.

Rieger verneigte sich und eilte zu Cojejji, um Rapport zu erstatten.

16.

Velasko ermunterte den Zaren, noch mehr vom Napfkuchen zu nehmen. Die klitschigen Stellen schienen ihm besonders zu schmecken, denn er hob sie bis zum Schluß auf. Während der Zar aß, war alles an ihm in Bewegung. Seine Hände mußten sich regen, die Schenkel wippten, er konnte kaum stillsitzen, und man meinte, seine Gedanken flitzen zu sehen. Der Zar nahm vom Kuchen nach, bis nichts mehr da war, und lachte verlegen, als er mit der Fingerspitze die Krümel zusammensuchte. Offensichtlich hatte er noch Hunger.

Velasko eilte in die Küche. Frau Sobieski lehnte am Küchentisch. Das Blut war ihr aus dem Gesicht gewichen, und die Arme hingen schlaff herunter, als hätte sie der Schlagfluß gerührt.

»Herr Freiherr, das ist doch nicht der Zar?« fragte sie ungläubig.

»Er ist es leibhaftig, aber wehe, auf der Gasse erfährt jemand davon. Jetzt rasch einen Teller vom Hirschbraten.«

»Da geh ich nicht rein«, flüsterte sie. »Das schaff ich nicht.«

»Rasch, doch!«

»Nein«, sagte sie entschlossen. »Ich kann da nicht rein.«

Als sie von Braten und Brot schnitt, zitterte das Messer so sehr, daß Velasko es ihr abnahm und sich selbst daranmachte. Dann brachte er den Teller in den Salon.

Der Zar stand gebeugt am Fenster und spähte in die Gasse und zu den Dächern. Nun wollte er den Ehrenplatz am Eßtisch nicht mehr. Er nahm einen Stuhl und setzte sich in die dunkelste Ecke des Salons. Es wirkte, als würde er sich in die Ecke drücken, um in Ruhe nachdenken zu können. Zu Velaskos Überraschung zog er nun einen elfenbeinverzierten Holzlöffel und ein einfaches Jagdmesser aus seinem Soldatenrock und machte sich über den Braten her. Er kaute mit vollen Backen, tunkte mit dem Brot in die Soße und schob nach, obwohl er noch nicht richtig geschluckt hatte. Zwischendurch wischte er sich den Mund mit der Hand ab, dann holte er ein paar Gegenstände aus seinen Taschen. Darunter waren ein Notizbuch und ein Stein so groß wie ein Ei, den er Velasko zuwarf.

»Den hab ich rausoperiert!« sagte er stolz. »Mein größter Blasenstein bisher. Er kommt bei uns ins Museum.«

Velasko prüfte das Gewicht des Steines und fragte sich,

warum gerade er in diese Situation gekommen war. Suchte der Zar ganz einfach seine Freundschaft oder stand dahinter etwas anderes? Natürlich fühlte er sich geschmeichelt, gleichzeitig war er aber auch unsicher. Er zog einen Stuhl herbei und setzte sich zum Zaren.

»Und der Kranke?« fragte er. »Wie geht es dem?«

»Gut.« Beim Essen blätterte der Zar in dem Notizbuch. »Das ist gut bei Ihm. Ich will keine Paläste. Es gibt hier in einer Apotheke einen ausgestopften Fisch mit einem Maul wie ein Schwert. Den will ich sehen. Weiß Er etwas davon?«

»Der Schwertfisch hängt in der Zornschen Apotheke an der Nikolaikirche. Es ist die schönste Apotheke in Berlin, es lohnt sich, sie anzusehen.«

»Gut, da müssen wir hin.«

Plötzlich sprang die Tür einen Spalt auf. Der Zar zuckte zusammen und fuhr herum, als erwartete er Gefahr.

»Das Schloß ist defekt«, erklärte Velasko rasch. Er eilte zur Tür und drückte sie sorgfältig zu. Es war schon länger kaputt, aber zuerst mußte der Schneider bezahlt werden, vorher würde dieser nicht Maß nehmen für die Kniehose mit dem eingewirkten Muster. Dann die anderen Alltagssorgen. Die Hausmiete drängte vom Vormonat. Es wurde kälter, aber Ofenholz hatte er immer noch nicht gekauft.

Der Zar ging wieder ans Fenster, spähte gründlich hinaus, dann drückte er sich wieder in seine Ecke und blätterte in seinem Notizbuch. »Ein Bauer hat ein Schaf mit sechs Beinen. In Tempelhof hat man mir gesagt. Kennt Er das Dorf?«

»Natürlich«, sagte Velasko vergnügt. »Sechs Beine? Das kann ich mir nicht vorstellen.«

»Doch, doch! Es läuft wie ein Käfer. Man hat es mir gesagt. Das Schaf ist auch für mein Museum. Ich sammele Wunder für mein Volk. Es bringt Freude, Wunder anzusehen, und wer

Wunder zu sehen bekommt, der glaubt auch an Wunder. Rußland braucht den Glauben an Wunder und Veränderung. Wir müssen zu dem Bauern in dem Dorf, bevor es ein anderer kauft.«

Es klopfte zaghaft. Die Tür wurde nur einen Spalt geöffnet, und Frau Sobieski fragte von draußen, ob sie noch etwas vom Braten bringen solle. Der Zar machte ein Zeichen, daß er gestrichen satt war.

»Nein«, rief Velasko und drückte die Tür vorsorglich fest zu.

»Ist sie immer da?« fragte der Zar und wies mit dem Kopf zur Küche.

»Immer nur ein paar Stunden, Hoheit«, sagte Velasko und fragte sich, warum ihn das interessierte? »Nur, wie ich sie brauche.«

Die Antwort schien dem Zaren, der letzte Soßenspuren mit Brot abwischte, zu gefallen. Was für ein ungewöhnlicher Mann, sagte sich Velasko, und mußte sich vergegenwärtigen, wer da etwas verschüchtert in seinem Salon saß. Für diesen Mann galten keine herkömmlichen Maßstäbe. Ihn scherte nicht, was man über ihn dachte. Der Zar war unmittelbar und suchte Velaskos Nähe. Es war atemberaubend. Offensichtlich bot ihm der russische Kaiser seine Freundschaft an.

Es gab Gerede, das überhaupt nicht zu dem Menschen passen wollte, den Velasko vor sich sah. Es hieß, er sei ein Leichenschneider, der die verstorbene Tante zerstückelte, um zu erfahren, ob sie Jungfrau geblieben war. Und er sei gar nicht der richtige Zar, sondern ein Schein-Zar. Es war geradezu lächerlich, wie sich die Menschen das Maul zerrissen, und das Geschwätz sagte mehr über diese als über den Zaren aus.

»Das Sägewerk am Holzplatz muß ich ansehen«, sagte der. »Es soll dort gute Sägen geben.«

»Sägen?«

»Das ist sehr wichtig für uns. Kennt Er mein Land?«

»Nur aus Erzählungen, Hoheit.«

»Man muß sich die Dinge immer selbst ansehen«, sagte der Zar und wedelte abwehrend mit der Hand, als hätte er Velaskos Gedanken gelesen. »Laß dir von mir erzählen! Ich bin Rußland, und Rußland ist Wald. Der Wald ist alles für uns. Unsere Wälder sind so groß wie Ozeane. Der Wald ist unser Reichtum, unser Eingeweide. Sein Holz ist für unsere Häuser und die Schiffe. Es wärmt uns. Der Wald schenkt uns Honig, Beeren, Pilze. Die Bauern machen aus der Rinde ihre Schuhe. Der Wald gibt uns Fleisch, Pelze gegen die Kälte, Wachs für die Kerzen, Moos zum Stopfen der Hauswände, Balken für die Bergwerke. Ich baue neue Städte mit Schulen, Universitäten, mit Museen und Krankenanstalten. Dazu brauch ich Holz und gute Sägewerke.«

Er lehnte sich nachdenklich vor. »Die Zeit ist wie der Tod. Mag Gott mir zwanzig, vielleicht dreißig Jahre geben, dann bin ich am Lebensziel. Bis dahin muß ich einiges geschafft haben. Komm, Velasko, will Er mich begleiten?«

»Gerne, Eure Hoheit«, sagte Velasko.

Er war wirklich erfreut und mußte sich sputen, mit dem davoneilenden Zaren Schritt zu halten. Zuerst ging es in die Zornsche Apotheke. Der Apotheker erklärte den Schwertfisch für unverkäuflich und brachte nach einiger Zeit keine Freundlichkeit mehr auf. Da war wieder das Zittern im Gesicht des Zaren. Velasko sah seinen ruppigen Unmut. Er vertrug es nicht, wenn man ihm widersprach. Er war der unumschränkte russische Kaiser, der mit titanischer Kraft ein großes Werk verrichtete, und er würde sich nicht von einem Pillendreher aufhalten lassen. Der Zar wollte lediglich den Preis hören, um den man dann feilschen konnte, aber er wollte keine Widerworte. Die Luft brannte. Sein Körper spannte sich vor Gereiztheit. Einen Augenblick schien der Zar versucht, den Apotheker am Kragen zu fassen und durchzuschütteln, aber er besann sich und zog einen Geldbeutel hervor.

Es dauerte, bis der Apotheker schließlich nachgab und seine Attraktion, mit der er Laufpublikum ins Geschäft zog, von der Decke abnehmen ließ. Für den ausgestopften Schwertfisch kassierte er schließlich ein kleines Vermögen. Velasko fand, daß das Wundertier so viel nicht wert war.

Mißgestimmt nahm Zar Peter den Fisch unter den Arm und stürmte hinaus. Auf dem Weg zum Sägewerk faßte er Velasko am Arm. »Ich male die Sägen ab, wie sie gemacht sind, dann will ich zu meinen Freunden. Ich muß tanzen.«

17.

Die Wachen vor Schloß Monbijou verneigten sich hastig vor dem Zaren. Ihre Köpfe wippten vor und zurück. In ihrer Ergebenheit wirkten sie wie Hörige, die jederzeit bereit waren, nach einem Wink mit dem Kopf auf den Boden zu schlagen. Sie waren seine Sklaven. Es war mehr als Ehrerbietung. Ein Unsterblicher eilte an ihnen vorüber. Ein Geweihter, ein Heiliger, ihr Schöpfer.

In diesem Augenblick wurde Velasko wieder bewußt, daß vor ihm ein leibhaftiger Zar den Aufgang von Schloß Monbijou hochstürmte und nicht abwarten konnte, bei seinen Freunden zu sein. Der Riese in dem angeschmutzten deutschen Soldatenrock, der drei Stufen auf einmal nahm, war seinen Untertanen ein Gott.

Innen lärmte ein Fest. Als sie in den großen Saal traten, wurden sie sofort von Peters Gefolge umringt. Eine bunte Gesellschaft gemischt aus Asiaten, Orientalen, Europäern, Afrikanern und Russen. Ein Zwerg nahm Velasko vorsichtig den

Schwertfisch ab und lief damit davon. Man wollte wissen, wo der Zar gewesen war. Der Schein-Zar im scharlachroten Mantel mit edelsteinbesetzten Knöpfen flüsterte Peter etwas ins Ohr. Der lachte und sprach ihn dann mit »Mein Herr Zar!« an. Er legte den Arm um dessen Schulter, nannte ihn seinen Bruder und verspottete sich selbst als dessen ewigen Sklaven. Dann küßte er den anderen auf die Stirn.

Jubel. Schreie. Alles mußte laut sein, dachte Velasko. Sie schrien sogar, wenn eine Fliege Geburtstag hatte.

Einer nahm dies als Zeichen und feuerte aus dem Fenster eine Pistole ab – das Signal für Salutschüsse aus wohl über fünfundzwanzig Geschützen, die im Park standen. Im Saal hallte der Kanonendonner wider.

Man war bester Laune und setzte sich an lange Tafeln. Männer und Frauen durcheinander, jeder, wie er wollte und ohne erkennbare Rücksicht auf Rangordnungen, jedoch möglichst nahe dem Zaren, der darauf bestand, daß sein Stellvertreter auch den besten Platz in der Mitte der Tafel erhielt. Velasko wurde zwischen Zar Peter und Fürst Jaguschinski gesetzt. Letzterer schien sich aufrichtig zu freuen, ihn wiederzusehen, und machte bereitwillig etwas Konversation mit ihm.

Gesundheiten lösten einander ab, Gläser krachten, zu den Hochrufen wurde gebrüllt, was die Lungen hergaben. Man unterhielt sich nicht, es wurde in gefährlicher Hartnäckigkeit geschrien, und dabei stürzte man Krug auf Krug hinunter. Zum Beweis, daß man soff wie kein zweiter, wurde der Krug danach umgedreht auf den Kopf gehalten, und man war der Größte. Velasko nippte nur, aber man schaute mißtrauisch in seinen Krug, und er trank mehr, als ihm guttat.

Einige Männer waren am Morgen in der russischen Delegation gewesen. Vermutlich hatten sie durchgezecht. Man beobachtete ihn mit stieren, wodkagetränkten Augen, wie er sich mit dem Fürsten unterhielt, und man schien sich zu fragen, ob da ein neuer Günstling aufgetaucht war.

Unterdessen ging die Fürstin Galizin, der für einen angeblichen Verrat der Rücken krumm geprügelt worden war, mit einem Tablett voller Gläser umher. Ihr Blick war irre, die Bewegungen zackig und hastig. Ihr Anblick stimmte Velasko nachdenklich, aber was konnte er schon glauben bei den vielen Gerüchten und Halbwahrheiten, die derzeit die Runde machten. Jeder wollte etwas wissen, besonders die Damenwelt war aufgekratzt über den Zaren, und Cojejji wußte auch nicht alles und nährte sich von Gerüchten. Vielleicht ging die Fürstin auch so gebeugt, überlegte er, weil sie ein schlechtes Gewissen hatte und niemandem in die Augen sehen konnte.

Als die Fürstin hinter ihnen war, mußte sie ausgerutscht sein oder hatte einen Schwächeanfall. Plötzlich schepperte es. Zar Peter sprang auf und griff nach einem Messer vom Tisch. Er schien nicht gleich zu wissen, woher das Geräusch kam, auch die Männer um ihn herum waren aufgesprungen. Einige umringten sofort den Zaren und schützten ihn mit ihren Körpern. Pistolen wurden gezogen. Man hielt den Atem an und war zum Äußersten entschlossen.

»Da!« rief Sotov und lachte. »Die Galizin.« Er machte Zar Peter ein beruhigendes Zeichen und wies zwei Schildwachen an, die Fürstin hinauszutragen.

Man setzte sich wieder. So plötzlich die Unterbrechung gewesen war, so unvermittelt kam wieder Laune auf. Einige vergnügten sich wie unerzogene Kinder und warfen mit Brot. Wer den anderen am Kopf traf, hatte eine hervorragende Tat geleistet.

Velasko hatte noch nie so schonungslose Trinker erlebt. Allen voran der Justizminister Sotov, der den Wodka wie einen Todfeind bekämpfte. Aber auch die Frauen hielten mit. Peter, wie

Velasko den Zaren inzwischen innerlich nannte, war in überschwenglicher Stimmung und lachte ihn einmal stolz an. Das hier waren alles seine Freunde, die er seinem neuen Freund zeigte.

Als eine Kapelle aus Trompetern, Oboisten und Trommlern russische Lieder spielte, summte Peter begeistert mit. Die Musik beschwingte ihn und fuhr in seinen Körper. Er schlug ein paar Takte auf der Tischkante mit, plötzlich sprang er auf und schlug selbst eine Trommel, die für ihn bereitlag. Er war wie entfesselt und übertraf die Trommler, die sich wirklich bemühten, mit seinem Können bei weitem. Er schlug schneller als sie und dabei gegen den Takt, so daß der Rhythmus etwas Galoppierendes und Fliegendes bekam. Er war ein Meister des Schlaginstruments. Velasko war begeistert und fragte sich, womit ihn dieser Mann wohl noch überraschen konnte. Der Zar schien einen schier unerschöpflichen Vorrat an Begabungen zu haben.

Einem Zwerg in hellrosa Kostüm, roten Lederstiefeln und grüner Kappe schien der Zar besonders zugetan. Er winkte ihn herbei und kniff ihm ins Ohr, worauf sofort die anderen Zwerge hinzuliefen und Aufstellung nahmen.

Dann ging es los. Velasko hatte noch nie eine derartige Belustigung gesehen. Bei den drolligen Bocksprüngen und Clownerien mußte man unweigerlich lachen. Der Zar war glücklich wie ein Kind, dem man einen Herzenswunsch erfüllte, und feuerte seine Lieblinge mit Trommelschlägen und »Ho! Ho! Ho!«-Rufen weiter an.

Ein Russe torkelte zur Tanzfläche. Er war aber so betrunken, daß er aus der Bahn und gegen einen Tisch krachte. Peter lachte lauthals. Er liebte wohl nicht nur seine Zwerge, sondern auch Betrunkene. Dann beobachtete Velasko, wie die zwei Frauen, an deren Brüsten Peter sich morgens beim Empfang delektiert hatte, ausbüchsen wollten. Auch der Zar bemerkte das. Sofort machte er den Schildwachen ein Zeichen und ließ sie zurückbringen.

Die Musikanten mußten nun Melodien spielen, die der Zar am Hofe von König August von Sachsen gehört hatte. Er legte die Trommel fast zärtlich zur Seite, dann faßte er beide Frauen um die Taillen, zog sie mit sich fort und ließ sie um sich kreisen. Er steigerte das Tempo und schleuderte mit ihnen durch den Saal. Ihn packte die Tanzwut. Die Kräfte, die ihn bersten lassen wollten, mußten aus ihm heraus. Dabei war ihm nicht anzumerken, daß ihm das Trinken irgend etwas ausmachte.

Das Gebrüll der betrunkenen Horde peitschte ihn nochmals an. Immer mehr tanzten mit. Es war ein ungeheurer Lärm und wirres Durcheinander.

Plötzlich waren drei Russen um Velasko. Sie nötigten ihm einen Krug Wodka auf und stießen mit ihm an. Velasko wollte ablehnen, aber er sah, daß sie nicht nachgeben würden. Er trank tapfer und hielt den leeren Krug dann über Kopf, bis sie alle lachten.

Der Saal dampfte. Die Männer rissen einander gegenseitig Perücken herunter und setzten sie sich selbst auf. Man stieß sich gegenseitig und rempelte grob. Manches geriet an die Grenze zu Schlägerei. Offensichtlich gab es böse Eifersüchteleien und Feindschaften.

Barbaren, dachte Velasko beim Anblick des Tumultes. Er war in eine Horde getaufter Bären geraten. Aber ein Bär würde zu trinken aufhören, wenn der Durst gestillt war. Kein Tier soff so sinnlos. Ein Tier betrank sich nicht und war vernünftiger als diese Horde.

Schlimmer ging es nicht, dachte er und schaute sich um, wie er flüchten konnte. Der Wodka kreiste unangenehm.

Auf einmal roch er den Duft von Weihrauch. Junge Frauen in Meßgewändern schritten würdevoll umher und schwenkten

Schalen mit Weihrauch. Frauen in Meßgewändern! Wo gab es so etwas? Er kannte keine Religion, in der Frauen Meßgewänder trugen.

»Saufsynode!« überschrie Justizminister Sotov den Lärm und ließ sich auf den Tisch helfen. »Saufsynode!«

Die Musik brach ab. Alles drehte sich zu Sotov, der nun auch ein Priestergewand trug und mit dem Fuß Gläser zur Seite fegte. Von der Kletterei war er ganz außer Atem. »Ich, Sotov, der oberste Fürst-Papst ...« Er schnappte nach Luft. »Ich, der Fürst-Papst der heiligsten Saufsynode ... Ich befehle hiermit die Huldigung des göttlichen Bacchus.«

»Amen«, rief jemand voreilig und bekam dafür einen Stoß in die Rippen.

»Mit ehrenwertem Saufen«, rief Sotov.

»Amen, Eure Narrheit«, rief die Saufgemeinde wie aus einer Kehle. Das Ganze war erprobt und gut eingeübt.

Plötzlich flog eine Tür auf und ein Kurier in Reiterkleidung stürmte herein. Sofort unterbrach Zar Peter die merkwürdige Zeremonie und eilte mit einigen Männern in einen Nebenraum. Ein Knäuel von Gefolgsleuten drängte hinterher, die Tür wurde jedoch vor ihren Nasen geschlossen. Unzufrieden blickte man sich um, dann kümmerte man sich um sein Glas, um weiter Wodka zu vernichten. Einer brüllte nach der Fürstin Galizin.

Die Hitze im Saal wurde unerträglich, und der Weihrauch reizte zum Husten. Velasko spürte das Trinken immer unangenehmer. Seit den Exzessen als Student hatte er nicht mehr so getrunken. Vor seinen Augen wollte alles verschwimmen, und im Ohr schellte es vom Gebrüll. Er nutzte die Gelegenheit und ging hinaus auf die Terrasse. Im Park brannten Laternen, die man bei den Kanonen aufgestellt hatte. Soldaten warteten auf ein Zeichen für den nächsten Salut, der über die schlafende Stadt donnern würde.

Er zog den Kragen seines Brandenbourgs enger und atmete die angenehme Kühle. Der Himmel war mit Sternen dicht bevölkert. Hinter ihm polterte es. Tänzer schwankten mit nackten Oberkörpern heraus. Sie dampften vom Tanz und stierten ihn an, als suchten sie Streit.

Velasko stieg hinunter in den Park und ging den Weg zum Ufer der Spree, wo die Galeeren lagen. Die Galeerenknechte blieben die ganze Zeit unsichtbar. Auf dem Wasser ruhten noch einige Bote. Darauf standen Soldaten mit geschultertem Gewehr. Um den Park und Schloß Monbijou herum mußten etliche Wachsoldaten sein. Hier brauchte Velasko sich nicht mehr um den Zaren zu sorgen. Eigentlich konnte er sich auf den Heimweg machen.

Vom Schloß her klang Gesang. Eine volle Männerstimme sang ein Lied, das jedes Herz weinen ließ. Da hörte er hinter sich das Knirschen des Kiesweges. Im Schein einer Laterne erkannte er Jaguschinski, der die Wachen kontrollierte und die Hand zum Gruß hob. Es war zu spät, um auszubüchsen.

18.

Velasko taumelte wie benebelt aus dem Schlaf hoch. Irgendwo knarrten Dielen. Sein Kopf spannte und dröhnte überschrill. Da war jemand. Mit seiner Zunge stimmte etwas nicht. Sie war ohne Leben und ausgedörrt wie ein Schweineohr, das man Hunden hinwarf. Irgendwo war jemand. Er drehte sich herum und öffnete die Augen.

Zar Peter suchte am Fenster das Morgenlicht und las in einer Schrift. Was war geschehen? Velasko lag zu Hause in seinem Bett, und während er versuchte, Speichel zu ziehen, fragte er sich, wie er dorthin gekommen war.

Peter las, indem er mit dem Finger die Zeilen abging und dabei zustimmend nickte, und wirkte putzmunter. Velasko meinte das Schriftstück zu erkennen. Ausgerechnet das! Es mußte die juristische Abhandlung sein, die er nach ein paar Semestern auf der Juristischen Fakultät aus Büchern zusammengeschrieben hatte. Die Abhandlung war gefällig, schon gar nicht originell, aus jetziger Sicht war sie sogar feige, und es war Velasko unangenehm, daß Peter ausgerechnet in dieser Schrift las, die er am liebsten vergessen würde. Er dachte nicht gerne daran zurück, sich derartig der Obrigkeit angedient zu haben.

Er mahnte in der Schrift die Sorgsamkeit der Richter bei den Ermittlungen und insbesondere bei der Abfassung der Fragestücke an, wogegen natürlich niemand ernsthafte Einwendungen haben konnte, und rannte damit ein offenes Scheunentor ein. Denn schließlich, so war die aufgebauschte Kernthese, konnte die Anwendung der Tortur auch die Wahrheit verdunkeln und täuschen. Er blieb also vorsichtig: Die Folter täuschte nicht die Wahrheit, sondern sie *konnte* täuschen.

Das wußte zwar jeder, der auch nur für einen Dreibätzer Verstand besaß, aber die Abhandlung hatte zunächst ihren Zweck erfüllt. Letztlich lief alles auf eine Rechtfertigung der Tortur im Strafverfahren hinaus. Man durfte von einem solchen Absolventen erwarten, daß er sich in den Justizapparat einfügen würde. Er rechtfertigte sich damit, daß er erst einmal in den Justizapparat kommen mußte, dann würde er nach seiner wirklichen Überzeugung handeln.

Der Rechtsgelehrte Thomasius, der mit seiner ganzen Autorität für die Abschaffung der Tortur eintrat, hatte die Abhandlung seines Studenten gelesen und mit dem Bleistift am Rand lediglich notiert:

NON POSSUMUS.

Die Bemerkung bezog sich auf eine Stelle im Text, aber es

war die einzige Notiz, und Velasko hatte gespürt, daß der Gelehrte von ihm enttäuscht gewesen war und sich nicht weiter mit dem Text, der ihm damit offensichtlich gleichgültig war, hatte abmühen wollen.

Peter mußte die Abhandlung im Bücherregal entdeckt haben. Er fuhr vom Knarren von Velaskos Bett herum. Sein Blick war lebendig wie Quecksilber, und er lächelte, als hätte Velasko sich bei dem Gelage ganz gut geschlagen.

»Sotov kann so etwas nicht«, sagte Peter. »Sotov kann saufen wie kein zweiter, aber er hat kein Verständnis von der Justiz. Er achtet die Gesetze nicht.«

»Mit Verlaub, Hoheit, warum ist Herr Sotov dann der Justizminister?« fragte Velasko und setzte sich langsam auf. Ihm schwindelte, es dröhnte im Kopf, und die Zunge war immer noch trocken und pelzig. Der Geschmack war widerlich. Sein Atem mußte furchtbar sein. Es kratzte beim Sprechen, wie bei einer schlimmen Erkältung.

»Guten Morgen auch, Eure Hoheit«, schob er nach.

»Weil Sotov mein Freund ist«, sagte Peter. »Das hier muß ich für ihn haben. Er soll das lesen. Ich brauche mehr Gesetze. Jaguschinski hat recht. Er sagt, daß sonst jeder macht, wie er gerade will. Manche Richter stehen im Blut. Mein Freund Fjodor läßt in Moskau jeden Tag fünfzig, ach, hundert Diebe und Mörder aufhängen.« Peter hielt die Abhandlung hoch. »Das hier ist nur zu lang für Gesetze, aber man kann es kürzen und dann noch mal kürzen, so lange, bis es brauchbar ist.«

Aber doch nicht diese schlimme Abhandlung, dachte Velasko und bemerkte jetzt, daß er sich in Tageskleidung ins Bett gelegt hatte. Die Schuhe standen ordentlich nebeneinander am Fußende. Er sah sich nach etwas Trinkbarem um und versuchte sich zu besinnen, wie er überhaupt ins Bett gekommen war. Die Erinnerung war wie abgerissen.

»Es gibt bessere Schriften«, sagte Velasko und erinnerte sich vage, was über den Gelehrten Leibniz erzählt wurde. Es hieß, dieser suche an vielen europäischen Höfen um eine Stellung nach. Er wolle überall Akademien gründen und daraus als Präsident Profit ziehen. Er war auch zum russischen Justizrat ernannt worden. »Da sind zum Beispiel die Schriften von Thomasius, von Leibniz und die ...«

»Schwätzer«, unterbrach Peter unwirsch. »Alles umständliche Schwätzer. Wichtigtuer und Prahler. Die stehen auf der Seite von Verbrechern und ihren Advokaten. Nein, so etwas wie das hier kann ich gebrauchen: *Man kann die Tortur anwenden, wenn es die gemeine Wohlfahrt und Sicherheit unumgänglich erfordert, ein Verbrechen zu strafen, und den Täter herauszubringen, kein anderes Mittel vorhanden ist, jedoch bereits ein sehr großer Verdacht wider ihn vorhanden ist.* Ich verstehe es, aber es muß kürzer im Satz sein, sonst versteht Sotov es nicht. Die kurzen Gesetze sind die besten. Wie die zehn Gebote oder die zwölf Tafeln im Alten Rom. Das versteht jeder Richter, und der Verbrecher weiß von vornherein, was ihn erwartet. Das ganze Recht muß einen guten Verstand haben und darf vor allem nicht zu viel Zeit in Anspruch nehmen.«

»Es ist aber nicht richtig durchdacht, was ich geschrieben habe. Es ist Stümperei. Zusammengeschrieben. Juristisches Flickwerk.«

»Dann muß man weiter darüber nachdenken und es so aufschreiben, daß es nützlich ist. Wenn man etwas gut durchdacht hat, dann ist es auch einfach, es aufzuschreiben.«

Peter hatte draußen wohl jemanden gesehen. »Außerdem ist Er in allem zu bescheiden.« Er öffnete das Fenster und machte auf sich aufmerksam, dann eilte er in den Flur zur Haustür.

Zuerst mußte Velasko etwas trinken. Als er aufstand und zur Küche ging, fühlte er sich blutleer. Ihm schwindelte, und es stach hell im Kopf. Verwundert bemerkte er, daß sich jemand in dem Verschlag unter der Treppe ein Lager gemacht hatte. Velasko lagerte dort eigentlich Ofenholz, und einmal war es ein Notquartier für einen Laufburschen gewesen, den er in besseren Zeiten gehabt hatte. Es wurde immer wundersamer. Offensichtlich hatte Peter in dem Verschlag die Nacht verbracht.

»Oh Gott!« stieß Velasko aus. Der russische Zar schlief in einem Verschlag unter der Treppe! Wenn bekannt würde, wie er den Zaren beherbergte! Und er fragte sich, was in der Nacht wohl noch alles passiert war.

Als er sich nach einem Krug mit Wasser beugte, verstärkte sich der Kopfschmerz, und der Schädel wollte bersten. Draußen verabschiedete Peter jemanden. Wie ausgetrocknete Erde gierte er nach Wasser. Was hatte er sich mit dieser Sauferei nur angetan!

»Ein Kurier«, erklärte Peter und beugte sich durch die Küchentür. »Mein Sohn Alexei ist mit der Zarewna angekommen. Velasko, ich will Ihn um etwas bitten.«

»Ich bin Eurer Hoheit ergebenst zu Diensten.«

Peter druckste einen Augenblick herum. »Die Quartiere hier in der Stadt sind verseucht. Überall sind Spione und Verräter. Ich muß mit Alexei reden, und ich muß dabei sicher sein, daß wir ungestört sind. Ich will keine fremden Ohren. Es ist wichtig für mich und mein Land. Velasko, darf ich auf Seine Gastfreundschaft hoffen?«

»Es ist mir eine Ehre und wirkliche Freude. Ich werde Eurer Hoheit ein Zimmer herrichten lassen.«

»Nein, nein, ich schlafe wieder unter der Treppe.«

»Eure Hoheit ...«

»Nein, das ist mir das Liebste. Ich will keine hohen Räume. Ich will auch für Alexei und die Zarewna ein Quartier, das niemand bekannt ist. Wo ich ungestört mit ihm sprechen kann. Kennt Er jemand, dem man trauen kann?«

Velasko fiel nur Martha ein. »Die Fürstin von Lichtenau ist mir gut bekannt.«

»Gut, dann gehen wir.«

»Jetzt?« fragte Velasko. Jetzt an Peters Seite durch die Stadt zu laufen war das letzte, was er sich vorstellen konnte.

»Warum nicht?«

»Ja, warum eigentlich nicht.«

»Gut«, sagte der Zar und sah ihn vergnügt an. »War das nicht ein gewaltiges Feuerwerk?«

»Unglaublich«, sagte Velasko. Er erinnerte sich an kein Feuerwerk und war nicht sicher, ob Peter ihn irre machte und aufs Eis führte. Er spürte die Kälte vom Boden und sah auf seine Füße. Erschreckt bemerkte er, daß er auf Strümpfen herumlief. Nein, da war kein Feuerwerk gewesen. Oder doch?

Er trank in großen Zügen Wasser und spürte die Gedanken flüssiger werden. Dann fiel ihm ein, daß er unbedingt ins Stadtgericht mußte. Inzwischen wurde der Zar schon ungeduldig, und Velasko beeilte sich mit einer kurzen Morgenwäsche. Kurz darauf brachen sie auf.

19.

Martha sah zwischen Velasko und dem Zaren hin und her, als glaubte sie an einen Scherz, daß dieser nachlässig gekleidete Riese der Zar sein sollte, aber sie behielt die Selbstzucht und überspielte ihre Unsicherheit mit ihrem charmanten Lächeln.

Der Zar wirkte verlegen und verschüchtert, so daß Velasko das Gespräch forcierte und Martha wegen der Einquartierung des Zarewitschs fragte. Der Kaiser von Rußland schien erleichtert, daß Velasko ihm die Frage abnahm. Natürlich war es Martha eine Ehre, den Zarewitsch mit seiner Ehefrau in ihrem Haus willkommen heißen zu dürfen. Sie würde die Zimmer sofort herrichten lassen. Dann lud sie zu einem Frühstück, aber der Zar verabschiedete sich. Er nutzte die Morgenstunden immer zum Regieren.

Velasko trank einen Mokka nach dem anderen und viel, viel Wasser. »Hast du etwas von einem Feuerwerk heute nacht mitbekommen?« fragte er unsicher. »Drüben in Monbijou.«

Martha war mehrmals von Salutschüssen aus dem Schlaf gerissen worden, aber von einem Feuerwerk hatte sich nichts am Nachthimmel gesehen. Natürlich wollte sie wissen, wie der Zar ausgerechnet auf ihn gekommen war. Velasko wußte es selbst nicht genau. Er vermutete, daß die Russen aus Sicherheitsgründen alle überprüften, die in die Nähe des Zaren kamen, und es dämmerte ihm, daß die Suche nach einem privaten Quartier der Grund gewesen sein könnte.

Bei allem, was er erzählte, stellte er seine Rolle als Dolmetscher für Cojejji heraus. Vom Tod des Kastellans beichtete er nichts, und er ließ auch die pikanten Details von dem morgendlichen Empfang beim russischen Gesandten aus. Er wollte Martha nicht gegen den Zaren aufbringen. Sie sollte ihn zunächst in seiner mitreißenden Natürlichkeit erleben. Von den Exzessen und Enthemmungen würde Martha bald erfahren. Natürlich würde es Hofgespräch werden, aber jetzt malte Velasko lieber ausführlich aus, wie der Zar vor seinem Haus gestanden und Pflaumen aus dem Hut gegessen hatte und von Kindern umringt worden war.

»Er liebt Kinder«, sagte Velasko. Ein solcher Hinweis zog immer bei Martha. »Er liebt Kinder und seine Zwerge.«

»Aber seine Kleidung!« flüsterte Martha, als spräche sie über ein Staatsgeheimnis. »Hast du seine Stiefel gesehen?«

»Ja, aber du wirst merken, er ist ein besonderer Mensch. Für ihn gelten andere Maßstäbe.«

Martha hätte gerne noch mehr über den Zaren erfahren, aber

Velasko mußte ins Stadtgericht, und er fragte, ob sie etwas über das Ehepaar Merck herausbekommen hatte. Bei der Frage wirkte Martha wie angepiekst. Sie war im Kolonialwarenladen des Ehepaares gewesen. Der Laden wurde, soweit sie sehen konnte, tadellos geführt. Alles war so reinlich und akkurat, wie man es sich nur wünschen konnte. Den Mokka hatte sie dort gekauft, dann doppelt raffinierten Zucker und einen Sack Makkaroni, so daß der Mohrenknabe Nanu schwer zu tragen hatte. Um das Ehepaar zu beobachten, hatte sie noch allerhand Kleinkram angeschaut.

»Aus der Frau Merck wirst du nichts herausbekommen«, sagte Martha. »Nicht mal in der Marterstube wird die von ihrer Aussage abgehen. Da bin ich sicher. Die weiß genau, was sie macht. Übrigens ist sie eine ganz ansehnliche Frau, nicht? Gefällt sie dir eigentlich?«

»Nein«, log Velasko, denn sie war in diesem Punkt äußerst empfindlich, und die Laune konnte sofort umkippen. »Aber Buchner ist auf sie abonniert.«

»Ich dachte, sie würde dir gefallen. Komisch. Ich war mir sogar sicher.«

»Und die Ehe der beiden? Buchner hat gesagt, daß die Merck ihrem Mann über ist, aber Buchner versteht nichts von Frauen.«

»Doch, da wird er schon recht haben. Dein Sekretär hat große Erfahrung in Justizdingen. Das hast du selbst oft genug gesagt. Ich glaube auch, daß es zwischen den Mercks nicht so ist, wie sie nach außen tun. Wer ein Auge dafür hat, der sieht so etwas. Eine schlimme Ehe, wenn du mich fragst. Es ist erkaltet zwischen ihnen. Es erinnert mich an meine eigene Ehe.«

»Ich denke, es war nie etwas Erwärmendes zwischen dir und deinem Mann.«

»Nicht ganz, mein Lieber«, sagte Martha und spielte mit dem Finger an ihrer Perlenkette. »Nein, so würde ich es nicht ausdrücken wollen. Mein Fürst hat auch seine Seiten.«

Martha horchte hoch und war auf dem Sprung. Ihre Söhne Sigismund und Sylvester stritten sich. Sie schienen sich zu stoßen und steigerten sich in eine böse Rangelei.

Sie wollte ihn nur eifersüchtig machen, dachte er und entglitt in Gedanken. Der Mokka regte ihn an. Martha hatte irgend etwas mit den Augenpartien gemacht, was ihn irritierte. Vielleicht eine andere Art sich zu pudern und einen Schatten zu setzen, oder die Augenbrauen waren anders gezupft.

Es war angenehm, mit ihr im Salon umgeben von hohen Bücherwänden zu sitzen, aber er rief sich zur Ordnung. Schließlich galt es, ein mögliches Attentat auf den Zaren zu verhindern, der Mord am Kastellan war aufzuklären, und der Magd Elisabeth ging es auf den Hals. Er mußte weiter.

Oben knallten Türen. Martha war mit einem Ohr oben bei ihren streitenden Söhnen und brachte ihn hinaus. Velasko küßte ihre Hand und dachte, daß sie an diesem Tag wieder ein besonders schönes Mysterium war. Da lief Martha noch einmal zurück und gab ihm ein französisches Komplimentbüchlein mit, das frisch ins Deutsche übersetzt worden war.

Sie verabschiedeten sich still mit den Augen.

20.

Vor der St. Marien-Kirche standen die Buden und Marktscharren dicht aneinander. Die Menschen schoben sich aneinander vorbei. Ein guter Tag für Marktdiebe. Eine Zahnstocher-Verkäuferin verfolgte Velasko seit einiger Zeit mit ihrem Tablett und lag ihm mit ihrer dünnen Stimme im Ohr. Er drückte sich durch die Menschenmenge und suchte nach etwas Herzhaftem, um den Nachgeschmack von Mokka und Wodka zu bekämpfen.

»Zwiebeln, Zwiebeln, Madame!« näselte ein Franzose mit

galantem Gehabe. Ganz platt wirkten dagegen die Kaufrufe in deutschen Dialekten.

»Kaaft Schwämma!«

»Wachullabaah! An Feiastah!«

Vor St. Marien warteten die Bettler auf die Besucher des Frühgottesdienstes und suchten den Boden nach verlorengegangenen Kirchgroschen ab. Ein Gossengrabbler hatte wohl etwas entdeckt, da sprang schon ein anderer herbei, griff in den Straßenkot und lief davon.

Überall war immer nur Streit, dachte Velasko. Manchmal wurde er müde über die Bösartigkeit der Menschen und hätte am liebsten die Aktenberge mit Lug und Betrug, Neid, Totschlag und Mord aus dem Fenster geworfen. Seine Profession hatte den Nachteil, sich immer nur mit den bösen Seiten der Menschen zu beschäftigen. Manchmal wünschte er sich die Beschäftigung mit Malerei oder Literatur, vielleicht sogar Musik. Jedenfalls mit etwas Angenehmem, was den Geist berührte und die Seele schwingen ließ.

»Gehörpulver!« blökte ihm ein wandernder Händler in die Ohren, als sei er ein harthöriger Tattergreis, und hielt ihm ein Fläschchen direkt vor die Nase. Hinter ihm war schon wieder die Zahnstocher-Verkäuferin mit der unerträglichen Sing-Sang-Stimme.

Abrupt drehte er um und drängte in die entgegengesetzte Richtung davon. An dem Scharren mit der appetitlichen Marktfrau, bei der er schon öfter gekauft hatte, entschied er sich für saure Gurken und ein Stück herzhaften holländischen Käse. Er aß eine Gurke und sah dem Treiben zu, dann mahnte ihn das Schlagen der Kirchglocke, und er eilte weiter zum Stadtgericht.

Im Bureau brannte die Luft. Der Advokat Hesselbach, den die Magd Elisabeth zu ihrer Defension bestellt hatte, war zur Akteneinsicht gekommen. Buchner gab ihm jede Seite der

Verhörprotokolle immer nur einzeln heraus. Hesselbach war über die Schikane angesäuert und nervös, weil Buchner neben ihm stehenblieb und ihm mißtrauisch auf die Finger sah, als könnte die Tinte vom Lesen Schaden nehmen.

Velasko mochte Hesselbach, diesen Beutelschneider, nicht und würde ihn auch nie mögen. Schon körperlich ekelte ihn vor diesem süßlich schwitzenden Fleischberg. Er hätte Buchner für die Schikane herzen wollen, machte jedoch ein geschäftiges Gesicht und ließ die beiden in ihrem stillen Kampf zurück.

Er schrieb an Cojejji und informierte ihn über die veränderte Sicherheitssituation, daß Zar Peter bei ihm Quartier genommen hatte sowie der Zarewitsch Alexei mit seiner Frau bei der Fürstin von Lichtenau. Weiter schrieb er, daß es aus seiner Sicht keinen Hinweis oder Anhaltspunkte für ein Attentat gab. Die Russen seien zwar angespannt und nervös, aber der Zar würde alle Gerüchte ignorieren und alleine durch die Stadt gehen. Velasko bat darum, daß keine Sicherheitsleute in sein Haus oder die umliegenden Häuser gesetzt würden, der Zar sei deswegen sehr mißtrauisch, und er bat um Order, was weiter zu tun war.

Er hätte einen Gerichtsdiener mit dem Brief zu Cojejji schicken können, aber er wollte Buchner für ein, zwei Stunden loswerden. Der ordnete unterdessen einen Packen Papiere, zählte die Seiten mit der Nummernfolge demonstrativ zwei Mal durch, bog an Ecken herum, als hätten sie Eselsohren bekommen und ließ Hesselbach auf den nächsten Packen warten.

»Carpe diem«, sagte Hesselbach spitz. Er war kurz davor, die Beherrschung zu verlieren.

»Leider müssen wir die Akteneinsicht beenden«, sagte Velasko. »Leider, ich bedaure wirklich.«

»Jetzt reicht's!« sagte Hesselbach. Seine Halsadern schwollen gefährlich an. »So kann ich doch nichts für die Defension tun. Wie stellt Er sich das eigentlich vor? Der Herr Stadtrichter hat der Inquisitin selbst anempfohlen, daß rasch gehandelt werden muß. So war jedenfalls die Auskunft der … äh der … der Inquisitin.«

Noch nicht mal der Name seiner Mandantin ging diesem Schadvokaten über die Lippen, dachte Velasko. Aber dafür streute Hesselbach seine zehn lateinischen Brocken, die er irgendwo aufgeschnappt hatte, in die Rede und machte damit heiße Luft.

»Wie geht das zusammen?« fragte Hesselbach und kreuzte die Arme vor der Brust. »Ich soll gute Leumundszeugnisse beschaffen, also auf den letzten Hoffnungsschimmer in dem *casus* setzen und damit das Letzte zuerst erledigen, dabei kenne ich noch nicht einmal die Akten *in nexu*.«

Buchner ging zu Velasko und winkte ihn zu sich herunter. »Der hat doch nur nachgelesen, ob's was zu holen gibt«, flüsterte Buchner ihm ins Ohr. »Die Rätzerin ist dem schnurzegal.«

»Die Inquisitin hängt *in praxi* also schon am Schnappgalgen«, rief Hesselbach dazwischen. »Soweit ich gnadenhalber sehen durfte, gibt es gar keine Defensionsschrift. Warum eigentlich nicht?!«

»Die Inquisitin Elisabeth Rätzer hatte keinen Advokaten bestellt«, sagte Velasko, »weil sie sich mit einem Advokaten nicht in schlechtes Licht setzen wollte.«

»Jetzt sind wieder die Advokaten schuld!«

»Deswegen gibt es keine Defensionsschrift«, sagte Velasko unbeirrt. »Wir hatten ihr keinen Advokaten verwehrt. Wie könnten wir auch.«

Hesselbach nickte unzufrieden, dann setzte er sich vorne auf die Stuhlkante, als sei er auf dem Sprung. »Was ist das für ein Vorgehen? Die Akten liegen zur Versendung bereit, dann so etwas. Wenn der Herr Stadtrichter Zweifel an den eigenen

Ermittlungen hat, dann muß Er den *casus* ganz von vorne aufrollen.«

Hesselbach lehnte sich breitbeinig auf dem Stuhl zurück. »Während die Inquisitin schon auf der Folterbank ausgestreckt wird, soll ich für ein paar lumpige Groschen irgendwelche Leumundszeugnisse beibringen. Das stinkt doch zum Himmel.« Er sprach sich in Rage. »Für ein paar lumpige Groschen gibt es doch keine Defension! Ich bin doch kein Grünling. Entweder macht man es richtig, oder man läßt das Ganze, weil man alles nur verschlimmert! Wahrscheinlich will der Herr den Herren Professoren an der Universität imponieren. Wenn sie das Urteil fällen, dann sollen sie keine Haare in der Suppe finden. Schließlich hat der Richter sogar selbst dafür gesorgt, daß Leumundszeugnisse beigebracht wurden. Oh, wie umsichtig. Der Herr Stadtrichter hat also gründlich gearbeitet. Dem kann man also nichts vorwerfen. So etwas hab ich noch nicht erlebt. Einfach skandalös! Aber Herr Stadtrichter: Dafür halte ich nicht her! Ich setze doch nicht für ein paar lumpige Groschen meinen Ruf aufs Spiel!«

Natürlich hatte Hesselbach recht: Nur aus eigener Ratlosigkeit hatte Velasko der Magd Elisabeth empfohlen, sich einen Advokaten zu nehmen und Leumundszeugnisse beschaffen zu lassen. Besonders letzteres war ein Fehler gewesen. Jetzt befürchtete er, daß bei den Nachforschungen Übles herauskommen könnte, was ihr nochmals schaden würde.

Selbst wenn sich ihre Unschuld im Falle des Diebstahls erweisen würde, müßte eine Verdachtsstrafe ausgesprochen werden. Ganz nach dem Leitspruch: Wir wissen zwar, daß sie den Diebstahl nicht begangen hat, da sie aber mit Diebesgesindel Umgang hatte und ihr alles Schlechte zuzutrauen wäre, hauen wir sie vorsorglich mit Staupenschlägen aus der Stadt.

Vorher würde man ihr die Urfehde abverlangen. Sie würde

schwören müssen, nie wieder in die Stadt zurückzukehren und sich nie an den Gerichtspersonen zu rächen, ansonsten drohten schwerste Leibesstrafen. Dann würde der Scharfrichter Elisabeth den langen Weg vom Stadtgericht zum Spandauer Tor hinauspeitschen. Ihr Rücken wäre danach zugerichtet wie bei der Fürstin Galizin. Damit war Elisabeth herrenloses Gesindel und erfahrungsgemäß blieb ihr nur die Bettelei oder Hurerei in einer Schmutzgasse vor dem Stadttor.

Auf keinen Fall durfte Hesselbach den Fall ins Große treiben, denn das würde den Vorgesetzten Kalkstein auf den Plan rufen. Und der würde umgehend die Aktenversendung verlangen.

»Ich bitte den Herrn Advocatus um Verständnis«, sagte Velasko und brachte sogar eine galante Verneigung fertig. »Heute nachmittag ist das Bureau wieder für die Akteneinsicht geöffnet. Er kann dann alle Protokolle einsehen.«

»Wirklich alle Akten?« fragte Hesselbach spitz und sah Buchner hinterher, der sich im Gehen am Hintern kratzte.

»Selbstverständlich, Herr Advocatus.«

Er sah den Unwillen in Buchners Blick.

21.

Irgendwo mußte ein Anfang sein, überlegte er. Ein winziger Faden, an dem er weiter ziehen konnte. Velasko hoffte auf eine Lüge von Johanne Merck, auf ein unbedarftes Nebenwort der Geldwechslerin, eine verräterische Geste von Arnold Merck. Irgend etwas, das er bisher übersehen hatte. Immer wieder mußte er an die strahlend blauen Augen von Johanne Merck denken. An ihr einnehmendes Wesen. Sah so eine Lügnerin aus? Konnte man überhaupt aus der Physiognomie auf das Wesen eines Menschen schließen? Konnte man das Böse sehen?

Er hoffte darauf, daß die Geschichte, ihr Mann habe wegen Übelkeit nicht selbst zum letzten Verhör kommen können, gelogen war. Buchner hatte in den Apotheken in der Nähe der Mercks bereits nachgefragt, ob Frau Merck tatsächlich Brechwurz gekauft hatte. Bislang hatten alle Apotheker verneint. Vielleicht war das die zarte Spur, die er brauchte.

Wie Buchner erzählte, war Arnold Merck am Vortag nach stundenlangem Warten wieder gegangen, da Velasko wegen des Gelages in Monbijou nicht ins Gericht gekommen war. Velasko mußte Merck unbedingt noch einmal einbestellen.

Zuerst aber schickte er Buchner mit dem Brief zu Cojejji, anschließend sollte er auch noch in den Apotheken nachfragen, die etwas abgelegen lagen. Er hatte also ein bis zwei Stunden, in denen er die Magd Elisabeth ohne ein drittes Paar Ohren befragen konnte.

Von seinem Lieblingsplatz am Fenster beobachtete er, wie Buchner die Königstraße hinunterging und in der Menschenmenge verschwand. Er schickte einen Diener nach der Magd, delektierte sich an saurer Gurke und blätterte durch die Schriftstücke, die er vor zehn Jahren über den Besuch der Herberge angefertigt und die Buchner nun aus dem Archiv hervorgekramt hatte.

Inzwischen brachte ein Zuchtknecht die Magd Elisabeth. Ihr Zustand war erbärmlich. Sie schien jeden Tag etwas mehr abzufallen. Das Elend schrie aus der Jammergestalt. Sie war hohlwangig und stank erbärmlich nach Kerkerluft, so daß er weiten Abstand zu ihr hielt. *Krautgarten* wurde das dumpfig-faulige Kerkerloch im Keller des Stadtgerichts genannt. Velasko war anfangs einige Male selbst unten im Krautgarten gewesen, aber der Gestank fraß sich sofort in die Kleider.

Velasko ließ Elisabeth die Hand- und Fußeisen abnehmen und schickte den Zuchtknecht vor die Tür.

»Ich danke auch, Herr Richter«, sagte die Magd und befühlte vorsichtig die Handgelenke.

»Elisabeth Rätzer, du hast damals in der Herberge ein Kind bekommen. Das ist doch richtig?«

»Ja«, sagte Elisabeth und sah ihn verwundert an. »Die hatten es Ihm doch gleich gezeigt.«

»Was ist aus dem Kind geworden?«

»Was soll schon geworden sein bei unsereins?«

»Antworte ordentlich«, mahnte Velasko. Ihn machte ein solcher Ton fuchsig. »Und so laut, daß ich dich klar verstehe. Ich möchte keine Mißverständnisse.«

»Ja, Herr Richter. Ich meine ja nur, der Junge ist halt groß geworden. Ein guter Junge.«

»Und dann?« fragte Velasko. Er war erleichtert, daß sie im Kindbett keinen Unsinn gemacht hatte. »Was ist aus dir geworden? Du hattest damals auf den Vater gewartet. Wasa-Ludwig hattest du ihn genannt.«

»Daß sich der Herr Richter daran noch erinnert«, sagte Elisabeth kraftlos. Dann schwieg sie sich aus. Er konnte zusehen, wie sie in sich zusammensackte. Sie wollte nicht mehr. Sie gab sich auf. Der Krautgarten zermürbte sie.

»Antworte doch. Ich kann dir nicht helfen, wenn du nicht mittust. Was war mit dem Vater des Jungen.«

»Der Wasa-Ludwig ist dann irgendwann gekommen.«

»Weiter jetzt!« sagte Velasko hart. Er wurde ungeduldig und hätte sie schütteln wollen, daß sie aus ihrem Seelenkatarrh erwachte. »Elisabeth Rätzer«, fuhr er sie an. »Wie ging es weiter? Was war in den Jahren danach? Warst du irgendwo in Stellung?«

Elisabeth zuckte zusammen. »Der Wasa-Ludwig hatte alles versprochen, was ich hören wollte. Daß wir mit dem Kind in die Stadt ... aber daraus wurde dann nichts. Angelogen hat mich der Pulverkopf. Puff und weg! So hat er's mit allem gemacht, was der mir versprochen hat.«

»Und weiter?«

»Ich bin mit dem Jungen in der Herberge geblieben. Da hat der Wasa-Ludwig darauf bestanden. Ich hab gemacht, was sein mußte. In der Küche geholfen, bin aufs Feld gegangen, hab das Viechzeugs versorgt und Holz geschlagen. Alles halt. Und dann hab ich den Jungen großgezogen. Was hätte ich auch machen sollen mit einem Bankert.«

»Und der Wasa-Ludwig?«

»Der ist gekommen und gegangen, wie er wollte. So hat er's mit allem gemacht.«

»Er war bei den Soldaten geflohen. Ein Kanonier. Womit verdiente er dann sein Brot?«

»Das hab ich mich dann auch gefragt, Herr Richter.«

»Und wie hast du dir die Frage beantwortet?«

Elisabeth stockte. »Die Kochemer schlagen mich tot, wenn ich was sage. Da im Krautgarten sind ein paar von denen. Da sag ich doch nichts, nie nicht.«

»Gut, dann laß ich dich jetzt wieder runterbringen. Das Verfahren ist damit beendet.«

»Ja, das hab ich mir schon so gedacht«, sagte sie und sah zur Tür, ob der Zuchtknecht schon hereinkam.

Velasko war mit seinem Latein am Ende. Er überlegte, was seine Freundin Martha tun würde, wenn sie hier beim Verhör wäre. Natürlich würde sie ihr Mitgefühl zeigen, über ihre Ängste sprechen und so ein Gespräch in Gang bringen.

Velasko faßte Elisabeth mit beiden Händen an den Schultern und sah ihr in die Augen. »Willst du denn immer noch nicht begreifen, daß ich dir helfen will?« Er holte einen Stuhl und hieß sie, sich zu setzen. Dann hockte er sich vor sie und nahm ihre Hand. »Ich habe Angst vor dem, was man mit dir in der Marterstube machen wird. Ich habe es schon einmal erlebt, und es verfolgt mich seitdem. Elisabeth, ich möchte nicht, daß sie das mit dir machen. Ich weiß, daß du ein guter Mensch bist und auch eine gute Mutter.«

»Da sind schlimme Sachen passiert.« Sie flüsterte beinahe unverständlich und sah ängstlich zur Tür. Ein Rest Lebensgeist schien Elisabeth aufzurichten. »Ich hab mal auf dem Heuboden einen versteckten Sattel gefunden. Von einem Reisenden, der vorher in der Herberge gewesen war. So was ist dann noch mal passiert. Ich hab nie etwas Genaues mitbekommen. Nie nicht, Herr Richter, ich schwöre es, aber ich hab mir so meine Gedanken gemacht. Dumm bin ich nicht. Der Wasa-Ludwig, der hat jedenfalls mit dem Wirt die Sachen mit den Reisenden ausgeheckt.«

»Was für Sachen? Erkläre es genauer!«

»Na, mit den Reisenden eben. Die haben sie ausgenommen. Der Wasa-Ludwig ist denen gefolgt, damit ja kein Verdacht auf die Herberge kam. Ganz weit ins Ausland. Sogar bis nach Frankreich, hab ich mitbekommen. Der Wasa war manchmal Wochen unterwegs und hat dann die Sachen von denen mitgebracht.«

Ihre Aussage war noch schlimmer, als Velasko befürchtet hatte. Offensichtlich war sie die Frau eines Raubmörders. Und sie war eine Mitwisserin. »Hast du mitgeholfen? Hast du Reisende ausspioniert?«

»Ich doch nicht, Herr Richter.« Elisabeth sah erschrocken auf und fing an zu weinen. »Ich bin doch kein schlechter Mensch, das hat Er doch gerade selbst gesagt. Ich bin doch nur wegen meinem Jungen geblieben. Nur deswegen. Das ist die Wahrheit, ich schwöre es. Ich konnte mich doch nicht aufhängen, wie oft hab ich das gedacht, aber ich mußte ihn doch großziehen. Herr Richter, der Junge war das Schönste, was mir im ganzen Leben geschehen ist. Er war auch wunderschön anzusehen, der Junge.«

»Was heißt das: Er war?«

»Er ist mir weggestorben«, sagte Elisabeth.

Sie weinte und hustete gleichzeitig. Velasko ließ ihr Zeit, gab ihr sein Schnupftuch und legte den Arm um sie. Sie stank entsetzlich und ruinierte seine Gerichtsjacke.

»Vor zwei Jahren«, sagte sie dann. »Der Junge hat mir beim Holzhacken geholfen. Er kriegte eine Blase, die hat er sich mit einem Dorn aufgestoßen. Ich wollte das gar nicht glauben, daß ein Mensch an einer Blase sterben kann.« Sie zeigte eine Stelle in der rechten Innenhand und fuhr den Arm hoch. »Hier, das wurde alles brandig. Er kam ins kalte Fieber. Das ging alles so schnell.«

Ihr Husten war kraftlos, bemerkte Velasko. Sie verfaulte da unten im Krautgarten und bekam es auf der Lunge. Er stellte sich ans Fenster, um zu sehen, wenn Buchner zurückkam.

»Dann kam an einem Mittag der Herr Merck in die Herberge«, sagte Elisabeth. »Die waren gleich auf ihn angespitzt. Den Herrn Merck, den hab ich gleich gemocht. Er ist ein feiner Herr, und ich hab ihn gewarnt. Ich bin dann abgehauen, was sollte ich denn noch dort, wo mir der Junge weggestorben war. Der Herr Merck hat mich dann auf der Straße abgegriffen und mit in die Stadt genommen. Das war mein zweites Glück im Leben, daß ich dann bei den Mercks in Stellung gekommen bin. Bis das jetzt mit den Münzen passiert ist.«

Unten auf der Straße entdeckte der Stadtrichter jetzt Rieger. Er war in Eile und nahm zwei Stufen auf einmal ins Gerichtsgebäude. Sicher wollte er zu ihm. Velasko mußte das Verhör rasch beenden und rief den Zuchtknecht herein. Es schmerzte ihn zuzusehen, wie Elisabeth die Hand- und Fußeisen angelegt wurden und wie sie dabei wegen der wunden Stellen aufjaulte.

Schon klopfte es. Rieger trat mit gehetztem Gruß ins Zimmer. Er blickte sich um und schien sich zu fragen, warum ein Verhör ohne Schreiber erfolgte.

Elisabeth war schon fast aus der Tür.

»Einen Augenblick«, rief Velasko. Ohne daß Rieger es sehen konnte, nahm er den holländischen Käse, den er auf dem Markt gekauft hatte und drückte ihn Elisabeth in die Hand. Dann wandte er sich zum Zuchtknecht, der begehrlich die Augenbrauen hochzog.

»Wenn du ihr den Käse abnimmst«, raunte Velasko, »dann sorge ich dafür, daß du dein *Willkommen* und *Abschied* zusammen bekommst.«

Der Zuchtknecht zog einen widerwilligen Flunsch. Es war die Sprache, die er verstand. Kam ein zu Kerkerhaft Verurteilter in den Krautgarten, so bekam er als *Willkommen* zwanzig Schläge auf den Buckel, und wurde er entlassen, gab es als *Abschied* nochmals die gleiche Anzahl. Alles vor den Augen der anderen Inquisiten, die sich um den Prügelpfahl aufzustellen hatten.

»Mein Wort darauf«, sagte Velasko und wandte sich noch einmal an Elisabeth. »Wie hieß dein Junge?«

»Karl«, sagte Elisabeth.

Velasko hatte es geahnt. Er sah in ihrem Lächeln, daß sie ihren Sohn nach ihm benannt hatte. Aus Dankbarkeit, daß er sich damals um sie gesorgt hatte.

Der Zuchtknecht wurde ungeduldig und spielte mit der Kette. Widerwillig ließ Velasko Elisabeth abführen. Dann erzählte er Rieger von den Einquartierungen von Zar Peter und seinem Sohn und daß er Buchner mit einer Nachricht zu Cojejji geschickt hatte.

»Das ändert die Situation nicht unerheblich«, entgegnete Rieger und biß sich nervös auf die Unterlippe. »Wir müssen bei der Fürstin von Lichtenau sofort die Sicherheitslage überprüfen.

Man ist sehr besorgt. Ständig ist der Zar an anderen Orten. Wir kommen gar nicht hinterher. Vorhin war er auf dem Stadtwall und hat die Anlagen vermessen. Es gab beinahe einen Eklat, weil ihn der Wachhabende vertreiben wollte. Brechen wir auf!«

22.

Charlotte mochte die Fürstin von Lichtenau nach wenigen Blicken und war neugierig auf sie. Sofort herrschte zwischen ihnen eine gelöste Herzlichkeit, wie es Frauen eigen war, aber jetzt war die Konversation lahm und schleppend. Sie schämte sich für Alexei, der hingeflegelt im Sessel lag, als sei er von der Schlafsucht befallen.

Sylvester und Sigismund, die beiden Söhne der Fürstin, schauten die Gäste mit großen Augen an, als glaubten sie nicht, daß dieser unscheinbare junge Mann und diese Frau in einfacher Reisekleidung wirklich der Zarewitsch und die Zarewna des russischen Riesenreiches waren.

Mit bitterer Miene trank Alexei von der Schokolade und schwieg sich ansonsten aus. Er stellte keine Fragen und war mit sich beschäftigt. Sollte er doch endlich beten gehen, dachte Charlotte. Beten und beichten bei diesem Priester, der sich für einen Kurier ausgab. Wie sie mitbekommen hatte, beichtete Alexei mehrere Male am Tag und flehte Gott um Gnade an, weil er eine Heidin geheiratet hatte und sich vor der Verdammnis fürchtete. Und sicher wollte er Branntwein trinken.

Als der Lakai den Hoffriseur meldete, drückte sich Alexei aus dem Sessel und verabschiedete sich in sein Zimmer. Charlotte war wie befreit, und auch die Fürstin von Lichtenau fühlte sich schlagartig beschwingt. Sie entließ nun auch ihre beiden Söhne, die unruhig wurden, und lächelte Charlotte an.

»Meine Liebe«, sagte Martha leise, als wollte sie mit ihr ein Geheimnis teilen, »wir werden uns duzen. Ich bin Martha. Herzlich willkommen!«

»Oh, danke. Ich bin Charlotte«.

Die beiden Frauen nahmen sich in die Arme und küßten sich auf die Wangen.

»Heute abend gehen wir zu einer Gesellschaft«, flüsterte Martha. »Wir werden uns amüsieren. Aber vorher haben wir noch zu tun. Sehr viel, wie mir scheint.«

Sie wollten gerade in das Ankleidezimmer gehen, in dem der Hoffriseur wartete, da meldete der Mohrenknabe Nanu den Freiherrn von Velasko und einen gewissen Herrn von Rieger.

»Oh, mein Carl!« rief Martha aufgekratzt. »Schon so früh! Es ist gar nicht seine Zeit.«

Die beiden Herren machten ihre Aufwartung. Sie wirkten etwas gehetzt. Herr von Rieger wurde ihnen vorgestellt, aber er war farblos und steif wie ein Bureaumensch und interessierte Charlotte nicht. Er hielt sich die ganze Zeit im Hintergrund und schien sich mehr für die Einrichtung und Räumlichkeiten zu interessieren. Martha und der Freiherr von Velasko waren sehr vertraut miteinander. Sie lachten gleich über ein Flakon in Form eines Mopses, das Martha bei einem Kunsthändler gekauft hatte. Sie fragte ihn dann nach einem französischen Kompliment-Büchlein, das sie ihm ausgeliehen hatte, und ob er ihnen schon neueste Komplimente machen konnte.

Charlotte mußte immer wieder auf Velaskos Hände sehen, wie er über die Knöpfe seiner Weste fuhr und den Justaucorps straffte, der an den Aufschlägen mit dezenter Stickerei geziert war. Er schien ein Weltmensch zu sein. Etwas eitel, aber er wirkte erfrischend, und es war Charlotte unangenehm, daß er sie in ihrem furchtbaren Zustand sah. Wenn er sie überhaupt wahrnahm, dachte sie, denn er hatte wohl nur Augen für die Fürstin, die ganz im Mittelpunkt stand.

Es stach in Charlotte. In Marthas Haus herrschten Lebensart und galanter Umgang. Die Fürstin gab Gesellschaften und ging auf Empfänge. Warum mußte ausgerechnet sie nach Rußland verschachert werden? So weit weg von jeder Zivilisation.

Als sich die beiden Herren nach einiger Zeit verabschiedeten, war ihr nicht klar, warum sie überhaupt gekommen waren.

»Komm jetzt, meine Liebe!« sagte Martha vorfreudig und hakte sich bei Charlotte unter. »Dein Herr Gemahl wird dich nicht wiedererkennen!« Es klang, als wollte sie dem Zarewitsch eins auswischen.

Im Ankleide- und Frisierzimmer wartete der Hoffriseur Jacourt. Er sah aus wie ein plüschiges Zuckermännchen und trug eine gewaltige Perückenpracht, so daß das stupsige Gesicht ganz zierlich wirkte. Er verneigte sich formvollendet und verbreitete einen Geruch von Iris-Öl. Seine Fingernägel waren schwarzbraun vom Umgang mit Färbemitteln. Seinen französischen Akzent, den er schamlos betonte, wollte Charlotte ihm nicht ganz abnehmen.

»Zu Diensten, Madame«, sagte der Coiffeur zu Martha. »Sie ist gestern angekommen.« Vor Aufregung hätte er fast in die Hände geklatscht.

»Nein!« sagte Martha.

»Ich habe sie aufbauen lassen.«

»Warum sagt Er das erst jetzt?«

»Dann darf ich also?« fragte der Hoffriseur.

»Ich warte.«

Nun zog er einen Vorhang zur Seite und zeigte mit ausladender Geste auf eine lebensgroße, weibliche Modepuppe, die wunderschön frisiert und angekleidet war.

»Direkt aus Paris«, sagte er und verneigte sich vor der Puppe.

»Paris, Madame!« Er platzte fast vor Begeisterung. »Madame sind die erste, die die *Parure* sieht.«

»Und ich werde auch die einzige sein«, sagte Martha nachdrücklich. Sie ging um die Puppe herum und musterte Kleid und Frisur. »O la la. Sehr gut.« Jedes Detail schien sie zu interessieren. »Jacourt, ich bin mit Ihm zufrieden.«

»Madame wird für erheblichen *Furor* sorgen. Die herrschende *Coiffure* ist immer noch die *Fontange,* aber wie ich voraussagte, sie beginnt sich *à la chien couchant* nach vorne zu neigen. Hier diese ...«

»Ich sehe selbst, mein Guter, ich sehe.« Martha war in Hochstimmung.

»Hier vorne. Die Fontange wird niedriger, runder und überhaupt weicher. Nicht mehr diese Riesentürme. Ich war ja nie ein wirklicher Streiter für die Höhe. Ein Muß für die kleinen Pummeligen, aber überhaupt ...« Der Hoffriseur ummalte die *Coiffure* mit seinen Händen wie etwas Zerbrechliches, das er vor einem Windstoß beschützen wollte, dann blickte er unvermittelt ganz ernst. »Madame, ich prophezeie den Tod der *Fontange.*«

»Nein! Jacourt, was redet Er daher! Was soll denn an Stelle der Fontange kommen? Jetzt versteigt Er sich aber wieder.«

»Doch, doch. Und zwar schon für die nächste Saison. Zumindest in Paris. Hier in Berlin wird es natürlich noch dauern. Madame werden sehen: Die Zeit der *Fontange* ist vorbei.«

»Das hab ich schon vor der letzten Saison gehört.«

»Es ist endgültig. Jedenfalls diese unverschämte Höhe, mit denen die Damen an den Wolken kratzen. Sicher, die Pummeligen werden für die Höhe streiten. Hat Madame von der Affäre bei der Jagd des französischen Königs gehört?«

»Hör doch, Charlotte! Jacourt erzählt von der Jagd des französischen Königs!«

»Madame, wird es nicht glauben wollen«, sagte Jacourt.

»Das entscheide immer noch ich selbst.«

»Also die *Fontange* der königlichen Mätresse hatte sich beim Reiten aufgelöst. Ein Skandal erster Güte. Was also tun?«

»Spann Er mich doch nicht auf die Folter.«

»Das Weibsbild hat sich tatsächlich die Haare mit ihrem Strumpfband hochgebunden! Mit dem Strumpfband, Madame!«

»Ist das wahr, mein Lieber?«

»Ich versichere es. Übrigens war die Affäre sehr zum Entzücken des Königs. Der Modehändler Le Luc, der diese Modepuppe über die Grenze geschmuggelt hat, berichtete mir davon. Alle wollen jetzt Strumpfbänder im Haar.«

»Man kann es also erzählen?«

»Unbedingt. Le Luc verbürgt sich für die Affäre.«

»Und sie ist aktuell?«

»Brühwarm, Madame«, sagte Jacourt und machte ein unschuldiges Gesicht. »Was kann denn jetzt noch kommen? Mit dem Strumpfband ist das Ende der ... der ...« Er suchte nach dem deutschen Wort. »Damit ist das Ende der Stange erreicht.«

»Fahnenstange«, sagte Martha. »Bei uns sagt man: das Ende der Fahnenstange.«

Charlotte beobachtete, wie Martha dem Hoffriseur kurz die Hand auf den Unterarm legte, als gäbe es hier im Ankleidezimmer keine Etikette.

»Gib Er jetzt sein Bestes«, sagte Martha. »Nachdem ich Ihn bei der Zarewna angepriesen habe, erwartet meine Freundin ein wahres Kunstwerk.« Einen Augenblick hielt sie inne, dann zeigte sie auf die Modepuppe. »Frisier Er die Zarewna *à la chien couchant*!«

Der Hoffriseur stutzte, hielt den Atem an und blickte verwirrt zwischen den Frauen hin und her.

»Ähm! Wie bitte? Die neue Frisur?«

»Ja«, sagte Martha. »Die Zarewna kann doch nicht aussehen wie eine dieser Provinztauben aus Mecklenburg.«

Sie drückte Charlotte, die protestieren wollte, in den Frisierstuhl und legte den Finger auf die Lippen, daß sie zu schweigen hatte.

»Es ist mir eine wirkliche Freude«, sagte Martha spitz. »Dein Zarewitsch wird begeistert sein. Jacourt, vergeuden wir keine Zeit.«

Charlotte wußte nicht, wie ihr geschah, und war gerührt, daß Martha ihr den neuesten Pariser Frisurenschrei abgetreten hatte. Sie genoß Marthas Aufgekratztheit und fügte sich. Während Jacourt die Schleifen und Bänder ihrer desolaten Frisur löste, beobachtete sie im Spiegel, wie Martha um die Pariser Puppe herumging und das Kleid im Wurf der Falten und des Schnitts studierte.

»Ein Strumpfband in der Fontange«, sagte Martha nachdenklich. Die Kühnheit schien ihr keine Ruhe zu lassen. »Aber er verbürgt sich, daß es eine Mätresse war.«

»Madame, ich verbürge mich«, sagte Jacourt. »Eine Mätresse des Königs.«

Er zog die vielen Haarnadeln heraus und legte sie mit spitzen Fingern ab, als handele es sich um verrostete Dolche, die er aus einer halb verwitterten Leiche zog. Jacourt ließ einige Strähnen, die kraftlos herunterhingen, durch die Finger gleiten und prüfte mit ernster Miene die Haarschäden. Das Haar war stumpf, glanzlos und verklebt. Der Spliß zog bis nach oben. Als der Hoffriseur ins Haar griff, hätte Charlotte vor Scham versinken wollen. Der Zustand ihrer Haare offenbarte ihr ganzes Elend.

Martha stutzte, kam näher und beugte sich über sie. »Mon dieu!« Sie sprach aus, was der Hoffriseur zu denken schien. »Sind sie noch zu retten?«

Charlotte sah sein Entsetzen. Sie wußte, daß sie ihm und Martha nichts vormachen konnte und in ihrem Elend durchschaut wurde. Einen Augenblick fühlte sie sich noch blutleerer und verzweifelter, als sie ohnehin schon war. Sie sah in den Spiegel, konnte ihren Anblick nicht mehr ertragen und schloß die Augen. Tränen stiegen in ihr hoch.

»Mit Verlaub«, sagte der Hoffriseur nachdenklich, »benutzt die Zarewna einen Kamm mit scharfen Kanten? Oh diese Dilettanten! Seit Jahren predige ich den Kammachern, daß sie sorgsamer arbeiten müssen. Ein paar scharfe Kanten ruinieren selbst das stärkste Haar.«

»Es ist so dünn«, sagte Charlotte in einem Ton, als müßte sie sich entschuldigen. Sie war dankbar, daß der Hoffriseur den Zustand ihrer Haare auf einen schadhaften Kamm schob. Tränen liefen ihr über die Wangen. Sie schluchzte und preßte die Lider zusammen.

»Aber Madame!« hörte sie Jacourt. »Wenn ich widersprechen darf. Nein, nein, nein! Es ist nicht dünn.«

Sie spürte, wie Jacourt ihre Tränen mit einem Taschentuch abtupfte und dann mit sanften, kaum merklichen, kreisenden Bewegungen der Fingerspitzen über den Ansatz ihrer Nackenhaare strich.

»Ich muß einfach widersprechen«, sagte Jacourt. Von hinten faßte er ihre beiden Wangenknochen und richtete ihren Kopf auf. »Die Haare Eurer Hoheit sind nicht zu dünn. Ganz gewiß nicht. Zu dünnes Haar gibt es gar nicht. Das habe ich noch nie erlebt. In den ganzen Jahren nicht. Madame hat ganz wunderbares Haar. Es ist vielleicht ein wenig ausgetrocknet. Dieses herrliche Blond. Madame waren sicher viel an der Sonne, daher hat es etwas gelitten. Aber blond ist … schließlich ist blond …«

Sie öffnete die Augen und sah durch die Tränen, wie er mit

der Hand Kreise in die Luft malte wie ein Prediger, der sich über der Süße des Himmels vergaß.

»Schließlich ist blond die Farbe der Götter«, sagte Jacourt und reichte ihr ein Schnupftuch.

Charlotte lachte, weinte und schnaubte zugleich.

Flink ordnete Jacourt seine Kämme, Scheren, Brenneisen, etliche Tiegel und Töpfe, dann rieb er sich vorfreudig die Hände, und es ging los. Zuerst wusch er die Haare mit einem schäumenden Mittel aus Ziegenfett und Birkenasche, das streng nach Ziegenstall roch, aber angenehm die Kopfhaut reizte und das Blond aufhellte, dann drehte er mit dem Finger dünne Strähnen und schnitt den Spliß.

Charlotte genoß die folgenden Stunden, in denen der Hoffriseur ein Meisterwerk der neuesten Haarkunst schuf. Sie plauderte mit Martha und trank Mokka mit einem Schuß Likör. Sie roch an Fläschchen und Tiegeln mit Pariser Raffinement. Da war Orangenpomade und Jasminöl, sie fühlte mit den Fingerspitzen in feinstes *Poudre Royal* und *Poudre à la Maréchal*.

Sie vergaß die Zeit und lauschte dem Gespräch über Pariser Moden, die in Berlin zu einem erbitterten Krieg der Hoffriseure und Hofschneider geführt hatte. Schließlich wollte niemand einen Fehler machen und eine hohe Dame der Lächerlichkeit preisgeben, andererseits mußte man etwas riskieren, wenn man tonangebend mitmachen wollte. Das Ganze war kitzlig, und Fehler wurden nicht verziehen. Welche Farbtöne, Seidenbänder, Zierkämme und Nadeln lagen im Trend? Was trug die Kronprinzessin, womit brillierte die Mätresse des Königs? Das Sicherste war da immer noch der Blick nach Paris. Paris war ein Muß. Paris wurde selbst in der entferntesten Provinz nachgeäfft – wenn auch mit erheblicher Verzögerung.

Charlotte roch an den Flakons mit Myrrhen- und Rosenöl zur späteren Parfümierung der *Coiffure*. Sie wurde mit Kuchen verwöhnt und ließ sich heiße Schokolade schmecken. Während der Hoffriseur schnell und konzentriert arbeitete, reichte Martha ihr Schachteln mit Schönheitspflastern. Sie waren aus schwarzem Taft und hatten Formen von einfachen Punkten, aber auch von Fliegen, Halbmonden, Käfern, Sternen. Ja selbst eine zierliche Kutsche mit Pferden war darunter, die, wie Martha erklärte, über dem Ansatz des Busens *à la révéleuse* drapiert wurde. Als Charlotte sie fragend ansah, beugte Martha sich vor und flüsterte in ihr Ohr:

»Meine Liebe, das brauche ich dir aber nicht erklären, oder?« fragte Martha. »Bist du mit der Sprache des Fächers vertraut?«

»Ein wenig.«

»Ein wenig könnte zu wenig sein«, sagte Martha amüsiert. »Mißverständnisse werden nicht verziehen. Dann frischen wir es nachher auf.«

Als für längere Zeit eine Paste zum Stärken der Haare einwirkte, bestand Martha darauf, Charlottes Kleid zu sehen, das sie bei der Gesellschaft tragen wollte, und ließ ihre Kleiderkiste herbeischaffen. Charlotte erschrak selbst, als sie ihr bestes Kleid anzog. Sie hatte es seit langen Monaten nicht mehr angehabt, und es schlackerte ihr am Leib.

Martha schloß für einen Augenblick die Augen, murmelte im Wegdrehen etwas von Provinzrüschen und Kleiderposse. So könne Charlotte nicht unter die Menschheit. Dann rief sie nach dem Mohrenjungen Nanu, damit er umgehend zum Hofschneider rannte. Der sollte sofort kommen und wenigstens drei Gesellen mitbringen. Eine Katastrophe wäre über sie hereingebrochen.

Jacourt begann, das Haar zu kreppen, um ihm mehr Fülle zu geben. Währendessen suchte Martha nach passenden Fächern. Als wenig später der Hofschneider mit drei Gesellen hereinhetzte, zeigte Martha mit einem Fächer auf Charlotte und dann auf das Kleid der Pariser Puppe.

Alle schauten Martha irritiert an und begriffen zunächst nicht.

»Nein, das kann ich nicht annehmen«, sagte Charlotte wie vom Schlag gerührt. »Die Schneider sollen mein Kleid umnähen.«

»Damit laß ich dich aber nicht gehen«, sagte Martha. »Schon dieses Rosa. Jacourt, was sagt Er zu dem Rosa. Kann die Zarewna mit diesem Bauernrosa unter die Menschen? Es fällt doch auf mich zurück! Meine Stellung am Hof wäre ruiniert.«

»Wie könnte ich Eurer Durchlaucht widersprechen«, sagte der Hoffriseur.

Schon stand Martha hinter der Pariser Modepuppe. Sie umschlang sie von hinten, hielt ihr einen geöffneten Fächer vor das Gesicht und fächelte der Puppe zu.

»Und?« fragte Martha.

Charlotte überlegte einen Augenblick. »Komm zu mir. Mir ist langweilig.«

Martha nickte anerkennend. Nun legte sie den geschlossenen Fächer zuerst an den Mund der Puppe und hielt dann den geöffneten Fächer vor das Gesicht und winkte schließlich damit.

»Küß mich, aber bitte nicht hier.«

»Etwas fehlt noch«, sagte Martha und winkte nochmals mit dem Fächer.

»Laß uns gehen!«

»Gut!« freute sich Martha und zählte mit dem Zeigefinger einige Falten des Fächers ab. Auf einer Falte ließ sie den Finger ruhen.

»Zur achten Stunde?«

»Sehr gut, meine Freundin!«

Der Hofschneider begann nun mit den Gesellen die Puppe zu entkleiden. Da Charlotte das Kleid im Stehen angepaßt werden mußte und Jacourt noch nicht mit der Frisur fertig war, ließ er sich eine Trittleiter bringen.

»Und jetzt das Wichtigste«, sagte Martha. Sie stellte sich neben Charlotte und zog den geschlossenen Fächer mit kurzen Schlägen mehrfach durch die rechte Hand. »Und?«

»Ich hasse dich. Ich liebe einen anderen.«

»Perfekt!« freute sich Martha. »Liebe und Haß liegen so eng beieinander. Was auch passiert, du mußt immer glücklich aussehen. Du mußt grausam sein in deinem Haß und ihn anlächeln, damit es ihn noch mehr schmerzt. Es verdoppelt den Effekt.«

Auch Jacourt lächelte glücklich in sich hinein.

23.

In fliegendem Schritt überlegten sie, wie sie das Verhör mit dem Hoflieferanten Kaulitz führen wollten. Eigentlich sprach nur Rieger, Velasko versuchte Schritt zu halten. Von der Spandauer Straße nahmen sie eine Abkürzung und hetzten über den Kirchplatz von St. Nikolai.

Von oben mahnte die Kirchglocke. Es war das letzte Läuten für einen Menschen. Jeder Schlag klang dumpf aus, bevor der nächste folgte, und erinnerte an die Endlichkeit irdischer Plackerei.

Seitlich der Kirche standen einige wenige Kutschen. Auffällig war eine schwarzbehangene Galakutsche, die protzig mitten auf dem Platz stand. Sogar die zugehörigen Pferde und Jagdhunde, die aufgepeitscht gegen das Schlagen der Glocke anbellten, trugen Trauerflor. Die Lakaien hatten Mühe, daß sie nicht von den Jagdhunden weggezogen wurden.

»Wir gehen die Listen durch«, sagte Rieger. »Position für Position. Damit machen wir Kaulitz mürbe. Wenn er nervös wird, fragen wir beizeiten an den Punkten weiter, bei denen er unsicher war. Das mache am besten ich. Wir teilen uns auf. Ich setze Kaulitz unangenehm zu und spiele den Harten, der ihm am Zeug flicken will. Und Er macht den Verständigen, der weiß, wie man anderen die Hände salbt und sich salben läßt. Wie es halt zugeht. Er weiß schon.«

»Er meint, den Kuhhandel bei Gericht?«

Rieger nickte.

»Einen Augenblick bitte«, bat Velasko und blieb stehen. Ihm schwindelte. Die letzten Tage waren ihm mächtig auf die Konstitution geschlagen.

»Kaulitz soll denken, daß wir den Kastellan schon am Haken haben«, sagte Rieger und blieb nur widerwillig stehen. »Und er kann sich nur retten, wenn er mit uns zusammenarbeitet. Er muß denken, daß es uns nicht um ihn, sondern nur um den Kastellan geht. Also nichts über Recht und Gerechtigkeit oder irgendwelchen juristischen Aberglauben. Bekommt Er das hin?«

»Einen Augenblick«, sagte Velasko und nickte. Er schaute, ob er sich irgendwo anlehnen konnte. Zu gerne hätte er einen Schluck Wasser getrunken.

»Geht es denn auch um Kaulitz?« fragte Velasko.

»Das wird sich zeigen.«

Wieder so eine wolkige Bemerkung, dachte Velasko, die ihm nicht gefiel. In der Nähe der Galakutsche wartete eine ungewöhnlich große Ansammlung von Bettlern, die auf ein Almosen spekulierten.

»Eine Lustseuche«, sagte Rieger kopfschüttelnd. »Je mehr man dem Pack hinwirft, desto mehr legen sich auf die faule Haut.«

Die Glocke schlug jetzt in einem Doppelrhythmus. Gleich mußte die Kirchentür aufgehen. Die Bettler drängten weiter vor. Sofort nahmen die Jagdhunde Witterung gegen sie auf und sprangen wild gegen die Leinen, so daß sie mitten im Sprung zurückgerissen wurden. Sie fielen übereinander, kläfften und sprangen weiter.

»Jedenfalls darf Kaulitz nichts von der Ermordung des Kastellans erfahren«, rief Rieger gegen das Kläffen der Hunde und faltete die Hände. »Es weiß ja überhaupt noch niemand davon. Wir müssen Kaulitz in der Angst lassen, daß der Kastellan gegen ihn aussagt und beide gegeneinander ausspielen, dann kommen wir schon weiter.«

»Und wenn Kaulitz nach dem Kastellan fragt?«

Rieger sah ihn an, als hätte er nur Häckerling im Hirn. »Die Fragen stellen wir«, sagte er knapp.

Velasko mußte eingestehen, daß er wirklich nicht in bester Verfassung war. Er hörte dem Totenläuten zu, was ihn immer nachdenklich stimmte. Es war gleichgültig, ob er den Toten kannte oder nicht. Sah er einen Leichenkarren, dann hielt er inne in der Alltagshast. Er studierte die Trauernden und spekulierte darüber, was für ein Leben der Tote gehabt haben mochte. War es erfüllt gewesen und zur Blüte gekommen? Würde etwas von dem Leben nachklingen oder war es von Geburt an belanglos gewesen und ohne jeden Anspruch?

Die letzte Variante war die häufigste und – wie er empfand – auch die deprimierendste. Viele begnügten sich mit dem Platz, der ihnen zugeteilt worden war, und suchten nicht nach Glück und Erfüllung. Sie hatten gar keine Ahnung, was das Leben sein konnte. Wer würde wohl bei ihm innehalten und hinter dem Leichenkarren hergehen? Er fand den Gedanken tröstlich, daß ihn eine Frau beweinen würde. In Trauer sollte ihr das Herz brechen. Verwandte, Freunde oder Bekannte zählten nicht so wie eine Frau, die einen liebte. Er dachte dabei nicht an Martha. Sie würde auch weinen, aber mit ihr war es etwas anderes.

»Was ist eigentlich mit dem Leichnam vom Kastellan?« fragte Velasko.

»Der liegt noch in seinem Bett«, sagte Rieger. »Wir wollten ihn nicht hinausschaffen und Aufsehen erregen.«

»Es wird schon ziemlich übel riechen.«

»Das hat er schon zu Lebzeiten«, sagte Rieger. »Wir beißen uns also im Verhör an den drei Zentnern Gänseleberpastete fest, die Kaulitz gelistet hatte. Er wird sich auf einen Schreibfehler herausreden wollen, was wir ihm erst einmal durchgehen lassen. Das ist Sein Part. Ich hake dann später nach, warum er diese unglaubliche Menge dann trotzdem in Taler hochgerechnet hat.«

Die Kirchentüren wurden nun weit geöffnet, und eine Trauergemeinde trat heraus. In den Gesichtern lag bitteres Leid. Sofort drängten die Bettler nochmals einige Schritte vor. Gespannte Unruhe lag in der Luft. Die Lakaien stellten sich breitbeinig und mit Hundepeitschen bewaffnet gegen die Bettler.

»Weiß Er, wer gestorben ist?« fragte Velasko.

»Nein«, sagte Rieger und faltete die Hände.

Ein Kavalier trat aus der Kirche und schritt leichtfüßig zu der Galakutsche, als schwebte er im siebten Himmel.

»Der Universalerbe«, sagte Rieger. Er sprach aus, was auch Velasko dachte.

Der Kavalier machte eine Kußhand zu den Trauergästen, die grimmig zurückgifteten, dann stieg er in seine Kutsche. Als sie anfuhr, warf er eine Handvoll Münzen in Richtung der Trauergäste.

Die Bettler waren nicht mehr zu halten. Man stürzte zwischen die Trauernden, warf sich auf den Boden und fiel übereinanderher, man griff in den Straßenkot, riß sich gegenseitig die Münzen aus der Hand und brachte sich mit der Beute in Sicherheit.

»Kennt er diese selbsternannten Philosophen?« fragte Rieger, aber es klang nicht wie eine Frage, sondern wie eine Feststellung.

»Die Herren Möchtegernphilosophen sprechen von der Gleichheit der Menschen vor Gott. Wenn ich die hier sehe, ist schwer vorstellbar, daß der Herrgott beim Strafgericht zwischen einem König und einem Bettler keinen Unterschied machen soll. Dieser Abschaum hier ist jedenfalls untereinander gleich. Da gebe ich den Herrn Philosophen recht.«

Allmählich ging ihm Rieger auf die Nerven. Sicherlich gab es eine natürliche Rangordnung unter den Menschen. Dem war nicht zu widersprechen. Es gab ein Oben und Unten wie bei den Tieren. Auch dort waren Starke, Feige, Aufschäumer, Große, Geschickte, Stolze, Hübsche, Verschlagene und Wagemutige. Die Ordnungen waren vielfältig mit Anführern, Einzelgängern und Rudeltieren.

Die natürlichen Ordnungen unter den Geschöpfen mußte man anerkennen, daran hatte Velasko nicht den geringsten Zweifel. Die Grenzen durften nicht verwischt werden, sonst entstand ein unerträgliches Durcheinander. Aber dieses Abarbeiten an den unteren Klassen, wie Rieger es tat, fand Velasko müßig. Denn den Adel zeichnete gerade eine natürliche Gelassenheit und Führungsrolle im Umgang mit den unteren Klassen aus. So konnte auch ein Mann von hohem Stand Freude an den Untenstehenden empfinden und sogar mitfühlen bei ihren Alltagssorgen. Wie bei Velaskos Zugehfrau oder der Magd Elisabeth.

Ein Bettler knetete den Straßenkot auf Münzen durch und drehte sich weg, da fiel ihm ein anderer in den Rücken, riß ihn zu Boden, trat ihm in die Seite und setzte nochmals nach. Mit Widerwillen mußte sich Velasko eingestehen, daß man wirklich nicht fein miteinander war – da hatte Rieger schon recht.

Er sah den Kämpfenden zu, plötzlich fiel es ihm wie Schuppen von den Augen. Wie ignorant war er eigentlich! Neulich auf dem Markt vor St. Marien hatte er doch schon die Gossengrabbler beobachtet. Wie hatte er das die ganze Zeit übersehen können!

»Wir stehen unter denen da«, sagte Velasko.

Rieger sah ihn an, als zweifelte er an seinem Verstand.

»Ja«, sagte Velasko. »Wir sind nicht einmal gleich mit ihnen. Die machen wenigstens das, was am nächsten liegt – was man von uns nicht behaupten kann. Sie sehen Münzen und bücken sich danach. Wir sind noch viel dümmer als die.«

»Wie bitte?« fragte Rieger hart.

»Ja, wir sind Idioten.«

»Wie darf ich das verstehen?«

»Wie ich es sagte. Wir sind völlige Idioten. Hohlköpfe, Tölpel. Was Er will. Fällt Ihm nichts auf?«

»Wenn Er sich jetzt bitte erklärt«, sagte Rieger und sah ihn an, als wäre es die letzte Frage vor der Forderung zum Duell.

»Ist Ihm auf der Gasse des Kastellans nichts aufgefallen?« sagte Velasko und machte eine Pause, ob Rieger selbst darauf kam, aber der schwieg angesäuert. »Erinnert Er sich noch, wie die Leute in der Gasse des Kastellans den Straßenkot wegtrugen? Wir haben uns noch lustig gemacht.«

Es dauerte zwei, drei Sekunden, dann konnte Velasko zusehen, wie sich Riegers Gesichtsausdruck veränderte. Er war ohnehin blaß gepudert, aber jetzt kam ein Entsetzen in die Physiognomie.

»Er meint …?« fragte Rieger und hielt sich die Hand vor Augen, als würde ihm schwindelig. »Oh Gott!«

»Ja, oh Gott, genau das meine ich.«

Inzwischen hatte die Galakutsche vor der Kirche einen großen Bogen gefahren. Die Pferde jagten im gestreckten Lauf, aber der Kutscher drosch weiter auf sie ein, als wollte er mit den Fußgehern eine Parforce-Jagd anstellen. Die Kutsche raste auf sie zu. Rieger stand noch immer verloren da. Geistesgegenwärtig zog Velasko ihn in einen Hauseingang. Nun warf der Universal-Erbe eine Handvoll Münzen aus dem Fenster. Die Münzen flogen direkt auf sie zu. Rieger und Velasko bückten sich vor dem Münzhagel und stießen dabei mit den Köpfen aneinander.

»Hat Er keine Schindeln auf dem Dach?« schrie Rieger hinterher.

Der Kutscher nahm die Ecke in die nächste Gasse zu kurz, man sah schon das Holz krachen. Es hätte unweigerlich einen Zusammenstoß mit dem Eckhaus gegeben, wenn die Pferde nicht mehr Verstand als der Kutscher gehabt und im letzten Augenblick von alleine herumrissen hätten.

Vor Velaskos Füßen lag ein guter, blankgeputzter Taler. Etwas weiter noch einige. Für die Münzen hätte er einen mächtigen Stapel Ofenholz bekommen. Er brauchte sich nur zu bücken und wäre eine Sorge losgeworden.

»Weg hier«, rief Velasko.

Er rieb sich die Stirn und drängte durch die heranschießenden Bettler. Es würde eine böse Beule geben.

24.

Eigentlich überraschte es ihn nicht, aber es war imposant, was möglich war, wenn sich die Obrigkeit herausgefordert fühlte. Es ging überfallartig und blitzschnell. Hier wurde ohne Wenn und Aber gehandelt. Die Staatsaktion war ein Genuß für jemand, der sich Gedanken über die Durchsetzung von Recht und Gerechtigkeit machte und an die Justiz glauben wollte.

Beim Anblick der Soldaten, die aus dem Nichts aufzutauchen schienen und in dichter Reihe die Gasse abgeriegelten, mußte Velasko daran denken, wie er mit seinem Vorgesetzten Kalkstein bei jeder Verhaftung um einen Soldaten feilschen mußte, der dann nach drei Schritten herummaulte, ob es denn noch weit war und sich bei der Verhaftung tunlichst im Hintergrund hielt.

Doch das hier war etwas anderes. Schließlich ging es um kein nebensächliches Schurkenstück. Die Staatsmacht zielte mit einem gefechtsmäßigen Bravourstück ins Große. Man wollte die große Öffentlichkeit, denn plötzlich schienen alle Probleme und Befürchtungen, die im Sicherheitskollegium hin und her diskutiert worden waren, wie weggeflogen.

Velasko blickte in die Gasse, die so aufgegraben und zerwühlt war, als hätte eine Horde Schweine einen Krieg um Trüffel geführt. In den Häusern meinte er das emsige Treiben zu erahnen. Er war so nervös, daß es ihn kaum auf der Stelle hielt, und hoffte inständig, daß er mit seinem Verdacht recht behalten würde. Widerwillig nahm er von Rieger eine Pistole.

Schon blieben erste Passanten hinter ihnen stehen, und Gaffer fragten die Soldaten aus. Aus einem Haus in der umstellten Gasse trat ein Junge mit einem Eimer in der Hand. Als er die Soldaten erblickte, ließ er erschrocken den Eimer fallen und lief zurück ins Haus. Sonst war niemand zu sehen.

»Schnell jetzt!« rief Rieger mit gedämpfter Stimme. »Wir müssen sie überraschen!«

Rieger hatte die Exekutive an sich gezogen und war wie angestochen. Velasko beobachtete ihn, wie er prüfend hoch zu den Soldaten sah, die auf den Dächern Stellung einnahmen und ihre Gewehre in Anschlag brachten. Wie würde Rieger sich verhalten, wenn sie nichts fanden und die Aktion ins Leere lief? Würde er alles auf ihn abwälzen wollen?

Hinter ihnen hielt ein Wagen, beladen mit Hals- und Handeisen, die im Laufschritt an die Soldaten verteilt wurden. Lange Ketten wurden entwirrt und ausgelegt. Man hob Rammböcke an und probierte ihr Gewicht. Eine weitere Kompanie Soldaten kam gelaufen und bildete eine zweite Reihe.

Jeweils fünf Soldaten und ein Sergeant bildeten einen Trupp für jedes Haus. Die Soldaten wurden angewiesen, daß sie immer zu zweit blieben. Offiziell hieß es, daß sie sich gegenseitig Deckung gaben, da man hinterhältige Gegenwehr erwartete, aber der eigentliche Grund war, daß nichts von dem wegkommen durfte, was gesucht wurde. Schließlich war dem Soldatenpack nicht zu trauen, und es wurde befohlen, daß die Soldaten nach der Visitation und den Verhaftungen so schnell wie möglich wieder aus den Häusern mußten.

Sie nahmen die Rammböcke auf und standen wie zum Wettlauf in lauernder Stellung. Dann gab Rieger dem ranghöchsten Offizier ein Zeichen, und der gab es an die Sergeanten weiter. Im Sturmlauf rannten die Trupps gleichzeitig los und verteilten sich auf die Häuser.

Auch Velasko hielt es nicht mehr. Er entschied sich für ein Nachbarhaus des Kastellans und eilte mit Pistole hinterher. Die Soldaten standen schon mit dem Rammbock einige Schritte vor der Haustür, der Sergeant hielt sein Gewehr in Anschlag.

Velasko spannte den Hahn der Pistole und kontrollierte das Zündhütchen. Wie sehr er Gewalt haßte und verabscheute! Alle sahen nun zu dem Offizier, der den Trupps das Zeichen zum gleichzeitigen Eindringen gab. Ein Soldat drückte die Türklinke herunter, aber es war abgeschlossen. Der Soldat sprang von der Tür weg, von anderen Häusern war schon das Bersten der Türen zu hören, dann liefen die Soldaten los und schlugen den Rammbock ins Holz. Es krachte und splitterte, zwei Soldaten warfen sich gegen die Tür und stürmten hinein.

Noch mehr Soldaten liefen in die Gasse. Einige knieten und zielten auf die Fenster und Dachluken, andere stürmten durch Seitengänge in die Hinterhöfe und sicherten die Ausgänge.

Befehle wurden gebrüllt, Schreie klangen aus den Häusern. Ein Fenster wurde aufgerissen. Ein Junge wollte flüchten, wurde aber von hinten überwältigt. Schon wurden die ersten aus den Häusern gezerrt. Männer, Frauen, Kinder und Alte wurden auf den Boden gezwungen und in Eisen gelegt.

Am Ende der Gasse fuhr die Kutsche von Cojejji vor, was die Aktion nochmals aufwertete. Velasko hoffte fiebernd, daß er etwas finden würde, dann lief er ins Haus.

Der Sergeant stand schon in der Küche und zielte auf einen Mann, der auf dem Boden lag. Ein Soldat kniete auf seinem Rücken und verbog ihm die Arme. Der Mann jaulte vor Schmerz auf. Kinder schrien und weinten. Vom Sergeanten bekamen sie ein paar kräftige Kopfnüsse und wurden grob neben ihren Vater gepackt.

»Laßt sie!« schrie der Mann. »Die haben damit nichts zu schaffen!«

»Womit haben die Kinder nichts zu schaffen?« schrie Velasko und beugte sich zu ihm.

»Na, mit dem Kastellan. Was denn sonst. Ich weiß nicht, wer's war.«

»Was ist denn mit dem Kastellan?«

»Na, nichts ist mehr mit dem! Aus hat's sich mit dem. Das weiß doch jeder.«

Aus dem oberen Stock wurde eine Alte die Treppen hinunter getrieben und gleich hinaus auf die Gasse gestoßen. Kurz darauf kamen die Soldaten zurück und meldeten, daß niemand mehr im Haus war.

Überall standen Eimer und alle möglichen Gefäße und Behältnisse mit stinkendem Straßenkot. Auf dem Küchentisch war Dreck wie auf einem Kuchenblech ausgestrichen. In den Dreckhaufen rundum war eine gewisse Ordnung zu erkennen, was schon durchsucht und durchgeknetet worden war und was noch darauf wartete.

Durch das Fenster sah Velasko, daß draußen erste Reihen mit

Verhafteten zusammengeschlossen wurden. Bevor er den Mann durchsuchte, zog er Handschuhe über. Er klopfte und fühlte die Hose ab und griff in die Taschen. In einem Geldbeutel fand er nur einige kleine Münzen und Blechstücke für den Klingelbeutel.

Ihm fiel ein ängstlicher Blick des Mannes zu seinem Hut auf, der heruntergefallen war und unter dem Tisch lag. Velasko bückte sich danach, befühlte von innen das Schweißband, drehte es um und jubelte innerlich. Darunter fand er, was er sehnsüchtig suchte:

Zwei Dukaten.

Die Münzen waren blankpoliert und hochwertig. Sie stammten aus einer Prägeserie und trugen die Stempel desselben Münzwardeins. Es waren die gleichen Dukaten, wie sie der Kastellan in der Nacht des Überfalls in seinem Geldbeutel gehabt hatte.

Die Soldaten standen um Velasko, sahen auf die Münzen und schluckten, als würde ihnen das Wasser im Mund zusammenlaufen.

Der Mann am Boden wand sich, wollte toben und schrie, was das Soldatenpack von ihm wollte, schon verpaßte ihm einer einen Stoß mit dem Gewehrkolben, daß die Rippen krachten.

»Raus mit ihm«, sagte Velasko erleichtert und ließ die Soldaten nicht aus den Augen.

25.

Der Fall des Kastellans von Monbijou endete genau so abrupt, wie er sich ins Leben von Velasko gedrängt hatte. Die Staatsaktion verlief glücklich, und die Ausbeute war reichlich. Nach der Durchsuchung der Verhafteten und ihrer Häuser hielten sie insgesamt zehn Dukaten der gleichen Prägeserie in der Hand.

Das war mehr, als sie erhoffen konnten. Der sonst so kühle Rieger hatte sich in Champagnerlaune geschraubt. Jetzt war er bei Cojejji in dessen Kutsche und legte ihm die Beweisstücke vor.

Velasko war bei den Verhafteten, die zu den Kerkern der Stadt abgeführt wurden. Da fiel ihm ein junger Mann auf, der die Haare wirr nach vorne gekämmt trug und sich beugte, als wollte er sein Gesicht verbergen. Velasko forderte den Mann auf, sich gerade zu stellen, was dieser nur widerwillig tat. Das Gesicht des Mannes war verquollen von verkrusteten Blessuren und aufgeplatzten Blutergüssen, die von Schwarzblau in Grün und Gelb übergingen.

»Wie heißt du?« fragte Velasko.

»Wolff«, sagte der Mann undeutlich und verwaschen. Sein Kiefer und die Unterlippe waren stark angeschwollen, so daß er den Mund kaum bewegen konnte und mit hingehauchtem Atem sprach. Er mußte einen ungeheuer kräftigen Schlag abbekommen haben.

Schon stand Rieger, der überall gleichzeitig zu sein schien, neben ihnen.

»Woher hast du die Verletzungen?« fragte Velasko.

»Eine Rauferei«, sagte Wolff. »Nur eine Rauferei, Herr.«

Das harmlose *nur* paßte nicht zum zerschundenen Anblick des Mannes. Velasko glaubte ihm nicht. Und die Antwort kam zu eilfertig und zu überlegt. Hier hatte auch niemand mit der Faust zugeschlagen. Die Wunden deuteten auf etwas anderes hin.

»Wann war die Schlägerei?« fragte Velasko.

»Vor drei Tagen.«

»Und wo?« fragte Rieger dazwischen.

»In der Rosenstraße.«

Von einer Straße konnte man eigentlich nicht sprechen. Es war eine stinkende Gasse mit Groschenhuren der untersten Kategorie. Es gab dort einschlägige Schenken, die Velasko nie betreten hätte. Die Gasse mied jeder Mensch mit auch nur etwas Anstand. Während Velasko den Mann verhörte, wurde Rieger immer ungeduldiger und machte Anstalten, dazwischenzufragen.

»Und wie ist das passiert?« fragte Velasko, der sich nicht aus der Ruhe bringen lassen wollte.

»Wie's so ist«, sagte Wolff. »Da kam mir einer quer. Ich war angesoffen, da hab ich's ihm gegeben.«

»Wer war der andere?«

»Herr, das war etwas ganz unter uns. Es war auch schon ziemlich dunkel.«

Rieger machte ein mißmutiges Gesicht und flüsterte dem Mann etwas ins Ohr. Der zuckte und wurde blaß. Velasko vermutete eine Drohung der zwölften Stunde – in der Art, daß er ihn gleich in die Marterstube bringen lassen würde.

»Das war ich, Herr«, rief ein anderer junger Mann aus der Reihe der Verhafteten. Er hatte auch eine Verletzung an der Stirn, war aber nicht so übel zugerichtet.

»Wie ist dein Name.«

»Ich bin der Schadwald, Johann Schadwald.«

Der Mann wirkte selbstbewußter und weniger ängstlich, und es schien, als wollte er dem anderen beistehen.

»Wie ist es zur Rauferei gekommen?« fragte Velasko.

»Na, der Wolff, der ist mich angegangen, weil der vor mir über die Klitschen-Bärbel wollte. So was ist mir ein Ekel. Da hab ich ihm eins übergezogen.«

»Gibt es Zeugen für die Prügelei?« fragte Rieger und zog das Verhör an sich.

»Ich weiß nicht«, sagte Wolff. »Wir haben uns doch geprügelt. Ich meine da draußen, auf der Gasse.«

Velasko roch die Angst. Es sollte klingen, als wäre die Prügelei eine Nebensächlichkeit, die wie der Kirchgang zum alltäglichen Leben gehörte. Es wirkte jedoch wie abgesprochen. Velasko meinte auch Unsicherheit zu spüren. Besonders dieser Wolff war ein schlechter Schauspieler. Bei einem scharfen Examen würde er nicht lange standhalten.

»Und diese ...?« fragte Rieger. »Wie hieß die Hure noch?«

»Die Klitschen-Bärbel meint der Herr sicher«, sagte Wolff und versuchte ein verunglücktes Lächeln, als wäre es eine Dame, die man empfehlen müsse.

»Kann die Hure die Prügelei bezeugen?« fragte Rieger.

»Die war doch noch in ihrer Kammer«, entgegnete Wolff.

Velasko wurde zunehmend wütend, daß Rieger das Verhör an sich zog und die Fragen vorwegnahm, die er stellen wollte.

Nun winkte Rieger einen Offizier heran. »Bringt die Schläger ins Hausvogtei-Gefängnis«, sagte er leise. »Aber streng getrennt. Sie dürfen nicht mehr miteinander reden.«

»Einen Augenblick, Herr von Rieger«, flüsterte Velasko und bat ihn zur Seite. »Wir sollten einander respektvoll gewähren lassen. Und nicht gegeneinander arbeiten.«

Rieger zuckte und sah ihn verständnislos an, nickte und murmelte etwas, das offensichtlich eine Entschuldigung bedeuten sollte, dann wandte er sich ab und ging zur Kutsche von Cojejji.

Velasko sah ihm verärgert nach. Jetzt erzählte Rieger dem Gerichtspräsidenten, daß es sogar schon zwei Verdächtige gab und verbuchte den Erfolg für sich. Er hingegen hatte seine Schuldigkeit getan und wurde wieder in sein schimmeliges Stadtgericht verbannt. Die Verhöre der Verdächtigen würden in der Hausvogtei, wo Velasko keinen Zugang hatte, von Rieger allein geführt. Auch davon war Velasko nun abgeschnitten.

Die Kutsche von Cojejji fuhr an. Sicher ging es zum Schloß, um im Geheimen Sicherheitskollegium Bericht zu erstatten.

Rieger kam zurück. »Herr von Cojejji läßt Ihn grüßen. Man

wird am Hofe erleichtert sein, daß wir Verdächtige für den Überfall auf den Kastellan verhaftet haben. Herr von Cojejji ist außerordentlich beglückt über den raschen Ausgang und bedankt sich für die wertvolle Hilfe.«

»Wir dürfen den Barbier nicht vergessen.«

»Es war keiner der beiden?« fragte Rieger und sah ihn skeptisch an. »Ist Er sicher?«

»Ja, von denen hat keiner den Kastellan umgebracht. Das habe ich nie behauptet. Die beiden Schläger mögen den Kastellan überfallen und ausgeraubt haben, aber ermordet hat ihn keiner von beiden.«

»Herr von Cojejji geht aber davon aus«, sagte Rieger. Es klang wie eine trotzige Entscheidung.

»Der Barbier hatte aber keine Verletzungen im Gesicht.«

»Er meint den angeblichen Barbier?« fragte Rieger.

»Ja, den hätte ich wiedererkannt.«

»Ich vermute, die beiden Verdächtigen haben angenommen, daß sie vom Kastellan erkannt worden sind, und müssen jemand mit dem Mord beauftragt haben. Das wäre eine Möglichkeit.«

»Also ein Dritter.«

»Die Verhöre werden es zeigen. Herr von Cojejji ...«

»Außerdem ...«

»Herr von Cojejji geht ...«

»Einen Augenblick, Herr von Rieger. Außerdem glaub ich nicht ...«

»Herr von Cojejji geht davon aus, daß der Herr Kastellan an den Folgen des Überfalls verstorben ist.«

Was war das auf einmal? Velasko war sprachlos und mußte schlucken.

»Die schweren Verletzungen an Kopf und Bein«, sagte Rieger. »Die Schäden auf der Brust. Die Münzen im Geldbeutel konnten den Stich mit einem Messer nicht abfangen. Er hat ja selbst gesehen, daß der Geldbeutel zerschunden war. Die Münzen gingen auf der Gasse verloren. Es fügt sich.«

»Aber wir wissen doch, daß ...«

»Die Verhöre werden das gewünschte Ergebnis bestätigen. Hat Er Zweifel an seinem Verdacht gegen die Schläger?«

»Eigentlich nicht, aber man muß abwarten, was sie aussagen.«

»Sicher«, sagte Rieger und verzog den Mund über den Allgemeinplatz. »Das gilt ja für jedes Verhör. »Im übrigen besteht kein Interesse, die russischen Gäste weiter zu beunruhigen.«

Daher wehte also der Wind. Velasko begriff. Cojejji stand vermutlich erheblich unter Druck.

»Aber wenn doch ...«

»Ich wollte noch anfügen, daß es Herrn von Cojejji außerordentlich am Herzen liegt, unsere Justiz nicht in ein lächerliches Licht zu setzen. Ich möchte Ihn nur ungern an die letzten Lebensmomente des Herrn Kastellan erinnern. Wer möchte schon von den Herrn Kollegen verlacht werden?«

Sein Magen krampfte sich zusammen. Velasko wollte nicht an seine unrühmliche Rolle erinnert werden. Er war mit einem blauen Auge davongekommen, und der Fall war mit einer Variante in der Öffentlichkeit, durch die er gedeckt blieb.

»Ich werde noch einmal alles kontrollieren«, sagte Rieger. »Dann will ich die beiden Verdächtigen verhören. Man wird am Stadtgericht schon auf Ihn warten.«

»Es drängt nicht«, sagte Velasko. »Ich begleite Ihn gerne noch ein wenig.«

Sie gingen von Haus zu Haus und überprüften, ob alle Türen versiegelt waren und die Wachen davor auch immer doppelt standen, denn inzwischen hatte sich natürlich herumgesprochen, daß es bei der Staatsaktion um beste Dukaten gegangen war. Niemand sollte in die Häuser steigen, bevor diese noch einmal durchsucht worden waren. Dann standen sie vor dem Haus des Kastellans.

»Wie ich hörte, hat Er einen interessanten *casus*«, sagte Rieger. »Es drängt wohl.«

»Die Magd, die Er neulich im Gericht gesehen hat.«

»Es heißt, sie sitzt auf den Hals.

»Mein Gefühl sagt, daß sie nicht schuldig ist.«

»Ein Gefühl also«, sagte Rieger. Seine Lippen wurden zum Abschied schmal.

»Nein, es ist mehr als ein Gefühl. Ein Verdacht. Ich komme dann noch mit rein.«

Innen wachte immer noch der Sergeant, der vor drei Tagen dazu abgestellt worden war. An den vielen benutzten Tellern, Schüsseln und Gläsern war abzusehen, daß er sich aus dem Keller reichlich bedient hatte.

Während Rieger den Soldaten instruierte, daß demnächst der Leichnam abgeholt werden würde, ging Velasko umher. Er bewunderte noch einmal die Kostbarkeiten und schritt das Parkett mit den griechischen Mustern ab. So einiges von dem Protz hätte sein Haus aufgewertet. Alles sträubte sich in ihm, daß der Fall so plötzlich abgeschlossen sein sollte. Sie hatten Münzen gefunden, die bei dem Überfall verlorengegangen waren, und es gab zwei Verdächtige aus der Gasse mit Kampfspuren. Nach dem dritten Komplizen wurde gefahndet. Die Verhöre würden die Version bestätigen, daß der Kastellan auf seiner Gasse überfallen worden war. Der Mörder war flüchtig. Postum würde man obrigkeitlich sogar würdigen, daß der Kastellan sich bravourös gegen die Banditen gewehrt hatte. Es würde eine lobreiche Leichenrede geben, und mit dem Sarg gingen auch alle offenen Fragen in die Erde.

Velaskos Blick suchte und fiel auf einen Ständer mit einer größeren Anzahl an Gehstöcken. Besonders einer davon imponierte ihm, dessen silberner Knauf nach dem Kopf eines Bullenbeißers angefertigt worden war. In den Rillen und Tiefen des Knaufs war das Silber angelaufen, aber es gab keine verdächtigen Spuren. Auch die Spitze war poliert. Er peitschte den Stock durch die Luft und hörte dem Sausen zu.

»Gnade dem, der damit etwas abbekommt«, sagte Rieger. Der sah sich auch um, als würde auch er sich nur schwer vom Ort des Geschehens lösen können.

Velasko überlegte fiebrig. Sein Gespür diktierte ihm, daß er etwas übersehen hatte. Er wollte ein Detail finden, was dem Fall eine völlig neue Richtung gab und sie dazu zwang, weiter zu ermitteln. Er dachte an die Jagdhunde neulich vor der Kirche, die Witterung aufgenommen hatten und gegen die Leinen sprangen. Genau so fühlte er sich jetzt. Er hatte Witterung aufgenommen und wurde mitten im Sprung zurückgerissen.

Er ging in den Salon und durchsuchte mit dem Gehstock einen Haufen mit Schmutzwäsche. Ein Leibhemd zeigte Spuren, daß etwas an ihm abgewischt worden war. Mit dem Gehstock hob er das Hemd auf einen Tisch und breitete es auseinander. Von dem Sergeanten ließ er ein Licht bringen und verlangte nach einem sauberen Hemd. Er lief hinaus auf die Gasse und drehte den Gehstock und den Knauf im Straßenkot, dann kam er zurück. Zum Vergleich wischte er den Stock an dem sauberen Hemd ab und legte es neben das verschmutzte.

Sie beugten sich darüber.

»Der Kastellan hat mit dem Knauf zugeschlagen«, sagte Rieger nach einer Weile. »Das ist Dreck mit ... ja, es könnte sogar Blut sein. Und da sind auch einige Haare. Meinen Respekt, Freiherr von Velasko.«

»Die Haare sind von einem der Schläger. Ich wette darauf.«

»Ich halte nicht dagegen.«

»Schade.«

»Die Wunden der Verdächtigen werde ich von einem Wundarzt abgleichen lassen«, sagte Rieger. »Vermutlich deckt es sich mit dem Profil des Knaufs. Ich nehme auch die anderen Gehstöcke mit, aber ich vermute, es war dieser hier.«

Etwas widerstrebend nickte Velasko. Genau das hätte er auch vorgeschlagen. Jetzt hatte Rieger noch ein Detail, mit dem er glänzen konnte.

Sie gingen noch einmal hoch in die obere Etage. Schon auf der Treppe hielten sie sich Schnupftücher vor Mund und Nase, weil es durchdringend nach kaltem Tod und Exkrementen stank. Sie warfen einen letzten Blick auf den Leichnam, über dem noch immer das Damenkleid lag. Auch der Draht um Hals und Bettgestell war noch festgezogen.

»Verdient hat er sein Ende«, sagte Rieger durch das Schnupftuch. »Das kann Er mir glauben.«

»Die Erben müssen jetzt ermittelt werden. Da gibt es diesen Halbbruder. Ein gewisser Hermann-Harrach von Lilienroth, mit dem der Kastellan in Briefwechsel stand. Zu Lebzeiten hatte der Kastellan nicht auf dessen Bettelbriefe reagiert. Jetzt wird er sich über den Geldregen freuen. Oder wird man das Vermögen konfiszieren?«

»Vermutlich«, sagte Rieger und machte eine weitschweifige Geste, daß jetzt nur noch Routine käme. »Es ist ja alles ergaunert. Außerdem ist die Staatskasse leergefegt, da ist eine solche Schatzkiste ein Glücksfall. Aber wir werden Ihn in dieser Angelegenheit nicht weiter bemühen müssen. Er wird ja auch dringend zu Hause nachschauen wollen, ob sich der russische Kaiser mit allen Annehmlichkeiten einquartiert hat.«

Natürlich hatte Rieger recht. Als Gastgeber mußte er sich jetzt dringend um Zar Peter kümmern. Und auch bei Martha, der er die Einquartierung des Zarewitschs und dessen Frau aufgedrängt hatte, mußte er nachschauen.

Rieger war schon in der Tür. Da hörte er ein regelmäßiges Geräusch wie das feine Schlagen einer Uhr. Er hob mahnend die Hand und horchte. Sie standen still. Er bückte sich und sah unter das Bett. Das Parkett wölbte sich. Es tropfte aus dem Leichnam.

Velasko war endgültig aus dem Fall.

26.

Obwohl so viele Menschen um Charlotte herum waren und ihr schweigend zusahen, war es ohne jede Peinlichkeit. Sie ging vor dem Spiegel auf und ab, drehte sich, probierte Posen und spielte mit der Halbmaske vor dem Gesicht. Sie blickte in glückliche Gesichter, die ihr Meisterwerk an Schneiderei und Haarkunst genossen. Die Meister hatten sich selbst übertroffen. Andächtig lauschten sie dem *Frou-Frou*, dem Knistern des Stoffes beim Herumgehen, als sei es ein gehauchtes Liebesgedicht.

Charlotte war so schön, daß es sie verunsicherte und sie sich fremd vorkam. Ihre Frisur glich haargenau der Frisur der Pariser Modepuppe, und das Kleid war ihr wie eine zweite Haut auf den Körper genäht. Als Schönheitspflaster hatte sie einen schlichten Punkt aus schwarzem Taft gewählt. Der Fächer und die Düfte waren ausgesucht und der Teint auf die Farben abgestimmt. Waren die einzelnen Teile schon außerordentlich, so überhöhten sie sich im Zusammenspiel um ein vielfaches. Alles zusammen erblühte zu einer sorgfältig durchdachten Komposition.

Was sie im Spiegel sah, brachte sie nur schwer in Einklang mit dem Bild, das sie sonst von ihrer Erscheinung hatte. Und sie fragte sich etwas verschüchtert, ob sie sich so zeigen konnte. Nicht etwa, daß man sie überschräg zurechtgemacht hätte. Da war kein Strumpfband in der Fontange. Alles an ihr erstrahlte in ungewohnter Eleganz. Sie fragte sich, wie Alexei reagieren würde. Sie hatte Angst, ihm zu begegnen.

»Eure Hoheit, wenn ich mir erlauben darf«, sagte der Hofschneider leise. »Es ist vollkommen.« Er ordnete im Rücken den Faltenwurf ihres Kleides, dann trat er wieder zurück.

»Die *Coiffure* ist nicht nur der schönste Schmuck einer Frau«, sagte Hoffriseur Jacourt, »sie ist wie ein neues Leben.« Er war von sich selbst hingerissen und posierte unhöflich vor dem Hofschneider und dessen drei Gesellen, so daß er ihnen die Sicht nahm.

Jacourt hatte recht, dachte Charlotte. Zumindest an diesem Tag hatte sie ein neues Leben. Und sie war gerührt über den Großmut von Martha, die diese Modesensation an sie abgetreten hatte. Nun lag es ganz an ihr, die Meisterwerke an Friseur- und Schneiderkunst durch innere Schönheit zu Perfektion zu bringen. Sie mußte dem Kunstwerk Anmut und Raffinesse verleihen, ansonsten wäre alle Mühe vergebens gewesen.

»Jacourt, es wird Zeit«, drängte Martha.

Sie war ebenfalls in *Parure* gekleidet, und auch sie war ein Meisterwerk, aber eben nicht nach der kommenden Mode. Der Hoffriseur stieg auf seine Trittleiter und puderte da und dort ein Gemisch aus Blütenstaub der Schwertlilie mit Goldstaub auf ihre Frisur. Er stieg vorsichtig wieder herunter, ging noch einmal um Charlotte herum, dann breitete er die Arme aus und verneigte sich. Er war fertig.

Nun verabschiedeten sich Jacourt und der Hofschneider mit seinen Gesellen. Sie machten Bücklinge und gingen rückwärts aus dem Umkleidezimmer, als wollten sie sich nicht von ihrem Meisterwerk lösen. Jacourt tat umständlich und stellte es so an, daß er als letzter das Zimmer verließ.

»Er ist eine Perle«, sagte Martha und atmete durch, »aber auch sehr anstrengend.« Dann ließ sie Nanu kommen, um ihn zu fragen, was der Zarewitsch gerade machte, aber der Mohrenknabe sagte, ein Bote sei mit einer Nachricht gekommen, worauf jener aus dem Haus gegangen war. Wohin, das wußte er nicht. Nanu schlug mit den Händen schnell umeinander, was wohl bedeutete, daß Alexei es eilig gehabt hatte.

Martha lächelte zufrieden und entließ ihn, dann prüfte sie mit konzentriertem Blick den Sitz des künstlichen Leberflecks. »Gräm dich nicht, liebe Charlotte«, sprach sie in den Spiegel und versuchte Nuancen des Lippenspiels. »Das hab ich alles hinter mir. Anfangs dachte ich, es gäbe etwas Gemeinsamkeit mit meinem Gatten. Ich träumte sogar von Zuneigung. Inzwischen durfte ich einsehen, daß es die glücklichsten Ehen sind, wenn man sich überhaupt nicht sieht. Wir Frauen erfüllen den Kontrakt, schenken ihnen ihre Söhne und mehr nicht. Oder bist du in den Zarewitsch verliebt? Du wirktest eher unglücklich in seiner Gegenwart. Ich sah kein Bedürfnis, ihn zu umarmen. Sag, Charlotte, empfindest du etwas für ihn?«

»Wenn ich ehrlich bin, nicht so, wie ich es mir wünschte. Ich bin es nicht gewohnt, über diese Dinge zu reden.«

»Ja, so war es auch bei mir«, sagte Martha und prüfte im Spiegel kritisch das Profil ihres Oberkörpers. »Bei meiner Heirat war ich noch keine fünfzehn Jahre alt. Ich wußte gar nicht, was mein Gatte von mir wollte. Ich glaube, er wußte es auch nicht. Meine Güte, haben wir uns angestellt! Ein Alptraum, glaub mir. Ich habe mich geekelt und war krank im Unterleib. Immerzu war ich krank. Es war schlimm. Aber warte ab. Inzwischen schätze ich meinen Gatten sogar. Jetzt hat er seine Söhne und läßt mich in Ruhe.«

»Muß es denn schlimm sein?« fragte Charlotte vorsichtig. »Es ist ... Da unten, meine ich.«

»Oh nein! Ganz im Gegenteil.« Zur Unterstützung der Konturen hatte Martha sich ein *Gorge de postiche* eingezwängt, an dem sie herumdrückte, um das Busenpolster in die gewünschte Form zu bekommen, dann hielt sie inne und sah sie überrascht an. »Sag, du weißt nichts von der Sache?«

»Doch, doch ... ja, ein wenig schon.«

»Also nur ein wenig.«

»Vielleicht nicht alles«, druckste Charlotte herum. Über diese Dinge zu lesen oder galante Bilder anzuschauen, war etwas anderes, als darüber zu sprechen.

»Mit einem Gatten erfährst du sowieso nur, was Leiden bedeutet. Das hat nichts mit Leidenschaft zu tun. Gar nichts.« Sie drückte mit beiden Händen ihr *Gorge de postiche* und sah kritisch an sich hinunter, dann sagte sie ernst und, wie es Charlotte schien, mit einem bitteren Unterton: »Ich rate dir als Freundin, such dein Glück! Nimm es dir! Das hat mir einmal eine mütterliche Freundin gesagt, der ich auf ewig dankbar bin. Nimm es dir, sagte sie, und warte nicht. Wenn du es nicht selbst suchst, gehst du leer aus. Die Wahrheit kommt oft so einfach daher. Apropos gehen: Wir müssen bald los.« Martha lachte sie an. »Das Glück suchen.«

Wegen der weiten Reifröcke fuhr jede in eigener Kutsche. Während der Fahrt mußte Charlotte auf dem Boden knien und sich seitlich an den Sitzen festhalten – auch damit die Fontange mit den eingearbeiteten Drahtgestellen und künstlichen Haarteilen keinen Schaden an der niedrigen Decke nahm. Sie hielt sich in ihrer unbequemen Stellung, schob den Vorhang zur Seite und versuchte draußen etwas vom Leben zu sehen.

›*Nimm dir das Glück*!‹ Marthas Satz klang in ihr nach.

Es ging über den Stadtwall. Sie passierten die Tore, ohne daß an den Wachhäuschen gehalten wurde. Die Schlagbäume gingen hoch, die Soldaten machten ihr Honneurs. Sie fuhren durch Vororte, dann durch Wälder. Es war eine lange Fahrt bis zum Lustschloß Blankenfelde. In der Novemberkälte fröstelte Charlotte, und vom streng nach oben gekämmten Haar und dem Aufbau der Fontange bekam sie etwas Kopfschmerz.

Sie war so schön, dachte Charlotte, wie noch nie in ihrem Leben, und diese Schönheit teilte sie mit Martha und dem Hoffriseur Jacourt, ja selbst mit dem Schneider und den Gesellen. Aber sie teilte ihre Schönheit nicht mit Alexei. Ihr Gatte benahm sich, als gäbe es sie gar nicht. Er war einfach weggegangen, dachte sie bitter. Ohne ein Wort. Wie sollte es nur mit ihm werden.

Sicher hatte Martha recht, und sie mußte sich mit der Ehe abfinden, wie sie von den Eltern bestimmt worden war. Sie würde ihren Pflichten nachkommen und war entschlossen, einen Thronfolger zu gebären. Dann hätte sie ihre Ruhe und würde versuchen, ein getrenntes Leben zu führen. Aber vor der Abreise, so sagte sie sich fest, wollte sie die Tage genießen. Es waren die letzten Gesellschaftsabende in Deutschland, die sie sich nicht verderben lassen wollte, und es war fraglich, ob sie jemals wieder zurückkehren würde. Nur nicht in trübe Gedanken verfallen, mahnte sie sich. Sie wollte dem Rat der Freundin folgen und sich das Glück nehmen. Und in diesem Augenblick wußte sie, daß diese Sache da unten vor ihrer Abfahrt nach Rußland passieren mußte. Es würde das erste Mal sein, vielleicht auch das letzte Mal, und sie wollte sich dafür nicht Alexei hingeben. Nur nicht Alexei, der in seiner Höllenangst ohnehin keine Anstalten machte, sie anzurühren.

Die Kutsche fuhr in den Hof des Lustschlosses von Blankenfelde ein. Überall brannten Fackeln. Am Hauptportal stand ein halbes Regiment Lakaien mit gesenkten Köpfen so dicht hintereinander, daß die Gesichter beinahe den Rücken des Vordermannes berührten.

Charlottes Beine waren taub und eingeschlafen, der Rücken schmerzte von der unbequemen Stellung. Sie reckte und räkelte sich, stampfte mit dem Fuß gegen das Pelzige und beobachtete, wie ein Kavalier mittleren Alters mit aufgeregten Kußhändchen eine Bogentreppe herunterschwebte. Es mußte der Herzog von Blankenfelde sein. Er eilte zu Marthas Kutsche und half ihr heraus. Ein Lakai öffnete Charlottes Wagenschlag. Schon kamen die beiden an ihre Kutsche. Sie hörte überdrehtes Reden und verstand etwas von Pariser Mode.

»Oh, mein Liebe«, sagte der Herzog zu Martha, »ich bin so glücklich, Sie zu sehen.« Dann zählte er Namen von hohen Herrschaften auf, die schon anwesend waren.

Der Tonfall des Herzogs war überkandidelt. Offensichtlich war er nach anderer Façon gestrickt und bemühte sich, dies mit Gestus und Stimme herauszustreichen. Charlotte mochte diese Halbmänner, von denen sie einige in der weitläufigen Verwandtschaft hatte. Solche Männer hatten stets offene Herzen und litten immer die außerordentlichsten Gefühle, die hinter jeder Ecke auf sie zu lauern schienen. Sah man von der Aufgeregtheit ab, die ihnen etwas Sprunghaftes gab, so konnte man mit ihnen amüsante Abende verbringen.

Der Kavalier reichte Charlotte die Hand und half ihr aus der Enge zwischen den Sitzen.

»Die Zarewna Charlotte von Wolfenbüttel«, stellte Martha sie ihm vor, der sie mit entzücktem Blick musterte und sich mit überschießender Bewegung verneigte. »Herzog von Blankenfelde.«

In wenigen Sekunden taxierte sie der Herzog. Seine Lippen spitzten sich. Sein Blick sezierte ihre Aufmachung. Charlotte war verunsichert, als stünde sie vor ihrem Richter, und hielt sich die Larve vor. Ihr wurde warm. Das Blut schoß ihr ins Gesicht. Eigentlich diente die Larve dem Schutz des Puders auf dem Weg bis ins Schloß, jetzt aber verbarg sie sich dahinter.

»Entzückend«, sagte der Herzog. Er verneigte sich und wandte sich an Martha. »Ach, was sag ich. Ich bin sprachlos.«

»Das mag ich gar nicht glauben«, spöttelte Martha.

»Doch, doch. Ich bin stumm wie ein Fisch. Einfach fulminant.«

»Ich sagte es doch.«

»Ehrlich gesagt, mein Lieber, ich wollte es nicht glauben. Mir fehlen die Worte.«

»Nein!«

»Doch, doch! Es ist die kommende Mode, die ich hier sehe. Die Fontange … ja. Die Damen werden außer sich sein. Sie werden sich ihre alten Lappen herunterreißen. Liebste Fürstin, Sie hat nicht zu viel versprochen. Ich dachte an eine bloße Schwärmerei. Ehrlich gesagt, ich zitterte schon für unsere Freundschaft.«

Die Worte klangen in ihm nach. Einen Augenblick entschwebte er von sich selbst überwältigt und lächelte selbstverliebt.

»Sind wir eigentlich verwandt, Zarewna?« fragte er dann. Er verneigte sich nochmals vor Charlotte und gab ihr einen Handkuß. Ohne ihre Antwort abzuwarten, drehte er sich zu Martha und blickte zwischen den beiden Frauen hin und her, als könnte er sich nicht zwischen ihnen entscheiden, dann bot er beiden die Hand, und sie stiegen zu dritt den Aufgang hoch.

Die Stufen waren mit Stoffblumen übersät. Es duftete nach Rosenöl. Oben angekommen, strömte eine angenehme Wärme aus der offenen Tür. Von innen klangen Musik und entfernte Stimmen. Der Herzog winkte Lakaien mit Kerzenleuchtern herbei und prüfte das Licht, das die Kerzen auf Charlotte warfen.

»Ich sehe schon die Damen, meine Liebe, wie sie sich aufplustern«, sagte der Herzog begeistert. »Sie können sich den Schnappgalgen kommen lassen.«

Er korrigierte die Stellung der Lakaien so lange, bis die Kerzen keinen nachteiligen Schatten warfen, dann schritt er mit Martha voraus, um die Zarewna Charlotte anzukündigen.

Jetzt liegt es ganz an dir, sagte sich Charlotte. Gib dem Kunstwerk seine Vollkommenheit. Gib ihm Anmut. Besinn dich und strahle aus, was du ersehnst!

Sie stand da mit geschlossenen Augen und konzentrierte sich auf die Haltung, die sie schon als Mädchen immer wieder geübt hatte. Nur eine Frau, die in frühesten Kindertagen auf höfische Etikette vorbereitet worden war, konnte so galant durch die Posen gehen.

Ihr Körper streckte sich aus ihrer Mitte und wuchs ein Stück über sich hinaus. Sie probierte den Fächer, fächelte sich zu und spürte die Luft der Kerzen. Ihr Atem zog ganz regelmäßig. Sie fühlte, wie sie sich in Gedanken löste. Ihre Zähne preßten nicht mehr aufeinander. Alle Anspannung wich aus ihren Kiefern, und ihre Lippen formten sich zu einem Lächeln. Gib dir Anmut, sagte ihre innere Stimme.

Entfernt hörte sie den Herzog auflachen. Sie wußte die Augen der Lakaien auf sich und dachte an Martha, die jetzt auf sie wartete und stolz auf sie sein wollte. Plötzlich war Charlotte von Menschen umgeben, die ihr Leben in einem ganz anderen Licht erscheinen ließen. Sie wurde von einer Leichtigkeit erfüllt, die sie vergessen hatte. Vielleicht, dachte Charlotte, war dies schon der glücklichste Augenblick.

Sie war ganz ruhig und verlor sich in ein Nichts, das sie angenehm durchflutete. Sie stand da mit geschlossenen Augen und spürte einen Gleichklang des Äußeren mit ihrem Inneren. Dann wich das Lächeln etwas aus ihrem Gesicht, und gleichzeitig spürte sie, wie ihr Inneres lustvoll hervortrat. Anmut erhellte ihre Züge.

Sie öffnete die Augen und war bereit.

27.

Die Anstrengungen der letzten Tage steckten Velasko in den Knochen. Er war erschöpft und fühlte sich ausgelaugt, aber die Anspannung wollte dennoch nicht von ihm abfallen. Im Gegenteil. Er hätte explodieren können. Die Wut kochte in ihm und ließ ihn hart ausschreiten. Der Weg nach Hause war vertraut, so daß er nicht aufsah und nur darauf achtete, wo er hintrat. Er wollte niemand begegnen, schon gar nicht mit jemand sprechen müssen.

Er hatte sich wie ein Idiot benommen und bis auf die Knochen blamiert. Es war unverzeihlich. Die einmalige Chance, sich obrigkeitlich zu empfehlen und endlich aus dem Stadtgericht wegbefördert zu werden, hatte er sich selbst verdorben. Er starrte nur auf seine Füße, blickte nicht nach rechts und links und stürmte voran, als wollte er jemand eine lange aufgestaute Wahrheit endlich zwischen die Ohren brüllen.

Immer wieder kam ihm das Bild des Ermordeten vor Augen. Die Drahtschlinge, die hervorgequollenen Fischaugen und Cojejjis Blick, als Velasko unter dem Bett hervorkroch. Schamvoll dachte er an sein Hochgefühl, als er in Cojejjis Kutsche gestiegen war und die Kollegen in den Fenstern des Stadtgerichtes gewußt hatte! Immer mehr Peinlichkeiten fielen ihm ein.

Mit nichts als Blödigkeit hatte er geglänzt. Schlimmer noch. Seine Überheblichkeit erinnerte ihn an die Borniertheit der Kavaliere aus bedeutenden Adelshäusern, die sich mit Nichtwissen und Ignoranz brüsteten und jeden verhöhnten, der einer Arbeit nachgehen mußte. Auch bei ihm paarte sich Blödigkeit mit Hochmut zu einer gefährlichen Melange. Der Unterschied zu den Kavalieren bestand jedoch darin, daß diese nicht von einem Broterwerb abhängig waren und sich ihren Hochmut erlauben konnten. Er aber nicht. Er hatte noch nicht einmal Münzen für das Winterholz.

Seine Wut wollte sich Bahn brechen und überkochen. Vor seinem Haus trat er nach Steinen, die ihm jemand aus der Nachbarschaft hingeworfen hatte. Mit Wucht flogen sie auf die andere Straßenseite. Wütend schlug er die Haustür hinter sich zu. Vom Luftzug sprang in dem Augenblick das defekte Türschloß zum Salon auf. Das verfluchte Schloß mußte auch repariert werden! Als er sich umdrehte, zuckte er zurück. Er bebte noch in seiner Wut und war sprachlos.

Mitten im Salon stand ein hochaufgeschossener, junger Mann, der ihm völlig fremd war und ihn erschrocken anstarrte. Velasko mußte sich erst besinnen und zurück in die Welt holen. Der Fremde machte eine unbestimmte Geste in den Salon, als gebe er jemand ein Zeichen. Aber Velaskos Verstand sagte ihm, daß keine Gefahr drohte und es kein Dieb war. Im Salon ging etwas anderes vor sich, was den Fremden selbst ängstigte.

Vom Krachen der Haustür war Frau Sobieski aus der Küche gerufen worden. Sie eilte ihm mit aufgescheuchtem Gesicht entgegen, flüsterte etwas, was er nicht verstand, und deutete zum Salon.

»Was ist hier los?« schrie Velasko sie an, obwohl er ahnte, wer der Fremde war. »Darf ich vielleicht wissen, wer dieser Mann in meinem Salon ist?«

In dem Augenblick wurde die Tür zum Salon aufgerissen, und Zar Peter kam ihm mit ausgebreiteten Armen entgegen. Der Hüne faßte ihn freundschaftlich an beiden Schultern und bat um Entschuldigung für die Eigenmächtigkeit, seinen Sohn in Velaskos Haus eingeladen zu haben. Dann winkte er Alexei herbei und stellte die beiden einander vor.

Der Zarewitsch wirkte körperlich angegriffen und hustete kraftlos in ein Schnupftuch. Es lag eine greifbare Spannung zwischen Vater und Sohn. Beide waren offenbar in einem ernsten Gespräch.

Unterdessen erzählte der Zar, daß er von einem Waffenschmied gehört habe, den sie beide unbedingt aufsuchen müßten. Der Mann sei ein Genie.

Velasko hörte dem Zaren nur halb zu. In ihm tobte noch die Wut, die sich nicht einfach wegschneiden ließ. Gleichzeitig warnte eine Stimme in ihm. Er konnte sich meist auf diese innere Stimme verlassen, die ihm jetzt diktierte, daß hier etwas nicht stimmte. Auch wenn es der russische Zar war, der leibhaftig vor ihm stand und ihn sogar als Freund bezeichnete, so blieb es doch eine Eigenmächtigkeit, den Zarewitsch einfach in sein Haus einzuladen. Zwar hatte der Zar bei ihm Quartier genommen, um mit seinem Sohn ungestört sprechen zu können, aber je länger Velasko darüber nachdachte, desto unerhörter erschien es ihm, derartig übergangen zu werden. Er war nicht mehr Herr im eigenen Haus.

Für Zar Peter war die Angelegenheit offensichtlich schon erledigt. Er schien Velaskos Unwillen nicht zu bemerken und erzählte darüber, was er mit seinem neuen Freund noch alles in der Stadt vorhatte. Je gelöster und begeisterter der Zar sprach, desto mehr sträubte es sich in Velasko. Er konnte nicht einfach zur Konversation übergehen. Es war ein kitzliger Moment. Wenn er ihm jetzt nicht parierte, würde er nie von ihm geachtet werden – weder als Mann, geschweige denn als Freund. Der Zar forderte Widerstände heraus, sonst stürmte er über einen hinweg.

»Wann können wir los?« fragte der und rieb erwartungsvoll die Hände.

»Pardon, Eure Hoheit, wohin?« fragte Velasko, obwohl er genau wußte, was dieser meinte.

»Zum Waffenschmied natürlich. Ich sprach doch davon.«

In dem Augenblick spürte Velasko noch etwas anderes, das ihm schon einige Nachteile eingebracht hatte. Ihn trieb eine Lust, dem Zaren zu widersprechen und die Kräfte mit ihm zu messen. Er wollte die Herausforderung, und ihn reizte die Ungehörigkeit, die darin lag.

Frau Sobieski war inzwischen in der Küche verschwunden.

»Darf ich Eure Hoheit einen Augenblick alleine sprechen?«

Auf einen Wink des Zaren ging sein Sohn in den Salon. Velasko überlegte die Formulierung, die er gebrauchen wollte, und wartete, bis die Tür geschlossen war, dann räusperte er sich.

»Eure Hoheit ist mein Gast«, sagte er und sah sein Gegenüber fest an. »Und es ist mir eine große Ehre. Mein Haus ist auch das Haus Eurer Hoheit. Es steht Ihm jederzeit offen. Und natürlich ist auch der Zarewitsch in meinen bescheidenen Verhältnissen stets willkommen.«

»Ja«, sagte der Zar sichtlich irritiert. Er schien nicht zu ahnen, worauf Velasko hinauswollte, oder er tat so, als wisse er es nicht. Jedenfalls nahm er den Faden nicht auf und wartete auf das Aber, das kommen mußte.

»Mit Verlaub, Eure Hoheit, ich möchte wissen, was in meinem Haus geschieht, und ich möchte gefragt werden.«

Der Zar schien das Atmen zu vergessen und starrte ihn fassungslos an. An seiner Schläfe zitterte es, wie Velasko es schon öfter beobachtet hatte. In diesen Sekunden entschied sich, ob sie wirklich Freunde werden konnten, oder ob es nur Gerede war. Gleichzeitig fragte Velasko sich, ob es überhaupt möglich war, eine Freundschaft mit einem Zaren zu haben, denn es lag immer in der Natur eines Monarchen, einsam zu sein.

»Ja«, sagte der, traf aber den Ton nicht. Es klang wie eine Aufforderung, daß man nach einem Anklopfen ein Zimmer betreten durfte. Offensichtlich war eine solche Situation für ihn ungeübt, und er kam damit nicht zurecht.

Velasko wartete einen Augenblick, ob der Zar noch etwas sagen wollte, aber der schwieg.

»Hat Ihre Hoheit schon etwas gegessen?« fragte Velasko und löste die Anspannung.

»Oh, ich habe Hunger wie ein Bär«, erwiderte der Zar. Er war sichtlich erleichtert. »Freunde essen zusammen.« Er stieß Velasko gegen den Arm. »Und sie trinken.«

Er meint nicht Trinken, dachte Velasko, sondern Saufen. Tierisches Saufen. Er ließ es jedoch dabei bewenden. Auch er war erleichtert und bat seinen Gast in den Salon, aber der Zar hielt jetzt inne und wies mit einer Kopfbewegung zur Tür.

»Laß uns sprechen«, sagte Zar Peter. »Du bist ein Freund, und du bist ein Mann. Ich reise umher und suche überall nach Männern, die nützlich sind für mein Land. Ich brauche kluge Köpfe und geschickte Hände. Ich zwinge mein Land zum Fortschritt. Ich kaufe Bücher, Wissenschaftler und Handwerker aus ganz Europa zusammen. Ich baue neue Städte, ich baue Schiffe, ich beherrsche Meere. Gott hat mir mein Amt gegeben, damit ich Rußland nach Europa führe. Rußland war erstickt unter den Popen. Aber ich habe sie aus den Ämtern gejagt und ihnen mit eigenen Händen die Bärte abgeschnitten. Ich zwinge mein Land zum Fortschritt.«

Velasko war gespannt darauf, was das alles mit ihm zu tun haben sollte.

»Aber mein Land ist noch nicht soweit, daß es ohne mich geht«, sagte er weiter. »Ich bin ein Mensch und folglich muß ich sterben.« Der Zar sah ihn an, als wäre er selbst überrascht von seiner Sterblichkeit. Unter anderen Umständen hätte Velasko gelacht, aber der Ernst verbot dies.

»Wenn ich jetzt sterbe, kommt mein Sohn auf den Thron. Aber Alexei ist noch nicht reif für das Amt, und ich muß befürchten, daß alles umsonst war. Der Zarewitsch weigert sich, das Beste aus dem zu machen, was Gott ihm anvertraut hat. Ich habe alles versucht, aber es ist kein Mann aus ihm geworden. Er ist mein Eingeweide, aber er ist mir fremd. Hast du seinen Widerwillen gegen mich gesehen?«

Der Zar lehnte sich auf ein Fensterbrett, so daß Velasko nicht mehr zu ihm aufschauen mußte.

»Ich habe weiter in deiner Schrift über die Justiz gelesen«, sagte der Zar. »Es sind vernünftige Gedanken dabei. Man muß sie nur kürzer machen. Ich brauch Männer wie dich. Rußland braucht gute Gesetze, sonst macht jeder, was er will. Du kannst Gesetze aufschreiben und kennst den Umgang mit Raubgesindel. Lehre den Zarewitsch die Gesetze! Zeig ihm die Notwendigkeit, nach den Buchstaben zu richten! Geh mit dem Zarewitsch nach Petersburg!«

Velasko war sprachlos. Der Zar bot ihm eine schwindelerregende Stellung an.

»Machst du deine Sache gut«, sagte Zar Peter, »dann wirst du ein Sekretär, ein Minister, ein Fürst. Was ich will. Schau dir den Zarewitsch an und entscheide. Was willst du denn hier in dem kleinen Gericht.« Er erhob sich zu ganzer Länge. »Hast du schon mal davon gehört, daß ein Mann sein Weib nicht beschläft. Er sagt, er beschläft sie.« Er hob mahnend den Finger. »Doch ich traue ihm nicht.«

28.

In einigen Salons spielten Orchester. Die Zuhörer klatschten, wie es neuerdings in Mode kam, maschinenmäßig in die Hände. Unzählige Kerzen warfen unruhige Schatten, Lakaien reichten Franzosenwein. In den Kaminen loderten hitzige Feuer, so daß die Damen nicht nahe herangehen durften, sonst drohte der Puder pastös zu werden.

Über die Aufregungen des Tages hatte sie zu essen vergessen. Natürlich erwartete sie bei einem Bankett eine angerichtete Tafel, aber wo sie auch hinschaute, fehlte diese zu ihrer Verwunderung. Außer Obstpyramiden zur Dekoration entdeckte Charlotte nirgends eine gedeckte Tafel.

Inzwischen fing ihr Bauch so erbärmlich an zu knurren, daß es ihr peinlich war und sie es vermied, längere Zeit an gleicher Stelle zu stehen. Sie flanierte mit Martha durch den Ballsaal. Einige Kavaliere machten eine ganz passable Figur, aber da war niemand, der Charlotte wirklich reizte und für das, was sie vorhatte, in Frage kam. Martha strafte die Durchschnittlichkeit der Kavaliere mit ignorantem Lächeln.

Vom Grünen Salon ging es weiter in das Blaue Paradezimmer. Die Gäste saßen in kleinen Grüppchen, oder man ging herum, um gesehen und bewundert zu werden. Die Damen kassierten die Komplimente der Saison und tuschelten hinter aufgeregten Fächern. Zwei Mädchen küßten sich nach jedem dritten Wort, waren aber mit den Augen überall gleichzeitig. Man sah nach den Herumschweifenden und parlierte, ohne einander anzuschauen, auf französisch. Es waren aber auch andere europäische Sprachen zu hören, was dem Bankett ein weltläufiges Flair verlieh. Charlotte bemerkte, daß Russisch nicht gesprochen wurde. Das Gefolge des Zaren blieb offensichtlich unter sich in Schloß Monbijou. Der Gedanke beruhigte sie.

Vor ihnen stolzierte ein Kavalier so gefallsüchtig, daß Martha beinahe losprustete. Sie versteckten sich hinter ihren Fächern und eilten weiter.

Die Gemächer reihten sich endlos hintereinander und waren allesamt in plüschiger Erwärmung für antike Welten ausgestaltet. In der Wand-, Decken- und Voutenmalerei dominierten die Götter des Olymps in wechselnden Allegorien. Der Herzog von Blankenfelde hatte eine offensichtliche Liebe für Putten.

In jedem Gemälde entdeckte man sie mehrfach zwischen üppigem dekorativem Beiwerk. Und allenthalben erinnerten hingelagerte Nymphen in lebendigsten Fleischfarben daran, daß sich der Betrachter in einem Lusttempel befand. Die erschöpfte Venus ruhte an einem Tümpel voller Schwäne. Ihre Hüften waren lediglich vom Zipfel eines Tuches umschlungen. Venus kühlte ihre Hand im Wasser, aber der unermüdliche Amor war schon zur Stelle und wollte die Göttin nicht verschnaufen lassen.

Vor ihnen tänzelte der aufgekratzte Herzog vom Porzellankabinett in einen Salon mit Spieltischen. Er wollte überall gleichzeitig sein. Einige Möpse mit perlenbesetzten Halsbändern folgten ihm auf dem Fuße und waren so anhänglich, daß er aufpassen mußte, wo er hintrat.

Es amüsierte Charlotte, wie er versuchte, die Gäste mit seinem Lärm anzustecken. In den Gesichtern sah sie Belustigung über den Herzog, bei einigen Nachsicht, bei anderen geringschätzige Taxierung und herausgestellte Ignoranz. Hinterrücks schaute man auch verächtlich und zeigte, daß man gekommen war, um ausschließlich sich selbst zu zelebrieren.

Während sie durch die Salons wandelten und Martha sich von den Kavalieren die Cour machen ließ, registrierte Charlotte ringsum hingehauchtes Begehren und lautlose Botschaften der Fächersprache. Hier rasten Herzen und feierte Amor seine größten Triumphe. Jetzt blieb Marthas Blick an einem älteren Herrn hängen, der wohl ihr Interesse weckte.

Nebenbei erklärte sie, daß man sich allgemein als Opfer des herzoglichen Geschicks betrachtete, Gerüchte in die Welt zu setzen, wer an hohen Persönlichkeiten alles zu den Feierlichkeiten zugesagt hatte, und hohe Namen so lange gegeneinander auszuspielen, bis jeder von Panik erfaßt wurde. Konnte man tatsächlich das Risiko eingehen, nicht gesehen zu werden? Gegen alle Beteuerungen des Vorjahres fiel einer nach dem anderen um, und so wurde in letzter Minute doch noch die Garderobe geputzt. Schließlich kam jeder, der auf sich hielt oder auf sich halten lassen wollte. Die jährlichen Feierlichkeiten waren Last und Pflicht. Und schließlich mangelte es in der Stadt an wirklich großen Anlässen, die Garderobe auszuführen. Trotz aller Anstrengungen, es dem französischen Pomp nachzutun, blieb Berlin doch immer nur Berlin – eine Provinzhauptstadt mitten in eine riesige Sandbüchse gesetzt. Versailles war das Zauberwort, bei dem alle Welt aufhorchte und sich die Gesichter erhellten. Aber Berlin?

Der ältere Herr hörte einem Gespräch zu und schaute einmal in ihre Richtung. Er ignorierte Martha jedoch, und so flanierten sie weiter.

Die Bemerkung des Herzogs, die übrigen Damen könnten sich bei Charlottes Auftreten nur noch den Strick nehmen, war schmeichelhaft gewesen, erwies sich jedoch als übertrieben. Ihr Kleid und die Fontange erregten zwar einige Aufmerksamkeit, aber nur wenige schienen überhaupt einen Blick für die wirkliche Sensation zu haben. Auch wenn Charlotte da und dort den wissenden Blick einer Dame kassierte, die grimmig zum Ausdruck brachte, daß sie damit ihr Saisonkleid an die Nichte im hintersten Winkel der Wetterau verschenken konnte, so gab sich hier niemand eine Blöße. Man war bis zur Verbissenheit entschlossen, sich nicht das Vergnügen nehmen zu lassen, und lächelte um so raffinierter.

Charlotte beobachtete, wie jemand seiner Erwählten beim Handkuß ein Briefchen zusteckte und diese es geschickt in ihrem Ärmel verschwinden ließ, da rebellierte wieder ihr Bauch. Martha amüsierte sich über das Grummeln und zog mit ihrem Lachen die Aufmerksamkeit einiger Kavaliere auf sich, die prompt die Cour schnitten. Von einem war Charlotte auf den ersten Blick ganz angetan.

»Widerlinge«, flüsterte Martha. Sie lächelte hinüber, die Kavaliere verneigten sich, dann legte Martha den Fächer an das linke Ohr und signalisierte ihre Verachtung. Die Kavaliere taten daraufhin ungeheuer belustigt und warfen Martha charmante Handküsse zu.

Flötenmusik lockte sie in die Ahnengalerie. An den Wänden hingen Bilder der Vorfahren des Herzogs in Lebensgröße und Kriegskleidung. Ihre grimmigen Gesichter hatte der Herzog in witzigen Kontrast zur Deckenmalerei setzen lassen. Über den Köpfen der Ahnen lag Bacchus an einen Baum gelehnt und protzte mit seinem fast nackten, wohlgeformten Körper, der die Knie einer Frau erweichen ließ und die Männlichkeit beschämte.

Bacchus schaute weinlaubbekränzt und guten Mutes hinunter zur Flügeltür, wer da wohl gerade hereinkam, und ließ sich nebenbei von Satyr Wein in eine Trinkschale gießen. Die war schon übervoll, und weil Bacchus über den Hereinkommenden abgelenkt war und Satyr unverdrossen weiter eingoß, floß der Wein über den Rand. Von dem Strahl ging jedoch nichts verloren, weil ein kniender Putto jeden Tropfen mit vollen Lippen aufgierte.

Charlotte und Martha lauschten der Musik. Um nicht aus dem Takt zu kommen, spielten die Musiker ganz konzentriert, denn immer wieder dröhnte es explosionsartig aus einer Dame, die ihrem Kavalier ganz Ohr war. Sobald er seine Privatanekdote auf den Höhepunkt gebracht hatte, verfiel sie in ein polterndes Lachen, als blöke sie in ein leeres Faß. Ihre Ausgelassenheit wäre gar nicht mehr notwendig gewesen, denn der Kavalier saß ihr ohnehin schon auf dem Speck.

»Oh Gott«, entfuhr es Martha.

Da endete das Musikstück, und Lakaien verkündeten, Herzog von Blankenfelde ließe in den Großen Ballsaal bitten. Plötzlich ging vor Charlotte ein hochgewachsener Kavalier. Schlagartig war sie überwach. Er mochte ungefähr in ihrem Alter sein. Zunächst konnte sie nur sein Profil ausmachen. Er blieb stehen und blickte suchend, dann sah sie sein Gesicht. Sie erschrak über seine Schönheit, die durch eine reservierte Haltung des Kinns nochmals gewann. Sein Blick ging mehrmals über Charlotte hinweg.

Es war deutlich, daß er jemand suchte, so daß sie eigentlich gewarnt war, aber sie versuchte weiter, seine Aufmerksamkeit einzufangen, und dachte, daß er bestimmt wunderbare Hände hatte, dann lächelte er plötzlich ein Lächeln, das sie innerlich erzittern ließ. Er hob die Hand zu einem Winken, ein Handschuh lag darin, und kam auf sie zu.

Obwohl Charlotte wußte, daß seine Aufmerksamkeit nicht ihr galt, meinte sie zu erstarren. Aus dem Augenwinkel sah sie, wie er näher kam und zum Greifen nah an ihr vorbeiging. Charlotte wollte einen Hauch von ihm erhaschen, aber die Luft war von den Parfüms der vielen Menschen verdorben. Sie hörte, wie er hinter ihr eine Dame begrüßte. Seine Stimme klang angenehm und erleichtert.

Sie lauschte und wußte, daß es falsch war und gegen eherne Regeln verstieß und jeder Verstoß eisig abgestraft wurde, aber sie drehte sich um und sah in das Gesicht einer jungen Frau. Ihre Schönheit war entwaffnend. Beide hielten sich an der Hand und waren eins in ihrer Zuneigung. Jetzt drehte sich die Frau, und Charlotte konnte sie im Profil sehen. Der Anblick stach Charlotte ins Herz. Die Frau war schwanger.

Die beiden Liebenden hatten sich wohl kurz unter den Gästen verloren und lachten sich jetzt glücklich darüber an, sich wiedergefunden zu haben. Wenige Sekunden der Trennung hatten genügt, um sie in Sorge zu versetzen. Die Gefühle, von denen Charlotte lesend erfahren hatte und von denen sie mit offenen Augen träumte, sah sie in den beiden. Zwei Liebende erhöhten durch ihre vollkommene Schönheit ihre Liebe nochmals, so daß diese eine unantastbare Einheit wurde. Sie waren eins und verzauberten sich gegenseitig. Und dann bekamen sie auch noch ein Kind.

Auch die nachfolgenden Gäste drehten sich nach dem jungen Glück um.

»Ich will da nicht hingucken«, sagte Martha und zog sie am Arm. »Es macht schlechte Laune. Schauen wir, wer noch gekommen ist. Das kann doch nicht alles gewesen sein!«

Charlotte hörte die Stimmen um sich herum nur dumpf und entfernt, als würde sie sich beim Sprechen die Hände über die Ohren legen. Einen Augenblick war sie wie benommen, sie schwankte und kämpfte mit ihrer Zuversicht. Die Schönheit und das Liebesglück des Paares waren wie ein Schlag in ihr Gesicht. Eine Stimme pochte böse darauf, daß sie keinen Willen über sich besaß. Das Schicksal hatte etwas ganz anderes mit ihr vor. Ihr, Charlotte von Wolfenbüttel, war ein solches Liebesglück nicht zugedacht. Sie war zu etwas anderem bestimmt. Es war zu spät. Sie war gezwungen, sich in ihr Schicksal zu fügen.

Charlotte ließ sich von Martha mitziehen und dachte an die Unvollkommenheiten ihres Körpers. Ihre harten, klagenden Rippen! Sie dachte an ihre aufgesetzten Apfelbrüste, ihr langgezogenes Gesicht und bemerkte, wie sie innerlich zusammenfiel. Unter dem Puder begannen die Pockennarben zu jucken. Es gab keinen Halt mehr in ihrem Innern. Ihr Lächeln wurde zur hohlen Fassade, und ihre Anmut zerstob. Sie wollte nur noch weg von der glücklichen Schwangeren und ihrem Galan, weg aus diesem furchtbaren Lustschloß, weg von den Menschen.

Inzwischen füllte sich der Ballsaal. Die Gäste suchten einen Platz an den Seiten. Man parlierte und wartete. Nun stellte sich der Herzog mit spitzem Fuß in die Mitte des Saales. Seine Pose gebot Ruhe und ließ die Stimmen in ein Murmeln übergehen.

Es dauerte etwas, bis sich alle fügen wollten, noch ein paar Lacher, dann verstummten auch die letzten. Es herrschte eine erwartungsvolle Stille, als würde gleich ein Vorhang aufgehen. Die Möpse rochen an den Schuhen des Herzogs, dann legten sie die Köpfe auf das Parkett und sahen neugierig zu den Gästen.

Ein Lakai schritt herbei und flüsterte dem Herzog etwas zu, dann verneigte sich der Gastgeber wie ein Ballettänzer. Er drehte sich ganz langsam um die eigene Achse und strich mit dem Arm aus, als wolle er auf dem Feld säen. Die Pose war eingeübt und wirkte traurig.

Wie einsam er ist, dachte Charlotte. So einsam wie sie. Hier in diesem riesigen Saal umgeben von Wandspiegeln, den Möpsen und seinen Lakaien mußte der Herzog seinen Auftritt in vielen einsamen Stunden einstudiert haben.

Die Hand des Herzogs säte aus, bis sie auf einen riesigen Vorhang wies, der einen Teil des Saales abschnitt. Plötzlich erklangen Trommelwirbel und Fanfarenstöße. Der Herzog warf den Kopf in den Nacken. Seine andere Hand fuhr in die Höhe.

Nun öffnete sich die Decke, Räderwerke ächzten, von dort senkte sich langsam eine mit Speisen bedeckte Tafel herab. Die Decke öffnete sich noch an anderen Stellen, immer mehr Tafeln schwebten herunter. Es gab einige »Ahhs!« und laute »Ohhhs!«, aber auch gelangweilte Gesichter, die sagten, daß sie das Brimborium bis zum Überdruß kannten.

Lakaien kamen mit Stühlen angelaufen. Das Schau-Essen begann. Charlotte und Martha bekamen Ehrenplätze an der Tafel des Herzogs. Während das Essen den letzten Dampf verlor und erkaltete, folgten die obligaten Gesundheiten auf den Landesherren und die Ehrengäste. Charlotte saß schlecht. Sie konnte nicht geradeaus sehen, sonst hätte sie am Nachbartisch immer auf das liebende Paar geblickt.

Dann ging der Vorhang auf, hinter dem ein Orchester Platz

genommen hatte. Ein Konzertmeister kündigte ein Stück an, das eigens für die Festlichkeit geschrieben worden war: *Triumph der Liebe*.

Die Ouvertüre setzte ein mit schmeichelnder Melodie. Zu aller Überraschung erhob sich nun eine gegenüber befindliche Spiegelwand und zeigte eine hellerleuchtete Grotte. Auf einer stufenweise erhobenen Bühne saßen Meergötter, in denen Peleus und Thetis zu erkennen waren. Thetis lehnte sich mit dem Arm auf eine Urne. Auf den Stufen unter ihnen saßen nochmals einige Flußgötter.

Plötzlich gurgelte, gluckste und rumorte es gewaltig. Aus der Urne stotterte Wasser, es wurde kräftiger, bis schließlich ein mannsdicker Strahl herausschoß und über künstlichen Eisschollen einen kleinen Wasserfall bildete. Mit großem Geräusch wurden die Fluten in einem Behältnis aufgefangen, aus welchem es durch unterirdische Röhren abgeleitet wurde. Durch das Wasserrauschen waren die Worte und die Musik kaum zu hören. Nachdem die Ouvertüre geendet hatte, wandte sich Peleus an Thetis und bat, einen Hahn an der Urne zuzudrehen, worauf der Wasserstrom dann auch versiegte.

Während auf der Bühne *Triumph der Liebe* gegeben wurde, nahm das Essen seinen Lauf. An den Enden der Tafel waren zwei herrliche Marzipan-Abbildungen des Lustschlosses plaziert worden. Der Tafelaufbau in der Mitte stellte ein Abbild der Grotte dar, in der dann Peleus und Thetis als niedliche Marzipanfiguren sich ihre Liebe gegenseitig beteuerten.

Während des ersten Gangs klang von der Bühne ein Lobgesang auf die Liebe. Charlotte wollte davon nichts hören, war wie taub und wußte nicht, wo sie hinsehen sollte. Sie aß still und versuchte, sich an den Namen ihres ältlichen Tischherrn zu erinnern, dessen Name und Titel ihr entfallen waren und der über eine Schlacht gegen die Franzosen erzählte.

Als endlich der erste Gang geendet hatte, wurden die Gäste gebeten, sich kurz zu erheben, damit die Lakaien die Stühle einen Schritt zurückziehen konnten. Die schwangere Schöne machte keinen Schritt ohne die Hand ihres Mannes und himmelte ihn unentwegt an. Der Anblick war unerträglich.

Vor den Gästen öffnete sich nun der Boden, und die Tafeln wurden versenkt. Schon schwebte von der Decke eine neue Tafel herunter. Das Ganze wiederholte sich noch viermal.

Charlotte war so streng in ihr Mieder eingeschnürt, daß sie kaum essen konnte. Sie litt ohnehin keinen Hunger mehr, und ihr Magen klumpte sich nach einigen Bissen zu einem harten Brocken zusammen. Sie machte eine Bemerkung zu ihrem Tischnachbarn, aber der hatte die Konversation mit ihr aufgegeben und sprach zur anderen Seite.

Sie war erleichtert, als die Tafel endlich aufgehoben wurde. Am liebsten hätte sie sich in ihre Kutsche verkrochen und eine Decke über den Kopf gezogen. Jetzt wurde noch ein dreifaches Feuerwerk gegeben. Auf der Terrasse waren mehrere Zelte aufgeschlagen worden. Die Gäste strömten hinaus. Auch die schönen Liebenden suchten nach einem günstigen Platz. Charlotte behielt die Liebenden im Blick und achtete darauf, daß sie nicht in ihre Nähe kam.

Unter dem dröhnenden Schall von Pauken und Trompeten schossen Unmengen von Raketen und Leuchtkugeln in die Nacht, die krachend auseinanderspritzten und Feuerbilder in den Himmel malten. In den Parkanlagen unter ihnen brannten Götterbilder in feurigsten Farben, und hohe Pyramiden wurden angezündet, auf denen das Wappen des Herzogs in edelstem Blau erstrahlte.

Charlotte fröstelte. Sie wollte jetzt zurückfahren und suchte Martha, die sie aus den Augen verloren hatte. Seit einiger Zeit fixierte sie ein Kavalier unangenehm und folgte ihr offensichtlich in einigem Abstand. Er stand steif da, als hätte er etwas mit dem Rücken, und blieb ihr gleichgültig. Er war zu klein und hatte zudem eine knotige Nase. Ein so häßlicher Mensch, dachte sie, sollte seine Physiognomie nicht vererben. Die Nase würde jedes Kindergesicht ruinieren.

Sie hätte sich freuen müssen an dem Feuerwerk, aber sie fühlte sich einsam unter den vielen Gästen. Sie wollte nur noch alleine sein und ging von der Terrasse hinein. Die Lakaien eilten umher und steckten Kerzen nach. Der Ballsaal wurde zum Tanz hergerichtet.

Vor Traurigkeit und Melancholie ging ihr der Atem schwer. Aus einem angrenzenden Saal hörte sie ein helles Lachen, so daß sie in die entgegengesetzte Richtung flüchtete. Im Spielsalon saßen einige bei den Karten. Die konzentrierte Geschäftigkeit der Spieler kam ihr gerade recht. Hier mußte sie nicht sprechen, und niemand würde sie sonderlich beachten. Von einem Lakai ließ sie sich ein Glas süßen Wein reichen. Sie stellte sich hinter einen Herrn, dem beständig die Asse zuflogen, und sah ihm eine ganze Weile in die Karten. Eine Dame, die schon beträchtlich verloren hatte, wollte sich nicht geschlagen geben und spielte verbiestert weiter.

Draußen glitten grelle Lichtblitze vorüber, es donnerte entfernt von explodierenden Leuchtkugeln. Der Spieler gewann wieder, worauf die Dame die Karten hinwarf und verärgert mit einer Stange zum Läusekratzen abwechselnd im Ärmel und dann unter der Fontange stocherte. Doch sie gab nicht auf. Das Spiel ging weiter.

Inzwischen spürte Charlotte den Wein, der ihre Schwermut bestärkte. Alle Kraft und Zuversicht waren verflogen. Ihre Gedanken waren schwer wie unverdaulicher Mehlbrei. Sie hoffte, das Feuerwerk würde bald zu Ende sein. Auf keinen Fall wollte sie zum Tanzen bleiben. Sie überlegte, was sie dem Herzog als

Entschuldigung vorgeben konnte. Schwindel vielleicht? Ihr Vater hatte Charlotte in seiner Tadelsucht immer abgekanzelt, sie sei aus Wolfenbüttel, und eine Dorfdame aus Wolfenbüttel wisse nichts von Schwindel. Sie entschied sich für Kopfrasen, was ihrer Verfassung ohnehin entsprach.

Sie sah stumpf in die Karten des Spielers, das Blatt war neu aufgenommen, und das Spiel ging eine Weile. Sie wachte auf, als er aus vollem Herzen auflachte, weil ihm wieder drei Asse zugefallen waren. »Das Leben ist ungerecht!« triumphierte er und warf sein Blatt auf den Tisch, weil man nicht weiterzuspielen brauchte.

Plötzlich bemerkte sie einen Kavalier, der um den Spieltisch herumging. Ihre Hände wollten zittern. Sie faßte das Glas mit beiden Händen. Sie hatte ihn nicht unter den Gästen bemerkt. Warum war er nicht wie die anderen auf der Terrasse und schaute dem Feuerwerk zu? Der Kavalier rieb sich flüchtig das Kinn. Seine Fingernägel waren sorgsam geschnitten. Er machte drei Schritte und stand ganz nahe seitlich von ihr. Wenn er die Karten der anderen Spieler sehen wollte, dachte Charlotte und kam in Panik, dann mußte er einen Bogen um sie machen. Ihre Hände waren kalt und schwitzig.

Sein Blick war angenehm lebendig und aufmerksam. Er verneigte sich und sah sich um, als forsche er danach, ob Charlotte alleine war. Sie wollte gefrieren und fühlte sich wie im Taumel. Sie sah sein Gefallen an ihr und seine Neugierde. In ihr erwachte der Wunsch, daß er sie ansprach, aber gleichzeitig war sie hoffnungslos in ihrem Leid gefangen. Sie hatte keine Kraft mehr. Er kam zu spät.

»Madame, Ihr Kleid«, sagte er mit einer etwas ungelenken Kopfbewegung. »Ich bewundere es schon den ganzen Abend.« Nach dem Kompliment machte er eine Pause und wartete, ob ihr seine Ansprache angenehm war und wie sie reagierte.

Charlotte wollte das Herz aus dem Hals hüpfen. Sie wich seinem Blick aus.

Sein Äußeres war nicht spektakulär. Niemand, der sich in die vorderste Reihe drängte, aber er gefiel Charlotte. Dabei hätte sie nicht sagen können, was ihn ausmachte.

Sie mußte jetzt etwas sagen. Sofort. Sie umkrampfte das Glas. Der Moment glitt an ihr vorüber. Sie hätte jetzt lächeln und ihre Anmut zeigen müssen, aber sie konnte nicht. Er stand vor ihr, bemühte sich um sie, und sie brauchte nur etwas zu ihm zu sagen. Irgend etwas Beliebiges, das ein Gespräch in Gang brachte.

Aber er stand vor ihr und war unerreichbar. Panik und Selbstmitleid regierten sie. Es gab kein Halten, sie wußte, sie verdarb die Begegnung. Sie verpatzte es. Sie würde diesen Moment bitter bereuen, aber etwas in ihr strebte weg. Sie wollte nur noch flüchten, und gleichzeitig war sie wie gelähmt. Martha fiel ihr jetzt ein. Wo war Martha? Hilfesuchend sah Charlotte sich um, aber die Freundin war nirgends zu sehen.

»Ist Ihr nicht wohl?« fragte er.

»Nein«, sagte Charlotte verwirrt und dachte, was er doch für eine schöne Stimme hatte.

Ein Lichtblitz erhellte den Salon, dann prasselte es entfernt, als würden kleine Bomben hintereinander gezündet. Sie horchten beide auf und sahen zum Fenster.

»Ein blaues Feuerwerk«, sagte er und reichte ihr den Arm, um sie ans Fenster zu begleiten. »Ein wunderschönes Licht. Wollen Madame zusehen?«

Er machte es ihr leicht. Sie hatte die richtigen Worte im Kopf, aber sie brachte sie nicht über die Lippen. Sie war in sich gefangen und fand nicht mehr zurück. Es war zu spät.

»Nein!« sagte Charlotte im Ton schroffer Zurückweisung. »Nein, natürlich nicht.«

Abrupt wandte sie sich ab. Sie zögerte noch einen Augenblick und war innerlich schon längst ein paar Schritte voraus. Sie konnte nicht mehr umdrehen. Nur weg, dachte sie, nur weg. Ihre Schritte wurden immer hastiger und fielen in trippelnden Lauf. Er mußte sie für verrückt halten.

29.

Velasko rollte die Karte mit den Ländern des europäischen Kontinents zusammen. Er ließ sich dabei unnötig viel Zeit und überlegte, ob er die Stelle eines Lehrers für den Zarewitsch wirklich annehmen sollte. Das Viertelwissen des Thronfolgers war zutiefst erschreckend. Eigentlich hoffnungslos. Immerhin war Alexei ein erwachsener Mann und hatte einige Hauslehrer und Erzieher gehabt. Alle Mühe und Ausbildung hatten nur zu einem hilflosen Gestammel gereicht.

Alexei saß eingesunken und verkrampft wie auf dem Sünderbänkchen. Die Hände preßte er zwischen die Knie. Seine Unwissenheit hatte ihn zusammengefaltet. Man sah, er konnte nicht mehr. Sosehr er sich auch anstrengte, sein Denken hatte sich festgefressen, und das wenige, das er auswendig gelernt hatte, brachte er auch noch durcheinander.

Sein Vater lehnte sich zurück und schlug die Beine übereinander. Seine Finger trommelten einen Marsch, als ginge es ins Gefecht. Er wippte ungeduldig mit der Fußspitze und wartete auf Antwort. Aber Alexei schwieg und horchte auf den Rhythmus.

»Sag Er es ihm, Velasko«, begann Zar Peter.

»Das war Julius Cäsar«, sagte Velasko. Ihm behagte nicht, daß er den Zarewitsch permanent in seiner Unwissenheit entblößte.

»So ist es«, sagte Zar Peter und nickte. »Cäsar, wer sonst.« Mit der Hand wies er von Velasko zum Zarewitsch. »Mein Herr

Sohn weiß also nichts über Julius Cäsar. Ein nicht unbedeutender Mann, wie ich meine. Wenn man möchte, kann man etwas von ihm über die Staatskunst lernen. Das Studium der Geschichte lehrt einen, was Herrschen heißt. Das Wesen der Staatsgeschäfte hat sich seit Cäsar nicht verändert. Was soll ich noch fragen?«

Er brach ein Stück Brot ab, streifte mit den Augen über die Bücherwand neben ihm und sprach beim Kauen. »Ich kann fragen, was ich will. Mein Herr Sohn findet Lissabon auf der Landkarte nicht. Lissabon ist, wie ich meine, nicht irgendeine Stadt, aber ich lasse das jetzt. Du kennst die Instrumente zum Vermessen der Grenzen nicht. In der Mathematik beherrschst du noch nicht einmal die Grundlagen. Du weißt nichts über Befestigungsanlagen.« Der Zar klopfte sich auf die Brusttasche. »Ich war auf dem Stadtwall und hab alles studiert. Hier sind die Notizen. Die Höhe des Walls, die Breite hab ich abgeschritten, die Zahl der Tore hab ich notiert. Es ist sehr nützlich, solche Dinge zu studieren, wenn man selbst Städte baut. Aber es interessiert meinen Sohn nicht. Alexei, was hast du in den letzten Monaten gelernt? Sag deinem Zaren, was er fragen soll. Weißt du etwas aus der Medizin, irgend etwas über den Hausbau, über Schiffe? Das würde mich aufrichtig freuen. Gibt es etwas, das dich interessiert? Malerei vielleicht? Oder kannst du inzwischen die Trommel schlagen.«

»Eure Majestät, ich bin kein Dummkopf«, flüsterte Alexei. Er sah verschämt unter sich. Seine Knie zitterten. »Ich hab einfach kein Gedächtnis. Es ist wie tot. Ich hab es immer wieder versucht. Ich lese fleißig, spreche es ein paarmal nach, ich verstehe es auch, aber dann ist es weg. Ohne Gedächtnis kann ich doch nichts behalten.« Er löste sich aus seiner Verkrampfung und schlug mit der Hand gegen seine Stirn. »Hier, hier, hier! Ich spüre es. Es stimmt hier nicht.«

»Hörst du Velasko?« sagte der Zar bitter. »Mein Sohn hat es also im Kopf. Du weißt nichts von der Welt und willst ein Zar werden? Das Schlimme ist, daß deine Unfähigkeit gewollt ist. Oder hast du die Gesetze etwa doch studiert? Zeig mir die Bücher, die du dir besorgen solltest!«

Der Zarewitsch legte die Hände vor die Augen.

»Du befaßt dich nicht mit den Gesetzen und willst der oberste Richter sein? Ich schicke dich zum Studium der Staatskunst nach Dresden und nichts ist passiert. Was hast du dort gemacht? Man sagte mir, du hast dich vom Hof ferngehalten. Gut, dachte ich, der Zarewitsch vergeudet die kostbare Zeit, die ihm Gott gegeben hat, nicht mit Nebensachen. Er wird sich bemühen, wie er es seinem Zaren in die Hand versprochen hat. Erinnere ich mich richtig? Oder hast du das auch vergessen?«

»Nein, Eure Hoheit. Ich war ja auch fleißig, aber es will einfach nicht im Kopf bleiben. Ich lese es, aber es vergeht sofort, ich glaube, weil ich so geschwächt bin.«

»Wovon willst du geschwächt sein? Du machst doch nichts. Sieh mich an! Ich arbeite seit vier Uhr in der Früh, den ganzen Tag bin ich auf den Beinen, ich trinke jede Nacht mit meinen Freunden und stehe um vier wieder auf. Bin ich geschwächt?«

»Nein, Eure Hoheit.«

»Nimm dir ein Beispiel an deinem Vater!«

»Ja, Hoheit. Ich versuche es ja. Hoheit war immer mein Vorbild.«

»Sieh dich doch an. Du bist nicht geschwächt. Du bist nur faul und willst ein Weiberleben führen. Man kann alles lernen, wenn man will. Ich verlange nur Lust an der Sache. Ich habe Lust an den Dingen, also merke ich sie mir auch. So einfach ist das.«

»Ja, Hoheit.« Alexei atmete schwer und hustete lange, als hätte er es auf der Lunge.

»Wie willst du deine Untertanen bestrafen, die ihre Pflichten nicht erfüllen? Wonach willst du entscheiden, wenn du keine Auffassung von den Gesetzen hast? Und wie willst du die belohnen, die dir treu dienen?« Er drehte sich zu Velasko. »Hat Er schon einmal von solchem Unwissen gehört?«

Bei der Frage war Velasko unwohl, und er schwieg. Der andere schien auch gar keine Antwort zu erwarten.

»Alexei, ich hab über dich nachgedacht«, sagte der Zar weiter. »Du weigerst dich, das Beste aus dem zu machen, was Gott dir anvertraut hat. Was ich seit Jahren immer nur höre: Du bist krank, du kannst nicht. Du sprichst von nichts anderem als von deiner schlechten Gesundheit, die dir dein Gedächtnis nimmt. Ich verlange keine körperliche Anstrengung von dir, ich will Munterkeit. Mehr nicht. Nur Munterkeit. Weißt du, warum Velasko alle Fragen wußte?«

»Weil er munter ist«, entgegnete Alexei. Die Antwort wirkte wie eingestanzt und war schon tausendmal durchdacht und gesagt worden.

»Richtig! Alexei, ich freue mich aufrichtig. Munterkeit! Ich liebe Munterkeit. Du hast dir also etwas gemerkt. Es interessiert Velasko, was in der Welt vorgeht. Sieh ihn dir an. Er ist mit Leib und Seele munter, er will etwas von der Welt und schaut sie sich an. Sein Blick ist munter. Er ist ein Teil der Welt. Er ist nur ein einfacher Stadtrichter, aber er steht an seinem Platz und trägt die Verantwortung für die Menschen, über deren Schuld und Unschuld zu richten ist. Dieser einfache Stadtrichter schreibt Bücher über das Herausbringen der Wahrheit. Glaub mir, es ist eines der wichtigsten Geschäfte, über die Menschen zu richten. Der Zar ist der oberste Richter seines Landes. Ich muß meine Minister bestrafen, meine Familie. Wie oft fürchte ich, mich zu versündigen. Jetzt setz dich gerade! Ich schäme mich für dich.«

Zar Peter nahm mit der Fingerspitze ein paar Brotkrümel vom Tisch auf und wartete, bis Alexei sich aufgerichtet hatte.

»Erinnere dich an deine Starrköpfigkeit und deine üblen Neigungen. Du warst immer schon faul. Denk daran, daß ich dich deswegen oft getadelt habe. Ich hab dich bestraft. Alles hab ich versucht. Viele Jahre hab ich gar nicht mit dir gesprochen. Ich hab dich von deiner Mutter getrennt, sie ins Kloster verbannt, damit sie keinen Einfluß mehr auf dich hat. Glaub mir, sie ist bereit, mich umbringen zu lassen, um dich auf dem Thron zu sehen. Deine Mutter ist schlecht. Meine Katharina ist ein ganz anderer Mensch. Sie liebt ihren Zaren. Sie hat ein reines Herz, das sie auch für dich geöffnet hat, obwohl du dich nicht aufmerksam gegen sie verhältst. Ich hab es selbst gesehen. Sie hat dich wie eine Mutter umarmt. Oder hat sie das nicht?«

»Doch, Eure Hoheit, es war eine große Ehre gegen mich. Zarin Katharina ist mir wie eine Mutter geworden.«

»Nicht irgendeine Mutter, Alexei. Sie ist jetzt deine einzige Mutter, weil ich es so will. Diese andere gibt es nicht mehr. Sie ist tot für dich. Streich sie aus deinem Gedächtnis! Das kann dir doch nicht schwerfallen. Auch das hab ich für dich getan, um allen schädlichen Einfluß von dir fernzuhalten. Sie treibt dich noch in die Arme der Popen. Ich kenne sie.« Der Zar forderte Alexei mit dem Glas auf, mit ihm zu trinken, und stieß mit ihm an. »Aber alle Anstrengung hat nichts genutzt und nichts bewirkt, ich habe damit nur die Zeit vergeudet. Sotov hat sich um dich gekümmert, alle meine Freunde waren für dich da. Und weißt du was, sie sagen alle das gleiche: Du gibst dir nicht die geringste Mühe, dein ganzes Vergnügen besteht darin, faul zu Hause zu sitzen.«

»Sotov hat mich nur zum Trinken gebracht. Das Trinken schwächt mich.«

»Was soll das Geschwätz?« brauste Zar Peter auf. »Schuld sind immer nur die anderen, aber damit ist jetzt Schluß. Du bist geschwächt von deinem Stillstand. Du siehst wohl immer noch nicht, welche gefährlichen Folgen für dich und den ganzen Staat aus deinem Verhalten entstehen.«

»Viele sagen mir, daß sie mich lieben«, flüsterte Alexei.

»Wer hat dir den Unsinn eingeredet? Ein Pope, der dir um den Bart geht? Hast du etwa Umgang mit den Popen? Ich hab es dir verboten.«

»Nein, Eure Majestät.«

»Hast du dir etwa mit deiner Mutter geschrieben?«

»Nein, Eure Majestät hat es verboten.«

»Ich warne dich, Alexei!«

Nachdenklich drehte der Zar das leere Cognacglas in Vierteldrehungen hin und her. »Dein Volk liebt den Zarewitsch, aber nicht dich, Alexei. Verwechsle das nicht! Sie lieben den Thronfolger. Der Zarewitsch ist ihnen wie ein Gott. Sie wollen ihm blind folgen. Und sie glauben, daß du alles machst, um dich auf den Thron vorzubereiten.«

»Ich versuche es doch, Eure Majestät«, sagte Alexei verzweifelt.

»Ach was! Du willst nichts tun und wie ein junger Vogel leben, der nur seinen Schnabel aufmacht, um gefüttert zu werden. Ich hab zu viel Nachsicht mit dir gehabt. Erinnere dich daran, daß ich dir gegenüber nie Gewalt angewendet habe. Wenn ich dich zu etwas hätte zwingen wollen, hätte ich dir dann die Möglichkeiten zur freien Wahl gelassen? Wäre es mein Wille gewesen, so hätte ich es auch ausgeführt.«

Als Zar Peter nach der Cognacflasche griff, legte Velasko die Hand auf sein Glas. Der Zar schenkte sich und dem Zarewitsch randvoll ein und stürzte das Gesöff wie Wasser hinunter. Einen Augenblick verzog er sein Gesicht, als litte er böse Zahnschmerzen. Er wartete, bis Alexei ebenfalls ausgetrunken hatte, dann schenkte er wieder nach.

»Alexei, du bist ein Amphibienwesen. Weder Fisch noch

Fleisch. Ich fürchte Gott, und ich fürchte, daß ich mich versündigen muß. Wie soll ich dich weiterleben lassen?«

Es ruckte durch den Zarewitsch, er schluckte und schwankte mit dem Oberkörper. Er verlor die Züge seines Gesichtes und war leichenblaß. Plötzlich griff er nach der Flasche und füllte sein Glas erneut. Die Hand zitterte so stark, daß er die zweite zu Hilfe nehmen mußte. Er stürzte den Cognac hinunter. Als er das Glas zurückstellte, waren Schwitzspuren darauf.

»Du kennst keine Liebe«, sagte Zar Peter. »Zu nichts. Nicht zu deinem Weib, nicht zu deinem Land.«

»Ich liebe mein Land«, flüsterte Alexei in einem Ton, als sei er bereit, sich selbst ans Kreuz zu nageln.

»Nein, dann würdest du dich auf den Thron vorbereiten, wie ich es von Jugend auf getan habe. Du hättest dir ein Beispiel an deinem Vater nehmen können, aber nein, du wolltest mit deiner Mutter beten und dich ihrem Aberglauben hingeben. Immer wieder hab ich dir Aufgaben gegeben und dich beobachtet. Du hast Soldaten ausgehoben, den Sold an die Generäle ausgezahlt, aber ich hab keine Liebe zur Kriegskunst gesehen. Immer nur Widerwillen. Ohne Munterkeit wirst du die Kriegskunst nie erlernen.«

»Ich hab in Dresden Fechtunterricht genommen, Eure Majestät. Jeden Tag eine Stunde.«

»So, sollen wir es ausprobieren? Ich fege dich Jammergestalt weg wie einen Krüppel. Aber darum geht es gar nicht.« Zar Peter beugte sich weit vor und faßte den Kopf des Zarewitschs mit seinen Pranken, als wolle er ihn zerquetschen. »Ich werde nicht zulassen, daß du Zeit gewinnst.«

Der Zar ließ den Kopf seines Sohns los. Er griff nach dem Brot, pulte ein Stück Teig heraus und formte ihn zu einer Kugel.

»Ändere sofort dein Verhalten, oder ich werde dich wie einen Verbrecher behandeln. Auch wenn du mein einziger Sohn bist.

Fürchte dich vor deinem Zaren! Warum soll ich einen Taugenichts schonen? Wenn du dich nicht änderst, werde ich dich abschneiden wie ein brandiges Glied.«

Alexei zitterte am ganzen Körper und stöhnte auf. Plötzlich fiel er auf die Knie, er rutschte vor und küßte die Vaterhand.

»Bitte, Eure Majestät!« heulte er auf.

»Was willst du von deinem Zaren?« fragte er und entzog ihm seine Hand.

»Ich bitte um Vergebung«, flehte Alexei unter Tränen.

»Du hast dich gefreut, als ich krank war.«

Der Satz traf wie ein unerwarteter Säbelhieb. Alexei sah den Vater mit aufgerissenen Augen an. »Nein, Eure Majestät. Das ist nicht wahr. Wer sagt so etwas?«

»Man sagte es mir.«

»Ich liebe Eure Majestät«, rief Alexei und küßte die Stiefel seines Vaters. »Es ist nicht wahr. Man hat gelogen. Hat Charlotte schlecht über mich gesprochen?«

»Steh auf!« befahl Zar Peter und stieß Alexei zurück. »Ich lasse mich nicht anlügen.«

»Ich bitte um mein Leben«, flehte der in Panik. »Ich erhebe keinen Anspruch auf den Thron. Ich bitte nur um die Gnade Eurer Majestät. Ich will nur eine kleine Rente. Ich gehe in ein Kloster, ich laß mich für alle Zeit einschließen.«

Alexei hockte wie ein Hund auf allen vieren. Er besann sich einen Augenblick, dann fiel er vor und streckte sich wie der Gekreuzigte auf den Boden. Mit der Stirn schlug er ein paarmal so fest auf, daß es Velasko vom Zusehen schmerzte.

»Du sollst aufstehen!« Zar Peter schien kurz davor, aus der Haut zu fahren.

»Allergnädigster Vater«, sprach Alexei mit geschlossenen Augen zum Boden, »ich verzichte auf den Thron. Ich bin Euer Sklave.«

»Wie kann ein Mann auf den Thron verzichten? Ich glaube dir nicht, weil ich dich kenne. Du sagst es nur, weil du Angst vor mir hast. Du zitterst vor mir.«

»Ich schwöre es.«

»Kann ich mich auf deinen Eid verlassen, wenn ich sehe, daß dein Herz so unempfindlich gegen deinen Vater ist? ›Alle Menschen sind Lügner.‹ Weißt du, wer das gesagt hat?«

»Nein, Eure Majestät.«

»Warum frage ich eigentlich noch? Velasko, weiß er es?«

»König David«, sagte Velasko.

»Hörst du, Alexei? Er weiß es. Also gesetzt den Fall, daß du dein Versprechen wirklich halten willst und auf den Thron verzichtest, aber wenn ich sterbe, kommen die Popen aus ihren Löchern. Sie werden dir zusetzen, und am Ende wirst du dein Versprechen nicht halten. Ich kenne dich, und ich kenne sie.«

»Nein, Eure Majestät. Niemand würde es wagen, so etwas zu denken.«

»Red keinen Unsinn! Du weißt es besser. Die Popen haben sich gegen mich verschworen. Ich weiß nur noch nicht, wer alles dahintersteckt. Ich hab einen Verdacht, aber er ist noch nicht Gewißheit.«

Alexei saß elendig da wie gelähmt.

»Ja, sie beten für meinen Tod«, sagte Zar Peter.

»Das ist nicht ...« Alexei hob die Hände, als wollte er eine Schweineblase beim Ballspiel abfangen.

»Du bist kein Verräter, das will ich meinen, dazu bist du zu schwach. Deiner Mutter traue ich alles zu, aber nicht dir. Aber sie hoffen auf dich. Sie werden dich zu ihrem Instrument machen.«

»Hoheit, ich will den Thron nicht, ich will nur so wenig Geld, daß ich leben kann. Ich bin ...«

»Ich! Ich! Ich! Du sprichst immer nur von dir. Ich höre

nichts von deiner Frau und den Enkelkindern, die ich haben will. Du hast mir Kinder versprochen.«

»Ich weiß, Eure Hoheit.«

»Meine Geduld ist am Ende. Ich habe beschlossen, dich zu einem Zarewitsch zu erziehen. Ich zwinge dich, dann wirst du der Schande entgehen. Jetzt steh endlich auf und zeig dich würdig!«

Zar Peter griff nach der Cognacflasche und schenkte sein Glas randvoll, dann stürzte er es hinunter.

»Ich nehme Lehrer für dich«, sagte er weiter. »Velasko wird dich die Gesetze lehren. Nicht wahr, Velasko?«

»Eure Majestät hatten mich gefragt«, sagte der Angesprochene ausweichend. Er war immer unsicherer geworden, ob er zusagen sollte, denn er bezweifelte, daß der Zarewitsch überhaupt willig und fähig war, irgend etwas anzunehmen und zu lernen. Die Gefahr, als Lehrer zu versagen, war groß. Eigentlich war die Sache hoffnungslos.

»Er wird schon noch zusagen«, griff der Zar seine Gedanken auf. Er lächelte Velasko an und schenkte nochmals nach. Das Glas wurde jedoch nur halb voll.

Velasko entschuldigte sich und ging in die Küche, um eine neue Flasche zu holen. Als er im Flur war, sprang die Tür zum Salon wieder auf. Er ging zurück und sah, wie Zar Peter seinem Sohn von seinem Glas abgab.

Velasko zog die Tür zu. Er war ratlos. Er mußte alles sorgsam überdenken und wollte sich früh hinlegen, um Kraft für den nächsten Tag zu schöpfen. Frau Sobieski schickte er noch rasch nach Cognac und Tokajer, der, wie er inzwischen wußte, dem Zaren besonders mundete. Sie sollte anschreiben lassen. Dann brachte er selbst eine letzte Flasche Cognac in den Salon und verabschiedete sich mit der Begründung, ihm sei unwohl, in die Nacht.

Er saß lange untätig am Sekretär und lehnte dann am Fenster. Er sah zu den Dächern, ob er jemand entdeckte. Plötzlich stand das Tor zur Welt offen. Eine schwindelerregende Karriere winkte. Ein Amt in der Justiz hätte Velasko mehr behagt, auch wenn er sich nicht vorstellen konnte, unter einem Justizminister wie dem Saufpapst Sotov zu arbeiten. Sollte er als Lehrer des Zarewitschs ins Ungewisse gehen? Dieser wirkte melancholisch und in sich gekehrt. Alexei war ihm vom Wesen her fremd, was keine gute Voraussetzung zum Lernen war. Allem, was seinen Vater so anziehend machte, schien der Sohn entgegengesetzt. Es gab keine Linie vom wissensdurstigen und unsteten Zaren zum Sohn.

Velasko fand lange keinen Schlaf und horchte nach unten. Die Verlockung, alles im kleinlichen Berlin hinter sich zu lassen, war so groß. Aber gab es überhaupt eine Chance, den Zarewitsch nach dem Willen seines Vaters zu lehren? Letztlich verlangte er einen anderen Sohn. Ein Ebenbild. Er verlangte Munterkeit von einem Menschen, der zu Schwermut neigte. Einen erwachsenen Mann von Grund auf umzukrempeln, hieß aus einem Mops einen Bullenbeißer machen zu wollen.

Velasko schlug das Kissen neu. Würde der Zarewitsch über ein stumpfes Auswendiglernen hinauskommen? Ein Wissen, dachte Velasko, das nicht lebendig und auf andere Bereiche übertragbar war, war nutzlos. Die Sorgen des Zaren um die Zukunft seines Landes waren allzu berechtigt.

Noch lange hörte er Vater und Sohn unten im Salon. Immer wieder fuhr Zar Peter aus der Haut. Irgendwann tief in der Nacht sangen sie zusammen. Velasko erkannte die Melodie eines Liedes über russische Wälder und Flüsse. Dann sangen sie auch geistliche Lieder. Der Zar mit Inbrunst und schönstem Baß. Er sang, wie nur jemand singen konnte, der tief gottgläubig war.

Die Türen schlugen noch ein paarmal. Es ging gegen Morgen, da hörte er, wie sich der eine im Verschlag unter der Treppe verkroch. Der andere würde auf dem Weg zu Martha sein.

Was für sonderbare Tage.

30.

Am frühen Morgen kam Velasko leise pfeifend die Treppe herunter. Obwohl er lange nur im Dämmerschlaf gelegen hatte, fühlte er sich frisch und voller Daseinsfreude. Ihn beschwingte, daß Bewegung in sein Leben kam. Vielleicht war die Stellung als Hauslehrer des Zarewitschs gar nicht so hoffnungslos.

Aus der Küche hörte er Morgenwerkeln. Gegen alle Gewohnheit war Frau Sobieski schon in der Frühe gekommen. Es roch angenehm nach Mokka, frischem Brot, warmer Milch und Kuchen. Er hatte ihr gar nichts zu sagen brauchen, dachte er frohgemut, und es würde sich schon ergeben, wie er sie für die zusätzlichen Dienste bezahlen konnte.

Der kleine Verschlag unter der Treppe war offen und leer. In der Enge mußte der Zar mit angezogenen Beinen geschlafen haben. Die Tür zum Salon stand ebenfalls offen. Velasko hörte den Monarchen den immer gleichen Anfang einer Melodie brummen. Als er eintrat, hob der Zar kurz den Kopf und grüßte ihn. Er hatte das Türschloß ausgebaut und reparierte an der Mechanik herum. Gläser und Teller vom Abend waren zur Seite geräumt. Leere Flaschen von Cognac und Tokajer standen in Reihe. Der Zar mußte selbst Ordnung gemacht haben, denn Frau Sobieski hätte sicher alles sofort in die Küche getragen. Sie mußte gekommen sein, als der Gast schon im Salon war, und traute sich jetzt nicht hinein.

»Ich hab Werkzeug gefunden«, sagte Zar Peter putzmunter

und wies auf das Schloß. »Hier, die Feder ist tot, sie verklemmt sich, man kriegt es aber noch mal hin.«

»Guten Morgen, Eure Hoheit.«

»Es ist fast Mittag!« polterte der andere. Er kroch mit der Nase beinahe in das Schloß, hebelte mit einem Schraubenzieher, sein konzentriertes Gesicht zog die Spannung der Feder nach, dann klackte es. Er nickte zufrieden, drehte den Schlüssel ein paarmal, dann setzte er das Schloß wieder in die Tür ein.

Während sein hoher Gast handwerkte, ging Velasko ans Fenster und spähte nach draußen. Obwohl er Cojejji und Rieger gesagt hatte, daß der Zar keinerlei Bewachung wünschte, ahnte er, daß überall Sicherheitsleute postiert waren.

»Man sieht sie nicht«, sagte der andere, ohne aufzuschauen. »aber es sind einige. Auch meine Leute. Jaguschinski will nicht, daß ich sie bemerke, aber er sorgt sich um mich. So gut war Sein Haus noch nie bewacht.« Der Zar drehte den Schlüssel hin und her und hörte in die Mechanik, dann drückte er die Tür zu, kontrollierte einige Male, ob sie auch geschlossen blieb, und wischte die Hände am Hemd ab.

»Er muß eine Feder kaufen. Die alte wird nicht halten. Sie ist falsch. Ich male Ihm auf, wie sie aussehen muß.«

»Möchten Eure Hoheit einen Mokka?«

»Danke, mein Freiherr, ich muß los. Regieren.« Schon zog er sich seinen Soldatenrock über. Er drückte Velasko mit seiner Pranke, lachte und spielte dabei ein wenig mit seiner Kraft. »Überleg Er sich das Angebot! Will Er vielleicht einen Ehrentitel. Graf? Baron?«

Schon stürmte der Zar aus dem Haus. Er lief, als würde er gegen einen starken Wind ankämpfen. Im Weggehen grüßte er mit flatternder Hand zu den umliegenden Dächern. Velasko konnte niemand sehen, aber auch er ging davon aus, daß Sicherheitsleute da waren. Cojejjis und auch die des Zaren.

Inzwischen rannte Frau Sobieski zwischen Küche und Salon hin und her. Sie trug ihr Sonntagskleid und eine gestickte Haube, die er an ihr noch nicht gesehen hatte. Vor Aufregung glühten ihre Wangen. In der Nachbarschaft war sie derzeit sicher die begehrteste Plaudertasche.

Er genoß den Mokka und sah sich im Salon um: Die Bilder, Möbel, die vertrauten Flecken in den Dielen, die vielen, vielen Bücher. Wie viele glückliche und heitere Stunden hatte er hier verbracht. Aber auch traurige und nutzlose, dumpfe und sinnlose, gleichgültige. Ihn amüsierte die Vorstellung, wie sein Vater schäumen würde, wenn ausgerechnet er einen höheren Titel in das Geschlecht derer von Velasko brachte. Wie verlockend: Baron von Velasko. Oder gar: Graf von Velasko. Er betrachtete Laetitias Porträt. Das Leben kam ihm manchmal wie ein böser Traum vor.

Dann brach er auf. Im Stadtgericht empfing ihn Buchner mit der Nachricht, daß die gnädige Frau Merck in der Zornschen Apotheke Brechwurz für ihren Ehemann gekauft hatte. Die Nachricht dämpfte seine Daseinsfreude schlagartig. Damit war nicht daran zu zweifeln, daß Arnold Merck wegen Übelkeit nicht zum Verhör hatte erscheinen können.

Irgendwo mußte doch der Faden sein, an dem er ziehen konnte, um den Fall der Magd Elisabeth neu aufzurollen. Er war sicher, daß er irgend etwas übersehen hatte, und blätterte durch die Akten mit den Protokollen der Verhöre. Da klopfte es. Advokat Hesselbach trat schwungvoll grüßend ein, als stände man miteinander auf vertrautem Fuß.

»Ich bitte dann nochmals um Einsicht in die Verhöre der Geldwechslerin«, sagte Hesselbach. »Das macht doch sicher keine Umstände. Wie hieß doch noch die hohe Dame?«

»Heckwolf. Maria Heckwolf«, sagte Buchner und schaute zu Velasko.

»Natürlich macht es keine Umstände«, sagte Velasko.

»Wo der Herr Stadtrichter ja selbst an einem frischen Wind in dem *casus* interessiert ist«, sagte Hesselbach und setzte sich breitbeinig, ohne daß er dazu eingeladen worden war, an den Nebentisch für die Vorlage der Akten. »Dieser Hinweis vom Herrn Stadtrichter auf ein brauchbares Leumundszeugnis bringt uns vermutlich nicht weiter. Im Gegenteil – wenn der Herr Stadtrichter weiß, was ich meine.«

Er lauerte, ob Velasko etwas entgegnen würde, aber der dachte gar nicht daran, sich zu irgend etwas verleiten zu lassen.

»Da möchte ich doch lieber nicht dran rühren«, fuhr Hesselbach fort. »Ich fürchte, es wirft ein ungünstiges Licht auf die Rätzerin, und es kommt dabei überhaupt nichts Erfreuliches heraus. Der Besamer der Rätzerin war ein gewisser Wassa. Sagt Ihm der Name etwas? Wassa?«

Velasko horchte auf, als der Advokat den Namen Wasa scharf auf dem »s« betonte. Es klang wie Wasser, aber mit abfallender Aussprache der letzten Silbe.

»Ja«, sagte Velasko nur und winkte Buchner, daß er sich beeilen sollte, dem Advokaten die Akten ohne Umstände und Schikane vorzulegen. Eine Idee hauchte ihn an. Eine ziemlich wirre Idee, wie er sich eingestand, und sie ließ ihn in eine ganz andere Richtung überlegen. Richtig angestochen war er davon. Er kannte sich in seiner Euphorie, wenn ihn eine Idee erfaßt hatte und mit ihm durchgehen wollte. Er konnte blind sein in seinem Eifer. Prompt hob das alte Weib in ihm warnend ihren Finger, daß der Zusammenhang unwahrscheinlich war. Ihn verblüffte das Offensichtliche. Er sah den Kastellan, der im Fieberwahn wirr deutsch und russisch durcheinander gesprochen und immer wieder nach Wasser verlangt hatte. Als Velasko ihm Wasser hatte reichen wollen, hatte er aber nichts trinken mögen und den Mund zugepreßt.

Die Idee dahinter kam ihm immer noch einfältig und zu augenfällig vor, aber von Unruhe getrieben holte er die Aufzeichnungen des Kauderwelschs aus seinem Pult. *Wasser*, stand dort, immer wieder *Wasser*. Es war das einzige, was der Kastellan wirklich klar ausgesprochen hatte. Auf der Gasse sprach jedermann *Wasser* auf der Endsilbe wie ein ›*a*‹ aus. Velasko drehte sich weg und flüsterte für sich die Abfolge: »*Wasser*, *Wassa*, *Wasa*.«

Dann erinnerte er sich daran, wie die Magd Elisabeth von ihrem Wasa-Ludwig gesprochen hatte. Sie war auf ein harmloses Kindergesicht hereingefallen. Wie er auch. Gab es eine Linie vom Barbier zu diesem Wasa-Ludwig? War es sogar derselbe Mann?

Der Kastellan war durch irgend etwas in Panik geraten, daß er sich in seiner Wohnung verbarrikadiert und die Reisekisten gepackt hatte. An Stelle der Obrigkeit anzuzeigen, daß er auf der Gasse überfallen worden war, hatte er panikartig fliehen wollen. Es mußte etwas vorgefallen sein, das dieses merkwürdige Verhalten erklärte. Wenn etwas unlogisch war, überlegte Velasko, dann mußte man die Ereignisse zurückverfolgen, bis man an einen Punkt kam, der dem *casus* eine neue Richtung gab. Wie jetzt auch.

Natürlich gab es immer auch die Möglichkeit, daß man sich beharrlich falschen Schlußfolgerungen hingab und sie für sich ausschmückte, weil man von falschen Voraussetzungen ausging und sich dann immer schrägere Gedanken machte, die sich später als völlig abwegig erweisen sollten. Was also, überlegte Velasko, wenn der Kastellan angenommen hatte, er sei gar nicht wegen des prallen Geldbeutels, sondern wegen etwas ganz anderem überfallen worden? Wegen etwas, das auf sein Gewissen drückte und ihn blind für das Nächstliegende machte. In der Dunkelheit hatte er die beiden Räuber aus der Nachbarschaft vielleicht gar nicht erkannt, und er war davon ausgegangen, daß man ihm aus anderen Gründen ans Leben wollte. Etwas, was ihn davon abhielt, zur Obrigkeit zu gehen. Also streng der Reihe nach zurück. Kurz vor dem Überfall war der Kastellan noch beim Hoflieferanten Kaulitz gewesen.

»Zu zwei Uhr bestell Er Arnold Merck noch einmal ein«, flüsterte er Buchner zu. Unterdessen las Advokat Hesselbach die Verhörprotokolle. Dabei machte er ein gewichtiges Ohrfeigengesicht, als würde er in die Protokolle hineinkriechen wollen, aber Velasko sah, daß er zu lauschen versuchte.

Er ließ die beiden alleine und überlegte im Nebenzimmer die Kleiderordnung. Gegenüber dem Hoflieferanten wollte er nicht übertrieben auftreten, aber doch als Person von Stand. Als einfacher Stadtrichter lief er Gefahr, an dem Hoflieferanten abzuprallen. Dann also als Zeichen höheren Standes die Schuhe mit den roten Absätzen. Ohne Mandat war die Sache kitzlig. Sollte er Rieger vorab informieren? Besser nicht, überlegte er. Wenn es Ärger gab, mußte er sich irgend etwas einfallen lassen.

Er wählte seinen Dreispitz mit der galanten Feder und der roten Kokarde. Schließlich wollten sie ihn ganz aus dem Fall haben. Strenggenommen gab es gar keinen Fall mehr. Er konnte nur hoffen, daß bei seinen Ermittlungen etwas Brauchbares herauskam, sonst konnte es erheblichen Ärger über seine Eigenmächtigkeit geben. Aber wie sollte es bekannt werden, beruhigte er sich, und entschied sich gegen einen Degen. Wenn etwas beim Verhör herauskam, konnte er Rieger immer noch informieren. Sein Blick blieb an dem braunen Justaucorps mit samtigem Aufschlag hängen – den Mantel liebte er ohnehin wegen des forschen Schnittes – und an dem Gehstock mit dem Silberknauf in Form eines Raubvogelkopfes. Im Spiegel prüfte er noch rasch die Locken der Perücke, dann verabschiedete er sich mit wehenden Fahnen aus dem Bureau.

Unten am Ausgang grüßte er den Wachsoldaten, dann hielt er inne. Vorher mußte er noch mit der Magd Elisabeth sprechen. Er drehte um und stieg die Treppe hinab in den Kerker des Stadtgerichts. Ein kühlfeuchter Gestank von Schimmel und Stock wallte ihm entgegen. Es war düster. Nur alle paar Meter leuchtete ein erbärmliches Talglicht, so daß er mit dem Stock vorfühlen mußte, ob irgendwo Stufen waren.

Im Treppengang baumelten inmitten von Gespinsten von Spinnweben an langen Fäden abgeschlagene Hände herunter. Ermordeten, deren Mörder nicht gefaßt wurde, wurde zuweilen eine Hand abgeschlagen und im Kerker aufgehängt. Jeder neue Gefangene, der wegen irgendeines Delikts einsaß, ging ahnungslos darunter her. Fing die eingetrocknete und verschrumpelte Hand bei einem an zu bluten, so hatte man zufällig den Mörder erwischt und derjenige konnte gleich doppelt bestraft werden. So jedenfalls war der Glaube der einfältigen Menschen.

Velasko konnte sich nicht daran erinnern, daß überhaupt einmal eine Hand geblutet hätte, geschweige denn auf diese Art ein Mörder überführt worden wäre. Er hatte für eine trauernde Witwe beim Vorgesetzten von Kalkstein gegen den Aberglauben Einspruch erhoben, weil er die Verstümmelung der Ermordeten unchristlich fand, aber er hatte nichts bewirken können. Von Kalkstein war einerlei, was im Kerker geschah. Dort unten hatte man ihn in den langen Jahren nicht gesehen. Überhaupt mied er den Umgang mit den Inquisiten. Und dann setzte von Kalkstein auf die Taktik, daß den Inquisiten möglichst viel Angst gemacht wurde. Zur Verkürzung von Verfahren und Verbesserung der Statistik war ihm jedes noch so abwegige Mittel recht.

Der Gang führte an der Trinkstube vorbei. Im Dämmerlicht saßen in dumpfer Manier der Kerkermeister und seine Zuchtknechte vor ihren Branntweinkrügen und langweilten sich. Als Velasko in der Tür stand, stieß der Kerkermeister überrascht vom Branntwein auf. Er stemmte und schaukelte sich hoch, dann kam er mit einer Laterne heraus und hielt sie fragend hoch, was denn ein Vertreter der Obrigkeit in diesem Kerkerloch, in dem man sich nur den Grind holte, verloren habe.

Velasko verlangte, die Magd Elisabeth zu sprechen.

»Hier unten?« fragte der Kerkermeister und zog die Augenbrauen hoch, aber er wagte nichts weiter zu sagen. Als er nach einem Schlüsselbund griff, schwankte er vom Branntwein und winkte Velasko, ihm zu folgen. Mit einer Hand hielt er die Laterne, mit der anderen tastete er an der Wand entlang.

Der Gang führte immer tiefer. Von irgendwo klang ein müdes Dauerjammern. Der Kerkermeister blieb vor einer Tür aus schweren Eichenbalken stehen, und während er den passenden Schlüssel suchte, balancierte er mit etwas eingeknickten Knien den böse schwankenden Oberkörper aus. Es dauerte etwas, bis der Schlüssel im Schloß steckte. Bevor er öffnete, zog er aus seinem Stiefelschaft eine kurze Zuchtrute, dann wankte er in den Krautgarten und rief nach der Rätzerin.

Aus dem dunklen Loch wogte ein pestilenzartiger, süßlicher Gestank von Exkrementen, Schweiß und eiternden Wunden. Der Geruch ließ Velasko flach atmen und drückte ihm die Nasenflügel zusammen. Im Dämmerlicht konnte er einige menschliche Gestalten ausmachen. Entgegen den Anordnungen waren Männer und Frauen zusammen eingepfercht worden. Jemand hatte man zur sicheren Verwahrung einen Klotz ans Bein geschlossen, andere trugen weit ausladende Halskrägen, die so konstruiert waren, daß der Kopf nie auf den Boden gelegt werden konnte. Einige Inquisiten lagen ohne Banden auf dem Bodenstroh. In der Nähe der Tür stand ein Eimer für die Notdurft.

Der ausströmende Gestank war unerträglich. Die Luft verschlug Velasko den Atem. Sein Magen hob sich, er mußte sich abwenden und trat einige Schritte zurück.

Elisabeth kam zögernd heraus. Als der Kerkermeister ihr die Laterne vor das Gesicht hielt, blinzelte sie von dem plötzlichen Funzellicht. Ihr Gesicht erhellte sich, als sie Velasko erkannte.

»Ich muß die Inquisitin Rätzerin alleine sprechen«, sagte Velasko und wartete, bis der Kerkermeister die Tür wieder verschlossen und sich weiter oben im Gang an die Wand gestützt hatte.

»Frag jetzt nicht«, flüsterte Velasko. »Es drängt. Der Vater deines Kindes hieß Wasa-Ludwig. Richtig?«

»Ich kann hier doch nicht sprechen«, sagte Elisabeth und sah ängstlich zum Kerkermeister. »Die bringen mich um.«

»Ich brauch eine Beschreibung von ihm. Er ist so groß wie du, richtig?«

»Na, etwas kleiner, aber er trägt immer gute Stiefel und einen hohen Hut. Er macht schon was her.«

»Er hat braune Augen, und die Zähne stehen gut in Reihe.«

»Ja, die Zähne sind selten schön. Nicht so schräg wie bei mir.«

»Und das Gesicht ist ... Wie soll ich es sagen? Er hat ein Kindergesicht.«

»Ja, ganz stupsig ist die Nase«, sagte Elisabeth und nickte. Eine Spinne kroch auf ihrer Schulter. »Man sieht ihm die Schlechtigkeit nicht an.«

»Und im Gehen federt er etwas.«

»Ja, woher ...? Was ist denn mit dem?«

Die Spinne konnte sich nicht recht entscheiden und verschwand dann hinterrücks über Elisabeths Schulter.

»Das kann ich dir jetzt nicht sagen«, erwiderte Velasko. »Sprich mit niemand darüber!«

»Nie nicht! Ich doch nicht!«

»Auch mit dem Advokaten nicht.«

»Mit dem Hesselbach?«

»Mit dem schon gar nicht. Hat der Wasa irgend etwas Auffälliges an sich. Einen Fleck, eine Narbe, spricht er einen besonderen Dialekt.«

»Nein«, sagte Elisabeth und überlegte eine Weile. »Also man sieht es nicht gleich. Sie haben ihm als Burschen mal die Schnüre angelegt.«

»In der Marterstube.«

»Ja, die Arme sind ihm zerschunden, aber es ging nicht bis auf die Sehne.« Sie strich quer über den Unterarm, als wollte sie Brot schneiden, dann beugte sie sich vor und sprach noch leiser. »Der Wasa-Ludwig hat immer seine Opium-Pillen bei sich versteckt. Hab sie mal gefunden im Stiefel von ihm. Die sehen aus wie Dreckkugeln. Die haben in der Marterstube nichts aus ihm rausgekriegt. Aber auch ohne die Opiumpillen tät der nichts sagen.«

»Mit wem hatte er Umgang.«

»Na, mit dem Wirt von der Herberge. Und mit den anderen eben. Die Kochemer halten zusammen, da kommt kein Wittischer dazwischen. Mir haben sie auch nie getraut. Bis zum Schluß nicht.«

»Sag mir Namen! Hatte er Helfer? Ich brauche Namen.«

»Da waren viele mit den Jahren«, antwortete Elisabeth und sah mit Sorgenstirn zum Kerkermeister. »Ich halte das hier nicht mehr aus. Ich muß hier raus.«

»Ich brauche Namen.«

»Der Safrans-Georg. Der heißt so wegen der gelben Haare. Mit dem hat der Wasa oft gewürfelt. Dann war da immer der Klump, der heißt so wegen seinem Fuß, den sie ihm mal verdreht haben. Der Baron war einer von den Haupträubern. Richtig Angst hab ich vor dem gehabt. Der Schöne Röttger, der konnte den Hals nicht voll kriegen und hat deswegen mit allen Streit angefangen. Ein Sausack. Der Röttger ist mal böse mit dem Wasa-Ludwig zusammengeraten, dann war endlich Ruhe. Der Wasa läßt sich von niemand abfertigen.«

»Das sind alles nur die Diebesnamen. Weißt du die richtigen?«

»Die haben mir doch nicht getraut! Und die Kochemer-Sprache hab ich auch nicht gelernt.«

»Kannte er jemand hier in der Stadt?«

»Na, wird er schon. Es wird hier die Hehler geben wie überall. Die Kochemer sind überall. Man merkt es nur nicht. Aber mehr weiß ich nicht.«

»Nachdem du weg bist aus der Herberge, hast du da noch etwas von Wasa gehört? Was aus ihm geworden ist?«

»Was soll schon sein? So ein Pulverkopp ändert sich nicht zum Guten.«

»Hatte er Waffen?«

»Der konnte sich gar nicht satt sehen an guten Pistolen. Für den Wasa-Ludwig mußte es immer das Beste sein.«

»Und hatte er sonst Waffen?«

»Wie jeder eben. Ein gutes Messer halt.«

»Und sonst?« fragte Velasko. Er wollte Elisabeth nichts in den Mund legen und wartete.

»Wie?« fragte Elisabeth und sah ihn unsicher an.

»Hat er sonst noch etwas benutzt?«

»Wie soll ich denn so was wissen?«

Sie legte die Arme übereinander und sah auf den Boden. Sie verhärtete sich wieder. Offensichtlich fürchtete sie, in die Nähe von irgendwelchen Verbrechen gebracht zu werden. Velasko mußte es andersherum versuchen.

»Ist der Wasa-Ludwig auf die Jagd gegangen.«

»Nein, ja. Wie alle andern halt.«

»Was denn jetzt?« fragte Velasko. Es war mit den Händen

greifbar, daß sie log, denn es war eines der schlimmsten Verbrechen überhaupt, sich am Wildbret der Landesherren zu vergehen. Die Strafen auf Wilderei waren drakonisch. Die Herberge lag mitten im Wald, und mit Sicherheit hatte Elisabeth in der Küche beim Zubereiten von gewilderten Festessen geholfen.

»Darüber weiß ich doch nichts«, sagte sie und sah ängstlich zum Kerkermeister, der mit der Zuchtrute einen Rhythmus gegen seinen Stiefel schlug.

»Ich schwöre, daß es unter uns bleibt«, sagte Velasko. Er drehte sich so, daß der Kerkermeister seine Schwurhand nicht sehen konnte. »Hat der Wasa Wildbret geschossen?«

»Nein«, sagte Elisabeth beinahe verärgert.

»Aber er hat gejagt.«

»Na ja, wie alle, aber leise eben. Ich verstehe doch nichts davon.«

»Was muß man denn von Wilderei verstehen? Was heißt leise?«

»Ich meine, wenn man herumschießt, dann hetzt man doch die Obrigkeit auf einen. Ich weiß auch nicht. Manche machen es eben mit der Schlinge.«

»Er hat mit dem Draht gejagt«, sagte Velasko für sich. Er sah sie an, dann nickte sie widerwillig.

»Der Draht hat mir immer Angst gemacht«, sagte sie.

Velasko winkte dem Kerkermeister, daß er Elisabeth wieder in den Kerker bringen konnte, dann stieg er die Treppe aus dem Krautgarten hoch.

31.

Auf dem Weg zum Hoflieferanten entschloß er sich zu einem kleinen Umweg durch die Heiliggeiststraße. Er hatte Lust, kurz nach Martha sehen und sich nach dem Wohlergehen des Zarewitschs und dessen Frau zu erkundigen.

Zwei Sänften standen vor dem Haus. Die beiden Damen wehten gerade in Amüsierlaune den Aufgang herunter. Sie waren aufgekratzt, als wollten sie die Welt erobern. Martha winkte ihm strahlend zu, während die Zarewna im Gehen stockte und verhalten blieb. Velasko hatte Mühe, Charlotte in ihrer Stadtgarderobe und der raffinierten Frisur wiederzuerkennen. Er fand sie jetzt sehr viel hübscher, markant und in den Proportionen ihres aufgeschossenen Körpers ausgewogener. Und dann das Gesicht, das in seiner Eigenart sein Interesse weckte.

Die Damen waren auf dem Weg in einen Bilderladen, den ein italienischer Händler betrieb. Dann war der Besuch einer Freundin von Martha geplant, die von der Geburt des achten Kindes genesen war. Vielleicht würde anschließend noch Zeit für eine Ausfahrt mit der Kutsche sein, und für den Abend überlegte Martha, eine Einladung zu einem Spielvergnügen anzunehmen.

Martha lockte ihn, ob er sie beide nicht begleiten wollte, aber Velasko bedauerte aufrichtig und erklärte, daß er dienstlich unterwegs war. Während Martha ihn weiter ausfragte, ob es um den Fall der Magd ging und was es mit den Verhaftungen im Fall des Kastellans von Monbijou auf sich habe, von denen sie gehört hatte, kreuzten sich seine Blicke mehrmals mit denen von Charlotte. Er spürte bei ihr eine weibliche Neugierde und angenehme Befangenheit, die einem gewissen Typus Frau wie ihr vorzüglich stand. Er kannte Marthas rasche Eifersüchteleien und hörte der Freundin besonders aufmerksam zu. Als sie weiter nachbohrte, erklärte er, daß er jemand verhören mußte.

»Den Kolonialwarenhändler etwa?« fragte Martha verschwörerisch.

»Nein«, sagte er. »Nicht den Merck.«

Charlotte sah ihn etwas scheu an. Zu seiner Verwunderung spürte er einen irritierenden weiblichen Reiz.

»Wen verhörst du dann?« fragte Martha.

»Martha, bitte!«

»Hat es denn mit der Magd zu tun?« fragte Martha. Ihr Kopf blieb starr auf ihn gerichtet, aber ihre Augen machten einen Schlenker zwischen Velasko und Charlotte.

»Ja, nein, vielleicht«, sagte Velasko. »Ich weiß nicht. Noch nicht.«

»Was hast du auf einmal? Du mußt doch wissen, ob es etwas mit dem Fall der Magd zu tun hat. Jetzt sag schon!«

Es wurde lächerlich. Er durfte zwar nichts über den Fall erzählen, aber es gab ja sowieso keinen Fall mehr.

»Den Hoflieferanten Kaulitz.«

»Ein Verhör!« sagte Martha zu Charlotte. »Das ist spannender, als Bilder anzusehen. Die laufen uns nicht weg. Wir kommen mit.«

»Nein, das geht nicht«, sagte Velasko und lachte abwehrend.

»Sag mir nicht, was geht und was nicht«, erwiderte Martha mit einem charmanten Lächeln, aber gleichzeitig straften ihn ihre Augen eisig ab. »Ich hasse so etwas!«

»Es geht nicht«, sagte Velasko. »Wirklich nicht.«

»Wir werden Likör und einige Delikatessen probieren«, überging Martha seinen Einwand und drehte sich zu Charlotte. »Du wirst staunen, was der Hoflieferant alles auf Vorrat hat.«

»Martha, bitte!« sagte Velasko, aber er sah, daß es bei ihr kein Durchkommen mehr gab. Charlotte zog belustigt die Augenbrauen hoch und lächelte ihn resigniert an.

»Zum Hoflieferanten Kaulitz!« rief Martha einem der Sänftenträger zu und reichte Velasko die Hand, damit er ihr in die Sänfte half. Inzwischen war er wütend auf sie. Er haßte ihre Sturheit und nahm ihre Hand nur widerwillig. Als er anschließend auch Charlotte in die Sänfte half, war er überrascht, wie kalt ihre Hand war. Ihm schoß das Blut ins Gesicht, und er traute sich nicht, sie anzuschauen. Beide blieben still.

Er wollte das Verhör nicht aufschieben, also blieb ihm keine andere Wahl, und er folgte den Sänften.

Als sie ins Geschäft eintraten, führte Kaulitz gerade ein hohes Paar durch die Schauräume. Wie Velasko heraushörte, wurde eine Leichenfeier ausgerichtet. Man wünschte ein französisches Nachtmahl mit verfeinerter französischer Etikette. Inzwischen war also selbst der Tod französisch.

Der Hoflieferant hielt sie offensichtlich alle drei für Kunden und bat sie mit freundlichem Schulterzucken, sich dem Rundgang anzuschließen, und lenkte sie in einen speziellen Schauraum. Obwohl es draußen taghell war, blieben die Vorhänge verschlossen. Das Licht der Kerzen erzeugte eine angenehme Stimmung. Der Tand glitzerte. Es imponierte, was an Aufbauten, Karaffen und Porzellan vorgehalten wurde. Das hohe Paar war sehr angetan von den Effekten. Velasko beobachtete abwechselnd den Hoflieferanten und die Zarewna, wie sie mit traurigem Blick um eine Tafel herumging und mit den Fingerspitzen über Tischdecke und Tellerränder fuhr, als nehme sie Abschied.

Während sie von Raum zu Raum gingen und sich umsahen, war Kaulitz mit den Augen überall gleichzeitig. Nebenbei gab er einem Angestellten knappe Anweisungen und dirigierte sein herumspritzendes Gesinde mit kleinen Gesten. Jeder schien etwas von ihm zu wollen, und doch bemerkte er in der hektischen Geschäftigkeit, daß eine Vase nicht am rechten Platz stand oder in einer Ecke eine Staubflocke im Vorübergehen hochwirbelte. Nebenher rief er mit einer Singsangstimme, die er am Satzende hochhielt, um nahtlos in anderer Richtung weitersprechen zu können, einem Knecht den Namen eines Weißweines hinterher. Schon wurde eine Schale mit Zuckerfiguren und Konfekt herbeigetragen. Man hielt den Atem an, ob auch alles in rechter Ordnung war, Sekunden angespannter Stille, schließlich wurde das raffinierte Arrangement vom Hoflieferanten abgenickt, und man atmete erleichtert weiter. Unterdessen erfreute sich Charlotte an künstlichen Blumen, die perfekt nach der Natur aus Marzipan gefertigt worden waren.

Velasko studierte den Hoflieferanten. Er war die treibende Kraft und Mittelpunkt in seinem Delikatessen-Geschäft der obersten Kategorie und wirkte eins mit seiner Profession. In seinem stolzen Imperium ging es emsig zu wie in einer königlichen Hofküche zum Höhepunkt eines Staatsbanketts. Kaulitz wurde umtost von der Betriebsamkeit, aber er behielt das Große und das kleinste Kleine im Auge und blieb in seiner Routine ruhig – jedenfalls äußerlich. In den Furchen seines Gesichts sah man jedoch die Jahre, die ihn der Aufbau des Geschäfts gekostet hatte. Er lebte sein Leben in seinem Geschäft, und wenn es zugrunde ging, würde auch er ins Grab gehen.

Kaulitz bot allseits Weine zur Probe an, die er seinen Kunden wärmstens ans Herz legte, aber Velasko lehnte ab. Er bat ihn einen Augenblick zur Seite und verlangte, den Hoflieferanten alleine zu sprechen. Schon drängte sich Martha neben ihn und fragte nach dem Sortiment an Mirabellenlikör.

»Später, meine Liebe«, beschied Velasko verärgert. Sie trank doch überhaupt keinen Mirabellenlikör und wollte nur lauschen. »Martha, wenn du uns bitte einen Augenblick entschuldigen würdest.«

Als Velasko sich als Richter vorstellte und eröffnete, daß er im Mordfall des Kastellans von Monbijou ermittelte, schien Kaulitz nicht überrascht und winkte einen Angestellten herbei, damit er die anderen Herrschaften in eine weitere Porzellankammer führte. Dann lud er Velasko ins Kontor ein. Nach routiniertem Beharren, seine Gastlichkeit beweisen zu dürfen, einigten sich beide auf Tee. Nicht irgendeine einheimische Sorte, sondern indischer Jasmintee.

»Übrigens hatte ich früher mit einer Befragung gerechnet«, sagte Kaulitz und sah bremsend auf Velaskos Löffel, als dieser nochmals vom Zucker nachgab und offensichtlich das feine Aroma zerstörte, aber Velasko mochte nun einmal sehr süßen Tee. In diesem Punkt war er, wie er selbst zugab, ein Banause.

»Der Herr Kastellan war an besagtem Abend noch in unserem Geschäft«, sagte Kaulitz weiter mit einem Blick, als würde er Velasko den Löffel aus der Hand nehmen wollen. »Er war ein äußerst wichtiger Kunde. Sein Hinscheiden schmerzt uns außerordentlich.«

»Geschäftlich, meint Er«, sagte Velasko.

»Natürlich schmerzt es geschäftlich, auch wenn man sich mit den Jahren menschlich näherkommt, also praktisch zwangsläufig. Aber Privates und Geschäftliches muß stets sorgsam getrennt sein. Gerade jetzt. Die Zeiten werden härter. Die Staatskassen sind leer, die unbeschwerten Tage sind vorbei, aber alle Welt hat sich an den Klang guter Münzen gewöhnt. Jetzt muß für gleiches Geld das Doppelte geleistet werden, aber die Teuerung im Einkauf will niemand wahrhaben. Unsereins spürt die nachlassende Ökonomie als erstes.«

»Nur die Tüchtigsten werden überleben«, drängte sich Velasko dazwischen. Kaulitz war ein Mann der Tat und zog das Gespräch an sich.

»Es ist wie beim Aderlaß, das böse Blut stockt und muß abfließen. Eine Reinigung von den verdorbenen Säften. Aber ich will Ihm nicht mit den Klagen eines beliebigen Delikatessenhändlers lästig fallen. Womit kann ich dem Herrn Richter in der Sache dienen?«

»Er weiß um die Umstände des Todes?«

»Was die Leute auf der Gasse so erzählen. Natürlich hab ich

mich auch erkundigt, aber es ist alles aus zweiter Hand. Und hier ...«

Kaulitz holte von einem Pult ein *Fliegendes Blatt* von der Art, wie sie an den Straßenecken ausgeschrien wurden, und reichte es Velasko. Auf der Titelseite waren in groben Strichen die Gesichter der beiden Hauptverdächtigen so gemalt, daß sie möglichst grausam aussahen. In reißerischen Balkenlettern stand darüber:

VERNÜNFTIGE GEDANKEN!
DEN LIEBHABERN DER WAHRHEIT MITGETEILT!
VERNÜNFTIGE GEDANKEN!

Mord am Kastellan von Monbijou aufgeklärt!

Mit göttlicher Hilfe sind die Gassen wieder sicher. Berlin atmet auf. Die eigenen Nachbarn waren die Totschläger des Kastellans von Monbijou. Erst nach scharfem Examen haben die Inquisiten ihre GOTTlose Schandtat eingestanden. Zunächst gaben sie trotzige Antworten und erdreisteten sich spitzbübischer Vermessungen, zum Ende gar versuchten sie, sich bei den Gerichtsherren mit Tränen einzuschmeicheln. Erst nachdem Meister Hans zur Tortur schritt und den Inquisiten auf der Streckbank die Schrauben angelegt hatte, wurde mit GOTTes Hilfe die abscheuliche Wahrheit ans Licht befördert.

Auf der Gasse waren die Mordbuben schon immer durch ihr loses Maulwerk und Prügelsucht aufgefallen. Aus niederträchtigster Geld- und Raffgier ...

»Man darf von dem Gekrakel ja nichts glauben«, sagte Kaulitz. »Sie verdrehen die Wahrheit, wie es ihnen auskommt.«

»Ja, bloße Gossennachrichten. Nichts ist diesen Schmierfinken mehr heilig. Es sind schlimme Zeiten über uns gekommen. Hauptsache, sie verkaufen ihre Blätter.«

»Andererseits ist auch immer etwas daran«, sagte Kaulitz. »Gibt es denn noch irgendwelche Zweifel? Ich meine, weil Er erst jetzt gekommen ist.«

Genau das hätte Velasko auch gern gewußt. »Über den Stand der Ermittlungen darf ich natürlich nichts sagen.«

»Es gibt also noch Ermittlungen?«

»Natürlich«, sagte Velasko. In diesem Augenblick jedenfalls, ergänzte er still für sich. »Ist Ihm an dem besagten Abend etwas Besonderes am Kastellan aufgefallen.«

»Ich habe lange darüber nachgedacht«, sagte Kaulitz und machte eine gedankenschwere Pause. »Im nachhinein sieht man die Dinge ja gerne im Lichte der nachfolgenden Ereignisse.«

Velasko beobachtete, wie Kaulitz sich zurücklehnte und die gespreizten Fingerspitzen gegeneinander legte. Eine überlegte Pose, die dafür sprach, daß er sich für diese Frage, wie vermutlich auch für andere, gründlich präpariert hatte.

»Ein schlechtes Gedächtnis verleitet dazu, aus einer Mücke einen Elefanten zu machen«, sagte Kaulitz und betonte seine Nachdenklichkeit. »Aber ich habe, wie ich meine, ein gar nicht so schlechtes Gedächtnis und kann es nicht anders sagen, daß der Herr Kastellan in seiner üblichen Verfassung war.«

Der Gesichtsausdruck besagte, daß der Kastellan so unangenehm wie immer gewesen war.

»Worum ging es bei dem Besuch?« bohrte Velasko weiter.

»Darf ich höflichst fragen, mit welcher Autorität Er Erkundigungen einzieht?«

»Mit jeglicher Autorität. Herr von Cojejji in Person ist mit dem *casus* befaßt.«

»Natürlich. Der Herr Gerichtspräsident höchstselbst.«

»Worum ging es also?«

»Herr von Cojejji ist übrigens ein liebwerter Kunde«, sagte Kaulitz und pumpte sich auf. »Also wir sprachen über kommende Feierlichkeiten und Bankette. Man blickt nach Versailles. Etwas Ausgefallenes, was den französischen Hof beschämen soll. Der Phantasie sind keine Grenzen gesetzt, aber es darf natürlich nichts kosten. Unsereins muß das Rad immer wieder neu erfinden, sonst ist man als kleiner Delikatessenhändler sofort aus dem Geschäft.«

»War es üblich, daß sich der Kastellan geschäftlich zu Ihm begeben hat und nicht umgekehrt.«

»Natürlich. Der Kastellan mußte doch wissen, was er bestellt. Darauf hat er größten Wert gelegt.«

»Deswegen war sein Keller auch so gut mit Proben bestückt.«

»Natürlich. Wie sollte es auch anders in unserem Handwerk gehen. Jeder Händler schickt seine Kostproben. Ein Kastellan muß wissen, was er den Herrschaften auftragen läßt. Das ist sein Amt. Soll er denn hier alles auf einen Schlag durchprobieren und am Platzbauch leiden?«

»Wegen der Umquartierung der Russen wurden die Bestände an Weinen ausgetauscht.«

»Ja, auf die Bitte des Kastellans habe ich die kostbaren Weinfässer und Flaschenweine gegen einen Franzosenwein ausgetauscht. Eine gute Traube, aber nicht diese Raritäten, die, wie man mir sagte, die Königin für besondere kirchliche Anlässe vorhält. Den Gästen aus Rußland geht es ja mehr, wenn ich mich so ausdrücken darf, um Quantität. Die Raritäten munden ihnen auch gar nicht. Zu süß. Ich habe mit den Jahren gewisse Erfahrungen gesammelt, auf die der Kastellan immer gerne zurückgegriffen hat. Übrigens ging die ganze Aktion auf meine Kosten. Nicht einen Dreibätzer habe ich dafür in Rechnung gestellt. Die Fässer lagern hier in den Kellern. Es hat mich alles sehr in Verlegenheit gebracht.«

»Wir haben die Listen über Ein- und Ausgänge durchgesehen. Es gibt diesbezüglich einige Fragen.«

»Ich will zugeben, in der Aufregung war es ein einziges Durcheinander, weil beim Beladen auch Stallknechte und anderes Gesinde angefaßt haben, dann natürlich auch das Wachpersonal. Jeder machte, wie er wollte, Hauptsache raus. Man war in Panik, weil die ersten Sicherheitsleute schon am Stadttor gemeldet wurden. Man wollte uns zu den Fässern sogar Teppiche und Bücherkisten aufladen. Nur alles raus und weg. Dann die vielen Kisten mit Porzellan und die Gemälde. Es war in der Situation kaum möglich, den Überblick zu behalten.«

»Die Listen sind ein einziges Durcheinander. Ich verstehe es einfach nicht. Warum soll es so schwer sein zu notieren, wie viele Fässer raus- und reingegangen sind? Bei einer Ladung, die hingefahren wurde, hat man die Zahlen vor Ort sogar nochmals hochgeschrieben.«

»Ich sagte doch, in der Hektik kann etwas durcheinandergeraten sein, aber die Bestände sind korrekt. Dafür verbürge ich mich persönlich. Nicht ein Tropfen Wein ist verlorengegangen. Ich lasse nachzählen. Flasche für Flasche und Faß für Faß. Ich rufe sofort den Prokuristen.«

Velasko winkte ab. Er durfte seine Privatermittlung nicht ins Große treiben, denn er wußte nicht, über welche Verbindungen der Hoflieferant tatsächlich verfügte. »Der Kastellan kam an besagtem Abend mit einem Geldbeutel voller Dukaten nach Hause.«

Der Hoflieferant schwieg ihn fragend an, als würde er chinesisch sprechen und wollte partout nicht verstehen, was Velasko damit andeuten wollte.

»Ich habe dem Herrn Kastellan noch nachgesehen«, sagte Kaulitz. »Hier von meinem Fenster aus, es ist so eine Angewohnheit. Man überlegt das Geschäftliche. Ob der Kunde zufrieden ist, die Vorräte reichen, die Kalkulation stimmt. Der Kastellan stand dann noch unten am Tor. Beim Spazieren hat er immer Pausen gemacht. Er war nicht ganz gesund, muß Er wissen. Er klagte über Harnstottern. Die Ärzte hätten ihn krank gemacht. Dann ist der Kastellan plötzlich weggelaufen, als sei ihm etwas Dringendes eingefallen. Er war wie angestochen. Das war das letzte, was ich von ihm mitbekommen habe.«

»Die Dukaten stammten alle aus einer Prägeserie«, sagte Velasko unbeirrt.

»Ja und?«

»Einen solchen Geldbetrag trägt man nicht ohne weiteres mit sich herum.«

»Der Kastellan hatte ein scharfes Auge für Antiquitäten. Vielleicht wollte er etwas kaufen?«

»Nein«, sagte Velasko hart und ließ das Wort nachklingen. »Handgeld.«

»Wie bitte darf ich das verstehen?«

»Wir gehen davon aus, daß der Kastellan von den Hoflieferanten Handgeld verlangt hat.« Velasko nahm nochmals vom Zucker nach und beobachtete aus dem Augenwinkel jede Regung von Kaulitz, aber an diesem prallte der Vorstoß offensichtlich kalt ab. »Wieviel Prozente hat der Kastellan für die Bestellungen genommen? Zehn von Hundert, fünf von Hundert, vielleicht zwanzig? Was ist üblich in diesem Geschäft?«

»Natürlich nichts.«

»Das überrascht mich.«

»In unserem Handwerk überleben nur die seriösen Geschäftsmenschen.«

»Es waren frische Münzen. Alle aus der gleichen Prägeserie und auf einen einheitlichen Wert gestempelt.«

»Das ist nicht ungewöhnlich. Schließlich war der Kastellan mit nicht unerheblichen Summen befaßt.«

»Man kann nachforschen, woher eine so auffällige Geldmenge stammt.«

»Sicher, man kann es vielleicht herausbekommen.«

»Vielleicht«, sagte Velasko. Er wollte jetzt sein Kreuz-As ausspielen und zog eine Bestelliste aus der Manteltasche. »Die Listen sehen aus, als hätte jemand ein bewußtes Durcheinander ausgeheckt. Man stiftet Verwirrung, so daß niemand mehr weiß, was richtig und falsch ist, und zieht dann den Nutzen daraus.«

Kaulitz umkrampfte die Stuhllehnen, als würde er sich mit Gewalt zwingen, nicht aufzuspringen. »Ich denke, Herr von Cojejji kennt mich zur Genüge, um einen solchen Gedanken als Privatüberlegung zu bewerten. Ich möchte nicht unhöflich sein, aber ich muß mich jetzt um die Kunden kümmern.«

»Hier. Drei Zentner Pastete von Gänseleber.«

»Was bitte soll damit sein?« fragte Kaulitz und setzte eine unschuldige Miene auf, als versuchte er, seinen Beichtiger zu beschwindeln.

»Hat sich da vielleicht auch jemand in der Hektik verschrieben? Die Menge wurde sogar im Preis hochgerechnet. Spätestens da hätte sich der Irrtum herausstellen müssen.«

»Warum sollte sich jemand verschrieben haben?«

»Weil die Menge an Gänseleberpastete utopisch ist.«

»Zugegeben, eine ungewöhnliche Menge.«

»Ich vermute, es steht ohnehin alles nur auf dem Papier. Es gibt gar keine Pastete.«

»Mit Verlaub, Herr Richter«, sagte Kaulitz. Er war äußerlich gefaßt, aber schlagartig waren ihm die Halsadern zackig angeschwollen, und man sah das Blut darin heftig pulsieren. »Die Russen haben beim Herrn Kastellan drei Zentner Gänseleberpastete bestellt, und wir haben drei Zentner Gänseleberpastete geliefert.«

»So etwas läßt sich zurückverfolgen. Die Lieferanten, die Fuhrleute.«

Kaulitz nickte.

Velaskos Tasse war leer. Er sah durstig hinein und wartete, aber der Hoflieferant bot ihm nichts mehr an. »Sagt Ihm der Name Wasa etwas?«

»Nein«, entgegnete Kaulitz und verschränkte die Arme vor der Brust. »Ein etwas ungewöhnlicher Name, den ich mir sicher gemerkt hätte.«

»Vielleicht auch Wasa-Ludwig?«

»Nein, beim besten Willen nicht. Mein Gedächtnis ist recht gut, muß Er wissen.«

»Das sagte Er bereits«, erwiderte Velasko und setzte die Tasse am Tischrand ab. »Vielleicht ist Wasa ein Diebesname. Der Kastellan könnte den Namen einmal erwähnt haben.«

»Nein, Herr Stadtrichter, beim besten Willen nicht.«

»Oder hat Er den Kastellan einmal in Gesellschaft eines jungen Mannes gesehen. Er hat ein harmloses Kindergesicht ...«

»Ein harmloses Kindergesicht also?« spöttelte der Hoflieferant und zog seine Weste glatt. »Die Privatlaunen des Herrn Kastellan gehen ... ähm, gingen mich nichts an. Ich wollte nie davon wissen, und ich weiß auch nichts darüber.«

Es klopfte. Ein Angestellter schaute in drängenden Geschäften nach dem Hoflieferanten. Draußen hörte Velasko die Stimmen von Martha und der Zarewna. Er nahm seinen Gehstock und schob die leere Tasse mit dem Knauf weiter in Richtung der Teekanne, dann drückte er sich aus dem Sessel hoch.

Die Damen warteten auf ihn, um gemeinsam eine Abendtafel zusammenzustellen. Eine Gesellschaft in munterer Runde. Martha hakte sich bei ihm unter und drohte damit, ihre Freundschaft aufzukündigen, wenn er nicht zusagte.

Wie ihm schien, horchte die Zarewna bei dem Wort Freundschaft auf.

32.

Die Kirchenglocken schlugen auf drei Uhr am Nachmittag. Kurzentschlossen disponierten Martha und Charlotte um und ließen sich zu einer Nachmittagsgesellschaft bringen, wo ein französischer Tanzlehrer einbestellt worden war. Velasko schickte galante Handküsse zu den Sänften und verneigte sich.

Er mußte sich beeilen, denn er hatte den Kaufmann Merck zu zwei Uhr zum Verhör einbestellt. Höflichkeitshalber wartete er, bis die Sänften außer Sicht waren, dann eilte er zum Stadtgericht. Vor seiner Richterstube warteten Johanne und Arnold Merck. Beide saßen nah beieinander, aber ihr Miteinander wirkte hölzern, als hätten sie sich gestritten, und ein Groll stichelte weiter. Beide hielten die Hände, als überlegten sie, was damit anzufangen war.

Velasko erinnerte sich an das Wortgeplänkel mit Buchner, daß Johanne Merck ihrem Gatten überlegen war, aber aus der Art, wie sie diesen von der Seite ansah, hätte er genau auf das Gegenteil geschlossen. Sie mochte ihm vielleicht überlegen sein, aber sie schien seine Aufmerksamkeit und Nähe zu suchen.

Als Velasko in sein Bureau trat, kam Buchner ihm sofort entgegen.

»Gottlob!« sagte der gehetzt. »Die Sobieski war hier. Der Herr Stadtrichter muß sofort nach Hause. Es ist etwas mit seiner kaiserlichen Hoheit.«

»Hat sie etwas gesagt?«

»Nein, aber sie war sehr aufgebracht. Was soll ich mit den Mercks machen?«

»Er muß warten, und sie brauch ich nicht.«

»Die gnädige Frau wird den nicht alleine lassen.«

Velasko wechselte die Schuhe, bürstete den Perückenpuder

von der Schulter, dann verließ er durch einen Nebenausgang das Stadtgericht. Im Zickzack sprang er über die Gossen und nahm einige Abkürzungen zwischen stinkenden Durchgängen. Gegenüber seinem Haus standen einige Nachbarn und tuschelten miteinander. Auf einem Dach meinte er, den Lauf eines Gewehres gesehen zu haben, und in einem Schweinekoben, den ein Nachbar dreist in die Straße hinein gebaut hatte, vermutete er auch einen Späher. Ein paar Kinder hatten sich bis an den Zaun herangewagt, kletterten mit langem Hals herum und versuchten, durch die Vorhänge zu spähen. Der Besuch des Zaren hatte sich inzwischen herumgesprochen.

Neugierige Augen klebten an ihm, als er über die Straße zu seinem Haus ging und eintrat. Hinter der Tür zum Salon hörte er die gedämpften Stimmen des Zaren und seines Sohnes. Er legte Gehstock und Mantel ab und zählte, um Konzentration zu gewinnen, eine siebzehner Zahlenreihe von Dreizehnhundertzweiundsechzig abwärts.

Der Zarewitsch sagte etwas, worauf der Zar schallend lachte. Auch Alexei lachte jetzt mit dem Vater, aber leiser, und sein Lachen erstarb sofort, als der andere aufhörte. Velasko ordnete den Rock und pflückte Flusen von seiner Hose.

Jetzt war es still, und er rechnete damit, daß jeden Augenblick die Tür aufging, aber nach einer Weile schienen sie zu beten. Vermutlich knieten sie gemeinsam.

Er prüfte sich im Spiegel, auch schräg von den Seiten. Er war nie unkritisch gegen sich, aber heute war er ganz zufrieden mit seinem Konterfei und ging in die Küche.

»So einer ist ein Vater nicht«, stieß Frau Sobieski aus. Sie war so entsetzt, daß sie alle Etikette vergaß und am Küchentisch sitzenblieb. »Der bringt den noch um.«

Velasko mochte ihre weibischen Erregungen und Dramatisierungen von Nichtigkeiten nicht. Und dann erzürnte ihn auch ihr Gerede in Halbheiten, das einen zum Kaffeesatzlesen zwang und Mißverständnisse heraufbeschwor.

»Wer bitte bringt hier wen um?« fragte er unwillig. Frau Sobieski sah ihn entgeistert an, als hätte sie nicht hingehört.

»Na die Hoheit«, sagte sie dann.

»Was, die Hoheit?«

»Die Hoheit bringt seinen Sohn um.«

»Woher will Sie das wissen?«

»Er hat geschrien, daß er ihn aufhängt.«

»Deswegen mußte ich herkommen?

»Ich hatte Angst.«

»Ein Vater bringt seinen einzigen Sohn nicht alle Tage um. Weswegen sollte der Zar das bitte machen?«

»Weil er einen Verdacht gegen den Zarewitsch hat, so sagt er. Ein Verräter sei der Zarewitsch. Wie seine Mutter.« Sie senkte ihre Stimme und flüsterte mit ängstlichem Blick auf die Tür. »Die ist nämlich schon tot.«

»Nein, die Mutter des Zarewitschs ist nicht tot«, sagte Velasko.

»So erzählt man aber.«

»Die Mutter des Zarewitschs ist in einem Kloster. Das ist ein ziemlicher Unterschied. Den kann Sie der Nachbarschaft da draußen ruhig auch noch erklären.«

Frau Sobieski sah beleidigt unter sich. Velasko hatte auf der Zunge, sie sollte sich jetzt endlich beruhigen und solche Ausbrüche nicht ernst nehmen, da hörte er die zornige Stimme des Zaren und die aufgellende Stimme Alexeis. Velasko riß die Tür zum Flur auf, stürmte hinaus und hielt einen Augenblick inne. Plötzlich krachte im Salon ein Körper so heftig gegen eine Wand, daß es im ganzen Haus vibrierte.

Einen Augenblick war es still, dann schrie der Zarewitsch schrill auf, daß es Velasko kalt in die Knochen fuhr. Es polterte, die Tür zum Salon wurde aufgerissen, und Zar Peter schleifte seinen Sohn an den Haaren hinaus in den Flur.

»Hören wirst du!« sagte der Vater fest, blickte sich entschlossen um und sah durch Velasko hindurch. »Ich habe entschieden, daß du tun wirst, wie ich will. Also wirst du tun, was ich will!«

Der Zar sah den Ständer mit Gehstöcken und zerrte den Zarewitsch dorthin. Alexei krümmte und wand sich, er versuchte mitzulaufen und rutschte mit den Stiefeln über die Dielen. Er klammerte sich und suchte Halt am Arm des Vaters. Der Zar scherte sich nicht darum und schlug die Hand wie eine lästige Fliege zur Seite. Er faßte im Haar nach, der Zarewitsch bäumte sich auf, die Augen waren in Panik aufgerissen, ihm entfuhr ein aufpeitschender Angstschrei, aber sein Vater zog ihn weiter. Der faßte einen Gehstock, ließ ihn prüfend durch die Luft sausen und lauschte dem Klang. Da war ein Blick, der Velasko erschreckte. Der russische Kaiser war gar nicht im Zorn, sondern wirkte nüchtern und innerlich unberührt. Was er tat, war überlegt und hatte Methode. Er suchte zwischen den Gehstöcken aus, als wählte er das Instrument, um den Sohn nach seinem Willen zu formen.

Der Zarewitsch robbte ein paar Zentimeter in Richtung von Velasko, da traf ihn ein Schlag. Bei den ersten Hieben versuchte der Zarewitsch das Schreien zu unterdrücken, dann brach es ungehemmt aus ihm heraus. Er krümmte sich zusammen und versuchte mit den Händen seinen Kopf zu schützen. Ein wuchtiger Hieb folgte dem nächsten. Man sah, der Zar war zu züchtigen gewohnt. Nach wenigen Schlägen zerbrach der Gehstock wie ein vertrocknetes Zweiglein.

Besonnen legte er das abgebrochene Ende auf eine Kommode, dann zog er einen weiteren Gehstock aus dem Ständer – ein Modell aus Wurzelholz mit dem geschnitzten Elfenbeinknauf, den

Velasko bei einem umtriebigen Antiquitätenhändler gekauft hatte.

Der Zar drosch weiter auf den Sohn ein. Jeder Schlag war präzise gesetzt und erfolgte mit der ganzen Kraft des Hünen. Jeder Hieb war eine väterliche Wohltat und zaristische Mission. Er prügelte den Sohn zu Munterkeit, zur Liebe an der Kriegskunst, zum Kartenlesen, zur Freude an der Mathematik, zu einem würdigen Herrscher. Er prügelte ihn zu einem Ehemann, der endlich sein Weib beschlief und einen Enkelsohn und Thronfolger zeugte. Er prügelte ihn zu einem Sohn ganz nach dem Ebenbild des Vaters.

Die Schläge hämmerten unerbittlich. Velasko meinte, die Rippen krachen zu hören. Ein Vater in gewöhnlicher Wut schlug, bis sich das Blut beruhigte und die Arme erlahmten. Nicht so der Zar. Seine Kräfte schienen nicht nachzulassen.

Was für ein miserabler Menschenkenner der Monarch doch war, dachte Velasko, und er erschrak über das Wesen des Zaren. Wie einfältig war doch sein Denken. Er stellte sich etwas vor, also hatte es auch nach seinem Willen zu geschehen. Aber die Menschen waren anders. Man konnte ihnen nicht alles mit Gewalt einstanzen. Offensichtlich besaß er kein Verständnis für das Menschliche. Ihn interessierte alles mögliche, da war ein beständiger Blick, wie Dinge funktionierten. Er besaß einen unstillbaren Wissensdurst, wie Velasko es noch nie an einem Menschen bemerkt hatte, aber bei allem hatte er kein Verständnis für die Seelen der Menschen, für ihre Gefühle und Denkweisen. Wirklich mitzufühlen war ihm offensichtlich fremd.

Wieder und wieder prallte der Stock auf den Körper. Wie viele Schläge dieser Härte konnte ein Mensch aushalten? Vierzig, sechzig, hundert? Der Zar schlug seinem Sohn alle Religion aus dem Leib, alle Faulheit und Trägheit. Er prügelte ihn zu einem *homo novus*, zu einem fortschrittlichen Monarchen. Es waren Prügel zur Menschwerdung, eine väterliche Wohltat und kaiserliche Pflicht. Das Erbe war zu bestellen. Der Zarewitsch war anderen überlassen worden und verwahrlost, jetzt kümmerte sich der Zar selbst um ihn und ordnete mit jedem Hieb die Zukunft Rußlands. Er schien gar nicht zu begreifen, dachte Velasko, daß er seinen Sohn in die Arme seiner Gegner prügelte.

Der Zar nickte für sich, als sei eine Lektion erteilt, und folglich würde auch Besserung folgen. Er richtete sich auf und streckte sich, als hätte er sich über Nacht verlegen und sinne nach, womit er den Tag anfangen sollte.

»Du hast gute Knochen«, sagte der Zar und stellte den Gehstock zurück. »Jetzt schreib auf, wie du ein Zarewitsch zu werden gedenkst! Oben ist ein Schreibzimmer. Ich warte.« Er wand sich an Velasko und hob den Zeigefinger, als hätte er sich an etwas erinnert. »Der Zarewitsch darf sich doch in das Schreibzimmer setzen?«

»Sicher, Eure Hoheit. Mein Haus ist auch das Haus Seiner Hoheit.«

»Du bist ein Freund, Velasko. Wir werden trinken und uns verstehen. Ich bin jetzt durstig.«

Diesen Satz hörte Velasko inzwischen mit Widerwillen. Der Zarewitsch lag regungslos, aber er atmete. Die Hände waren noch immer über den Kopf gekrampft, die Beine angezogen, er wimmerte vor sich hin.

»Schreib es kurz auf, Alexei«, sagte der Zar und hockte sich zu seinem Sohn. »Mach die Sätze so klar, wie Luther geschrieben hat, aber nur eine Seite. Nicht mehr. Man muß das Wichtige immer zusammenfassen in kurzen Sätzen. Wer etwas bis zum Ende durchdenkt, kann es auch kurz aufschreiben. Du kennst doch Martin Luther?«

Der Zarewitsch stöhnte auf, was wohl Zustimmung bedeuten sollte.

»Du wirst sehen, er ist nicht wirklich schlecht«, sagte der Zar zu Velasko. »Ich hab mich nur nicht um ihn gekümmert. Man muß ihm zeigen, was nützlich und was überflüssig ist.«

Er erhob sich und lud Velasko in den Salon ein.

33.

Sie gingen die Bücher durch und tranken dabei. Zar Peter wollte wissen, welche Schriften für seinen Sohn nützlich sein konnten. Zwischendurch holte Velasko eine neue Flasche Tokajer. Wieder empfing ihn Frau Sobieski zitternd und leichenblaß.

»Der Sohn!« flüsterte sie und wies nach oben zum Schreibzimmer. »Ich hab nachgeschaut, ob er etwas braucht. Er hat eine Pistole aus dem Schrank genommen und hantiert damit herum.«

Seine Zugehfrau hatte dem Zarewitsch also hinterherspioniert.

»Der gnädige Herr muß dem die Pistole abnehmen«, sagte sie weiter. »Der will sich zerschießen.«

»Quatsch! Das wird seine Hoheit schon nicht«, sagte Velasko nun selbst unsicher. »Warum sollte er. Schreibt er denn?«

»Nein, Herr. Er sitzt nur da und zielt auf die Hand.«

Jetzt erschien der Zar in der Tür und fragte bescheiden nach etwas Brot, worauf Velasko im Salon ein warmes Essen auftischen lassen wollte, aber Peter bat, in der Küche bleiben zu dürfen, wo er sich wohler fühlte und das Essen heiß vom Herd käme. Nebenbei raunte Velasko Frau Sobieski zu, sie solle weiter nach dem Zarewitsch schauen.

Als er sich mit dem Zaren gebratenes Huhn schmecken ließ,

fragte dieser, was es mit dem Porträt der schönen Frau auf sich habe, das an der Bilderwand im Salon den Ehrenplatz einnahm. Als Velasko von Laetitias Tod durch verdorbenen Fisch erzählte, war der Zar beinahe zu Tränen gerührt. Zum Trost erzählte er über seine zweite Frau Katharina, die Fische sogar mit der Hand fangen könne.

Wieder überraschte ihn der Zar, als er von seiner *Katharinuschka* schwärmte. Er sprach so zartfühlend und innig von ihr, daß Velasko dachte, ein anderer Mensch säße ihm gegenüber. Bei jeder Silbe, jedem Wort, jedem Satz lag dem Zaren das Herz auf der Zunge. Fast täglich schreibe er seiner *Katharinuschka* und sehne sie herbei. Für sie schnitze er aus Hirschhorn einen Deckenleuchter, der in ihrem Schlafzimmer in Petersburg aufgehängt werden solle. Das würde eine Überraschung werden! Seine Herzensfreundin habe ihn auf so manchem Feldzug begleitet und scheue sich nicht, selbst ein Gewehr in die Hand zu nehmen und auf nackter Erde zu schlafen. Sie sei zäh wie Leder, sehr sparsam und könne bügeln wie keine zweite.

Velasko konnte ein Lächeln nur mühsam unterdrücken. Tatsächlich erfreute sich ein russischer Kaiser an der Bügelkunst seiner Kaiserin! Es war absurd, aber wie er verwundert feststellte, war es dem Zaren ernst damit.

Und die Weste, die er trage, sagte der Zar, sei ein Geschenk von ihr. Er würde sie seitdem nicht mehr ausziehen. Ohne seine *Katharinuschka* wäre das Leben überhaupt traurig und seine Wäsche ungepflegt.

Dann bat der Zar Velasko, ihm eine Locke abzuschneiden, die er dem nächsten Brief an sie beilegen wollte. Eine besonders schöne vom Hinterkopf, wo das Haar noch kraftvoller war. Als Velasko nach einer Schere suchte, fragte sein Gast, wer denn bei ihm die Wäsche bügle, da sein Weib jetzt tot sei?

Als Velasko antwortete, daß es seit dem Tod vor acht Jahren

seine Zugehfrau machte, sah ihn der Zar verständnislos an. Es war eine Weile still. Velasko suchte eine Locke, Peter hielt einen Spiegel und wollte eine andere. Velasko schnitt sie möglichst lang ab und hielt sie dem Zaren zur Begutachtung hin.

Plötzlich fiel ein Schuß. Velasko sprang auf und rannte die Treppe zum Schreibzimmer hoch. Vor der Tür stand Frau Sobieski und hielt die Hände fassungslos vor den Mund. Velasko riß die Tür auf. Der Zarewitsch saß gekrümmt am Sekretär. Seine Arme, Kopf und Lippen zitterten. Er streckte die rechte Hand in die Höhe und sah staunend zu, wie das Blut hervorquoll und auf den Boden tropfte. Er schien selbst am meisten davon überrascht, was er sich angetan hatte.

Velasko hörte den Zaren hinter sich.

»Hoheit, ich hab nur gespielt«, sagte Alexei mit schmerzverzerrtem Gesicht zu seinem Vater. »Sie ist losgegangen. Einfach losgegangen.«

Auf dem Tisch lag ein Blatt Papier. Peter faßte danach und studierte das Geschriebene. Velasko konnte einige angefangene Zeilen sehen, die mit »*Ich will ... Ich will ...*« begannen, aber mit wilden Strichen wieder getilgt worden waren. Der Zarewitsch hatte nichts zustande gebracht.

Der Zar legte das Blatt zurück und untersuchte die Pistole, die Velasko als Kind von einem Onkel geerbt hatte. Er spannte den Hahn, löste ihn, horchte auf das Klack, er drehte und wendete sie. Man sah seine Liebe zu den Waffen.

»Sie ist alt, aber gut«, sagte der Zar und legte die Pistole zurück. »Wie kann sie einfach losgehen?«

Die Frage war technischer Natur, und er fragte sich selbst. Er schien überhaupt nicht zu begreifen, daß sein Sohn sich verletzt hatte. Es lag offensichtlich völlig außerhalb seiner Gedankenwelt, daß er daran schuld sein könnte. Der Zar trat mit der Pistole ans Fenster und probierte im Licht noch einmal den

Mechanismus, dann legte er sie beiseite und untersuchte die Hand.

»Das Stück Haut da wächst nicht mehr an«, sagte er. »Eine Schere brauch ich und Nadel und Faden.«

Während der Zar die Wunde zurechtschnitt und flickte, ging Velasko hinaus. Er war empfindlich in diesen Dingen. Ihm wurde einfach schwindelig, er hätte nie Wundarzt werden können und entschied sich für einen Gang um den Häuserblock.

Danach saßen sie alle drei im Salon. Vater und Sohn schütteten wie gierige Hunde Cognac in sich hinein, so daß Velasko kaum mit dem Einschenken nachkam. Es juckte ihn, die beiden Trinker alleine zu lassen und ins Stadtgericht zu gehen. Er wollte endlich Arnold Merck verhören, der hoffentlich noch wartete, und überlegte, wie er sich, ohne unhöflich zu sein, aus der Affäre ziehen konnte. Da stand der Zar abrupt auf. Er hatte beschlossen, mit seinem Sohn und Velasko zu seinen Freunden nach Schloß Monbijou zu gehen. Seine Freunde seien jetzt auch die Freunde Velaskos.

Schon stürmte der Zar aus dem Salon, warf sich einen Mantel über und stand ungeduldig in der Tür. Alexei herhob sich mit stocksteifem Rücken, Velasko half ihm, den Ärmel seines Mantels über den Verband zu ziehen. Nach wenigen Metern konnte der Zarewitsch nicht mehr mithalten und blieb zurück.

Im Portal von Monbijou waren Tische aufgestellt, die hochbeladen waren mit schönsten Pelzen. Einige Russen handelten erregt mit Berliner Kaufleuten und verstummten im Wort, als sie ihren Kaiser sahen. Sie fielen auf die Knie und küßten ihm mit leuchtenden Augen die Hände. Ein Betrunkener hatte es nicht mehr in sein Zimmer geschafft und schlief in einer Pfütze von Urin. Eine Standvase war in Trümmer gegangen, und ein Spiegel war zersprungen.

Im Großen Saal war Mattigkeit eingekehrt. Obwohl es

taghell war, hatte man sich schon müde getrunken und stellte sich allseits auf einen Mittagsschlaf ein. Es roch nach Erbrochenem. Ein Zecher war von der Bank gefallen und schnarchte unter dem Tisch. In einer Ecke saßen sich zwei Männer gegenüber, beschimpften sich mit lahmen Gehässigkeiten und drohten einander Prügel an. Ein anderer hatte das heulende Elend bekommen und lallte kopfschüttelnd vor sich hin.

Ein Zwerg lief aufgeregt voraus und trat ein paar Zecher wach, die am Kamin so eng beieinanderlagen wie Heringe in einem Faß. Ein Russe kam herbeigewankt, küßte dem Zaren die Stiefel und fragte um eine Beförderung an, der aber verwies ihn an den Schein-Zaren, der mit stierem Blick und nacktem Oberkörper nach einer Dirne suchte. Justizminister Sotov quälte sich von einem Stuhl hoch und schwankte mit offenen Armen auf den Monarchen zu. Die Männer küßten sich auf den Mund. Das Trinken sei freudlos ohne ihn. Aber Sotov war überglücklich, denn er habe die Nachricht von der Geburt eines Enkelsohnes bekommen. Man müsse dies mit einem Gottesdienst gebührlich feiern.

Jetzt kam Leben in die Gesellschaft. Was für ein Ereignis! Sotov war zum achten Mal Großvater geworden! Velasko konnte förmlich zusehen, wie in Erwartung eines Festes die Kehlen austrockneten. Wie auf ein Stichwort kamen Diener gelaufen. Tische und Stühle wurden gerückt und Speisen herbeigetragen. Der Kamin mit den Aufbauten wurde unter der Anweisung von Sotov als improvisierter Altar mit Tüchern und religiösem Geschirr hergerichtet.

Innerhalb kurzer Zeit war der Saal merkwürdig ausgestattet. Da schlurfte der Zarewitsch herein. Einige Untertanen verneigten sich ehrfürchtig in seine Richtung, einige fielen auf die Knie und küßten auch ihm die Hände. Alexei kämpfte, daß er nicht strauchelte und zusammenbrach, und hangelte sich von

Stuhl zu Stuhl. Zar Peter sah seinen Sohn und tuschelte mit Sotov. Der nickte vergnügt und verschwand.

Velasko schwante Böses. Er ging umher und versuchte, einen Zwerg, der ihn penetrant mit einem Krug bedrängte, abzuschütteln, und sah aus dem Fenster hinunter in den Park und zur Anlegestelle. An einem Kellereingang stand Jaguschinski, der offensichtlich die Sicherheitslage kontrollierte und einen Wachsoldaten herbeiwinkte. Der Fürst hielt sich, so schien es Velasko, vom bodenlosen Saufen wohl lieber fern.

Inzwischen nahm man im Saal Aufstellung. Man verkündete die Verherrlichung Bacchus' durch ein närrisches *Konklave*. Bei dem Zauberwort bildete man eine Gasse und ging auf die Knie. Der Zweck des Kollegiums, das war Velasko sofort klar, war nichts anderes als das totale Besäufnis.

Nun zog seine Narrheit, der Erste Saufpapst Sotov, feierlich in den Saal mit Zepter und einer Bischofsmütze aus Blech. Die Knienden rechts und links erhielten den Segen vermittels Schlägen mit einer Schweinsblase auf den Kopf. Begleitet wurde Sotov von *Allerspaßigsten Äbtissinnen*. Velasko erkannte in ihnen die beiden Dirnen wieder, die bei dem Empfang mit entblößten Brüsten neben dem Zaren gesessen hatten. Die beiden beugten sich zu den Knienden, und an Stelle einer Ikone wurde ihnen eine unflätige Statue des nackten Bacchus zum Kuß hingehalten. Auch jetzt trugen sie nur leichte Tücher, die von der Seite ihre herrlichen Brüste erkennen ließen.

Sotov bahnte sich den Weg zu Alexei. Der stand starr vor Schreck, als wolle ihm der Teufel persönlich alle Religion aus dem Leib prügeln. Sotov begrüßte den Zarewitsch als Novizen. Er wartete, bis dieser unter Stöhnen vor ihm auf die Knie ging und ihm die ausgetretenen Pantoffeln küßte. In Abwandlung der Worte »Glaubst du?«, die die russische Kirche an die Täuflinge stellte, fragte Sotov: »Säufst du?«

»Ja, heiligste ...«, rief Alexei mit dünner Stimme. Er war so geschwächt, daß ihm die Sprache wegblieb.

Jemand flüsterte ihm den Spruch zu.

»Ja, heiligste aller Heiligkeiten!«

Nun wurde von zwei Zwergen in putzigen Meßgewändern ein gewaltiger Wodkahumpen herbeigetragen. Alexei hatte Mühe, ihn mit einer Hand anzuheben und trank das heilige Gesöff in großen Schlucken. Der Wodka lief an der Seite herunter, so daß Sotov ermahnend mit der Zunge schnalzte. Als der Humpen endlich geleert war, drehte Sotov ihn zum Beweis um und präsentierte ihn der Saufgemeinde.

»Amen, Eure Heiligkeit!« rief jemand.

Alexei trat einen Schritt zurück und dachte wohl, er wäre erlöst, da reichten ihm die *Allerspaßigsten Äbtissinnen* ein Meßgewand mit aufgestickten Flaschen sowie entblößten Gestalten von Venus und Bacchus. Dann halfen ihm die Dirnen mit Gehabe beim Überstreifen des Gewandes. Währenddessen psalmodierte Sotov in unverständlichem Falsett eine Phantasielitanei, angelehnt an den Ritus der Papisten. Als eine Dirne Alexeis Rücken berührte, stöhnte er auf, und seine gesunde Hand zuckte, als wollte er nach ihr schlagen, aber er besann sich. Huldvoll reichte ihm Saufpapst Sotov den Hirtenstab und verneigte sich in Richtung einer Flügeltür.

Zunächst schritten Zwerge in kirchlichen Gewändern würdevoll herein und schwenkten Schalen mit Weihrauch. Dann wurden die Augen groß, und es gab erstaunte »Ahhhs!« aus der Gemeinde. Ein riesiger Schlitten wurde von Schweinen, auf denen ebenfalls Zwerge ritten, in den Saal gezogen. Das Gebrülle und Gejohle wurde unvorstellbar. Man trampelte, schlug gegen Tische, stieg auf Stühle, Gläser gingen zu Bruch.

Auf dem Schlitten war ein Berg errichtet, den Velasko zunächst nur als unförmige braune Masse erkennen konnte. Die

Schweine quiekten und wollten nicht ziehen, so daß weitere Zwerge hinzusprangen und auf die Tiere einschlugen.

Langsam näherte sich das merkwürdige Gefährt. Als es an Velasko vorüberzog, roch er, daß der unförmige Klumpen ein riesiger Berg aus Gänseleberpastete war. Offensichtlich war es die schier unglaubliche Menge, die Hoflieferant Kaulitz an die Russen geliefert hatte.

Der Schlitten hielt vor Sotov. Der verneigte sich und besprengte den Pastetenberg aus einem Krug mit Wodka. Es tumultierte im Saal. Die Meute war nicht mehr zu bremsen. Plötzlich öffneten sich zwei Türen im Berg. Heraus trat eine blutjunge Zwergin. Bis auf einen Bischofshut, den sie keck in den Nacken schob, war sie nackt. Die Gesichter blitzten auf, man begeisterte sich über ihre wohlgeformten Proportionen. Die Überraschung war perfekt, und Sotov war der Größte.

»Mein Sohn«, tönte der, »nun zeige dich würdig Ihrer obersten priesterlichen Heiligkeit.« Er machte eine bedeutungsschwangere Pause. »Und nun, Novize, küsse ihr den … Arsch!«

Zar Peter verschluckte sich am Wodka und lachte aus vollem Hals. Alles drehte sich zu ihm um und lachte mit. Es ruckte sichtlich in Alexei, er wagte nicht zum Zaren zu schauen. Die Zwergin drehte sich um, beugte sich tief und zog ihre süßen Hinterbacken auseinander. Alexei trat vor, Velasko meinte, ein verzweifeltes Stoßgebet in seinem Blick zu sehen, und küßte ihre Arschbacken.

»Nun gehet hin in Frieden!« rief Sotov.

»Amen!« brüllte die Gemeinde. Man wollte sich vor Lachen nicht einkriegen, Hüte flogen, die Musiker boten das Äußerste, was ihre Instrumente hergaben. Der Zar sprang hinzu und schlug die Trommel so hart wie Hagelschlag.

»Nun tanz, mein Sohn, mit ihrer Heiligkeit!« rief Sotov.

Alexei tat, wie ihm befohlen war. Die zerschossene Hand

streckte er der nackten Zwergin hin, in der anderen hielt er den Hirtenstab. Er tanzte so lebendig wie eine Marmorstatue aus der königlichen Galerie. Sofort füllte sich die Tanzfläche. Alle wollten mittun. Zwerge tanzten mit putzigen Bocksprüngen um den Zarewitsch herum.

»Ich freue mich, Ihn zu sehen«, sagte Jaguschinski, der sich zu Velasko gesellte. Sie schauten dem Treiben der aufgepeitschten Meute zu, dann entschlossen sie sich zu einem kleinen Spaziergang zur Anlegestelle. Der Fürst hielt ihm die Tür zur Terrasse auf und ließ ihm den Vortritt. Als Velasko sich bedankte und zu ihm umdrehte, sah Jaguschinski besorgt zu Alexei, der, umgeben von den Zwergen, weiter seinen steifen Tanz vollführte. Der Fürst schien der einzige zu sein, der mit dem Zarewitsch Mitleid hatte.

»Er hält uns Getaufte für Bären?« fragte Jaguschinski, aber es klang wie eine Feststellung. »Für Barbaren.«

»Eure Durchlaucht, wie könnte ich«, wich Velasko aus und lachte. Mit einem Lachen, so hatte er sich von Martha abgeschaut, überspielte man kitzlige Situationen am leichtesten.

Der Fürst gab sich dann auch mit seiner Antwort zufrieden und lächelte. Seite an Seite gingen sie den Kiesweg zum Ufer hinunter.

»Mein Zar ist sehr zufrieden, daß Er den Zarewitsch ein Verständnis in Rechtsdingen lehren wird«, sagte Jaguschinski.

»Es ist mir eine große Ehre. Ich habe mich jedoch noch nicht entschlossen.«

»So? Für mich klang es, als wäre es schon entschieden. Freiherr von Velasko, es ist eine Herausforderung, die Er nicht ausschlagen kann. In unserem Land passiert Großes. Übrigens hat mir Justizminister Sotov eine Schrift von Ihm zu lesen gegeben. Die Sprache ist ganz verständig. Der Zar zwingt unser Volk zum Fortschritt, und wir brauchen verständige Männer wie Ihn.«

»Kann man denn ein ganzes Volk zum Fortschritt zwingen?«

»Zar Peter kann es«, sagte der Fürst fest. »Er hat die Kraft dazu.« Da war jedoch ein unkonzentrierter Moment und müder Unterton, der Velasko aufhorchen ließ. Es klang wie bei einem Schauspieler, der nicht ganz bei der Sache war und eine Rolle herunterleierte, die ihm nicht auf den Leib geschrieben war. Es klang nicht überzeugend und war mechanisch dahergesagt.

»Unser Volk gleicht Kindern«, sagte der Fürst. »Sie tun nicht von alleine, was gut für sie ist. Wenn sie nicht gezwungen werden, machen sie sich niemals ans ABC.«

»Ich hörte von einer großen Unzufriedenheit gegen die Politik des Zaren. Es hat Aufstände gegeben.«

»Natürlich gab es Ablehnung und Widerstreit. Wie soll es bei diesen gewaltigen Umwälzungen auch anders sein. Der Zar führt Rußland nach Europa. Der Fortschritt muß unumkehrbar sein. Da muß man sehr viel Kraft aufbringen und auch Geduld mit den Menschen haben.«

Der Kies knirschte unter ihren Schritten. Velasko hatte von Aufständen und Rebellion gegen den Zaren gehört, die blutig niedergeschlagen worden waren. Die Umwälzungen machten Rußland zu einem Pulverfaß. Die ehrgeizigen Bauprojekte verschlangen Unsummen. Häfen wurden bebaut, Befestigungsanlagen, Kanäle und neue Städte. Steuern wurden aus dem Volk gepreßt, Hunderttausende liefen vor Zwangsarbeit, Kriegsdiensten und Steuereintreibern in die Wälder. Die Opfer an Menschenleben mußten gewaltig sein und die Widerstände erheblich. Der Fürst spielte die Gefahren herunter. Ein Funke genügte, um das Zarenreich explodieren zu lassen.

»Zugegeben, nicht viele verstehen, was der Zar will«, sagte der Fürst weiter. »Die meisten machen mit, weil es ihnen befohlen wird, aber sie könnten es auch sofort lassen.« Der Fürst sprach allgemein, aber es paßte auf die Gefolgschaft des Zaren. »Sie denken an den eigenen Geldbeutel, sie haben es nicht anders gelernt. Kaum eine Handvoll Männer ist nicht korrupt, und viele Neuerungen werden nur aus Furcht vor Strafe mitgemacht. Aber ich bin sicher, nach und nach werden es immer mehr begreifen. Das Werk des Zaren ist unumkehrbar.«

»Und die Geistlichkeit? Der Zar hat sie aus den Ämtern geworfen? Für die Popen ist der Zar der Antichrist.«

»Das *Geheime Büro* hat ein Auge auf die Geistlichkeit«, beschied ihn der Fürst.

Velasko sah ihn ungläubig an. Als sei mit dem Ausspionieren durch die Geheimpolizei der Fall erledigt. »Und der alte Adel?« fragte er und dachte an die Aufstände der Strelitzen, von denen er gehört hatte. Die Strelitzen waren sogar gegen Moskau marschiert, und der Zar hatte deren Rebellion niedergeschlagen. »Ich denke an die alten Familien, die der Zar entmachtet hat. Droht vom alten Adel kein Widerstand?«

»Nein, der Zar ist dem Adel ein Gott. Sie sind seine Sklaven.« Wachsoldaten salutierten von einer Galeere herüber.

»Der alte Adel ist auch nicht gegen die Reformen im allgemeinen«, sagte der Fürst weiter. »Sie sind gegen die Ehe des Zaren mit Katharina, ja, das muß man einräumen. Die Ehe mit einem Weib aus dem Volke gilt ihnen als anstößig. Es beleidigt sie. Auch zwingt der Zar den Adel zu ungewohnten Anstrengungen. Die jungen Fürsten müssen ins Ausland und Nützliches für unser Land lernen. Sprachen, Handwerk, Kriegskunst, alle Wissenschaften. Alles wird gebraucht. Die Fürsten sind es nicht gewohnt, sich nützlich zu machen, aber sie werden sich gewöhnen. Schließlich ist alle Anstrengung nur zum Wohle Rußlands. Deswegen sind ausländische Ratgeber im Land auch stets willkommen.«

Da hatte Velasko etwas ganz anderes gehört, und er hatte

diesbezüglich einige Bedenken, nach Rußland zu gehen. Die Ausführungen des Fürsten waren insgesamt halbherzig und klangen alles andere als überzeugend. Es war merkwürdig. Velasko glaubte genau das Gegenteil von dem herauszuhören, was er sagte. Der Fürst schien zu sagen, was er sagen mußte.

Und wie sollte der Zar mit einer solchen Meute, wie sie da hinter ihnen tobte, ein Land umwälzen? Nein, dachte Velasko, selbst ein so kraftvoller Herrscher konnte ein Land nicht zum Fortschritt zwingen. Nicht gegen das Volk. Rußland war ein Pulverfaß.

Hinter einer Hecke sah Velasko die Köpfe von Wachsoldaten. Man sah zu ihnen herüber und war – nach wie vor – in angespannter Aufmerksamkeit. Sie sahen einen Augenblick schweigend auf das Wasser der Spree, dann zählte Velasko die Namen der Kirchen auf, deren Türme zu sehen waren. Der Fürst schien auch keine Lust zu haben, wieder ins Schloß zu gehen.

»Gottlob sind die Mörder des Kastellans gefaßt«, sagte der Fürst. »Zunächst waren wir sehr in Sorge.«

»Ja, gottlob«, sagte Velasko, und wieder hatte er den Eindruck, auch der Fürst würde nicht glauben, daß der Mord wirklich aufgeklärt war.

»Rußland braucht Männer wie Ihn«, bekräftigte Jaguschinski. »Der Zar hat viele Deutsche in Diensten. Er schätzt sie besonders als Praktiker und Denker. Wenn Er dem Ruf des Zaren folgt, wird Er viele deutsche Freunde in Rußland finden.«

»Ich hörte von der Deutschen Siedlung in Moskau.«

»Eigentlich ist der Zar dort aufgewachsen. Den Kreml hat er immer gemieden. Bis heute eigentlich. In den Sälen des Kremls hat er sich nur gefürchtet. Weiß Er vom Aufstand der Strelitzen vor 25 Jahren? Man muß es wissen, sonst versteht man Zar Peter nicht.«

»Wie ich mich erinnere, stand hinter den Aufständischen die Halbschwester des Zaren.«

»Sophia hieß die Verräterin. Sie hatte sich mit den Strelitzen verschworen und die Macht an sich gerissen. Als zehnjähriger Junge mußte Peter zusehen, wie die Verräter einem Freund den Kopf auf den Boden schmetterten, ihn auf die Lanzen ihrer Kameraden warfen, wie Männer zu Tode getrampelt wurden. Er hat das Stöhnen von vielen Gefolterten gehört und Ströme von Blut fließen sehen. Stunde um Stunde lebte er in Todesangst. Der Zar hat die Ereignisse nie verwunden. Sie haben damals seine Kinderseele getötet. Das Zucken im Gesicht hat er seitdem. Es ist Ihm sicher aufgefallen.«

»Ja, aber der Zar ist trotzdem furchtlos und geht ohne jede Bewachung durch die Stadt.«

»Wir müssen stets wachsam sein. Gegen jedermann. Ob es nun das Volk ist, die Geistlichkeit oder ob es Minister sind oder gar Fürsten oder die Verwandtschaft des Zaren. Gerade die, die dem Herrscher nahstehen, sind immer eine Gefahr. Verrat erfolgt oft im engsten Kreis. Ja, selbst unter den Sicherheitssoldaten.«

»Sagt Ihm der Name Lilienroth etwas? Er soll auch im Dienst des Zaren sein.«

»Lilienroth, nein. Wie kommt er darauf?«

»Hermann-Harrach von Lilienroth. Ein Halbbruder des Kastellans von Monbijou«, sagte der Fürst nachdenklich.

»Ja, der Kastellan. Die Mörder sind ja gottlob gefaßt. Nein, der Name sagt mir nichts.«

»Er soll dem Zaren als Offizier dienen.«

»Beim besten Willen nicht. Die Armeen des Zaren sind riesig.«

»Natürlich, es wäre ein großer Zufall gewesen. Wenn Eure Durchlaucht noch eine Frage erlauben: Sagt Ihm vielleicht der Name Wasa etwas?«

»Nein.«

»Wasa-Ludwig?«

»Nein«, sagte der Fürst nur und rieb sich die Hände, als sei ihm kalt. »Mich fröstelt.«

»Dann gehen wir hinein«, sagte Velasko und wunderte sich, denn Jaguschinski hätte im Reflex fragen müssen, was es mit den Namen auf sich hatte. Als verantwortlicher Sicherheitschef mußte ihn dies interessieren. Einen Sicherheitschef hatte einfach alles zu interessieren.

»Zar Peter wird Ihn schon vermissen«, sagte der Fürst. »Seine kaiserliche Hoheit wird mit Ihm trinken wollen. Wir Russen trinken bekanntlich mit unseren Freunden. Er wird sich schon noch daran gewöhnen.«

»Da bin ich nicht sicher, Durchlaucht. Kann man sich denn überhaupt daran gewöhnen?«

»Natürlich. Seine kaiserliche Hoheit ist übrigens sehr dankbar gegen Ihn, daß er ein Zuhause bei Ihm gefunden hat. Und für die Unterkunft des Zarewitschs und der Zarewna bei der Fürstin von Lichtenau. Der Zarewitsch wirkte etwas angeschlagen. Fand Er nicht auch?«

Jaguschinski machte eine Pause und wartete offensichtlich, daß Velasko etwas preisgab, was den erbarmungswürdigen Zustand Alexeis erklärte, aber dessen Gefühl sagte ihm, daß er besser schwieg. Man erfuhr immer mehr, wenn man sich zurückhielt und nicht in die Plauderfalle tappte, so daß man später feststellen mußte, nur über das gesprochen zu haben, was man ohnehin schon wußte.

»Ja, der Zarewitsch war gar nicht wohlauf«, sagte Velasko. »Er war blaß, als bekäme er ein kaltes Fieber. Alexei hat insgesamt eine kränkelnde Leibeskonstitution. Man dachte schon daran, ihn zur Wasserkur nach Karlsbad zu schicken.«

»Wenn überhaupt zur Wasserkur, dann nach Karlsbad.«

»Gehen wir doch rein! Mit dem Trinken, da hält er sich vielleicht an meiner Seite.«

Im Saal tobte die Saufsynode. Unterdessen verteilten die *Allerspaßigsten Äbtissinnen* Oblaten, die mit Wodka hinuntergespült wurden. In entfesselter Musikantenwut schlug Zar Peter seine Trommel. Strauchelte einer der Betrunkenen oder kam gar zu Fall, dann freute er sich kindisch.

So etwas befremdete Velasko, aber ihn entsetzte wirklich, wie der Zar seinen Sohn mit Trommelschlägen erbarmungslos anfeuerte. Alexei tanzte weiter mit lahmen Schritten. Er drehte sich ganz vorsichtig um den Hirtenstab, daß er nicht zu Fall kam und ihn niemand berührte. Zwischendurch reichte ihm die nackte Zwergin einen Krug. Es war für Velasko unbegreiflich, daß ein Mensch in diesem halbtoten Zustand auch noch solch unglaubliche Mengen Wodka in sich hineinschütten konnte.

»Was war das gerade noch für ein Name?« fragte jetzt Jaguschinski und lenkte Velasko in eine ruhigere Ecke, von wo aus sie einen guten Blick hatten.

»Wie bitte, Durchlaucht?« fragte Velasko, obwohl er wußte, wonach der Fürst fragte.

»Er nannte draußen einen Namen. Ein gewisser …?«

»Ach ja, Wasa.«

»Wer soll der Herr bitte sein?«

»Wasa-Ludwig, ein entlaufener Soldat, ehemals in brandenburgischen Diensten. Ein Kanonier.«

»Warum fragte Er nach diesem Kanonier?«

Genau das fragte Velasko sich auch. »Wir fahnden nach ihm«, sagte er und stocherte somit ziellos herum wie ein Torschreiber in einem Heuwagen. »Vielleicht ist er in die russische Armee geflüchtet.«

»Gute Kanoniere kann der Zar immer gebrauchen. Nein, der Name sagt mir nichts.«

Auf den Wink des Fürsten brachte man zwei Krüge. Velasko war entsetzt, da sie beinahe randvoll waren, und er dachte voller Ekel, daß er dieses bösartige und sinnlose Trinken niemals überleben würde. Der Fürst drehte sich so zu ihm um, daß er von anderen nicht gesehen werden konnte und prostete ihm mit schalkhaftem Blick zu, dann setzte er den Krug an die Lippen und verzerrte das Gesicht in Erwartung eines schlimmen Brennens. Wohl oder übel hob auch Velasko an. Zu seiner Überraschung schmeckte er jedoch Wasser. Erfrischend kühles Wasser.

»Ahhh!« machte der Fürst und schüttelte sich wie ein begossener Hund. »Wasa? Nein! Der Name sagt mir wirklich nichts.«

Trieb der Fürst etwa ein Spielchen mit ihm? »Ahhh!« stieß Velasko aus und tat es ihm nach. Er stellte sich auf eine lange Nacht mit viel Wasser ein, aber wieder wurde er vom sprunghaften Naturell des Zaren überrascht. Auf den Enkelsohn von Saufpapst Sotov wurden stumpfsinnige Gesundheiten hinausgegrölt, plötzlich warf Zar Peter einem Zwerg seine Trommel zu und hob die Arme. Sofort erlosch die Musik.

»Mein Justizminister bekommt einen Enkelsohn nach dem anderen«, rief er, »aber ich bleibe ohne Enkel.«

Alle schauten zum Zarewitsch, der nichts davon mitbekommen hatte und sich wie im Taumel weiter drehte. Es war mucksmäuschenstill. Nur ein schwaches Klimpern der leeren Flaschen und Figuren an Alexeis Gewand war zu hören.

»Sotov, erklär deinem Zaren, woher du deine Enkel bekommst!«

Der schien damit einen Augenblick überfordert. »Na, mein Sohn macht mir die Enkel.«

»Hast du es von deinem Sohn erbitten müssen?«

»Sein Weib zu besamen?« fragte Sotov und griente dümmlich. Seine Lippen gingen leer, dann trommelte er mit den Fäusten auf seine Brust. »Nein, er ist doch der Sohn von Sotov!« brüllte er hinaus, so daß Tropfen seines Speichels in hohem Bogen flogen.

Alles lachte mit ihm oder über ihn. Wohl niemand konnte sich vorstellen, daß diese fette, von Wodka durchtränkte Ruine noch in der Lage war, ein Kind zu zeugen. Jetzt erwachte der Zarewitsch aus seinem Taumel und forderte von der nackten Zwergin Wodka, aber schon war sein Vater mit schnellen Schritten dazwischen.

»Schluß mit der Sauferei!« herrschte er den Zarewitsch an und schleuderte den Krug quer durch den Saal. Alles duckte sich weg. Dann winkte der Zar Velasko herbei. »Bring den Zarewitsch zu seinem Weib! In neun Monaten will ich einen Enkelsohn.«

35.

Draußen begrüßte Velasko eine erfrischende Nachtluft. Er schickte nach einer Sänfte und schaute in die Sterne, die mit dem Schauen immer dichter wurden. Eine Nacht, dachte er, um mit einer Geliebten im Arm das Glücksrad anzuhalten.

Der Zarewitsch wollte sich nicht auf den zerbleuten Hintern setzen und kniete mitten auf dem Weg. Er stöhnte und lallte gleichzeitig. Jetzt also folgte die Zeugung eines Thronfolgers, dachte Velasko bitter. Die nächste Stufe zaristischer Erziehung.

Als die Sänfte herbeigeschleppt war, half er Alexei hinein. Auch darin kniete er. Den Trägern befahl er, vorsichtig anzuheben und im Laufschritt nicht zu schwanken. Velasko ging neben der Sänfte und achtete darauf, daß der Zarewitsch nicht hin und her geworfen wurde oder gar gegen eine Wand schlug.

Vor Marthas Haus standen einige Kutschen. Von der Straße war zu sehen, daß sie eine Abendgesellschaft gab. Im Salon brannten viele Lichter, und allerlei muntere Schatten huschten über Wände und Decke. Velasko befahl die Sänfte gleich zum hinteren Dienstboteneingang.

Vom Gesinde kam jemand heraus, auch der Mohrenknabe Nanu und der Bote des Zarewitschs. Der hob beim Anblick seines Herrn erschrocken die Hand an die Stirn, als wollte er sich bekreuzigen. Er besann sich aber und ließ die Hände herabhängen, als wären sie plötzlich nutzlos. Der Zarewitsch wußte überhaupt nicht mehr, wie ihm geschah. Er wollte sich nicht helfen und anfassen lassen, folgte dem Boten jedoch ohne Widerworte hoch zu den Gästezimmern.

Velasko klopfte und wartete, ob vielleicht die Zarewna Charlotte öffnete, aber es regte sich nichts, dann führte er Alexei hinein. Er versuchte, den Mantel auszuziehen, aber der Zarewitsch wehrte sich mit der gesunden Hand und verlangte Wodka.

Der Bote roch, so schien es Velasko, aus den Kleidern nach Weihrauch. Alexei wurde nun munterer und lauter und bestand bösartig auf Wodka. Jetzt nahm er auch den Boten wahr und wollte unbedingt zu einer Bücherkiste. Er schaffte es aber nicht weit, er taumelte und hielt sich an einem Stuhl fest, dann glitt er unter Stöhnen auf die Knie. Er flehte den Boten um Erlösung an, da begriff Velasko, daß der vermeintliche Bote ein Betbruder des Zarewitschs war oder sogar ein Priester. Velasko wollte nicht in dieses Geheimnis eingeweiht sein und schickte ihn rasch hinaus. Wenn der Zar davon erführe, dachte Velasko besorgt, dann gnade Gott. Was für Ängste mußte Alexei deswegen ausstehen.

In der Kiste fand Velasko einige Flaschen mit Wodka oder Branntwein, aber auch Bücher. Die gediegene Auswahl überraschte. Da waren welche über Geometrie, Reiseberichte, Studien über Festungsbau. Insgesamt eine breite und hoffungsvoll stimmende Palette an Wissenswertem, dann auch religiöse Bücher. Diese schienen den Zarewitsch wirklich zu beschäftigen, denn im Gegensatz zu den anderen waren sie abgegriffen und fielen beim Öffnen leicht auseinander. Darin waren auch mit fester Schrift Textstellen angestrichen.

Er kniete sich neben Alexei und half ihm beim Trinken. Nebenbei sah er genauer auf die religiösen Schriften und praktischen Anleitungen, wie man mit wahrem Glauben dem Höllenfürsten entkommen konnte. Schriften für Sektierer, dachte Velasko, die ohne den Glauben an religiöse Wunder nicht auskamen. Man sollte so etwas nur lesen, um Engstirnigkeit und flachen Geist zu studieren und sie schwachen Menschen ganz verbieten.

Alexei hob die wodkaschweren Lider, griff nach der Flasche und versuchte zu trinken, aber er verfehlte den Mund und maulte Velasko an. Er half sie anzusetzen, aber der Zarewitsch wankte. Velasko versuchte, ihm etwas einzuflößen, aber Alexei konnte nicht mehr richtig schlucken, und der Wodka lief ihm das Kinn hinunter. Die Augen fielen ihm wieder zu, und Velasko legte ihn vorsichtig auf die Seite. Sollte der Thronfolger des zaristischen Reiches ruhig auf den Dielen schlafen. Er zog ihm die Stiefel aus und deckte ihn mit dem Bettzeug zu. Gott wird deiner Seele schon gnädig sein, dachte Velasko, aber er zweifelte, daß Peter seinem Sohn Gnade gewähren würde.

In einer Ecke stand eine Modepuppe mit dem Kleid, das Martha an die Zarewna abgetreten hatte. Er befühlte den Stoff und roch daran. Ein Duft von Jasmin. Auf einem Tisch lagen weibliche Toilettenartikel und – gegen einen Stapel von Büchern gelehnt – ein Porträt, das vermutlich den Vater der Zarewna darstellte. Die Zarewna nahm einen großen Vorrat an Büchern mit nach Rußland. Es waren anspruchsvolle Titel darunter, wie Don Quichotte und Essais von Montaigne, aber auch Liebesromane.

Nach dem Wirrwarr des Tages hätte Velasko sich festlesen können. Was für ein bitteres Schicksal, dachte er und blätterte durch Charlottes Bibliothek. Man hatte über sie bestimmt, sie war ein Spielball mächtiger Dynastien, und sie hatte sich in ihr Schicksal zu fügen. Aber er? Er hatte die Wahl, das Angebot des Zaren anzunehmen oder Stadtrichter zu bleiben. Noch immer spürte er eine große Verlockung, sein Leben ganz zu verändern, aber er zögerte, sich einzugestehen, wozu er sich schon längst entschieden hatte: Er würde die Anstellung als Lehrer Alexeis nicht annehmen. Es war zwecklos, ihm etwas beibringen zu wollen. Der Zarewitsch war völlig ungeeignet für sein Amt, und anstatt sich darauf vorzubereiten, klammerte er sich an religiösen Wunderglauben. Ganz unfreiwillig wurde diese bedauernswerte Gestalt zum Hoffnungsträger und Kristallisationspunkt des Widerstandes gegen den Zaren.

Anfangs hatte Velasko gedacht, er könnte eine Freundschaft mit Peter eingehen, jetzt aber wuchs sein Widerwille. Einzig Jaguschinski war ihm sympathisch – unabhängig davon, daß der ihn nach Strich und Faden belog. Der Fürst glaubte selbst nicht an seine Worte, denn es war nicht möglich, ein Volk gegen seinen Willen umzuformen. Genauso wenig wie der Zar seinen Sohn zu einem anderen Menschen zwingen konnte.

Unten verabschiedete Martha ihre Gäste. Die Zarewna konnte jeden Augenblick in ihr Zimmer kommen. Rasch legte er die Bücher zurück und ging hinunter. Die beiden Damen waren freudig überrascht, als er plötzlich in der Tür zum Salon stand.

»Ich habe den Zarewitsch auf sein Zimmer begleitet«, erklärte sich Velasko. »Ihrer Hoheit war unwohl.«

Die Zarewna verzog einen Augenblick bitter den Mund. Sie schämte sich und schien dankbar für die Lüge. Auch Martha fragte nicht weiter nach. Sie wirkte erfreut, sich nicht mit dem

Zarewitsch beschäftigen zu müssen. Aufgedreht erzählte sie von der Abendgesellschaft. Eine Freundin habe ihre neueste Eroberung vorgestellt, aber deren Liebhaber sei ein solcher Leisetreter, daß die Unterhaltung mit ihm einschläfere. Hingegen hätten sich ihre Söhne wieder einmal sehr vorteilhaft benommen. Sie seien doch ihre Liebsten, wenn sie nicht gerade den väterlichen Flitz hätten. Daß sie Nanu den Teppich eingepinkelt hatten, was also schon wieder verziehen.

Um den Tag ausklingen zu lassen, einigten sie sich auf ein Glas Eiswein. Als Velasko den Damen zuprostete, streifte ihn ein Blick der Zarewna, der ihm die Nackenhaare angenehm aufstellte. Sie trank nur ein wenig und drehte das Glas bedächtig in ihren Händen. Er mußte rasch wegsehen. Charlotte hörte Martha aufmerksam zu und wandte sich auch zu ihr, aber er spürte, daß ihre Aufmerksamkeit vorgetäuscht war und eigentlich ganz ihm galt. Sie überraschte ihn in ihrer Zuneigung, aber noch mehr überraschte ihn seine eigene Lust, die er für sie empfand.

Martha erzählte, daß die Kronprinzessin völlig überraschend schwanger geworden sei. Velasko wollte wissen, was daran überraschend sei, denn es handele sich schließlich um ein angetrautes Paar. Martha erklärte, man habe wegen der Kinderlosigkeit am Hofe schon Intrigen gegen die Kronprinzessin gesponnen. Die Ärmste sei so glücklich, ihren Widersachern zu trotzen. Martha plauderte und plauderte. Die Zarewna hörte sehr aufmerksam zu und nippte nur an ihrem Glas. Auch Velasko trank so gut wie nichts.

Es war spät geworden, als Martha plötzlich die Runde aufhob. Sie habe vom Wein Kopfweh und müsse sich rasch hinlegen. Auch würde der morgige Tag einige unvermeidliche Anstrengungen mit sich bringen, und der Morgen ließe nicht mehr lange auf sich warten.

Die Damen gaben sich Küßchen zur Nacht, und auch Velasko küßte die Hand von Charlotte. In ihren freundlichen Augen sah er ein Verlangen, und er hatte Angst, vor Aufregung zu erröten. Die ganze Situation sprach dagegen, aber in ihm war nur noch der Gedanke, wie er sich der Zarewna nähern konnte. Er hätte gerne seinen Kopf in ihren Nacken gelegt und ihren Geruch erkundet. Keine der beiden Damen machte Anstalten, als erste zu gehen.

Martha faßte sich theatralisch an den Kopf und war eigentlich schon in ihrem Gemach, da fiel ihr etwas ein, was sie Velasko unbedingt noch fragen mußte. Wohl oder übel verabschiedete sich Charlotte und ging vor. Aus dem Augenwinkel beobachtete Velasko, wie sie die Treppe hochstieg, und er spekulierte darauf, ob sie sich noch einmal zu ihm umdrehte. Plötzlich schwindelte es Martha, und rasch setzten sie sich im Foyer auf eine Bank. Jetzt drehte sich Charlotte tatsächlich um und grüßte mit den Fingerspitzen, dann war sie weg.

»Du gehst also nach Rußland«, sagte Martha. Es fiel ihr offensichtlich schwer, einen entspannten Ton zu treffen.

»Wer sagt so etwas?«

»Man erzählt es. Ich erfahre davon als letzte.«

»Martha, es stimmt nicht.«

»Man sagte mir, du gehst als Lehrer des Zarewitschs mit. Behandelt man so eine Freundin?«

»Ich sagte gerade, daß ich nicht nach Rußland gehe.«

»Mein Lieber, alle Welt weiß von dem Angebot des Zaren, und ich erfahre davon über den Hofklatsch. Wie stehe ich denn da?«

»Laß die Kleinhirnigen doch tratschen!«

Martha streckte abwehrend die Hand gegen ihn. »Ich erkläre am Hofe meine Freundschaft zu dir, du begleitest mich zu Gesellschaften, und dann muß ich mir von diesem Angebot des

Zaren erzählen lassen. Es ist demütigend, so auf dich angesprochen zu werden. Im übrigen sind es auch nicht irgendwelche kleinhirnigen Persönlichkeiten, mit denen ich Freundschaften pflege.«

»Sonst bist du doch spöttisch gegen die Hofschranzen und nicht ich.«

»Ich? Nein. Ich achte die Menschen auch in ihren Kleinigkeiten. Das müßte dir aufgefallen sein. Nebenbei, du kannst in deiner pekuniären Situation das Angebot des Zaren gar nicht ausschlagen. Aber ich muß dich warnen. Ich mußte Dinge erfahren, die dir unbequem sein werden und die du ganz bestimmt nicht hören möchtest. Vermutlich wirst du mir nicht glauben, sondern nur noch deinem neuen Freund. Wenn man einen neuen Freund findet, dann ...«

»Der Zar ist nicht mein Freund. Ein Herrscher ist immer allein und hat nie Freunde. Es geht gar nicht anders.«

»Sei jetzt kein Kleingeist. So kenne ich dich gar nicht. Also laß dir nur dieses eine Mal gesagt sein: Wenn man einen neuen Freund findet, erscheint zunächst alles an ihm in bestem Licht, und man sträubt sich dagegen, die schlechten Seiten zu sehen.«

»Ein Zar kann gar keine Freunde haben, weil er immer der Zar bleibt«, beharrte Velasko. »Natürlich hat der Zar auch seine schlechten Seiten. Fürst Jaguschinski hat mir von schlimmsten Grausamkeiten erzählt, die Peter als Kind erleben mußte.«

»Quatsch. Dein neuer Freund ist selbst ein Folterer.«

»Was soll das denn jetzt?«

»Dein Zar ist noch grausamer als der schlimmste orientalische Tyrann. Und glaube mir, ich weiß einiges über Tyrannen. Dein Zar Peter, für den du übrigens nur noch Zeit hast, ist ein Sadist. Du solltest achtgeben auf deinen Umgang. Aber ich kenne dich«, sagte Martha weiter. »Du kannst dich so für Menschen begeistern und in eine solche Euphorie steigern, da ist es zwecklos, dir etwas sagen zu wollen.«

Sie ging in den Salon zu einer Bücherwand und holte hinter den dort stehenden Bänden ein Büchlein hervor. »Das hat mir ein sehr, sehr guter Freund, der sich übrigens wegen des Besuchs der Zarenfamilie wirklich um mich sorgt, bringen lassen. Es ...«

»Das klingt so geheimnisvoll, mit diesem sehr, sehr guten Freund. Darf man wissen, wer ...«

»Spöttele nicht, Carl, und laß mich gefälligst ausreden! Es ist zu ernst. Von dem Buch hier gibt es nur sehr wenige Exemplare. Als es in Wien gedruckt war, hat es eine Krise mit Rußland ausgelöst. Die Russen drohten mit allem möglichen, bis sich Kaiser Leopold bereit erklärte, alle noch unverkauften Exemplare einstampfen zu lassen. Dann hat ein gewisser Jaguschinski seine Agenten hinter jedem Buch herforschen lassen, und die Exemplare, die sie finden konnten, wurden mit Unsummen gekauft. Carl, lies selbst und glaub dann, was du willst! Mehr kann ich nicht mehr für dich tun. Mein Kopf schmerzt, ich bin müde. Es tut mir nur leid um Charlotte. Sie ist nicht so ignorant wie du und weiß genau, was auf sie zukommen wird. Und du, vergiß vor allem nicht, ich bin es, Martha, deine Freundin, die dir helfen will.«

Sie ging mit gesenktem Kopf und müden Schrittes hinaus. Velasko spekulierte darüber, ob sie sich noch einmal umdrehen würde. Sie hob jedoch nur die Hand und spielte zum Gruß mit den Fingerspitzen, dann war sie weg.

Er setzte sich nahe den Bücherwänden und schlug das Buch auf. Es war nachtstill. Ob Charlotte schon in ihrem Bett lag? Er ging ins Foyer und schaute die Treppe hoch, aber natürlich stand sie nicht dort. Inzwischen hatte sie sicher schon das Kleid ausgezogen. Der Zarewitsch schlief bestimmt weiter auf dem

Boden und würde sie nicht anrühren. Velasko hoffte zumindest darauf.

Ein paar Lesezeichen waren in das Buch eingelegt. In Gedanken war er noch bei Charlotte und horchte hoch. Im Haus war vollkommene Ruhe eingekehrt. Auch das Gesinde war zu Bett. Charlotte würde in den nächsten Tagen abfahren, dachte er schwermütig. Sie verschwand in den russischen Wäldern und Sümpfen, und er würde sie wohl nie wiedersehen.

Das Tagebuch eines österreichischen Gesandten namens Johann Georg Korb war lateinisch geschrieben. Der Name des Autors sagte ihm nichts. Seit dem Studium der Jurisdiktion war Velaskos Latein eingerostet, so daß ihm das flüssige Lesen etwas mühsam war. Mitten im Buch fand Velasko eine Stelle, die angestrichen worden war:

5. Februar anno 1699

Ein Mann, der mit dem Hochverrat der Strelitzen in Verbindung stand, wurde der peinlichen Befragung unterworfen. Als er an den Block gebunden wurde, begann er zu jammern, so daß man hoffte, durch Folterung die Wahrheit erpressen zu können. Aber gerade das Gegenteil trat ein: Sobald nämlich das Seil den Körper zu spannen begann, gab er bis auf ein schauerliches Krachen der Glieder, die aus ihrer natürlichen Bindung gerissen wurden, keinen Laut mehr von sich. Selbst auf die 30 folgenden Knutenhiebe nicht, gerade als ob die Gewalt des Schmerzes zu groß wäre, um die Sinne treffen zu können. Alle glaubten, der Mann habe, vom Übermaß des Leidens zermalmt, die Fähigkeit zum Klagen und Sprechen verloren. Man löste ihn daher von Block und Schandseil, richtete alsbald die Frage an ihn, ob er die Anwesenden kenne, und zur allgemeinen Verblüffung sagte er die einzelnen Namen genau auf. Als er nun abermals über den Hochverrat befragt wurde, hüllte er sich wieder in tiefes Schweigen, das er auch nicht brach, als er auf Befehl des Zaren eine volle Viertelstunde am Feuer gesengt wurde. Diese verruchte Widersetzlichkeit des Verräters konnte der empörte Zar nicht länger ertragen; wütend hob er den Stock, den er zufällig trug, um ihm diesen heftig hineinzustoßen und dadurch seinen in verstocktem Schweigen verriegelten Mund aufzubrechen und zum Sprechen und Klagen zu bringen. Die Worte, die ihm in der Wut entgegenfielen: »Bekenne, du Vieh!« brachten dann auch die Größe seines Zornes unverhüllt zum Ausdruck.

Was war davon zu halten? Velasko war unschlüssig. Er las da und dort, dann von vorne, und mit den Seiten ergab sich ein düsteres Bild:

Während einer Reise von Zar Peter nach Holland, wo er das Handwerk des Schiffs-Zimmermannes lernte, war es in Moskau zu einem erneuten Aufstand der Strelitzen gekommen. Diese früheren Elitesoldaten hatten sich schon dadurch gedemütigt gefühlt, daß es für ihre Söhne in Peters vormaliger Kinderarmee keine Bevorzugungen gab, die ihrem Adelsstand zustanden. Die jungen Prinzen mußten Gräben ziehen, Erdwälle errichten und bei den Kriegsspielen die Rolle der eroberten Feinde einnehmen. Ein tiefes Mißtrauen wuchs gegen Peter. Zudem nahm er ihnen Privilegien und verlangte, daß sie ins Ausland gingen, um Nützliches zu lernen. Die Strelitzen mißbilligten das Verhalten des Zaren, der den Westeuropäern nacheiferte, und so schlug das Mißtrauen um in Haß und schließlich in offene Rebellion.

Aber jetzt war Peter nicht mehr der zehnjährige Zarewitsch, dem durch Verrat die Halbschwester Sophia als Herrscherin vorgesetzt worden war, sondern er war der absolute Monarch, der nur noch Gott zu fürchten hatte. Bei Nachricht des Aufstandes der Strelitzen war er sofort zurück nach Moskau gereist.

Er hatte die Aufständischen eigenständig verhört und nach den Hintermännern der Verschwörung geforscht.

Was hier in den Tagebucheintragungen behauptet wurde, hatte eine Dimension, die jeden zivilisierten Menschen entsetzte. Insgesamt 1714 Strelitzen wurden verhaftet und Woche für Woche mit Feuer und Knute gemartert. Vierzehn Folterkammern waren eigens eingerichtet. Sechs Tage die Woche war in allen vierzehn Folterkammern verhört worden. Nur der Sonntag war Ruhetag.

Velasko las die Namen der Folterknechte: Es waren die Freunde des Zaren. Männer der Saufsynode, die jetzt in Monbijou zechten. Auch Justizminister Sotov, den Velasko wie einen Clown belächelte, war darunter. Aber der oberste Folterer von allen war der Zar höchstselbst. Nach den Aufzeichnungen hatte er einen ganzen Monat die Folterkammern nicht verlassen. Ohnmächtige waren von Ärzten wieder zu Bewußtsein gebracht worden, damit er sie erneut hatte foltern können.

Was war von den Aufzeichnungen zu halten? Gab es überhaupt einen Sekretär der österreichischen Gesandtschaft namens Korb?

Die Schauergeschichten über den Zaren wurden immer unglaublicher. Velasko las über etliche Massenhinrichtungen, bei denen Zar Peter seine Freunde zwang, als Scharfrichter aufzutreten. Sie erhielten ein Beil und mußten die Verurteilten eigenhändig enthaupten. Der Zar, so schrieb Korb, ärgerte sich lediglich darüber, wenn seinen Freunden bei dem ungewohnten Geschäft die Hände zitterten. Korb hatte offensichtlich alles aufgeschrieben, was er hatte erfahren können und für schreibwürdig gehalten hatte. Die Berichte über Land und Leute klangen völlig entgegengesetzt den Beteuerungen von Jaguschinski, daß der Zar sein Volk nach Westeuropa führen könnte. Ganz offensichtlich wollte das Volk die Reformen seines Zaren nicht.

Über die Stimmung im Land mußte Jaguschinski als Sicherheitschef am besten Bescheid wissen und auch von der Sinnlosigkeit der Opfer. Da war ein eigentlich belangloser Tageseintrag gewesen, den Velasko nochmals suchte:

3.4. anno 1699

In der Nähe des Gesandtenhofes wurden viele Podwoden zusammengezogen, die Pulverfässer und viele andere zur Fortsetzung des Krieges erforderliche Dinge nach Woronesch ab zu den Schiffen fahren sollten.

Pulverfässer, dachte Velasko. Pulverfässer, die auf Schiffe verladen wurden. Nachdenklich legte er das Buch zur Seite. Er hatte genug gelesen, die Anschuldigungen wiederholten sich. Auch wenn Velasko den Zaren unmittelbar erlebt hatte, so sträubte es sich in ihm, in Zar Peter einen sadistischen Folterer und Scharfrichter zu sehen. War das Buch vielleicht in verleumderischer Absicht geschrieben worden? Vielleicht von Feinden und Widersachern des Zaren? Man müßte herausbekommen, ob dieser Korb als Ehrenmann galt und was er tatsächlich mit eigenen Augen gesehen hatte.

Velaskos Mund war trocken. Ihm war die Lust an Eiswein vergangen, und er nahm von der Limonade, die Martha neuerdings für ihre Söhne vorhalten ließ.

Da meinte er ein Knacken zu hören, als lehne sich jemand gegen das Treppengeländer. Charlotte, dachte er im ersten Augenblick und sprang auf, aber dann kam ihm der Gedanke wie ein alberner Wunschtraum vor, und er setzte sich wieder. Sicher war es jemand vom Gesinde gewesen. Er lauschte, aber er hörte nichts mehr. Er nahm wieder das Buch, doch es ließ ihm keine Ruhe, und er ging hinaus ins Foyer.

Oben an der Treppe stand tatsächlich Charlotte und sah ernst zu ihm hinunter. Sie trug das Kleid, das Martha ihr abgetreten hatte. Als er lächelte, lächelte sie zurück. Er legte das Buch auf eine Bank und ging hoch zur Zarewna. Sie standen voreinander, ihre Augen suchten sich und versanken ineinander.

Wie einfach es auf einmal war, dachte Velasko. Man folgt einfach seinem Herzen. Er beugte sich vor, sie schloß ihre Augen und wartete. Charlotte atmete tief. Seine Hand strich über Wange und Schläfe, ihre Haut war vor Erregung gerötet. Sein Finger streifte über den Rand ihres Mundes. Sie zuckte etwas, als würde sie frösteln und folgte seinem Finger. Er roch ihren Atem, ihre Lippen warteten, dann küßte er sie. Er ließ seine Lippen auf ihren liegen. Sie hielten so inne, dann suchte er mit den Lippen und lockte sie mit winziger Bewegung. Sie öffnete ihre Augen, ihre Lippen öffneten sich etwas, als wollte sie tief Luft holen. Stumm nahm sie seine Hand. Es war, als würden sie sich schon lange kennen. Sie legte einen Finger an den Mund, dann führte sie ihn zu einem Gästezimmer, in dem er vor sehr langer Zeit einige Nächte verbracht hatte.

Als er in der Morgendämmerung auf leisen Sohlen die Treppe hinunterschlich, zuckte er zusammen. Das Büchlein lag nicht mehr an seinem Platz. Im Salon brannte noch ein Licht, so daß Velasko zunächst darauf hoffte, er hätte vergessen, es zu löschen.

Da sah er Martha, die am Fenster stand und in das Morgenlicht starrte. Eine Hand hielt sie zur Faust gekrampft vor den Mund. Er räusperte sich und ging näher an sie heran.

»Martha?« flüsterte Velasko.

Sie blieb wie versteinert und drehte sich nicht zu ihm um. In ihrer Faust sah er jetzt ein Taschentuch mit belgischer Stickerei, das er ihr vor langen Jahren bei einem Maskenball zugesteckt hatte.

»Martha?« fragte er nochmals. »Ist etwas mit dir?«

»Warum?«

Was für eine blöde Frage, dachte Velasko. Er wollte kein schlechtes Gewissen haben. Alles in ihm sträubte sich dagegen. Warum auch, sagte er sich. Martha war eine Freundin und hatte kein Anrecht auf ihn. Aber er hatte ein schlechtes Gewissen.

»Ich begreife das nicht«, flüsterte Martha.

Er überlegte, ihr die Hände auf die Schultern zu legen, da sah er, wie sie abwehrend den Nacken zusammenzog.

»Du riechst nach ihr«, stieß Martha hervor und lachte unangenehm. »Und ich war ihr auch noch eine Freundin.«

Velasko schwieg. Er würde Martha nur noch mehr aufbringen.

»Wenn sie schöner wäre«, sagte Martha bitter. »Das könnte ich noch verstehen. Aber so?«

»Du wirst bösartig«, sagte Velasko und dachte, daß Charlotte auf ihre ganz eigene Art schön war. Aber diese Nuancierung hätte Martha nur zu einer bissigen Entgegnung verleitet.

»Ich und bösartig.«

»Laß uns bitte aufhören!«

»Warum sollte ich?«

»Du entwürdigst dich.«

»Verwechseln wir hier doch bitte nichts. Carl, ich bin sehr enttäuscht von dir.«

Er stand noch einen Augenblick hinter Martha. Der Groll kochte in ihm hoch, aber dann sagte er sich, daß er sich das Erlebte nicht kaputtmachen lassen wollte. Martha ging die Affäre nichts an. Gar nichts. Niemand konnte ihm diese Nacht stehlen.

36.

Die Stadt erwachte. Aus Schornsteinen stotterte erster Rauch, Männer liefen hinaus auf die Gassen und schlugen das Morgenwasser ab. In den Ställen, die den einfachen Häusern vorgebaut waren, lorrten die Kühe, und die Schweine drängten sich unruhig vor die Tröge. Erste Wagen nahmen den Weg zu den Stadttoren, der Duft frischer Wecken lockte in die Backstuben.

Velasko genoß die Morgenfrische und spürte eine plötzliche Lust am Leben. In Gedanken war er bei Charlotte. Ihr Geruch war ihm noch in der Nase. In der Nacht waren sie einige Male in ein flüchtiges Dämmern abgeglitten, und eigentlich hätte er jetzt müde sein müssen. Er war jedoch beschwingt und fühlte ein leeres und erschöpftes Wohlbehagen in seinem Körper, das er lange Zeit vergessen hatte. Er war immer noch überrascht, wie plötzlich und unkompliziert alles gewesen war. Zwei Menschen begegneten sich, fanden Gefallen aneinander, und dann gaben sie sich den schönsten Dingen hin.

Auf dem Neuen Markt kaufte er einen Laib Brot, dann suchte er nach einem Stück Käse. Der Zar hatte sich bei ihm über den Limburger hergemacht. Es war sein Lieblingskäse, wie er sagte. Tilsiter hingegen schmeckte besonders einfachen Menschen wie Elisabeth, überlegte Velasko. Er wollte ihr eine Freude machen und nahm ein kräftiges Stück. Der Tilsiter roch so herzhaft, daß er besser niemandem begegnete. Nach Limburger hatte er keine Lust mehr zu schauen.

Er hätte genug Zeit gehabt, um zu Hause nach dem Rechten zu sehen, aber er machte sich direkt auf den Weg ins Stadtgericht. Vielleicht war der Zar auch in Monbijou bei seiner Saufgesellschaft geblieben, oder er schlief im Verschlag unter der Treppe. Es war ihm gleichgültig. Zumindest jetzt. Die Empfindungen für ihn hatten sich ins Gegenteil gewendet. Velasko mochte den Anschuldigungen in dem Tagebuch nicht glauben, jedenfalls nicht ohne weiteres, aber irgend etwas würde schon daran sein.

Er bog in die Königsstraße ein, in der schon mehr Stadtleben zu beobachten war, da stockte er. Er trat ein paar Schritte zurück und suchte Schutz an einer Hausecke. Am Eingang zum Stadtgericht stand Arnold Merck. Durch eine Klappe reichte er dem Wachsoldaten ein Paket. Dabei sprach er mit Nachdruck und schien nervös. Dann drehte er sich um und ging gedankenverloren davon. Den Stadtrichter bemerkte er nicht.

Am Eingang mußte Velasko warten und sich erklären, bis ihm schließlich geöffnet wurde, denn so früh kam niemand ins Stadtgericht, und der Wachsoldat, der immer nur nachts Dienst hatte, kannte ihn nur namentlich. Velasko kam üblicherweise sowieso erst zu den spätesten Morgenstunden. Dafür arbeitete er gerne in den Abend hinein.

Mit Blick in die Wachstube sah er, daß das Paket von Merck schon geplündert war. Der Wachsoldat hatte sich sofort über süßes Zopfbrot mit Rosinen hergemacht und mit dem Finger in einer Schale mit Pastete gefischt. Eine Hühnerkeule war hastig angebissen. Eine Flasche mit einer trüben Flüssigkeit war noch verschlossen.

»Er hat schon alles visitiert?« fragte Velasko und wies auf die Naturalien.

»Jawohl, Herr Stadtrichter!« antwortete der Wachsoldat mit leichter Beschämung. »Da im Brot, da ist keine Feile drin.«

»Dann kann Er ja alles wieder zusammenpacken. Für wen ist das?«

»Für die Inquisitin Rätzerin.«

»War der Herr, der es gebracht hat, schon mal da?«

»Der kommt jeden Morgen. Immer um diese Zeit.«

Velasko ließ alles zusammenpacken und stieg selbst hinab in

den Kerker. An der Trinkstube gab er das Paket für Elisabeth ab und legte den Tilsiter dazu, dann ließ er sie aus dem Kerkerloch herausführen. Sie schwankte und konnte sich kaum auf den Beinen halten. Velasko mochte sie in ihrem Elend gar nicht ansehen. Er wartete, bis der Zuchtmeister außer Hörweite war.

»Elisabeth, du hältst Dinge zurück, die ich wissen sollte.«

»Es hat mir immer geschadet, wenn ich's Maul nicht gehalten hab.«

»Ich werde dir nichts zum Nachteil auslegen.«

»Jedesmal hab ich mich selber reingeritten.«

»Du hast Angst, mit dem Wasa-Ludwig in Verbindung gebracht zu werden?«

»Immer geht nur alles gegen mich«, sagte Elisabeth mit hängenden Schultern. Ihre Augen fragten, was Velasko denn noch von ihr wollte und wann sie wieder in den Kerker zurück konnte. Er war für sie Obrigkeit und würde es auch bleiben. Sie hatte in ihrem Leben wohl wirklich nichts anderes als Unglück erfahren.

Velasko schwoll der Kamm. Er verlor selten die Fassung, aber diese trotzige Dummheit machte ihn rasend. Jetzt reichte es ihm endgültig. Er war entschlossen, sie zu ihrem Lebensglück zu zwingen, und rief den Zuchtmeister, um Elisabeth in den Innenhof des Gerichts bringen zu lassen.

»Reicht die kleine Rute oder soll ich die lange holen?« fragte der Zuchtmeister in der Annahme, sie sollte an der Schandsäule wegen Widerborstigkeit die obligatorischen zehn Streiche bekommen.

Velasko winkte ab. Er folgte den beiden in den Innenhof und ließ Elisabeth zu dem fahrbaren Schnappgalgen führen, der in einer Ecke bereitstand und immer noch auf den ersten Einsatz wartete. Velasko wies den Zuchtmeister an, den Balken ausschnappen zu lassen und die Schlinge in Position zu bringen.

»Wo ist Wasa?« fragte er.

»Wie soll ich das denn wissen«, flüsterte Elisabeth. »Wo ich doch hier in dem Dreckloch stecke.«

Sie zuckte, als der Querbalken des Galgens ausklackte.

»Schau hin«, herrschte Velasko sie an.

Nun reckte sich der Zuchtmeister und schlug die Schlinge zum Ende des Balkens.

»Also?« fragte Velasko. »Wo ist er?«

Sie blickte zur auspendelnden Schlinge und schwieg.

»Zuchtmeister!« rief Velasko. »Zeig ihr, wie die Klappe funktioniert.«

Der Angesprochene drückte einen Hebel, worauf die Bodenklappe flink nach unten sprang. Es durchschauderte Elisabeth bei dem Geräusch, aber sie sah weiter trotzig zu Boden und schwieg.

»Es wundert uns, daß der Herr Merck dir zu essen bringt«, sagte Velasko.

»Der Herr Merck?« fragte Elisabeth ungläubig.

»Was hast du dazu zu sagen?«

»Davon weiß ich nichts.«

»Er bringt dir täglich etwas.«

»Jeden Tag«, sagte Elisabeth und lächelte, als erinnere sie sich vage an ein Glück aus Kindertagen.

»Warum macht das dein Herr?« fragte Velasko. »Erklär es mir!«

»Der Herr Merck ist kein schlechter Mensch nicht. Er ist dankbar gegen mich wegen damals. Weil ich ihn doch gewarnt hatte. Deswegen.«

»Jetzt reicht's!« sagte Velasko, wütend über die Halsstarrigkeit, und rief zum Zuchtmeister: »Führ sie unter das Seil und leg ihr die Schlinge um!«

Endlich kam Leben in Elisabeth. »Nein, Herr«, flüsterte sie. »Erbarmt Euch!«

»Warum sollte ich Erbarmen mit dir haben?«

»Ich bitte um Gnade.«

»Du wirst keine mehr bekommen.«

Der Zuchtmeister faßte sie am Arm und wollte sie unter den Galgen führen. Sie zitterte und schwankte, ihr Kopf fiel zur Seite, und es sah aus, als bräche sie zusammen. Velasko sprang ihr bei. Er hielt sie an beiden Armen, da erschrak er vor sich selbst. Was zum Teufel tat er gerade!? Wozu hatte er sich hinreißen lassen? Was er hier mit der Rätzerin anstellte, entsprach dem ersten Grad der Tortur, dem Zeigen der Instrumente. Auch wenn es zu Elisabeths Nutzen sein sollte und er sie zu ihrem Glück zwingen wollte, so nötigte er sie zu einer Aussage, deren Wert damit fragwürdig war. Es war das Vorgehen eines Folterers.

»Soll ich sie dann lieber aufziehen?« fragte der Zuchtmeister. »Ist vielleicht besser, so wie die aussieht.« Aus seinem Stiefel zog er eine kurze Zuchtrute und wies damit auf die Schandsäule, an der die Inquisiten zum Auspeitschen an den Handgelenken hochgebunden wurden.

»Pack dich!« Mit einer barschen Handbewegung wies Velasko ihn zurück.

»Danke, Euer Gnaden«, flüsterte Elisabeth.

»Entschuldige«, sagte Velasko. »Ich wollte dir helfen, aber jetzt sind mir die Nerven durchgegangen. Entschuldige bitte!«

»Entschuldigen?« fragte Elisabeth erstaunt. Sie sah ihn an, als habe das in ihrem Jammerleben noch nie jemand gemacht. Dann drehte sie sich so, daß der Zuchtmeister sie nicht sprechen hören konnte.

»Den Wasa-Ludwig, den hab ich noch mal gesehen«, flüsterte sie. »Vor zwei oder drei Monaten und dann noch mal an dem Tag, bevor ich verhaftet wurde. Wasa fuhr einen Karren mit so vielen Fässern drauf, daß ich dachte, der fällt um. Eins fiel dann auch runter und ist aufgegangen, aber da ist auf der Straße nichts liegengeblieben. Der Wasa hat alles wieder reingetan. Sah aus, als würde er Ziegelsteine reintun.«

»Ziegelsteine?«

»Der hat mich wohl nicht gesehen, aber ich hab solche Angst gekriegt, da hab ich mich gar nicht mehr auf den Markt getraut.«

»Wo hast du ihn gesehen?«

»Einmal kam er vom Packhof gefahren, da wo die Kutschen immer ankommen. Und dann da, wo die Schiffe von der Ziegelei eingeladen werden.«

»Und wohin ist er gefahren?«

»Immer die Spandauer Straße runter. Ich denk, zum Stadttor.«

Also zum Spandauer Tor, überlegte Velasko. Das war der Weg nach Monbijou.

»Was waren das für Fässer?«

»Für Wein, denke ich. Vielleicht auch Bier, aber ich glaub, es waren Weinfässer. Mehr weiß ich nicht. Das mit den Ziegelsteinen hat mich auch gewundert. Wer macht denn so etwas! Aber ich schwöre es, ich hab nichts mehr mit dem Wasa zu schaffen. Nie nicht.«

»Bring sie wieder runter«, rief Velasko dem Zuchtknecht zu.

Dann stürmte er hoch in sein Bureau und holte alles hervor, was vom Fall des Kastellans noch in seinen Händen war. Wie waren die Details zusammenzubringen? Vermutlich hatte Wasa doch für den Hoflieferanten gearbeitet. Velasko erinnerte sich an die Aussage von Kaulitz, daß der Kastellan am letzten Abend am Tor zu dessen Wirtschaftsgebäuden gestanden hatte und dann plötzlich weggeeilt war. Kaulitz meinte, dem Kastellan sei vielleicht eingefallen, daß er noch irgendwohin wollte. Velasko hatte sich mit der Erklärung zufriedengegeben, aber vielleicht war der Kastellan nicht irgendwo hin-, sondern vor etwas weggelaufen? Er war panikartig geflohen. Hatte er etwa Wasa gesehen? War er vor Wasa geflohen, der ihn dann später auch umgebracht hatte? Aber was stand hinter alledem? Waren irgendwelche Machenschaften aus dem Ruder gelaufen? Wasa fuhr also Fässer für Kaulitz. Weinfässer. Velaskos Gedanken kreisten. Weinfässer mit Ziegelsteinen. Der Kastellan hatte Wasa also gesehen, das hatte ausgereicht, ihn umzubringen. Und Wasa hatte Angst gehabt, entdeckt zu werden.

Velasko breitete auf einem Nebentisch die Lieferlisten über Ein- und Ausgänge von Schloß Monbijou aus, die Aufzeichnungen über die Lautmalereien des fiebernden Kastellans und die Bettelbriefe von dessen Halbbruder Herrmann-Harrach von Lilienroth.

Er zwang sich zur Ruhe. Bekam man keine Ordnung in ein gedankliches Wirrwarr, dann mußte man die Annahmen vermeintlich gesicherter Erkenntnisse überdenken. Was wahr und plausibel wirkte, verleitete zu vorschnellen Folgerungen. Wie zum Beispiel die drei Zentner Gänseleberpastete. Sie waren auch wirklich gewesen. Er mußte alles in Frage stellen, was er an vermeintlichen Erkenntnissen besaß. Nichts war, wie es war, ermahnte er sich. Oder Dinge, die falsch wirkten, waren vielleicht doch wahr. Waren die Zahlen auf den Listen vielleicht doch kein solches Wirrwarr, wie er Kaulitz unterstellt hatte?

Der Hoflieferant war ein Geschäftsmann durch und durch, und er würde alles unternehmen, sein kleines Imperium zu schützen. Das Geschäft war sein Leben. Velasko hielt ihn zwar für korrupt, aber nicht für jemand, der in Mordgeschäfte verwickelt war. Irgend etwas war geschehen, so sagte ihm sein Gefühl, ohne daß Kaulitz etwas davon wußte. Auch ihn hatte man hintergangen. Hier wurden mit langer Hand unsichtbare Fäden gezogen.

Zunächst also die Listen: Alle Positionen waren mit mehreren Haken und Kürzeln abgezeichnet. Eines davon war vermutlich das des Kastellans. Es gab mehrere Weinkeller mit riesigen Beständen.

Auf Nebenblättern addierte er die Zahlen. Schier unglaubliche Mengen waren hinaus-, aber wesentlich mehr Fässer waren hineingebracht worden. *Keller Nord* hatte einen Überhang von 25 Fässern, *Keller Ost* von 30, *Keller West* von 18, *Keller Süd* von 32 Fässern. Es waren überwiegend Weine von Rhein und Mosel. So etwas tranken die Russen nicht, wie Velasko mitbekommen hatte. Sie tranken – nein, das schien ihm eine verharmlosende Wortwahl – die Russen schütteten Wodka in sich hinein, auch den russischen Kwaß. Der Zar mochte auch ungarischen Tokajer, aber der tauchte hier nirgends auf. Einige aus dem Gefolge hatten gegen den schlimmsten ersten Durst auch Bier gesoffen, aber niemand hatte nach Wein von Rhein oder Mosel verlangt. Zudem hatten die Russen auf ihren Galeeren eigene Fässer mitgebracht. Die Lieferungen machten keinen Sinn. Es sei denn, es war nur darum gegangen, als Gastgeber die Russen nicht vor den Kopf zu stoßen, daß sie vor leeren Kellern standen.

Aber natürlich mußten sie irgendeinen Sinn haben, überlegte Velasko, er wußte nur nicht welchen, und bislang waren auch alle anderen Schlußfolgerungen nicht mehr als bloße Verdächtigungen gewesen.

Er hörte jemand an der Tür herumschließen. Man schloß hin und her und dachte wohl, der Mechanismus sei kaputt, dann öffnete Velasko von innen. Buchner war überrascht, ihn so früh anzutreffen, und machte sich sofort daran, den Ofen einzuheizen. Er suchte Späne zusammen und schielte nach den Listen, aus denen Velasko zur Sicherheit noch einmal die Zahlen addierte.

Velasko sah es Buchner an, daß er etwas in Reserve hielt.

»Gibt es sonst noch was?« fragte er. »War noch etwas mit den Mercks?«

»Die haben gestern bis zum Bureauschluß auf den Herrn Stadtrichter gewartet. Die wollten gar nicht weg.«

»Ah, ja.«

»Die Frau Merck ist dem Gemahl nicht eine Sekunde von der Pelle gerückt.«

»So.«

»Ich bin denen dann hinterher«, sagte Buchner. »Also nach Bureauschluß, meine ich.«

»Also zusätzlich zu den dienstlichen Obliegenheiten, will Er damit sagen.«

»Gewissermaßen, Herr Stadtrichter. Ich dachte, der Herr von Kalkstein sollte davon besser nichts mitbekommen. Der Fall ist ja schon abgeschlossen.«

»Und?« fragte Velasko und kramte ein paar Münzen hervor, die Buchner im Licht einer Talgfunzel prüfte und dann einstrich – bis auf den schlechten Groschen, den Velasko ihm jedes Mal unterzuschieben versuchte.

»Die Mercks haben sich dann doch getrennt«, sagte Buchner. »Kein Wort hatten die miteinander gesprochen. Die gnädige Frau ist weiter ins Geschäft. Ich nehme das jedenfalls an. Und er ist in den *König von Preußen*. Ich dachte, der besäuft sich, aber nach zwei Bieren ist der Merck aufgestanden und dann … Herr Stadtrichter wird es nicht glauben.«

»Kein Kaffeesatzlesen, Buchner! Sonst verlange ich die Groschen zurück.«

»Der Merck ist tatsächlich zur Geldwechslerin gegangen.«

»Zu der Geldwechslerin Maria Heckwolf, bei der Elisabeth angeblich die gestohlene Münze hatte eintauschen wollen?«

»So ist es! Was soll man davon halten?«

»Gut, Buchner«, sagte Velasko. »Sehr gut. Merck bringt Elisabeth auch jeden Morgen ein Paket mit Essen, von dem aber nichts bei ihr ankommt. Bestell Er den Merck zu zwei Uhr zum Verhör ein!«

»Na, wenn die noch mal kommen?«

»Sie müssen, Buchner, und sie werden kommen. Und dann gleich hier ins Bureau mit ihm. Er soll hier alleine ein wenig schmoren. Die Frau Merck muß draußen warten.«

»Der Merck hat die Rätzerin wohl in sein Herz geschlossen«, sagte Buchner. »Erst besorgt der ihr einen Advokaten, dann bringt er ihr Essen. Er bangt wohl um seine Liebste.« Buchner spitzte den Mund. »Wenn der so an ihr hängt, dann könnte man überlegen, ob man ein paar Instrumente hinlegt. Handschrauben oder Schnüre.«

»Nein, Buchner, das können wir nicht machen«, sagte Velasko und tat empört.

»Es hilft, die Wahrheit rascher ans Licht zu befördern.«

»Nein, nicht mit mir.«

»Richter Wesel hat es neulich auch bei einem Marktdieb gemacht.«

»Nein, sage ich.«

»Wie der Herr Stadtrichter möchte«, sagte Buchner und räusperte sich, als habe er sich an einem Krümel verschluckt. »Übrigens war gestern der Herr von Kalkstein höchstselbst hier und verlangte nach Ihm. Er war etwas konsterniert, weil die Akte der Rätzerin noch nicht abgeschickt worden ist. Es ist vielleicht besser, ihm derzeit nicht zu begegnen.«

»Danke für die Warnung«, sagte Velasko und steckte den schlechten Groschen wieder ein.

»Also die Instrumente liegen einfach nur da.«

»Buchner!«

»Es kommt doch niemand zu Schaden. Man erklärt nur, wozu sie gebraucht werden, und spielt etwas damit herum. Da kann doch niemand dem Herrn Stadtrichter einen Strick draus drehen. Der Herr von Kalkstein ist sowieso für derartiges Vorgehen, wenn es die Ökonomie eines Verfahrens beschleunigt. Und der Merck begreift endlich, daß es ernst wird mit seiner Liebsten.«

»Nein, Buchner«, sagte Velasko. »Ende des Disputs. Ich bin kein Folterer. Ich komme dann zu drei Uhr am Nachmittag. Spätestens.«

Wollen wir es hoffen, sagte Buchners Blick. Velasko ließ sich von ihm frisches Wasser in den Nebenraum bringen und machte eine Morgentoilette. Er dachte etwas wehmütig an Charlotte und bedauerte, den Geruch der Liebesnacht, den er wie ein Parfum einatmete, abzuwaschen.

Obwohl er in Eile war, rasierte er sich sorgsam und öffnete den Spind mit seiner Kleidung, von der er immer einen gewissen Vorrat zum Wechseln bereithielt. Er fand nichts Rechtes. Unzufrieden ging er die Wäsche von vorne durch und dachte an die neue Hose. Woher sollte er nur das Geld für den Schneider nehmen? Neulich hatte er schon dessen Straße gemieden, um nicht unangenehm angesprochen zu werden.

37.

Aus einiger Entfernung beobachtete Velasko den Eingang von Schloß Monbijou. Kisten wurden hinausgetragen. Einmal kam Jaguschinski aus dem Portal und schaute den Wachsoldaten auf die Finger, die den Inhalt der Kisten kontrollierten, bevor sie auf Wagen verladen und unter Bewachung von Berittenen weggefahren wurden. Vermutlich waren es Pelze, die an Berliner Händler verkauft worden waren. Die Russen besserten sich ihre Reisekasse auf.

Velasko wollte niemand begegnen, schon gar nicht Zar Peter, und wartete noch eine Weile. Sollte der mit seinem Gefolge endlich auf die Galeeren steigen und wieder in den weiten Wäldern Rußlands verschwinden. Er wäre jedenfalls von seinem Besucher und allen Sorgen und Verdächtigungen glücklich erlöst.

Schließlich ging er vor zu den Wachsoldaten und fragte nach Seiner Kaiserlichen Hoheit. Der Offizier erkannte Velasko von den vorigen Besuchen wieder und beschied ihm eilfertig, Seine Kaiserliche Hoheit sei nicht zu sprechen. Ob Seine Kaiserliche Hoheit denn überhaupt anwesend wäre? Dazu durfte der Offizier nichts sagen. Auskunft durfte nur durch höchste Vorgesetzte erfolgen. Das war Fürst Jaguschinski, und gerade den wollte er nicht sprechen.

Dann fiel Velasko in Plauderton. Er fragte den Offizier nach seinem Geburtsort und lockte ihn mit Komplimenten über Rußland. Er flocht ein, daß er vom Zaren als Lehrer Ihrer Hoheit Zarewitsch Alexei beauftragt ebenfalls nach Rußland gehen würde. Er hoffe dort Bekannte und Freunde wiederzutreffen. Ob dem Soldaten der Name Wasa-Ludwig etwas sage.

»Nein«, meinte der Offizier.

»Und ein russischer Soldat namens Lilienroth?« hakte Velasko nach. »Wir waren sehr gut bekannt.«

»Nein.«

»Herrmann von Lilienroth. Er bekommt noch Geld von mir.«

»Nein.«

»Herrmann-Harrach.«

»Herrmann-Harrach von …?«

»Von Lilienroth.«

»Das ist der Liljowitsch«, sagte der Offizier und strahlte. »So muß der jetzt heißen. Herrmann-Harrach von Liljowitsch. Der hat bei jedem Schulden. Der wird sich über das Geld freuen!«

Der Offizier ging ein paar Schritte vor, so daß sie seitlich in den Park von Monbijou sehen konnten, und wies auf einen Soldaten, der einen Kellereingang bewachte. Velasko meinte seinen Augen nicht zu trauen. Offensichtlich hatte Jaguschinski einen Gang um das Schloß gemacht und sprach jetzt mit dem Soldaten namens Herrmann-Harrach von Liljowitsch.

»Wir müssen warten, bis der Fürst weg ist«, sagte der Offizier. »Dann kann Er mit ihm sprechen.«

»Nein, das ist nicht Liljowitsch«, sagte Velasko rasch und verabschiedete sich. Er sah noch, wie von einer Galeere Fässer zum Schloß gerollt wurden.

Er rannte beinahe, was seinem Stand zuwiderlief, aber es war ihm jetzt gleichgültig. Zuerst mußte er zurück ins Stadtgericht und holte die Listen und Bettelbriefe des Halbbruders des Kastellans, dann eilte er zum Stadtpalast des Gerichtspräsidenten.

Velasko war erleichtert, als er Cojejjis Kutsche vor dem Portal stehen sah. Ein Diener führte ihn mit sorgenvollem Gesicht in ein Herrenzimmer. Der Gerichtspräsident stand am Fenster, die Hände hinter dem Rücken gekrampft. Er wirkte vor Sorge wie abwesend. Rieger saß still in einem Sessel und hielt die Fingerspitzen steil gegeneinandergestellt. Velasko platzte in ein bedrücktes Schweigen.

»Ich bitte zu entschuldigen, daß ich ihre Exzellenz *in privatim* belästige«, sagte Velasko.

»Meine Frau ...«, sagte Cojejji und rang nach Worten. »Der Arzt ist gerade bei ihr. Ihre Podagra macht uns Kummer.«

Velasko erinnerte sich daran, daß Cojejjis Frau schon lange durch Krankheit ans Bett gefesselt war. Er hatte seinen Vorgesetzten als Lebemann kennengelernt, nun überraschte ihn dessen menschliche Seite.

»Leider erzwingen die *facta* meinen Besuch«, sagte Velasko.

»Er wird sich schon etwas dabei gedacht haben«, sagte Cojejji und öffnete die Tür zum Flur einen Spalt weit. »Also.«

Als Velasko von seinen Verdächtigungen und Verknüpfungen erzählte, wußte er nicht, ob er selbst daran glauben sollte oder sich nur lächerlich machte. Er zog den Bogen von dem entlaufenen Kanonier Wasa – vermied dabei ein näheres Eingehen auf den Fall der Magd Elisabeth –; er sprach über Wasas Anstellung als Kutscher für den Hoflieferanten Kaulitz; er holte die Listen hervor und belegte den Überhang in den Weinkellern von Monbijou. Dann konstruierte er eine Linie von Jaguschinski, der entgegen allen Beteuerungen davon überzeugt war, daß die vielen Opfer, die der Zar seinem Land abverlangte, nutzlos waren. Weiter sprach er vom Bruder des Kastellans namens Lilienroth alias Liljowitsch, der als Wachsoldat des Zaren besagtem Wasa während des Besuchs des Zaren Zugang zu den Kellern des Schlosses verschaffen konnte, und schließlich sprach er davon, daß er ein Einverständnis zwischen diesem Wachsoldaten und Jaguschinski beobachtet hatte.

Dann war es still. Eine unangenehm schneidende Stille. Cojejji schaute gegen eine Bilderwand mit moderner holländischer Malerei, die der königlichen Galerie Ehre gemacht hätte, und horchte durch die angelehnte Tür hinaus, ob der Arzt aus dem Zimmer seiner Frau kam. Er war gar nicht bei der Sache.

»Herr Präsident?« fragte Rieger leise.

»Nur zu, Rieger! Frag Er nur den Freiherrn!«

»Wie sah das Einverständnis aus?« fragte Rieger.

»Ich habe Fürst Jaguschinski beobachtet«, sagte Velasko, und gleichzeitig wunderte er sich, daß nicht nachgefragt wurde, was er in den Weinfässern vermutete. »Der Fürst ging um das Schloß und sprach mit dem Soldaten Lilienroth. Es war die Art, die mich aufmerken ließ.«

»Der Fürst ist für die Sicherheit des Zaren verantwortlich«, sagte Rieger. »Es ist nichts als seine Aufgabe, mit den Wachsoldaten zu sprechen. Täte der Fürst dies nicht, dann würde ich mich darüber wundern. Seines Erachtens gibt es demzufolge ein geheimes Verständnis zwischen dem Zarewitsch und Fürst Jaguschinski. Hat hat Er noch etwas beobachten können?«

»Der Fürst vermeidet es geradezu, jegliche Anteilnahme am Zarewitsch zu verdecken. Es sind Blicke und kleine Gesten, die etwas anderes vermuten lassen.«

»Die *facta* sind … ähm, anregend, jedoch kühn und der Zusammenhang äußerst luftig«, sagte Rieger. »Anfangen läßt sich damit nichts. Wir müßten dieses Wasas habhaft werden und ihn ins peinliche Verhör nehmen. Demnach, so fasse ich seine Vermutungen zusammen, hat sich der Zarewitsch gegen seinen Vater verschworen.«

»Nein, so weit würde ich nicht gehen.«

»Was denn nun?« fragte Rieger.

»Man wird den Zarewitsch wie ein Instrument gebrauchen, um alles zurückzunehmen, was Zar Peter geschaffen hat. Eine Verschwörung gegen den Vater würde der Zarewitsch nicht durchstehen. Dazu ist er ein zu schwacher Mensch.«

»Nun ja«, sagte Rieger. »Er hat den Zarewitsch ja aus nächster Nähe erleben dürfen.«

Rieger lenkte im Ton etwas ein, es klang aber nicht so, als hätte er ihn im entferntesten überzeugen können. Im Gegenteil. Es schien an der Grenze, daß man ihm eine Nase drehte.

»Ad eins«, sagte Cojejji müde. »Sein Vorgehen ist mit nichts zu rechtfertigen. Er hat ohne jegliche Autorität Nachforschungen in höchsten Staatsangelegenheiten angestellt. Dafür müßte ich ihn vor das Hofgericht stellen und aus dem Justizdienst entlassen. Damit zum zweiten Punkt: Er hat sich in seine Verdächtigungen verstiegen und wird selbst um deren Waghalsigkeit wissen.«

»Sicher, Eure Exzellenz, es sind nur Verdächtigungen, aber sind es auf dem Weg zur Wahrheitsfindung zunächst nicht immer nur Vermutungen und Verdächtigungen?«

»In Staatsdingen gelten andere Gesetze als bei der Suche nach einem Totschläger von der Gasse«, beharrte Cojejji. Sein Ton war hart und schneidend. »Ich erinnere nur daran, daß russische Armeen in unserem Land stehen und die Schweden aus Stralsund fortjagen wollen. Die politische Situation ist äußerst pikant.«

»Dessen bin ich mir bewußt.«

»Er vermutet also, daß der Kastellan fremden Mächten, die sich gegen den Zaren verschworen haben, Zugang zu Schloß Monbijou verschafft hatte.«

»Ja, vermutlich wußte der Kastellan zunächst gar nicht, worum es ging. Er dachte an einen gewöhnlichen Diebstahl. Als er mitbekam, daß es um ein Attentat auf den Zaren ging, hat er kalte Füße bekommen. Mit einem Attentat, bei dem auch die engste Gefolgschaft des Zaren vernichtet würde, hätten die neuen Herrscher leichtes Spiel.«

»Was sind das für Phantastereien«, sagte Cojejji unwillig. »Ich war noch nicht fertig mit meinen Schlußfolgerungen. Ad drei: Mir ist Seine Rolle bei allem noch nicht deutlich.«

»Wie meint Eure Exzellenz?«

Draußen schlug eine Tür. Cojejji schreckte hoch und horchte. Jemand lief den Flur entlang, gedämpfte Frauenstimmen riefen etwas.

»Eröffne Er dem Freiherrn unsere Überlegungen«, sagte Cojejji zu Rieger. Damit war er aus dem Herrenzimmer.

»Die Gemahlin seiner Exzellenz ist schon längere Zeit sehr krank?« fragte Velasko.

»Ihre Krankheit bedrückt jeden, der sie kennenlernen durfte. Sie ist eine Frau von außerordentlicher Herzensgüte.«

Rieger nahm die Listen und das Nebenblatt, auf dem Velasko die Bestände in den Weinkellern addiert hatte. »Wir fragen uns«, sagte er, »was Er für eine Rolle spielt.«

»Wie bitte darf ich das verstehen?«

»Zunächst der Mord des Kastellans in Seiner Obhut. Wir konnten kaum glauben, daß Ihm dieses Mißgeschick geschehen ist.«

»Meint Er etwa ...?«

»Dann überrascht uns das Vertrauen, daß Ihm vom Zaren und von Fürst Jaguschinski entgegengebracht wird.«

»Der Zar sucht Männer, die sein Land voranbringen. Er hatte Erkundigungen über mich eingezogen. Wie über alle anderen auch, die beim Empfang dabei waren.«

»Gut, das sagten wir uns auch. Bis zu dem Punkt, daß wir davon erfuhren, der Zarewitsch sei ... ähm, lahm in den Lenden. Und Rußland brauche Thronfolger. Die mächtigen Adelsfamilien in Moskau warten darauf, daß die Dynastie der Romanows abstirbt.«

»Und was bitte soll das mit mir zu tun haben?«

»Ich würde das nicht benennen wollen.«

»Ich möchte nicht im Nebel stochern. Wenn Er sich bitte klar verständlich ausdrückt!«

»Ich hoffte, um die Peinlichkeit herumzukommen.«

Velasko schwante Böses, aber er konnte nicht mehr zurück. »Bitte, Herr von Rieger!«

»Nach unserer Einschätzung ist dem Zaren sein Sohn völlig gleichgültig. Er sorgt sich lediglich um den Erhalt seiner Dynastie und den Fortgang seiner Politik. Er möchte beizeiten einen Enkelsohn, auf den er die Macht übertragen kann.«

»Ich verstehe immer noch nicht.«

»Wie ich bereits andeutete. Der Zarewitsch gilt als zeugungsunfähig.«

»Ja und?«

»Und die Zarewna hat einen starken Widerwillen gegen ihren Gatten. Vor einiger Zeit hat der Zar seinem Sohn die Zeugung befohlen. Daraufhin ist Charlotte von Wolfenbüttel in ihr Elternhaus geflüchtet.«

»Und?«

»Unsere Gewährsleute sagen, daß die Ehe nie vollzogen wurde.«

»Was hat das mit mir zu tun?«

»Er macht es mir wirklich nicht leicht.«

»Das Leben ist nicht leicht. Nie. Wenn man es gegen alle Vernunft doch einmal glaubt, wird man im nächsten Augenblick dafür abgestraft. Rieger, das wird Er doch kennen?«

Rieger nickte.

»Also?« fragte Velasko.

»Er will es wohl nicht anders. Wir gehen davon aus, der Zar hat nach einem Schwängerer der Zarewna geschaut und offensichtlich auch Erfolg gehabt.«

»Das sind alles sehr luftige ... ähm ...« Velasko machte Rieger im Pausenton nach. »Ähm, sehr luftige Verdächtigungen. Soll ich mundtot gemacht werden?«

»Warum sollten wir das tun?«

»Weil ich unangenehme Wahrheiten kenne.«

»Was ist schon Wahrheit? Ein weites Feld für Halbphilosophen.«

»Wie kann Er derartige Dinge über mich behaupten? Es ist ehrenrührig.«

»Er weiß selbst, daß es anders ist. Wir waren nur überrascht, wie schnell Er seiner Bestimmung nachkam.«

»Er meint die Zarewna?«

»Nun, Wände haben Ohren, Menschen sprechen übereinander, durch Fenster kann man schauen, Briefe kann man lesen.

Blicke und Gesten verraten etwas über die Menschen. Es gibt viele Möglichkeiten, daß aus einem Verdacht Gewißheit wird.«

Es rebellierte in Velasko, sich die Begegnung mit Charlotte zerstören zu lassen. Durch was auch immer. Er hatte etwas Kostbares erlebt, das er schützen und für sich bewahren wollte. Er würde sich nichts zerreden lassen.

»Ich stehe also die ganze Zeit unter Beobachtung«, sagte Velasko. »Man will mich mundtot machen.«

»Das ist nicht notwendig. Ich brauche Ihn doch sicher nicht an die Umstände erinnern. Es geht nicht um Ihn, sondern um die Sicherheit des russischen Kaisers und dessen Familie. In so einem Fall müssen alle Nebenwege geprüft werden. Die politische Situation ist gereizt. Die Russen stehen im Land, Zar Peter drängt nach Europa, seine Politik gefährdet ...«

Velasko hörte Rieger nur mit einem Ohr zu. Warum fragte eigentlich niemand danach, was er in den Fässern vermutete? Waren seine Verdächtigungen zu abwegig? Oder wußten sie es? Was für ein kühner Gedanke! Wenn sie es wußten, dann billigten sie ein Attentat auf den Zaren. Der Zarewitsch würde den Machtanspruch auf Europa aufgeben. Es gäbe keine Kriege mehr um die Ostsee. Die russischen Truppen würden endlich von brandenburgisch-preußischem Boden verschwinden. Alle Mächte hätten wieder ihre Ruhe, um gemeinsam gegen Frankreich zu kämpfen. Das zumindest würde erklären, warum man sich obrigkeitlich so schnell mit der vermeintlichen Aufklärung des Mordes am Kastellan zufriedengegeben hatte. Hatten sie nicht nach den Fässern gefragt, weil sie wußten, was darin war? »Ich muß ins Gericht«, sagte Velasko.

»Ah ja«, meinte Rieger und erhob sich. »Dieser Fall der Magd, ähm ...«

Velasko sah es Rieger an, daß er den Namen wußte.

»Rätzer«, sagte Velasko. »Elisabeth Rätzer. Man hat die Aktenversendung schon angemahnt.«

»Er zweifelt also immer noch an der Schuld der Magd?«

»Manchmal ist die Schuld so greifbar, daß man nicht zufassen mag.«

Er verabschiedete sich mit einer Empfehlung an Cojejji, den er am Krankenbett seiner Ehefrau vermutete. Als er aus dem Haus ging, spürte er Riegers Augen auf sich. Zu gerne hätte er gewußt, was der in diesem Augenblick dachte. Was wußte er wirklich? Hielt Rieger ihn für einen Idioten oder wußte er, daß etwas an seinen Verdächtigungen dran war? Ohne sich umzudrehen, hob er die Hand zum Gruß.

38.

Schlechtwetterwolken zogen auf. Die schönen Herbsttage waren endgültig dahin. Traurige Tage kamen auf die Menschen zu.

Buchner stand am Fenster und machte mit der Hand eine flüchtige Ehrenbezeugung an den Kopf – das Zeichen, daß der Vorgesetzte von Kalkstein immer noch in der Nähe war.

Velasko sah hinüber zur Königsstraße, wo ein prachtvolles Stadthaus auf die Ecke zur Spandauer Straße gesetzt wurde, und wartete. Soweit man den Fortgang der Bauarbeiten beurteilen konnte, wurde eine Menge Geld in überbordenden Zierrat gesteckt. Auf der Ecke hatte man ein Podest mit einer Statue gesetzt, deren Symbolik sich ihm verschloß. Das Haus überragte die umliegenden Bauten um ein ganzes Geschoß und obendrauf prunkte nochmals ein Turm.

Neue Zeiten, dachte er, und damit neue Höhen und neuer Glanz. Obwohl jedermann klagte, daß die Zeiten so schlecht waren wie nie zuvor, wucherte immer neuer Protz. Überhaupt schien man nur zu bauen, um den Geldbeutel zu zeigen. Sollten die Bauherren ruhig aufschneiden. Velasko war ziemlich frei von Neid, ihn ärgerte nur, daß der Bau ihm von seiner Bureaustube aus die Abendsonne nahm. Jetzt sah er, wie Buchner das Fenster schloß – die Luft war rein.

Vor seinem Bureau vertrat sich Johanne Merck die Beine. Sie blieb stehen und wartete, bis Velasko sie grüßte, dann lächelte sie aus dem Blau ihrer Augen. Es lag etwas Stolzes und Unnahbares darin, das ihn ungeheuer reizte. Innerlich mußte sie vor Empörung kochen, und sicher war sie bereit, alle Fäden gegen ihn zu ziehen, aber Johanne Merck lächelte ihn so vernichtend an, wie man einen Todfeind nur anlächeln konnte, und schlug ihm den Fehdehandschuh um die Ohren.

»Eine Formalie«, log Velasko und verneigte sich. Er war in Eile, denn keinesfalls wollte er von Kalkstein begegnen. »Es wird nicht lange dauern.«

Aus einer Stube trat Richterkollege Wesel. *Wesel, der geile Esel*, wie Velasko still für sich anfügte, weil er penetrant Anzüglichkeiten wegen irgendwelcher Weibergeschichten machte, die er ihm partout nicht glauben wollte. Wesel griente ihn so unverschämt an, als wisse er davon, daß Velasko dieses Mißgeschick mit dem Kastellan geschehen war. Die Sünden, dachte Velasko, fielen einem immer zuerst ein und stichelten unangenehm. Ein Phänomen besonders der unteren Stände.

Als Velasko die Stube betrat, erhob sich Arnold Merck sofort. Er war sichtlich nervös. Es war das erste Mal, daß Velasko den Kaufmann Merck alleine verhörte. Bei der Verhaftung der Magd Elisabeth hatte dieser sich im Hintergrund gehalten. Die Aufmerksamkeit hatte der Geldwechslerin Heckwolf und Johanne Merck gegolten, denn die beiden machten die wesentlichen Aussagen. Merck hatte er lediglich als Zeugen befragt, der die Aussagen seiner Ehefrau unterstützte. Während Velasko noch einmal die Protokolle las, sollte Merck darüber spekulieren, warum er einbestellt worden war. Erfahrungsgemäß wurde so das Denken auf die offenen Fragen und nagenden Sünden gelenkt. Warum sollte es bei Merck anders sein als bei ihm selbst. Wenn ihn jemand auf dem Flur schräg ansah, dachte er auch, alle Welt wüßte vom Tod des Kastellans.

Schon rückte Buchner Tintenfäßchen und Feder zurecht und knetete seine Schreibhand, als wären die Finger eingeschlafen. Er tat das in letzter Zeit öfter. Velasko mußte beizeiten nachfragen und dem Schreiber etwas um den Mund gehen. Er holte tief Luft. Das Fragespiel konnte beginnen. Da stand Merck auf und kam auf ihn zu.

»Ich möchte den Herrn Stadtrichter unter vier Augen sprechen«, sagte er. Er trat selbstbewußter auf, als Velasko von ihm erwartet hatte.

»Nicht bei einem Verhör«, entgegnete Velasko. »Wir verhandeln keine Privatangelegenheiten.«

»Ich möchte vor dem Verhör eine Erklärung abgeben.«

»Bei Gericht gibt es keine privaten Nebenerklärungen. Sie wären im Prozeß nicht von Belang.«

»Das kann der Herr Stadtrichter nicht ausschlagen.«

»Doch, das kann ich. Was nicht in den Akten ist, das ist im Verfahren auch nicht zu berücksichtigen. Warum soll ich eine nutzlose Erklärung zulassen?«

»Weil ich die Erklärung abgeben möchte«, beharrte Merck und trat von einem Fuß auf den anderen.

»Gut«, sagte Velasko, obwohl ihm der fordernde Ton nicht paßte.

Widerwillig und schleppend verließ Buchner die Stube.

»Bitte«, sagte Velasko.

»Der Herr Stadtrichter wird sich fragen, warum ich unserer Magd zu essen bringe und einen Advokaten bestellt habe.«

»So ist es«, sagte Velasko überrascht und folgerte, daß Merck ihn doch gesehen hatte, als er das Essen für Elisabeth abgegeben hatte. Vielleicht hatte er auch einen Hinweis von dem Wachsoldaten bekommen.

»Darf ich fragen, warum der Herr Stadtrichter das Verfahren gegen Elisabeth Rätzer noch nicht abgeschlossen hat?«

»Er wollte doch eine Erklärung abgeben.«

»Eine Erklärung, ja.« Merck machte eine fahrige Geste. »Eine Erklärung! Wenn es nur eine gäbe. Ich habe Elisabeth zu essen gebracht, weil sie sonst niemand hat, der ihr etwas bringen könnte. Und ich habe für sie einen Advokaten bestellt, damit sie zu ihrem Recht kommt.«

»Das ist löblich. Er ist ein Christenmensch. Aber es ist ziemlich ungewöhnlich und gerade in diesem speziellen Fall widersinnig.«

»Sicher«, sagte Merck und wartete einen Augenblick. »Es gibt Möglichkeiten.«

»Natürlich«, sagte Velasko. Er ahnte, worauf die Andeutung hinauslief, und war gespannt, wie Merck es anstellen würde.

Der ging ein paar Schritte zu einem Tisch, drehte Velasko den Rücken zu und griff in seinen Mantel. Dann kam er zurück und atmete aus, als sei eine Last von ihm gefallen. Auf dem Tisch lag ein praller Geldbeutel. Velasko war enttäuscht von der Plumpheit. Eigentlich war es eine Beleidigung, schließlich hatte Merck genug Zeit gehabt, eine galantere Art auszudenken.

»Es gibt immer mehr Möglichkeiten, als man zunächst annimmt«, sagte dieser.

»Und die wären?«

»Man hört immer wieder davon, daß in den Archiven Akten verschwunden sind.«

»Ja, sogar vollständig. Als hätte es manche Prozesse gar nicht gegeben. Ich kann mich natürlich nicht verbürgen, denn die Registratur hier arbeitet inzwischen sehr verläßlich.«

»Oder die Originalakten kommen gar nicht bei der Universität an. Sie gehen einfach auf dem Weg verloren.«

»Man muß die Akten zu einem geheimen Termin versenden, sonst werden die Gerichtsboten von Diebsgesindel abgefangen. Ja, davon hört man immer wieder mal.«

»Manchmal steht in den Akten, die zur Urteilsfindung versandt werden, eine Sache auch so beschrieben, daß die Tat nicht bewiesen werden kann.«

»Er meint, daß sich bei der Abschrift Fehler einschleichen?«

»Nicht zwangsläufig Fehler. Schließlich sieht jedermann die Wahrheit mit eigenen Augen.«

»Das ist mir zu ungenau.«

»Mancher Beschuldigte ist unschuldig, er ist in seiner Verteidigung nur nicht so wortgewandt wie eine Gerichtsperson. Und dann wird er auf einen bösen Verdacht hin gerichtet.«

»Hier wird niemand auf Verdacht hin gerichtet. Ich suche nach Beweisen, bis der *casus* gelöst ist. Wie bei Elisabeth. Ihre Schuld ist klar bewiesen.«

»Der Advokat Hesselbach ist anderer Meinung.«

»Das ist seine Profession. Davon lebt er. Hat Er schon einmal von einem Advokaten gehört, der von einem Prozeß abrät? Ich sehe ehrlich gesagt nicht, was ich noch für die Magd Elisabeth Rätzer tun könnte.«

»Sie hat den Diebstahl nicht begangen.«

»So? Wer denn sonst?«

Merck nestelte an einem Knopf seiner Weste.

»Will Er nicht antworten?« hakte Velasko nach.

»Ich weiß es doch nicht«, sagte Merck und schloß einen Augenblick die Augen. »Ich bin aus allem nicht klug geworden.« Dann lachte er auf. »Vielleicht hab ich die Gedenkmünzen ja selbst gestohlen.«

»Was soll das? Wir wissen beide, daß Er den Diebstahl nicht begangen hat. Er kann mit einer solchen Aussage das Verfahren vielleicht von vorne beginnen lassen, aber es würde nur wenig Zeit damit gewonnen werden. Er sollte sich so etwas gut überlegen, denn als Meineider würden ihm die Schwurfinger aus der Hand geschlagen. Wozu das alles, da Er unschuldig ist? Zu welchem Ende? Zweifelt Er die Aussage seiner Ehefrau an?«

»Nein«, sagte Merck. »Natürlich nicht.«

»So etwas verbietet sich auch als Ehemann. Zudem würde es Seine Existenz und die Seiner Ehefrau zerstören. Er sollte jetzt den Geldbeutel vom Tisch da drüben schleunigst wieder einstecken.«

Eilfertig tat Merck, wie ihm geheißen wurde.

»Wir sind nicht einen Deut weitergekommen«, sagte Velasko. »Wir vergeuden die Zeit, und dabei wissen wir beide, daß Elisabeth unschuldig ist.« Er entschloß sich zu einem Vorstoß. »Ich empfinde Seine offensichtlichen Gefühle der Magd gegenüber nicht als ehrenrührig. Im Gegenteil. Es passieren Dinge zwischen Mann und Frau, gegen die man sich nicht wehren kann. Gegen die man sich auch nicht versteifen sollte.«

»Ich weiß nicht, wovon der Herr Stadtrichter spricht.«

Velasko wußte, Merck würde nicht gegen seine Frau aussagen. Wie sollte er auch. Er würde höchstens einen Verdacht aussprechen können. Mehr nicht. Eingeweiht hatte ihn Johanne Merck sicher nicht.

Velasko entließ Merck, dann schlug er gegen die Tür zum Nebenraum, daß Buchner wieder hereinkommen konnte.

»Der Merck hatte also etwas mit der Rätzerin«, sagte Buchner. »Ich hatte das gleich im Gefühl.«

Buchner hatte mit seinen Löffelohren also alles mitbekommen.

»Nein, das glaub ich nicht«, sagte Velasko. »Merck mag die Magd, vielleicht liebt er sie sogar, aber er gesteht es sich nicht ein. Die sind unschuldiger als zwei Engel.«

Buchner legte den Kopf zurück, als wollte er ihn auslachen, aber natürlich traute er es sich nicht.

»Besorg Er alles über die Geldwechslerin Maria Heckwolf«, sagte Velasko. »Alles, was Er bekommen kann. Im Geldgewerbe gibt es immer Streit. Vielleicht ist etwas in den Archiven, das wir übersehen haben.«

Buchner atmete durch die Nase, als habe er Witterung aufgenommen.

»Dann bestell Er die Geldwechslerin zu morgen früh um zwei Uhr ein«, sagte Velasko weiter. »Ich muß jetzt zu Hause nach seiner Kaiserlichen Hoheit schauen.«

»Übrigens war der Herr von Kalkstein wie angestochen«, sagte Buchner, »weil die Akten immer noch hier sind. Er hat den Herrn Richter schon selbst gesucht.«

»Der Fall ist nicht abgeschlossen!« Velasko schrie beinahe. »Und ich bin der Richter!«

»Ich weiß, Herr Stadtrichter, aber die Sache ist die, daß ich den Advokaten Hesselbach mit dem Herrn von Kalkstein hab reden sehen. Der Hesselbach macht sich seine eigenen Gedanken und will die Sache mit der Rätzerin groß hochziehen.«

»Der Hesselbach ist doch schon einige Jahre hier bei Gericht. Haben wir irgendwas gegen ihn?«

»Wie gesagt, von den Advokaten ist er nicht der Schlimmste«, sagte Buchner.

»Ich fragte, ob es etwas gegen Hesselbach gibt.«

»Natürlich, da müßte es schon was geben«, sagte Buchner und maulte etwas in sich hinein.

Von seinem Fensterplatz aus sah Velasko das Ehepaar Merck aus dem Gericht treten. Sie wechselten die Straßenseite und wichen einem Fuhrwerk mit Stallmist aus. Johanne Merck streckte die Hand nach ihrem Mann aus, aber er schien ganz in Gedanken und bemerkte dies nicht.

39.

Im Sprühregen sah die Stadt traurig aus. Die Straßen waren aufgeweicht und matschig. Nasse Kälte trieb die Menschen in die Häuser, und wer konnte, der wärmte den Rücken auf der Ofenbank und trank ein warmes Bier. Es schien sich einzuregnen.

Als Velasko in sein Haus eintrat und im Flur den Mantel auf einen Bügel hängte, vernahm er Schläge. Es waren gewaltige Schläge, die den Boden zittern ließen. Durch ein Flurfenster sah er in den Innenhof und beobachtete den Zaren. Im Holzschuppen hatte dieser ein paar Wurzelstrunke gefunden, die schon immer dort gelegen hatten und an denen sich schon öfter jemand versucht hatte. Der Zar hieb mit der Axt in das widerborstige Wurzelholz, als wollte er den Holzklotz gleich mitspalten.

Was war wahr von den Behauptungen in dem Tagebuch, überlegte Velasko. War der Zar wirklich ein brutaler Folterer und Sadist? Es war schwer vorstellbar.

Wieder hämmerte ein Strunk auf den Holzklotz ein. Der Zar trieb das Eisen unerbittlich weiter und legte seine ganze Kraft in den Schlag, da brach der Stiel der Axt, und das Eisen krachte gefährlich gegen eine Bretterwand. Der Zar warf den Stil zum Holz, sammelte alles ein und trat damit in den Flur.

»Ich wollte schon nach Ihm suchen lassen«, sagte Zar Peter mit Sorgenfalten zwischen den Augenbrauen. »Morgen früh reisen wir ab.«

Velasko folgte ihm in die Küche und half, das Ofenholz zu stapeln. Da war wieder die Sympathie, die er gleich für den Zaren empfunden hatte, und obwohl er sich längst gegen die Stellung entschieden hatte, war er in diesem Augenblick wieder verunsichert. Er mochte sich nicht, wenn er in Entscheidungen derartig schwankte.

»Morgen schon?« wich Velasko aus. »Ich habe Bedenken, als Lehrer des Zarewitschs geeignet zu sein.«

»Das wird sich schon ergeben. Glaub mir. Ich muß rasch zurück nach Rußland. Komm, Velasko, wir holen jetzt den Zarewitsch ab und gehen nach Monbijou. Wir wollen Abschied von den Preußen feiern.«

Es war die Gelegenheit, Charlotte wiederzusehen. Velasko willigte sofort ein. Und dann mußte er unbedingt herausfinden, was in Monbijou vor sich ging. Wenn wirklich ein Attentat auf den Zaren geplant war, dann mußte es bis zum nächsten Morgen erfolgen.

Schon waren sie mit fliegenden Schritten unterwegs. Zunächst wurde er enttäuscht. Der Mohrenknabe Nanu gab Auskunft, Martha sei außer Haus bei einer Freundin, was Velasko mit Erleichterung hörte, aber auch die Zarewna war nicht da. Sie sei alleine zu einem Bilderhändler gefahren. Die beiden Damen machten also getrennt Programm. Kein gutes Zeichen. Unterdessen kam Alexei stocksteif herbei und küßte seinem Vater ehrfürchtig die Hand. Die Augen brannten ihm noch vom Branntwein. Das Gesicht war aufgedunsen.

Velasko rechnete damit, daß der Zar seinen Sohn fragte, ob er die Zarewna beschlafen habe, aber der beachtete den Zarewitsch nicht weiter, sondern wollte von Velasko wissen, ob Nanu, der ihm gefiel, wohl zu kaufen sei. Als Velasko verneinte, weil die Fürstin dies vermutlich ablehnen würde und der Mohrenknabe ein Geschenk des Fürsten von Lichtenau an seine Söhne war, stieß der Zar verärgert mit dem Fuß auf den Boden.

»Ich muß ihn haben«, sagte der russische Kaiser. Schon stürmte er hinaus, und es ging weiter. Der Zarewitsch versuchte mitzuhalten, blieb aber nach zwei Straßenecken zurück. Als sie vor Schloß Monbijou ankamen, versuchte Velasko möglichst viel von der Bewachung zu erspähen. An einem seitlichen Kellereingang stand der Wachsoldat Liljowitsch. Der Weg dorthin war von Hecken und Büschen gesäumt, so daß sich dahinter jemand heranschleichen konnte. Dort waren auch, so vermutete er, die Fässer angeliefert worden.

»Schaust du nach euren Sicherheitsleuten?« fragte Zar Peter und lachte. Er legte ihm freundschaftlich seine Pranke auf die Schulter und lenkte ihn ins Schloß. »Einen von euch hab ich heute schon entdeckt. Der ist mir ständig hinterher. Mit deinem Cojejji hab ich ihn einmal zusammen gesehen und auch mit dir.«

Das konnte nur Rieger sein, überlegte Velasko. Sie waren also weiter wachsam.

Im Großen Saal bot sich ein erschreckendes Bild. Die Meute, wie Velasko das Gefolge des Zaren für sich nannte, war außer Rand und Band und vollgesoffen, wie es das unvernünftigste Vieh nicht zustande gebracht hätte. Es wurde seit drei Tagen ohne Unterbrechung gezecht, gelärmt, gestritten, gekotzt, getanzt, gehurt. Kleidungsstücke lagen herum, es stank nach schlimmsten Ausdünstungen. Halbtote Gestalten wankten durch Hallen und Säle und gierten danach, sich vom Wodka endgültig zerstören zu lassen. Die Meute soff, als habe man auf den eigenen Tod gewettet.

Velasko wollte dem Zaren in einen Nebensaal folgen, wo einige Männer um einen Tisch mit ausgerollten Karten standen, aber die Tür wurde ihm von einem Zwerg vor der Nase zugeschlagen.

Kriegsrat gegen die Schweden, folgerte er und sah sich um. Man mißtraute ihm und wollte ihn hier nicht dabei haben, aber es bedrängte ihn niemand. Es war die unverhoffte Gelegenheit. Er ging umher, schaute hinunter in den Park und zur Anlegestelle, er flanierte durch Nebenräume. Man ließ ihn weiter in Ruhe.

Ein Spielzimmer war rundum mit einer Seidentapete ausgeschlagen. In einer Wand war eine Tapetentür für die Dienstboten eingearbeitet. Man konnte sie erst auf den zweiten Blick erkennen. Nur ein zierlicher Knauf und feine Schlitze deuteten darauf hin.

Velasko drehte den Knauf, zog rasch die Tür auf und schlüpfte hinein. Er trat ein in die Welt der Dienstboten. Es war beinahe stockdunkel. Nach einiger Zeit gewöhnten sich seine Augen daran. Er sah erste Umrisse und tastete sich weiter. Hinter den offiziellen Räumen verbarg sich ein Labyrinth an Gängen und Räumen zur Versorgung der Herrschaften, so daß die Dienstboten möglichst unsichtbar blieben.

Er ging um ein paar Ecken, dann wurde es heller. An einem Kreuzgang brannte ein Talglicht. Er horchte. Nichts. Er nahm das Talglicht und schlich weiter. Irgendwo über ihm schlug es, als wäre jemand vom Stuhl gefallen. Er wartete einen Augenblick, dann ging er weiter.

Da war eine Treppe hoch zum Dach, aber nach oben wollte er nicht. Ein paar Schritte weiter fand er eine Treppe hinunter in den Schloßkeller. Er tastete sich voran, und fühlte bei jedem Schritt genau nach, wo er hintrat. Vor Aufregung hörte er das Blut in seinem Kopf pulsieren. Es wurde merklich kühler.

Schließlich stand er in einem breiten Gang. Er rekapitulierte, wie er gegangen war, und versuchte, die Himmelsrichtungen auszumachen. Er mußte jetzt an der östlichen Fassade stehen. Ungefähr in der Mitte. Auf den Listen, überlegte er, waren vier Weinkeller aufgeführt.

Er lauschte. Von oben klangen dumpfe Musik und entsetzliches Geschrei. Füße stampften auf den Boden, als wollten sie die Balken brechen. Das Gelage ging weiter. Das ganze Gefolge des Zaren war zusammen. Was für eine Gelegenheit für einen Anschlag, aber auch der Zarewitsch war anwesend.

Der Geruch von Verbranntem kroch ihm in die Nase. Er leuchtete in die Gänge und konnte sich nicht recht für eine Richtung entscheiden. Er probierte es linker Hand. Der Brandgeruch wurde deutlicher. Mit dem Talglicht, dachte er erschrocken, gab er eine gute Zielscheibe ab. Wenn sich hier irgendwo jemand verbarg, war er ihm ausgeliefert. Er präsentierte sich wie auf einem Tablett.

Der Brandgeruch machte Velasko immer nervöser. Er schlich einen Gang entlang, der zum Haupteingang führen mußte, und horchte dabei ins Dunkel. War da jemand? Der Brandgeruch wurde wieder schwächer. Panik stieg in ihm auf, die er kaum unterdrücken konnte. Er sollte hier schleunigst verschwinden.

Velasko ging jedoch wieder ein Stück zurück. Rechts und links waren Verschläge mit schweren Schlössern gesichert. An einer Wand entdeckte er ein weiteres Talglicht. Er brauchte ein dauerndes Licht zu Orientierung, ansonsten würde er sich in dem Kellerlabyrinth verlaufen und nicht mehr zurückfinden. Er zündete das Talglicht an, horchte und versuchte einen anderen Gang. Wie er doch körperliche Gefahr haßte! Was ging ihn Zar Peter mit seiner Saufmeute eigentlich noch an, daß er, Carl Freiherr von Velasko, hier herumschlich und Leib und Leben riskierte.

Der Brandgeruch wurde stärker. Ein strenger Pulverdampf. Da war ein Verschlag. Durch Latten konnte Velasko einige Fässer erahnen. Der erste Weinkeller. Hier ließ der Brandgeruch jedoch nach. Merkwürdig. Er wünschte sich seine Pistole herbei, die jetzt nutzlos in seinem Arbeitszimmer herumlag. Mit einer Hand tastete er sich an der Wand vor. Der Pulverdampf wurde wieder deutlicher, dann ließ er nach einigen Metern erneut nach. Wie war das möglich?

Da war ein gedämpftes Zischen ganz in seiner Nähe. Er leuchtete den Boden ab und entdeckte eine Brandspur, die in einem winzigen Loch verschwand, sowie Reste von verkohltem Leinen. Er konnte gerade einen Finger in das Loch stecken. Er legte das Ohr an die Wand. Dahinter hörte er ein feines Zischen. Es war ganz deutlich. Raus hier, fieberte es in ihm! Nur raus! Die Lunten brannten schon. Er mußte sich schleunigst in Sicherheit bringen.

Es war ein Weinkeller von vier, wie sollte er alle Keller rechtzeitig finden? Er leuchtete die Ziegelwand ab, befühlte die Steine und Fugen und drückte dagegen. Die Wand war so unauffällig wie jede andere im Keller, da bemerkte er auf dem Fußboden merkwürdige Unregelmäßigkeiten. Die großen Bodenplatten wurden überall von einer querstehenden Reihe kleinerer Fliesen gesäumt, aber diese Bodenplatten gingen ganz bis an die Wand heran und wurden dadurch in der Mitte abgeschnitten. Hier war eine Wand nachträglich eingezogen worden.

Er stellte das Talglicht ab, sein Inneres rebellierte, doch er nahm Anlauf und warf sich mit der Schulter gegen die Wand. Er meinte, sie hätte etwas nachgegeben, und versuchte es nochmals. Da entdeckte er Risse in den Fugen. Die Wand war nur flüchtig hingesetzt worden und hatte einzig den Zweck, etwas zu verbergen.

Wütend warf Velasko sich wieder dagegen. Die Zeit lief ihm davon. Seine Schulter schmerzte von der Wucht des Aufpralls. Er hätte bei jedem Stoß aufschreien können. Da zeigte die Wand eine Beule, noch ein Stoß, sie gab nach, und Ziegelsteine polterten. Er horchte in die labyrinthischen Gänge, nichts. Ein dichter, scharfer Pulverqualm strömte nun heraus und biß bei jedem Atemzug. Das Zischen war jetzt so deutlich, als wäre es neben seinem Ohr. Rasch stieß er die lockeren Ziegel ins Innere, bis das Loch groß genug war, und stieg hindurch.

Durch den Pulverqualm sah er ein kleines blauweißes und zischendes Licht. Auf dem Boden brannte eine Lunte, die in weiten Kreisen gelegt war, so daß sie noch über längere Zeit abfackeln würde. Er hustete von dem beißenden Gestank und hielt den Atem an. Die Lunte verzweigte sich und führte zu Fässern, die bis zur Decke hochgestapelt waren, Fässer voller Pulver. Die Sprengkraft mußte gewaltig sein. Von Schloß Monbijou würde nur ein Trümmerhaufen bleiben.

Rasch trat er die Lunte aus und riß sicherheitshalber das abgebrannte Ende ab. Wie lange mochte sie schon gebrannt haben? Zehn Minuten, eine halbe Stunde oder länger. Jedenfalls lange genug, um inzwischen aus dem Schloß zu fliehen. Auf welchem Weg auch immer.

Velasko konnte kaum einen klaren Gedanken fassen. Er wußte nur, daß er schleunigst hinaus mußte, ansonsten würde er mitsamt der zaristischen Meute in die Luft fliegen. Er stand in seinem Grab.

Es waren insgesamt vier Weinkeller. Vier Keller, in die Fässer gebracht worden waren, und in dreien zischten noch die Lunten. Seine Augen tränten noch vom Pulverdampf. Er horchte ins Dunkel und entschied sich für einen breiten Gang. Wenn er die Orientierung nicht verloren hatte, dann lief er jetzt nach Norden.

Über ihm trampelten sie, als würde in einem Faß Weintrauben um die Wette gestampft. Vermutlich war er jetzt direkt unter dem Großen Saal. Wenn Velasko ein Attentat auf den Zaren plante, dann würde er hier eine extra große Pulverladung hochgehen lassen. Er hatte den Pulverdampf noch dermaßen in der Nase, daß er nicht mehr riechen konnte, und so suchte er die Muster der Bodenfliesen auf Unregelmäßigkeiten ab.

Da war wieder eine Stelle, an der eine Wand das Muster der Fliesen störte. Er horchte, aber in ihm rebellierte der Herzschlag so heftig, daß davon alles übertönt wurde. Kurzentschlossen warf er sich dagegen, und sofort bestätigte sich sein Verdacht. Die Ziegel waren nur lose gelegt und mit Lehm verfugt. Er stieß ein Loch hinein. Hinter der Wand fand er ein Kellerloch vollgestopft mit Fässern. Eine Lunte zischelte gleichmäßig vor sich hin. Rasch trat er sie aus und untersuchte die Konstruktion. Die Abstimmung der Explosionen setze eine große Geschicklichkeit und reichlich Erfahrung voraus, damit zeitgleich und mit erwünschter Wirkung das Pulver zündete. Einen Pulverkopf hatte Elisabeth ihren Wasa-Ludwig genannt. Das hier war die Meisterleistung eines Kanoniers. Der ganze Plan war genial durchdacht, und die Tarnung nahezu perfekt.

Jetzt also zum dritten Weinkeller. Aber in welche Richtung sollte er gehen? Velasko war unsicher und entschied sich, den Weg zum Ausgangspunkt zurück zu nehmen. Von weitem sah er das Talglicht, das er hatte brennen lassen. Noch zwei Keller, überlegte er, und zwei brennende Lunten, die so lang waren, daß er es mit besonnenem Vorgehen schaffen konnte. Er mußte sich beeilen und würde die Zerstörung Monbijous verhindern.

Er leuchtete den Boden ab und fieberte nach Unregelmäßigkeiten. Der Keller schien in den Gängen unergründlich verschlungen. Der Kastellan mußte einen Plan und Schlüssel besorgt haben. Wahrscheinlich war das das Geschäft gewesen, für das er sich hatte bezahlen lassen. Wahrscheinlich hatte man einen gewöhnlichen Diebstahl vorgegeben. Man wollte durch den Keller einschleichen und das Schloß ausräubern, aber dann war er dahintergekommen, daß man etwas ganz anderes vorhatte.

Da waren zwei Gänge, aber welcher führte nach Süden? Velasko haderte. Einen Fehler konnte er sich nicht mehr erlauben und leuchtete mit dem Licht, welchen Verlauf der eine Gang erkennen ließ. Noch zwei brennende Lunten, fieberte es in ihm, und seine innere Stimme schrie ihn an, daß er schleunigst verschwinden sollte. Niemand würde es ihm lohnen, daß er hier Leib und Leben riskierte.

Da war wieder ein unregelmäßiger Verlauf auf dem Boden. Er stellte das Talglicht ab, biß die Zähne zusammen und warf sich gegen die falsche Wand, bis die Steine nachgaben und ein Pulverdampf herausströmte. Er nahm das Talglicht und stieß mit der anderen Hand die Ziegel ins Innere. Er konnte schon das blauweiße Licht einer brennenden Lunte erkennen.

Plötzlich flackerte das Talglicht, und er spürte einen Luftzug. Etwas war hinter ihn gesprungen. Er riß den Kopf herum und sah im Bruchteil einer Sekunde einen vorüberhuschenden Schatten. Er war überwach und völlig klar in Gedanken. Hätte er doch auf seine innere Stimme gehört! In dem Augenblick wußte er, wer ihm aufgelauert hatte, und er wußte auch, daß es jetzt auf Leben und Tod ging. Sein Körper spannte sich bis in die letzten Fasern. Einen Augenblick stand die Zeit still.

In der Linken hielt er das Licht, das er so schnell nicht loslassen konnte. Mit der Rechten schlug er nach hinten. Plötzlich zog sich mit brachialem Zug ein Draht um seinen Hals. Er taumelte zurück, es zwang ihn auf die Knie. Auch seine Hand war unter die Drahtschlinge geraten. Der Zug der Schlinge war eisern. Er spürte, daß er nicht dagegen ankam. Sein Körper spannte sich, er meinte zu bersten. Er wußte, das war das Ende.

Das Talglicht war auf den Boden gefallen. Er wollte röcheln und blieb stumm, er schlug mit der Linken ins Leere und rang nach Luft. Fremde Knie drückten in seinen Rücken und stemmten sich mit aller Macht gegen ihn. Der Zug der Schlinge verschärfte sich nochmals. Er war wie taub, die Därme wollten platzen und die Augen aus ihren Höhlen springen. Er taumelte, die Kehle war zugeschnürt, ihm wurde schwarz vor Augen.

Er hörte ein kraftvolles, angestrengtes Ausatmen. In seinem Rücken wurden nochmals Kräfte gesammelt, um ihm den Rest zu geben. Er taumelte ins Bodenlose und schwebte hinüber ins Nichts.

Ganz entfernt hörte er einen aufgellenden Schrei. Etwas begrub ihn, es erdrückte ihn. Er lag da, gierte nach Luft. Atmen, er wollte nur noch atmen. Das Schwere wurde von ihm weggezogen. Ein Licht blendete ihn. Eine Hand nahm seinen Kopf hoch und entfernte die Schlinge.

»Pardon!« sagte die Stimme von Rieger.

Velasko faßte nach seinem Hals. Er wollte nur atmen. Ein- und ausatmen. Rieger. Wo kam der auf einmal her? Velasko legte sich auf die Seite, krümmte sich und atmete schwer. Neben ihm lag ein Mann mit einem Kindergesicht. Dieser röchelte, stieß dann den Atem aus. Rieger kniete auf der Brust des Mannes. In einer Hand hielt er eine Pistole am Lauf, bereit, mit dem Griff zuzuschlagen.

Velasko setzte sich auf.

»Ist das der angebliche Barbier?« fragte Rieger ohne von dem Mann wegzusehen. »Ist das dieser Wasa-Ludwig?«

Velasko wollte antworten, aber er brachte weiterhin nur ein Röcheln heraus.

Wasa lag in einer Blutlache. Er hatte die Augen aufgerissen. Zwischen seinen Haaren sickerte Blut hervor. Rieger mußte ihm den Schädel zertrümmert haben. Wasa blickte ungläubig, als wollte er sein plötzliches Ende nicht begreifen. Wie ein Schauer durchzuckte es seinen Körper. Rieger reichte Velasko die Pistole, aber der konnte sie mit der Rechten, die vom Draht bis auf die Knochen zerschnitten war und blutete, nicht fassen. Er nahm sie mit der Linken und zielte auf den Kopf von Wasa.

Diesmal gab es kein Hätte mehr, dachte Velasko. Bei der geringsten Bewegung würde er abdrücken.

»Nicht schießen«, sagte Rieger und schlug mit der Handkante, als würde er einem Hasen das Genick brechen. »Die da oben sollen nichts mitbekommen.« Rasch drehte er Wasa auf den Bauch und fesselte ihn an den Handgelenken mit dem eigenen Draht, dann stieß er ihn wieder herum.

»Die Lunte brennt noch«, flüsterte Velasko und wies auf das Loch in der Wand. »Und der vierte Keller.«

Während Rieger in dem Loch verschwand und die Lunte löschte, kniete sich Velasko hinter Wasa. Er leckte das Blut seiner verletzten Hand ab und zielte mit dem Griff der Pistole auf den Kopf.

Rieger kroch wieder aus dem Loch. Velasko wollte aufstehen, um den vierten Weinkeller zu suchen, aber ihm wurde schwindelig, und er mußte sich wieder hinknien. Sein Körper versagte die Gefolgschaft.

Rasch erklärte er Rieger die Unregelmäßigkeiten der Bodenfliesen und schickte ihn in die Richtung, in der er den vierten Keller vermutete. Der nahm das Talglicht und ließ Velasko mit Wasa im Dunkeln zurück.

»Wer steht hinter dem Attentat?« fragte Velasko.

Wasa blieb still liegen und atmete schwer wie ein Sterbender.

»Die Schweden?« fragte Velasko.

Ein Schauer durchfuhr Wasas Körper. Er zuckte sein Leben aus.

»Oder waren es die Russen selbst?« fragte Velasko. »Haben dich die Russen bezahlt?«

Nichts. Keine Reaktion von Wasa, nur ein angestrengtes, schnappendes Atmen, das an Schnelligkeit zunahm. Wo blieb nur Rieger? Jeden Augenblick konnte dieser verfluchte Keller, in dem er in völliger Dunkelheit bei einem Mörder hockte, sein eigenes Grab werden. Wenn er hier lebend herauskam, schwor sich Velasko, dann würde er sein Leben ändern. Er würde sein Leben wieder in die Hand nehmen.

Er hielt nicht auf die Religion, aber jetzt stieß er ein stilles Vaterunser gen Himmel oder Gottweißwohin, daß Rieger schleunigst den vierten Keller fand.

Entfernt war ein Schlagen zu hören. Es klang, als würden oben im Tanzsaal Möbel zertrümmert, weil man Holz für den Kamin brauchte.

Wo blieb nur Rieger. Velasko spähte angestrengt ins Dunkel und faßte Wasa auf die Brust. Der Atem wurde immer schneller und flacher. Velasko mußte weiter auf der Hut sein. Er wollte nicht noch einmal auf eine Finte hereinfallen. Er tastete den Draht ab, der fest saß und kräftig ins Fleisch schnitt. Trotzdem mußte er wachsam bleiben.

Da sah er ein Licht näherkommen. Velasko war erleichtert, denn Rieger kam ohne Hast auf ihn zu, kniete sich zu ihm und leuchtete Wasa ins Gesicht. Dessen Augen starrten ängstlich, sein Mund war weit aufgerissen und schnappte nach Luft.

»Noch ein, zwei Minuten, dann wäre alles in die Luft gegangen«, sagte Rieger. Er riß aus dem Hemd von Wasa einen Streifen und wickelte ihn um Velaskos blutende Hand, dann nahm er ihm die Pistole ab und bedeutete damit, daß Velasko vorgehen sollte.

Erschrocken bäumte Wasa sich auf und röchelte etwas Unverständliches. Er glaubte wohl immer noch an sein Leben. Vor Rieger fürchtete er sich, dachte Velasko, nicht vor ihm.

»Rasch doch«, sagte Rieger.

Velasko nahm das Talglicht und ging ein paar Schritte vor. Jetzt, da alles vorüber war, wurde ihm bewußt, wie knapp er mit dem Leben davongekommen war. Plötzlich wurden seine Knie weich, und er mußte sich an einer Wand stützen. Die Beine fingen an zu zittern. Dann hörte er hinter sich einen Schlag, der ihm durch die Knochen fuhr. Ein kurzer, harter Schlag wie beim Keulen auf dem Schlachthof.

Schon war Rieger wieder neben ihm. Der sah seine plötzliche Schwäche, faßte ihm unter den Arm und führte ihn. Sie kamen zu der Stelle, an der Velasko ein Licht hatte brennen lassen.

Es ging einige Schritte weiter, wie Velasko gekommen war, dann führte Rieger ihn jedoch um ein paar Ecken, bis sie vor einer Tür standen. Daneben lag ein Soldat, der an Händen und Füßen gebunden und zudem geknebelt war.

»Liljowitsch?« fragte Velasko.

Rieger nickte. Vorsichtig öffnete er die Tür und schlich voraus, dann folgte Velasko. Aus einem seitlichen Kellereingang schlichen sie an der Hauswand und an Hecken entlang, bis sie hinunter zur Anlegestelle sehen konnten. Oben tobte das Abschiedsgelage. Jemand feuerte aus einem Fenster des Großen Saales eine Pistole ab, worauf im Garten Böllerschüsse ausgelöst wurden. Die Russen schrien und lärmten, als sollte man ihr Saufgeheule bis Versailles hören.

Da sah Velasko etwas, das auch Rieger für einen Augenblick den Mund offenstehen ließ: An der Anlegestelle ging der Zarewitsch auf und ab. Er wirkte kraftlos wie eine Vogelscheuche. An seiner Seite war Jaguschinski. Offensichtlich befanden sich alle anderen im Schloß.

»Die Explosion hätte schon erfolgen müssen«, sagte Rieger. »Ob der Zarewitsch eingeweiht ist?«

»Ich glaube nicht«, meinte Velasko. »Aber glauben heißt, etwas nicht zu wissen. Es sind nur Verdächtigungen.«

»Nur Verdächtigungen«, wiederholte Rieger und sah angestrengt zur Anlegestelle. »So halte ich es auch. Man braucht klare Fakten, ansonsten ist alles nur Geschwätz.«

»Es kann auch Zufall sein, daß der Zarewitsch sich mit dem Fürsten die Beine vertritt.«

»Natürlich. Alles andere geht uns auch nichts mehr an.«

Sie beobachteten die beiden eine Weile, aber der Zarewitsch und Jaguschinski machten keine Anstalten, zurück ins Schloß zu gehen. Velasko wünschte sich, Jaguschinski würde nervös nach der Zeit schauen oder mit dem Zarewitsch flüstern oder irgendwie sonst seinen Verdacht untermauern, aber er tat ihm nicht den Gefallen. Im Gegenteil. Es wirkte entspannt, wie Jaguschinski mit Alexei bei einer Galeere stand und in den Himmel sprach, als rede man über das Wetter.

»Man kann uns von oben entdecken«, sagte Rieger. »Wir müssen ...«

Plötzlich hörten sie von der Terrasse die Stimme des Zaren. »Komm, mein Sohn«, rief der Zar. »Und bring Velasko mit! Wo ist er? Er will mit uns Abschied feiern von seinem Stadtgericht.«

»Das überlebe ich wirklich nicht«, flüsterte Velasko.

»Zurück jetzt«, flüsterte Rieger. Er schlich voran in den Keller, vorbei an dem gefesselten Soldaten Liljowitsch, und führte ihn zu dem Dienstboteneingang im Spielzimmer, durch den Velasko gekommen war.

»Woher wußte Er, daß ich in dem Keller war?« fragte dieser.

»Ich hatte den Zaren überwacht und war hierher gefolgt. Der Rest war nicht schwer zu erraten.«

»Wußte Cojejji von den Fässern?«

Es ruckte durch Rieger. »Das wüßte ich selbst gern, aber vielleicht ist es besser, nicht alles zu wissen.«

»Aber Er wußte es nicht.«

»Nein, ich bin Ihm auf Verdacht gefolgt.«

»Danke, Rieger«, sagte Velasko, aber da war dieser schon wieder im Gang verschwunden.

Velasko horchte an der Tür, dann öffnete er sie einen winzigen

Spalt. Mitten im Raum erbrach sich ein Betrunkener auf das Parkett, dann torkelte er weiter, und Velasko schlüpfte hinein. Krüge und Flaschen standen herum. Er befleckte sein Hemd mit Wodka und zerschlug einen Krug, den er hielt, als hätte er sich damit verletzt, dann schwankte er in den Großen Saal.

Zar Peter lachte, als er ihn sah und freute sich an seiner Trunkenheit. Da eilte ein Kurier herein und überbrachte dem Zaren ein Kuvert. Der brach das Siegel und verschwand mit einigen Ministern in den Raum mit den Kartentischen. Wieder Kriegsrat gegen die Schweden, vermutete Velasko. Auch der Zarewitsch und Jaguschinski folgten. Velasko beobachtete, wie der Fürst den Thronfolger mit höflicher Geste vorließ, und er meinte dabei ein sorgenvolles Einverständnis zwischen beiden zu sehen.

Aus dem Gefolge giftete man ihn an, aber man scherte sich nicht weiter um ihn. Velasko gehörte nicht zu ihnen und wollte es auch nicht. Sie hatten ein besseres Gespür dafür als ihr Zar.

Dankbar für die Nichtbeachtung schwankte er zum Ausgang.

40.

Die Nacht mit Charlotte hatte er in den Tagesgedanken bewahren wollen, aber durch die Ereignisse war die Erinnerung an Berührungen und Liebkosungen schon wieder weit entfernt und drohte zu verblassen.

Velasko sah hoch zu seiner Bureaustube. Das Fenster war geschlossen. Die Luft war also rein. Aber dann begegnete er im Aufgang des Stadtgerichts dem Advokaten Hesselbach, der sich wie ein Hackenfuchs an ihn hängte. Ihn konnte er jetzt am wenigsten gebrauchen.

Meist gelang es Velasko, oder er bemühte sich jedenfalls, über den Dingen zu stehen und die Niedertracht seiner Mitmenschen mit leichter Hand zu parieren. Jetzt war er jedoch nervös und angespannt, so daß sich seine Nachsicht erschöpfte. Es war einer dieser Tage, an denen sein Ekel auf Menschen wie den Advokaten oder die korrupten Richterkollegen ins Unerträgliche anschwoll. In so düsterer Stimmung erschrak Velasko manchmal vor sich selbst, denn zu Ekel gesellte sich auch noch die Angst, wozu Menschen in ihrer Selbstsucht alles fähig waren.

Als Stadtrichter hatte er täglich Umgang mit der bösen Seite der Menschheit, aber er sträubte sich immer dagegen, das Böse zu einer Grundeinsicht zu erheben und auf den Alltag zu übertragen. Natürlich bekamen die Schlechtwetterseher täglich recht, aber er wollte diesen Blick auf die Welt nicht teilen. Auch wenn es kindisch sein mochte, so versuchte er, sich eine gewisse Unschuld zu bewahren.

Jetzt saß Hesselbach breitbeinig vor ihm, und er empfand nur noch Abscheu. Hinter der ernsthaft-bemühten Visage sah Velasko ein Grinsen, das dieser wohl nur schwer unterdrücken konnte. Offensichtlich hatte Hesselbach einiges herausbekommen, was Velasko gar nicht gefallen konnte, und jetzt ging es dem Advokaten nur um eins: Er witterte einen Sensationsprozeß.

»Ich freue mich, Ihn so außerordentlich guter Dinge zu sehen«, sagte Velasko.

»Ja, in der Tat, ein famoser *die*.«

»Ganz famos«, sagte Velasko und spürte in dem Augenblick einen Widerwillen, der körperliche Gewalt herausforderte. »Womit kann ich Ihm dienen?«

»In *principius* ist dem *casus* der Inquisitin Rätzerin durch neue *facta* eine ganz neue äh … Richtung … äh, ja.«

Für *Richtung* war Hesselbach kein lateinischer Brocken mehr eingefallen, und der Satz mündete in Schwachsinn. Es waren immer die gleichen lateinischen Versatzstücke, die dieser Schaumschläger in seine Rede einflocht.

»Oh, ein *Advocatus corvorum cibaria* (Advokaten-Rabenaas)!« freute sich Velasko und witzelte Hesselbach an, als habe er in höchsten Tönen dessen Spürnase gelobt.

»Oh lala!« lachte Hesselbach vordergründig und sah ihn unsicher an. Er ahnte wohl eine Bösartigkeit, aber es blieb ihm nichts übrig, als ebenfalls zu lächeln. Ganz offensichtlich war er mit seinem Latein am Ende.

»Ich gebe dem Herrn Richter *facta* zur Kenntnis«, sagte er, »daß der Besamer der Inquisitin Rätzerin, also besagter Wasa-Ludwig, übereinstimmt mit einer Fahndung, die im Zusammenhang mit dem Tod des Kastellans von Monbijou erfolgt. Und dann verwundert doch in der Tat das Verhältnis der Magd mit ihrem Dienstherrn, der sich geriert, als hätte ...«

»Ich wollte sowieso mit ihm sprechen«, sagte Velasko und fragte sich, wen Hesselbach am Stadtgericht für die Informationen geschmiert hatte. Und ihm wurde jetzt heiß, denn der Advokat stocherte in Sachen herum, die unangenehm werden konnten. Für Elisabeth und jetzt auch für ihn. Bislang wußte – so hoffte er jedenfalls – noch niemand davon, daß der Kastellan unter seiner Bewachung ermordet worden war, und das sollte auch so bleiben. Das Ohrfeigengesicht Hesselbachs forderte Schläge heraus, aber Velasko lächelte ihn an und suchte fieberhaft nach einem Weg, wie er ihn parieren konnte. Da räusperte sich Buchner und wies auf Akten, die sich auf einem Nebentisch stapelten.

»Die neuen *facta* lassen den *casus* der Elisabeth Rätzerin in einem völlig anderen Licht erscheinen«, sagte Hesselbach. »Zumal Nachforschungen ...«

»Geschätzter Hesselbach, es gibt keine Nachforschungen mehr«, sagte Velasko und nahm ein geschnürtes Bündel Akten vom Nebentisch auf. Auf dem Deckblatt las er Namen und Daten eines Prozesses. Und den Namen Hesselbach. Buchner hatte also die Fälle des Advokaten herausgesucht, die hier am Gericht verhandelt worden waren. In solchen Augenblicken hätte er den alten Schreiber umarmen können.

»Keine Nachforschungen mehr?« fragte Hesselbach verunsichert. »Wie bitte darf ich das verstehen?«

»Er hat in den Jahren einen erheblichen Profit aus den Prozessen ziehen können«, sagte Velasko. Er mußte auf Verdacht hin einen Vorstoß wagen und wollte Hesselbach so schnell wie möglich aus der Gerichtsstube hinauswerfen.

»Ich habe nur in Rechnung gestellt, was mir der *Taxa* nach zusteht.«

»Es gibt Beschwerden«, sagte Velasko. »Hier, dies alles sind Akten von Ihm. Er ahnt gar nicht den Umfang der Beschwerden. Allgemein haben wir kein Interesse, uns von irgendwelchen Prozeßhanseln, die im nachhinein über ihre Advokaten klagen, die knappe Arbeitszeit stehlen zu lassen, aber die Beschwerden sind nun einmal in der Welt.« Velasko pochte auf die Akte. »Unter den gegebenen Umständen sind sie kaum mehr unter der Decke zu halten. Es ist davon die Rede, Er habe Prozesse verleiert.«

Hesselbach saß jetzt gerade und schlug die Beine übereinander. Seine dreiste Mauligkeit war dahin, und er war so klug, Velasko reden zu lassen.

»Was die Leute eben so schreiben«, sagte der, »wenn sie mit juristischen Händeln nicht vertraut sind. Recht und Gerechtigkeit haben ihren Preis, aber wer will das schon einsehen, wenn es an den eigenen Geldbeutel geht.«

»Das ist unser tägliches Brot. Die Leute verlangen alles, wollen aber nichts dafür hergeben.«

»Da ist es ratsam, solche Irrtümer beizeiten aus der Welt zu schaffen. Wie gesagt, wir haben eigentlich kein rechtes Interesse, unsere Zeit zu vergeuden.«

»Ich danke dem Herrn Stadtrichter für sein Verständnis«, sagte Hesselbach und lauerte auf den Haken an der Sache.

»Es sei denn, es ist unumgänglich«, sagte Velasko. »Aber das sehe ich in seinem *casus* nicht zwingend.«

»Nicht zwingend?«

»Möglich, aber nicht unbedingt zwingend, meine ich. Übrigens wird von oberster Obrigkeit, ich betone von oberster Obrigkeit, keine weitere Ermittlung im Fall des Todes des Kastellans von Monbijou gewünscht. Diesbezügliche Erkenntnisse sollten in puncto Ökonomie des Verfahrens völlig aus allen Akten bleiben. Aus jeglicher Akte. Obrigkeitlich gibt es diesbezüglich keine Fragen mehr.«

»Ich hab überhaupt keine Fragen.«

»Das gilt auch für diesen besagten Wasa. Bei Seinem Entgegenkommen wird man sich obrigkeitlich dankbar zeigen und gewisse *facta* vergessen.«

Velasko ließ die Akte auf einen Stapel herunterfallen.

»Natürlich«, sagte Hesselbach, der bei dem Geräusch zuckte. »Man sollte über alles sprechen.«

»Herr Advocatus Hesselbach, Er hat wohl immer noch nicht verstanden«, sagte Velasko schärfer, als er wollte. »Man sollte über gar nichts mehr sprechen.«

»Ich bin ja nicht harthörig. Mit welcher Autorität spricht Er eigentlich?«

»Mit höchster.«

»Herr von Kalkstein …?«

»Ich sagte mit ›höchster Autorität‹ und muß es dabei belassen.«

»Also noch über Herrn von Kalkstein hinaus?«

»Wenn Er mit Herrn von Kalkstein auch nur ein Wort darüber spricht, ist Er für alle Zeit erledigt.«

»Also dann«, sagte Hesselbach und erhob sich. »Was ist schon Wahrheit und was Lüge? Letztlich sitzen wir alle in einem Boot.«

»Der *casus* ist, wie ich denke, hinreichend besprochen.«

»Der Herr Stadtrichter gibt mir dann beizeiten zu verstehen, was ich zur Defension der Rätzerin noch tun kann.«

»Umgehend«, sagte Velasko und brachte ihn zur Tür.

»Es gibt keinen Wasa, und es gibt keine Geschichte irgendeiner Magd mit ihrem Dienstherrn.«

»Das wäre ja Rufmord«, sagte Hesselbach und hielt die Hand hin wie beim Kuhhandel.

Widerstrebend schlug Velasko ein. Wie widerte ihn so ein schäbiger Handel bei Gericht an. Die Hand von Hesselbach war kalt und naß. Er drückte sie mit spitzen Fingern und brachte ihn rasch zur Tür.

»*Foedissima* (Brechmittel)!« rief Velasko ihm hinterher.

»*Lotiolentus* (Bettpisser)!« rief Hesselbach zurück, als wäre es ein Gruß in den schönsten Sommertag.

Velasko hatte einen Augenblick zu schlucken. Wieder einmal hatte ihn sein verfluchter Hochmut verleitet.

»Woher wußte der Herr Stadtrichter denn von den Beschwerden?« fragte Buchner.

»Es war ein Verdacht«, sagte Velasko. »Es gab also wirklich Beschwerden?«

»Der Herr von Kalkstein hat da den Daumen drauf. Wie es heißt, hat man die beiden zusammen beim Kartenspielen gesehen.«

»Das ist Gassengeschwätz.«

»Darauf kann man natürlich nichts geben, da hat der Herr Stadtrichter schon recht.«

»Aber die Beschwerden hat niemand verfolgt?«

»Wohl nicht so richtig. Ich trage die Akten dann besser gleich wieder ins Archiv. Wo sie ja hingehören.«

»Gut. Ist die Geldwechslerin Heckwolf da?«

Buchner nickte. »Soll ich sie reinbringen oder noch schwitzen lassen?«

»Ich mache mich erst frisch. Und Buchner, besorg Er aus dem *König von Preußen* eine Kanne Mokka mit zwei Tassen. Es wird spät werden. Für Ihn dazu einen guten französischen Cognac.«

»Sehr wohl, Herr Richter. Ich soll dann anschreiben lassen?«

Velasko nickte. War Buchner gut auf ihn zu sprechen, so fiel ihm auf, dann wählte er die Kurzform *Richter*, ansonsten war Velasko für ihn nur der *Stadtrichter*.

41.

Es ging auf drei Uhr in der Nacht zu, und Velasko war nicht einen Deut vorangekommen. In den Häusern waren überall die Lichter gelöscht. Vor einer halben Stunde war die Kutsche eines Lebemannes vorübergefahren, jetzt war es ruhig auf der Straße. Die Stadt schlief bis auf die Nachtwächter und das Raubgesindel.

Velasko sah hinaus ins Dunkel. Seine Hand schmerzte. Die Wunde schwoll an und pochte. Er hielt die Hand möglichst hoch und mußte unbedingt zum Wundarzt. Buchner öffnete die Ofenklappe und legte sparsam Holz nach. Die Flammen loderten vom Luftzug auf und leckten nach den Scheiten. Buchner wärmte sich ein wenig die Hände, dann stand er wieder vor seinem Pult. Sein alter Gerichtsschreiber konnte körperlich nicht mehr, und auch Velasko war mit dem Latein am Ende.

Sein Kopf schmerzte, und die Augen brannten. Seit Stunden stellte er die gleichen Fragen, und die Antworten der Geldwechslerin Maria Heckwolf waren immer die gleichen. Eigentlich hatte er eine Abneigung gegen Menschen, die Geldgeschäfte machten und nur Profit aus der Arbeit redlicher Menschen zogen, aber nach ihrer unauffälligen und unaufdringlichen Erscheinung hätte Maria Heckwolf auch eine ehrenvollere Profession ausüben können. Sie wirkte wie ein Mensch mit unbedingtem Pragmatismus und entsprechend engem Horizont. Sie war tonlos in ihrer Sprache, etwas ausgezehrt, und die Schneidezähne standen schlecht. Aber ein Mann, der nicht viel vom Leben erwartete und gleichgültig war gegenüber Schönheit und Lebensart, würde mit ihr durch die Jahre kommen.

Es war zum Verzweifeln. In ihren Antworten gab es keine Abweichung zu den vorherigen Fragestücken. Dabei sprach sie gar nicht wie auswendig gelernt, aber da war nichts, bei dem er nachhaken konnte. Gar nichts. Seelenruhig wiederholte sie ihre Aussagen mit einer Präzision, die ihn an die Abgebrühtheit von Johanne Merck erinnerte.

Buchner hatte in den Archiven auch nichts über die Geldwechslerin gefunden. Sie betrieb ihr Geschäft seit Jahren, aber sie war nie auffällig geworden, und es hatte nie Beschwerden oder gar einen Prozeß gegen sie gegeben. Sie schien ihr Gewerbe also redlich zu betreiben. Wenn Johanne Merck und Maria Heckwolf zusammen ein Verbrechen ausgeheckt hatten, dann waren sie perfekte Partnerinnen. Unbescholten, seriös und nervenstark.

Vom vielen Mokka hatte Velasko einen angeranzten Geschmack. Ihm war nach Wasser zumute. Buchner stand erschöpft an seinem Pult und hielt einen Moment die Augen geschlossen. Lange würde er nicht mehr durchhalten.

Hatte Velasko sich verrannt? Sträubte er sich gegen die Wahrheit, weil er sich der Magd Elisabeth verpflichtet fühlte und ihre Schuld nicht wahrhaben wollte?

Lustlos blätterte er durch die Akten. Zwölf Gedenkmünzen waren gestohlen worden, eine davon, die als *Corpus delicti* vor ihm lag, sollte Elisabeth angeblich zur Geldwechslerin getragen haben. Bei der Razzia im Hause Merck hatten sie damals nichts gefunden. Sie hatten Elisabeths Kammer durchsucht sowie alle Räume, zu denen sie Zugang gehabt hatte.

»Wir schließen die Akten«, sagte Velasko zu Buchner. »Bring Er Frau Heckwolf nach Hause! Nicht, daß ihr auf der Gasse etwas passiert.« Dann raunte er: »Um sechs in der Früh ist Er wieder hier.«

»Sehr wohl, Herr Richter«, sagte Buchner und zog ohne Gegenrede den Mantel über.

Für die wenigen Stunden bis zum Morgen blieb Velasko im Stadtgericht. Vom Flur zog er eine Bank herein, als Polster nahm er Kleidung aus dem Spind, als Decke diente der Brandenbourg mit dem samtenen Besatz am Kragen. Er machte es sich so bequem wie möglich und dachte an die herrlichen Pelze, mit denen die Russen handelten. Sicher war es preiswerter, für einen neuen Wintermantel den Pelzbesatz selbst zu kaufen und es nicht seinem Schneider zu überlassen, denn der zog aus allem immer doppelten Profit.

Velasko schlief sogar bald ein. Nur manchmal wachte er auf, um sich auf der Bank zu drehen, und dachte an das Risiko, wenn er mit seinem Vorhaben nicht recht behielt. Dann lenkte er seine Gedanken auf Charlotte. Er mußte sie noch einmal sehen. Wenn er es morgens nicht schaffte, zu Martha zu gehen, dann wollte er sich zur Verabschiedung des Zaren und seines Gefolge nach Monbijou begeben. Es war nur fraglich, ob ihn die Wachen durchließen.

Früh um sechs weckte ihn Buchner, und schon kurz darauf verließen sie das Stadtgericht. Sie nahmen einen Nebenweg, da sie von Kalkstein auf seinem bekannten Weg die Königsstraße hinunter keinesfalls begegnen wollten.

Das Haus der Geldwechslerin lag auf dem Friedrichswerder. Die unteren Fenster waren mit derben Eisengittern gesichert. Sie war noch schlaftrunken und erstaunt, als Velasko und Buchner vor ihrer Tür standen, sie sträubte sich aber nicht gegen eine Durchsuchung.

»Was sein muß, das muß sein«, sagte sie nur.

Zunächst durchsuchten sie alle Geldkisten. Da waren verschiedenste Währungen, aber keine Gedenkmünzen auf die Königskrönung. Unter den Münzen fanden sie auch keine hessischen Albus, von denen Elisabeth einige eingetauscht haben wollte. Damit die Geldwechslerin später nicht behaupten konnte, es sei etwas abhanden gekommen oder ihr untergeschoben worden, bat Velasko sie um ständige Anwesenheit. Sie durchsuchten einen Raum nach dem anderen. Sie fühlten in Kissen und Bettzeug, faßten unter Schubladen und in Krüge, sie forschten in Schränken auf doppelten Boden und fuhren mit dem Messer durch Spalte im Fußboden und suchten nach Verstecken unter lockeren Dielen.

Velaskos Verdacht wankte von Stunde zu Stunde immer mehr. Bei Gericht würde man sich schon wundern, daß das Bureau nicht besetzt war. Es wurde Mittag, und sein Magen knurrte erbärmlich. Sie schütteten hinter dem Haus eine Regentonne aus und ließen das Wasser breit fließen. Dann wühlten sie im Dreck des Hühnerstalles. Buchner gab auf. In miesepetriger Verfassung lehnte er an einem Hauklotz, dann versuchte er sich darauf zu setzen, aber der war zu hoch. Plötzlich kam Bewegung in ihn, er schoß hoch, schmiß den Hauklotz um und schaute darunter nach. Zum Schluß grub Velasko sogar einen Streifen Gartenland um, auf dem Gemüse gezogen wurde. Schließlich warf er die Schaufel in hohem Bogen weg.

Beim Läuten der Mittagsglocke wollte Buchner ganz in der Nähe zu einer Garstube für Rübensuppe, aber Velasko wurde schon bei dem Gedanken an blähenden Rübendampf übellaunig und drängte weiter. Er mußte Charlotte vor der Abreise unbedingt noch einmal sehen, sonst wäre ihm, als hätte es diese Nacht mit ihr nie gegeben.

Ohne Pause ging es weiter zum Haus der Mercks.

Kolonialwaren stand auf einem hübsch gemalten Ladenschild. Unten im Haus waren, wie Velasko noch wußte, hinter dem Ladengeschäft einige Lagerräume und die Gesindekammer für Elisabeth. In der oberen Etage lagen die Wohnräume, zu denen Elisabeth keinen Zugang gehabt hatte und die nach Auskunft von Johanne Merck auch durch ein gutes Schloß geschützt waren.

Als Velasko mit Buchner im Geschäft stand, schien es ihm, als sei die Merck das erste Mal wirklich überrascht. Sie verkaufte gerade einem Dienstmädchen ein Säckchen Mehl und Makkaroni, dann kam ihr Mann aus einem Hinterraum, und sie waren mit dem Ehepaar Merck allein.

»Darf ich darum bitten, die Privaträume, die für das Gesinde nicht zugänglich sind, zu visitieren?« fragte Velasko.

»Natürlich«, sagte Arnold Merck.

»Natürlich nicht«, sagte Johanne Merck. Es schien selbstverständlich und eingespielt, wie sie ihrem Mann über den Mund fuhr, und ohne Frage erwartete sie, daß die Sache damit ausgestanden war.

»Aber natürlich dürfen sie«, sagte Merck noch einmal.

»Arnold, wie kommen wir dazu?« fragte seine Frau jetzt erstaunt.

Das war der Wendepunkt für Arnold Merck, fühlte Velasko.

Er war seit dem letzten Verhör in sich gegangen und stellte sich nicht mehr gegen seine offensichtlichen Gefühle.

Johanne Merck sammelte sich wieder. »Mit welcher Autorität verlangt Er dies eigentlich?« fragte sie selbstbewußt.

»Mit meiner Autorität«, entgegnete Velasko. Jedermann glaubte seine Autorität in Frage stellen zu dürfen. So berechtigt diese Frage auch war, allmählich wurde er dabei dünnhäutig.

»Wir sind ehrbare und geachtete Menschen«, sagte Arnold Merck über seine Frau hinweg. »Und wir wollen nichts vor den Gerichtsherren verbergen.«

»Letzte Zweifel sind auszuräumen«, sagte Velasko, »dann werden die Akten endgültig geschlossen.«

»Bitte die Herren!« sagte Merck. »Es muß zu einem Ende kommen.«

»Was ist in dich gefahren!« giftete Johanne Merck ihren Mann an. »Das lassen wir uns doch nicht gefallen! Sag doch etwas! Für wen hält sich dieser Stadtrichter eigentlich?«

»Ich bitte, mir zu folgen«, sagte der Hausherr und ignorierte seine Frau, die dampfend im Ladenlokal zurückblieb.

Als Velasko von oben aus dem Fenster sah, eilte Johanne Merck bereits in Richtung des Stadtgerichts. Im Laufen hielt sie sich die Haube. Velasko mußte sich beeilen. Nicht lange, ahnte er, und von Kalkstein würde wegen des eigenmächtigen Vorgehens nach ihm schicken lassen.

Sie teilten sich auf. Buchner übernahm die Suche überall dort, wo man einfach hinkam, und Velasko schaute auf Schränken und unter dem Ehebett, wobei Arnold Merck sogar beim Vorziehen half. Das Ehepaar hatte es zu einigem Wohlstand gebracht. Sie besaßen sogar zwei chinesische Zierteller, die ein kleines Vermögen gekostet haben mußten. Aber der stattliche Reichtum konnte nicht weitergegeben werden. Es gab kein Zimmer für Kinder.

In der Eile fiel ein Regal aus einer Halterung, und Zinngefäße schepperten zu Boden. Buchner tauchte mit der Nase in Truhen mit Weißzeug und Sommerkleidung. Velasko durchwühlte einen Putztisch mit Pudern, Wässern und etlichen Schatullen.

Dann ging es in die Küche. Merck half, den Schrank vorzuziehen. Geschirr polterte durcheinander, und als Velasko die Schranktür öffnete, fiel einiges heraus. Er durchsuchte besonders gründlich die Gefäße, die hinten standen. Da war ein großes mit doppelt raffiniertem Zucker. Das Ehepaar hatte keine Kinder, die den Finger hineinstecken würden, also eignete es sich als Versteck. Erwartungsvoll schüttete er den Zucker aus. Wieder nichts. Verzweifelt hastete er in einen Vorratsraum und überlegte, wo er etwas verstecken würde. In geräucherten Blutwürsten für den Winter vielleicht?

»Ißt Er gerne Blutwurst?« rief Velasko in die Küche.

»Also ziemlich gerne«, rief Merck zurück, als glaubte er nun nicht mehr, daß Velasko zwei und zwei zusammenzählen konnte. »Warum?«

»Und Kompott?«

»Weniger«, antwortete Merck zögernd. »Ich mag mehr das Herzhafte. Gepökeltes und Saures …«

Also überging Velasko die Fässer mit sauren Gurken. Er krempelte einen Ärmel hoch und fuhr mit der Hand durch ein Fäßchen mit eingelegten Birnen, da hörte er die erregte Stimme von Johanne Merck. Sie war noch auf der Treppe. Buchner fiel gerade irgend etwas herunter. Es schepperte gewaltig. Es klang nach Pfannen und Töpfen, die durcheinanderfielen.

Da glitt Velaskos Blick über ein Butterfaß. Von Sommer an sammelten die Hausfrauen Fett für die Christstollen. Bei jedem Kochen wurde etwas abgezwackt und für den besonderen Anlaß aufgespart. Je fetter der Stollen glänzte, desto größer war der Stolz einer Hausfrau.

In der Küche hörte er die empörte Stimme von Kalksteins, der Buchner zur Rede stellte.

Velasko kniete vor dem Butterfaß. Es stank ranzig. Er hielt den Atem an und ließ den Arm hineingleiten. Von Kalkstein schrie und tobte über das Durcheinander in der Küche. Velasko fischte auf den Grund des Fasses, da glitschte ihm etwas durch die Finger. Er rührte weiter, da schnappte er wieder etwas Hartes, und sein Innerstes jubilierte in lieblichstem Moll. Er zog eine Münze aus der Ekelmasse hervor und ging damit in die Küche.

Von Kalkstein war völlig aufgelöst im Zorn und starrte ihn an, als wollte er gleich losbrechen. Johanne Merck sah die Münze, sie zitterte um den Mund und ließ sich auf eine Ofenbank fallen.

»Eine der angeblich gestohlenen Münzen«, sagte Velasko und legte das fettige Geldstück seinem verdutzten Vorgesetzen in die Hand. Dann zog er das Butterfaß aus dem Vorratsraum, stieß es um und entleerte es auf den Boden.

Alle starrten auf die Fettmasse, die sich zäh ausbreitete. Manche Fettstücke waren härter, manches floß dahin. Mit einem Ofenholz verstrich er das Fett und wischte alles auseinander. Sein Magen hob sich vom tranigen, ranzigen Geruch an, aber er kostete den Triumph genüßlich aus. Er ließ sich Zeit und legte eine Münze nach der anderen in eine hübsche Reihe. Mit Genuß zählte er laut insgesamt elf Gedenkmünzen vor, die anläßlich der Königskrönung geschlagen worden waren.

Johanne Merck saß da wie versteinert. Sie wird ihre Schuld nicht zugeben, dachte Velasko. Jedenfalls nicht im Verhör.

42.

Velasko eilte an Kutschen vorbei, die sich an der Zufahrt zum Park von Schloß Monbijou stauten. Zum Abschied des Zaren und seiner Gefolgschaft strömte der brandenburgisch-preußische Hofadel herbei. Wer etwas auf sich hielt und durchgelassen wurde, fuhr möglichst bis zur hinteren Terrasse heran, denn von dort konnte man von der Hofgesellschaft günstig gesehen werden, wenn man parlierend den Kiesweg zur Anlegestelle hinunterschritt. Eine Kutsche oder Sänfte, in der Charlotte vielleicht sitzen konnte, sah er nicht.

Da er keinen Hofrang besaß, wollten ihn die brandenburgischen Soldaten, die inzwischen zur Ablöse der Russen in zweiter Reihe standen, nicht durchlassen. Er wollte sich auch nicht auf Cojejji berufen, der sicher schon unten an der Anlegestelle war, und so verlangte er, zum Zaren ins Schloß vorgelassen zu werden. Nach Rücksprache mit den russischen Wachsoldaten wurde er ins Schloß geführt.

Das zaristische Gefolge war im Aufbruch. Kisten wurden gepackt. Man lief hin und her und schrie heiser oder röchelte mit Stimmen, die zu versagen drohten. Als Velasko durch den Großen Saal und die Nebenräume schritt, wollte er seinen Augen nicht trauen. Was er sah, war ärger als die Zerstörung Jerusalems. Fensterscheiben waren eingeschlagen oder zerschossen, das Parkett an vielen Stellen herausgebrochen, Wände besudelt, Tapeten aufgeschlitzt und heruntergerissen. Die Deckenbemalung war beschädigt, als hätte man mit langen Stangen hineingestoßen, Teppiche waren zerschunden, am Kamin die Marmorplatten heruntergehauen, Stühle waren zu Brennholz geschlagen, in mehreren Sälen hatte man mitten im Raum Lagerfeuer gemacht, Federbetten waren aufgeschlitzt, überall lagen verstreute Daunen, zweitklassige Gemälde waren bei Schießübungen als Zielscheibe verwendet worden. Das Schloß war verwüstet.

Velasko wollte schon über die Terrasse verschwinden, wo man Putten und die Köpfe römischer Kaiser aus der Verankerung gerissen hatte, und sich an der Anlegestelle unter die Hofleute mischen, da rief ihn die Stimme von Zar Peter zurück.

»Velasko, da bist du ja! Ich wußte, du würdest kommen!« Er kam auf den Stadtrichter zu und umarmte und küßte ihn wie einen Bruder. »Stell dir vor, man wollte mich in die Luft sprengen! Der Keller ist voller Pulverfässer. Meine Freunde haben zur Sicherheit im ganzen Schloß nachgeforscht, aber nichts mehr gefunden.« Der Zar wies mit einer Kopfbewegung auf die sinnlosen Verwüstungen, als wäre damit alles zu entschuldigen.

Hinter ihm folgten der Zarewitsch sowie einige Männer, die ihn noch mißtrauischer ansahen als zuvor. Alexei war in einem erbarmungswürdigen Zustand und schien schon nicht mehr von dieser Welt. Hündisch abgerichtet sah er nur danach, was für Zeichen und Befehle ihm sein Vater gab. Von Dienern wurden nun drei Fässer hereingetragen.

»Ich bin dir zu Dank verpflichtet«, sagte Zar Peter weiter. »Ohne dich hätte ich die Verschwörung nicht aufgedeckt.«

»Eure Hoheit, wie darf ich das verstehen«, fragte Velasko.

Auf den Wink des Zaren wurden drei Leichname in den Saal getragen. Velasko war starr vor Schreck.

»Die Verschwörer gegen mich«, sagte der Monarch und bedeutete Alexei, beim Tragen der Leichen zu helfen. Die erste war Wasa-Ludwig. Die zweite der Wachsoldat Liljowitsch, die dritte Leiche war von Folterspuren nicht mehr zu erkennen.

»Wer ist das?« fragte Velasko und ahnte Böses.

»Du weißt es«, antwortete der Zar in gehobener Stimmung.

»Nein, Hoheit. Wie sollte ich?«

Nun hob man die Leichname in die Fässer. Auch der Zarewitsch half mit einer Hand, die Toten hineinzustauchen.

»Du kennst ihn«, sagte der Zar. »Du bist doch ein kluges Köpfchen.«

»Wie sollte ich ihn erkennen?«

»Jaguschinski.«

»Der Fürst?«

»Ich hab ihn schon länger verdächtigt und bewachen lassen. Du hast doch auch gesehen, wie er sich an Alexei herangeschlichen hat. Ich hab dich beobachtet. Der Fürst glaubte nicht an die Zukunft Rußlands. Er sprach schon längere Zeit falsch. Als mir gemeldet wurde, daß du nach dem Soldaten Liljowitsch gefragt hast, sah ich endlich die Verbindung.«

Velasko rang mit sich. »Fürst Jaguschinski hat mit Liljowitsch doch nur gesprochen, wie es seine Pflicht war. Es waren doch nur Verdächtigungen. Nicht mehr.«

»Ein Zar hat keine Zeit für Gewißheit. Ich will Großes bewegen, Verdächtigungen müssen genügen. Ich hab ein Auge für die Menschen. Ein falscher Wimpernschlag reicht, um den Weg zum Verräter zu finden.«

Er ging zu dem Faß, aus dem das Haupt des Fürsten ragte, zog am Schopf den Kopf hoch, küßte die Lippen des Toten. Plötzlich war er wie verwandelt und schien den Tränen nahe. Einen Moment forschte er in den toten Augen, als suche er nach etwas, dann wurde sein Gesicht hart. Auf einen Wink wurden die Deckel mit Gewalt auf die Fässer gesetzt. Der Zarewitsch half, sie festzunageln, dann schaute er zu seinem Vater, was er als nächstes zu tun hatte.

»Es ist gut, mein Sohn«, sagte der Zar und wies auf die Fässer. »Bring sie nachher auf die Schiffe.«

»Aber es gab doch keine Gewißheit«, sagte Velasko noch einmal.

»Doch«, erwiderte Zar Peter. »Alexei hat den Verrat aus ihm herausgebracht.«

»Aber die Folter täuscht die Wahrheit und ein …«

»Was wahr und unwahr ist, bestimme ich«, sagte der Zar gereizt. In seinem Gesicht zitterte es gefährlich.

»Ein erfoltertes Geständnis hat keinen Wert«, beharrte Velasko. »Und die Folter ist unmenschlich.«

Die Männer um den Zaren starrten ihn entsetzt an.

»Was redest du da? Hältst du mich für unmenschlich?«

»Die Wahrheit kann man nicht erzwingen.«

»Was weißt du schon? Steht so etwas in deinen Büchern?«

»Selbst ein Kaiser muß die Wahrheit anerkennen, wie sie ist. Man kann sie sich nicht aussuchen und zurechtbiegen, wie es einem gerade auskommt. Die Wahrheit ist nicht beliebig. Man kann nur versuchen, sie zu ergründen, aber auch dann bleiben oftmals Zweifel.«

»Für deine Zweifel habe ich keine Zeit.«

»Wer über Leben und Tod zu richten hat, muß sorgsam vorgehen und mit gutem Verstand alle Zweifel ausräumen oder man …«

»Überleg dir gut, was du sagst!« entgegnete der Zar mit bebender Stimme und spannte seine Hand zur Faust, bis die Adern zackig hervortraten.

»Oder man muß das Richteramt anderen überlassen.«

Die Zwergin, die bei der Vermahnung des Zarewitschs nackt aus dem Pastetenberg getreten war, drängte sich durch die Männer und reckte ihren Mund. Zwischen ihren Lippen war eine rote Frucht. Sie zupfte am Soldatenrock des Zaren und suchte seine Aufmerksamkeit.

»Ich werde nicht mit Eurer Hoheit nach Rußland gehen.«

»Du willst also Stadtrichter bleiben?«

»Ich würde als Lehrer versagen. Wie jeder andere auch, denn man kann einen erwachsenen Sohn nicht mehr umformen. Schon gar nicht nach seinem Ebenbild.«

»Ich kann es. Ich werde ihn zwingen.«

»Seine Hoheit hat den Zarewitsch zu einem Folterer gemacht. Ich habe das Tagebuch des österreichischen Gesandten gelesen und ...«

Aber der Zar schien schon nicht mehr zuzuhören und wandte sich ab. Sofort drängten sich die Gefolgsleute vor Velasko, als wollten sie ihren Herrscher abschirmen. Er sah noch, wie sich der Zar starr lächelnd zu der Zwergin beugte und die Frucht von ihren Lippen pflückte.

»Ist Seine Hoheit selbst ein Folterer?« rief Velasko.

Einen Augenblick standen alle starr und sahen ihn fassungslos an.

»Bis jetzt hatte ich Zweifel«, rief er weiter, »daß die Berichte wahr sein sollen.«

»Und?« rief der Zar.

»Jetzt habe ich Gewißheit.«

Plötzlich wurden die Männer zur Seite gestoßen. Velasko sah einen Schatten auf sich zufliegen, im Reflex wich er zurück, die Faust streifte seinen Kopf und fegte die Perücke herunter. Gleichzeitig rutschte er auf dem Parkett aus und fiel auf den Boden. Der Zar stand schäumend über ihm und spuckte den Stein der Frucht auf ihn hinunter.

»Bist du mein Richter?« schrie er. Er glühte im Zorn und hielt die Hände, als wolle er gleich auf Velasko los und ihn erwürgen.

Der erhob sich ungerührt, bückte sich nach der Perücke und schlug sie aus, dann sah er zum Zaren auf und parierte dessen Blick.

»Ich verachte Gewalt«, sagte er leise.

»Hältst du dich für Gott?« schrie Peter. »Er hält sich für Gott!«

»Ich bin Stadtrichter«, sagte er und setzte die Perücke auf. Er wartete, bis die Männer eine Gasse machten, dann ging er.

43.

Die Abschiedszeremonie nahm ihren Lauf. Nun in umgekehrter Reihenfolge. Das Protokoll war umständlich und langwierig, was Velasko jedoch nicht störte, denn so hoffte er, Charlotte länger sehen zu können. Sie stand vielleicht nur vierzig Schritt von ihm entfernt, wurde dicht umringt, und er war unsicher, ob sie ihn unter den vielen Gesichtern erkannt hatte.

Er suchte einen besseren Platz, was gar nicht einfach war, denn er wollte nicht in den Blickwinkel Cojejjis geraten, der gegenüber des Mittelweges zusammen mit Rieger stand, und direkt vor ihm bekriegten sich einige Damen und zeigten ihre Nägel. Wie im Stellungskampf wurde jeder eroberte Zentimeter erbittert verteidigt.

Velasko wußte nicht mehr, was er denken sollte. Ihm war, als habe man ihm schwer auf den Kopf geschlagen. Er konnte nicht abschütteln, was er gerade gesehen hatte, und gleichzeitig suchte er Charlotte. Ihm fiel auf, daß unter den Hofleuten sehr viel Muffs in Mode war. Manchmal waren Empfindungen und Gedanken so absurd. Er hatte gerade Tod und Verrat erlebt, war selbst in Lebensgefahr gewesen, und die Sinne wiesen ihn auf solche Alltäglichkeiten hin. Es war merkwürdig, aber seine Augen fraßen sich an Muffs fest. Nicht nur von den Damen wurde Muff getragen, sondern auch von den Herren. Manche verzierten ihn recht originell mit Schleifen und Ansteckern. Er sah in der Menschenmenge jedoch so viele davon, daß ein Muff eine unangenehme Beliebigkeit bekam. Velasko schüttelte sich, dann sah er wieder den zerschundenen Leichnam des Fürsten, und er rieb sich das Gesicht, um das Bild zu vertreiben.

Unterdessen stand Zar Peter wieder als Steuermann verkleidet am Ruder einer Galeere. Gleich würde der Schein-Zar als erster über den Steg gehen und der Zarewitsch mit der Zarewna folgen. Jetzt kam Leben auf. Charlotte trat jetzt einige Schritte vor, und ihm wollte das Herz übergehen. Man hatte sie in unförmige russische Weiberkleidung aus weitem, dunklem Tuch gezwungen, was sie unendlich traurig ausschauen ließ, und sie der Fontange beraubt. Einige russische Hofdamen standen dicht hinter ihr, als würden sie sofort zufassen, falls sie flüchten wollte.

Eine Sehnsucht zerrte in Velasko, die er glaubte schon lange verloren zu haben. Ihm war, als hätte Charlotte ihn aus einem langen Schlaf aufgeweckt. Mit ihr hatte er etwas erlebt, was ihn in seinem Herzen aufrüttelte. Charlotte traf sein Innerstes. Völlig unerwartet hatte er eine Nähe mit ihr genossen, die er so bei den Affären, mit denen er sich versucht hatte, nie gefühlt hatte. Er sehnte sich nach ihr, wollte sie berühren, eins mit ihr sein.

Er wußte fast nichts von ihr, aber das war auch nicht wichtig. Er fühlte jetzt mit ihr und litt mit ihr. In diesem Augenblick hätte er ihre Hand nehmen, ihre Fingerspitzen küssen und sie dann wegführen wollen. Sie reiste ab in eine andere Welt, und sie würde kein Lebensglück mehr finden. Der Gedanke schmerzte ihn und war Gewißheit. Charlotte würde verdorren, bevor sie als Frau erblüht war.

Er ging ein paar Schritte zu einer Stelle, von der er hoffte, besser gesehen zu werden. Jetzt verabschiedete sich der Zarewitsch von seiner Gastgeberin Martha Fürstin von Lichtenau. Wegen seiner zerschossenen Hand und seines steifen Rückens wirkte es ungalant. Dann trat Charlotte vor. Velasko fühlte sein

Herz rebellieren. Die beiden Frauen umarmten sich einen Augenblick länger und inniger, als es statthaft war. Velasko war erleichtert. Die versöhnliche Geste trieb ihm beinahe die Tränen in die Augen. Auch Martha litt mit Charlotte und zeigte ihre Großmut. Charlottes bitteres Schicksal stand über allem. Würde Martha auch ihm gegenüber diese Großmut zeigen? Er hoffte darauf.

Der Oberzeremonienmeister schaute schon besorgt, dann trat Martha wieder zurück neben ihren Ehegatten und ihre Söhne Sigismund und Sylvester, die mit offenen Mündern die Wandlung von Charlotte bestaunten.

Jetzt geriet sie Velasko aus dem Blick. Er nahm die Menschen vor sich nur schemenhaft wahr und reckte und streckte sich. Panik erfaßte ihn. Er trat nochmals ein paar Schritte vor, stand plötzlich mitten auf dem Weg, kassierte erstaunte Blicke und hob seine Hand. Er wollte Charlotte zuwinken und sich erkennbar machen, da sah er sie wieder. Ihr Blick glitt über die Menschen. Er spürte, daß sie ihn suchte. Da trafen sich ihre Augen. Er vergaß alle Etikette und lief an den hohen Hofleuten vorbei. Man raunte hinter ihm, er verneigte sich und küßte ihre Hand.

»Ich hatte Angst, daß sie dich nicht durchlassen würden«, sagte sie mit toter Stimme.

»Charlotte, komm mit mir!«

Für einen Moment blitzten ihre Augen freudig auf.

»Du weißt, daß es nicht geht.«

»Warum nicht?« fragte Velasko und spürte die zunehmende Unruhe der Hofleute in seinem Rücken.

»Ich hab keine Macht mehr über mein Leben. Andere haben über mich entschieden.«

Velasko wollte ihre Hand nicht loslassen, aber sie entzog sie ihm sanft und lächelte ihn an.

»Du schadest dir«, sagte sie. »Geh jetzt!«

Nun stellte sich der Zarewitsch neben seine Frau. »Ich danke für die erwiesene Gastlichkeit«, sagte er und verneigte sich leicht gegen Velasko, dann faßte er Charlotte und führte sie fort. Sie gingen über den Steg auf die Galeere.

Charlotte drehte sich noch einmal um. Für einen kurzen Moment sah Velasko sie lächeln, er wollte losstürmen, sie festhalten und mit ihr entfliehen. Da verneigte sich die Zarewna und fiel zurück in ihre starre Traurigkeit. Ihre russischen Hofdamen umringten sie und führten sie weiter in die Galeere.

Velasko hielt nichts mehr. Er wollte mit niemandem sprechen und sich erklären müssen. Schon gar nicht Cojejji, der ihm niemals sagen würde, was ihm über die Attentatspläne bekannt gewesen war. Hatte man es dulden wollen? Ihm schwindelte bei dem Verdacht. Mit einem berechenbaren Zaren wie Alexei würden die Machtansprüche auf Europa zurückgenommen, die russischen Truppen würden sich wieder in den Weiten ihres Landes zurückziehen, und es würde wieder die alte Ordnung einkehren.

Er wartete in hinterster Reihe, bis die Aufmerksamkeit aller auf dem preußischen König lag, der mit der Königin in seine Kutsche stieg, dann eilte er davon. Im Gehen drehte er sich noch einmal um. Eine Galeere hatte schon abgelegt. Zar Peter stand am Ruder und schaute voraus in die Ferne.

Velasko war traurig und niedergeschlagen. In Schicksalsgedanken ging er zum Ausgang. Charlotte hatte ihn an das Leben erinnert. Er durfte sich nicht mehr in der Vergangenheit verkriechen, sondern mußte sein Lebensglück hier und jetzt und nicht irgendwann in ungefährer Zukunft suchen. Es gab keine Ausreden mehr. Und er dachte, daß er es Charlotte schuldig war.

Er schritt weit aus und eilte an einem der Kellerausgänge von

Schloß Monbijou vorbei. Pulverfässer wurden in hoher Reihe gestapelt. Daneben lagen auch die drei zugenagelten Fässer. Man wartete darauf, sie auf die Schiffe zu rollen.

Man wollte keine Spuren hinterlassen, überlegte Velasko. Auch das Pulver nahmen sie mit, denn damit konnten sie den Schweden ein feines Dauerfeuer auf den Pelz setzen.

Über den Besuch des Zaren würde es heißen, die Russen hätten bekanntlich eine Freude am Trinken, und aus Angst, die Gasträume im Stadtschloß hätten Schaden nehmen können, hätte Zar Peter um Umquartierung nach Schloß Monbijou gebeten. Man habe dort dann auch recht herzhaft gefeiert.

44.

Vom Flur hörte Velasko das Rasseln der Ketten, dann klopfte es an der Tür seiner Bureaustube. Er war so aufgeregt, daß er selbst öffnete. Als der Zuchtknecht Elisabeth hereinführte, hielt es Arnold Merck nicht mehr auf seinem Stuhl. Er sprang auf und ging einen Schritt auf sie zu. Erschrocken über ihren erbärmlichen Zustand hielt er sich die Hand vor den Mund.

Elisabeth hatte den Kopf gesenkt und erkannte Merck zunächst gar nicht. Alle Kraft war aus ihr gewichen. Im Gesicht waren böse Brüschen von Schlägen. Sie sah noch erbärmlicher aus als der Zarewitsch. Sie hatte aufgegeben. Ihr Gestank war unerträglich.

»Elisabeth Rätzer«, sagte Velasko und gab dem Zuchtknecht einen Wink, »ich lasse dir jetzt die Eisen abnehmen. Du bist frei.«

Sie sah stumpf auf, als habe sie nicht richtig gehört.

»Es gibt keinen Verdacht mehr gegen dich«, sagte Velasko. »Du hast die Münzen nicht gestohlen. Elisabeth, du bist frei.«

Der Zuchtknecht schloß die Hand- und Fußbanden ab, dann trat er zurück. Elisabeth stand verloren im Raum und wollte die plötzliche Freiheit nicht begreifen. Velasko wußte immer noch nicht, ob sie ihn gehört hatte, und ging auf sie zu. Da schwankte sie und griff hilfesuchend nach hinten. Arnold Merck sprang herbei und umfaßte sie.

Elisabeth erschrak, als sie ihn sah. Sie starrte ihn ungläubig an, und es dauerte, bis sie begriff und lächelte.

»Herr Merck?« hauchte sie.

Velasko sah das Glück zweier Menschen, die sich ihre gegenseitige Liebe nie gestanden oder einander gar berührt hatten. Nun lagen sie sich unverhofft in den Armen. Er genoß den Anblick der Liebenden, die von ihrer Nähe wohl am meisten überrascht waren und sich nicht trauten, einander mit den Lippen zu berühren. Auch Buchner schwieg ergriffen und stand auf Zehenspitzen, als wollte er ein einschlafendes Kind nicht stören. Jetzt streichelte Merck ihre Wange.

»Ich dachte, jetzt geht's mir auf den Hals«, hauchte Elisabeth.

Plötzlich schloß sie die Augen, als wollte sie zusammenbrechen. Merck rief nach einem Stuhl. Buchner sprang sofort herbei und half mit, Elisabeth hinzusetzen. Inzwischen holte Velasko einen Krug Wasser. Elisabeth trank in kleinen Schlucken. Sie verdrehte dabei den Hals und ließ Arnold Merck keine Sekunde aus den Augen.

Er würde auch ein neues Leben beginnen, dachte Velasko und stellte sich an seinen Platz am Fenster. Die verletzte Hand pochte wild und schrie nach einer Heilsalbe. Unten fuhren Kutschen von Hofleuten vorbei, die in Monbijou gewesen waren. Gegen alle Gewohnheit stellte sich Buchner neben ihn.

»Die stinkt schlimmer als ein Ochsenfurz«, flüsterte der und schaute zu dem neuen Haus gegenüber, das die anderen überragte.

»Jeder hat etwas, wonach er stinkt«, sagte Valesko.

Buchner schniefte unwillig. »Jetzt nehmen die uns auch noch die Sonne.«

»Was soll man da machen?«

»Übrigens, der Herr von Kalkstein hat dem Herrn Richter einen neuen Fall zugeteilt. Nicht uninteressant, der *casus*.«

Velasko war mit den Gedanken weit weg und hörte nur mit halbem Ohr zu.

»Eine angebliche Kindsmörderin«, sprach Buchner weiter. »Sie hockt unten im Kerker. Man hat sie schon an den heimlichen Orten untersucht und ihre Brüste gemolken.«

»Und?«

»Die Indices lassen keinen Zweifel an ihrer gewesenen Trächtigkeit.«

»Was ist mit dem Kind?«

»Da ist keins. Ich habe mir erlaubt, einige Fragestücke vorzufassen.«

»Danke, Buchner.«

Sie standen noch eine ganze Weile mit dem Rücken zur Magd Elisabeth und Arnold Merck und ließen ihnen Zeit. Stumm sahen sie dem Treiben auf der Straße zu.

Das Leben geht weiter, dachte Velasko. Wenn inzwischen sowieso jedermann am Hofe einen Muff trug, dann konnte er seinen auch verkaufen. Er hatte ihn ein kleines Vermögen gekostet, aber ein Muff machte einfach kein Aufsehen mehr. Wenn er ihn gut loswurde, hätte er genug Geld für den Wundarzt, den Schneider konnte er für die nächsten Wochen ruhigstellen, und für Ofenholz würde auch noch etwas übrigbleiben.

Guido Dieckmann: Spannende Geschichten vor historischem Hintergrund

Die Poetin
Mit Frau und Tochter reist der Tuchhändler Joseph Schildesheim im Spätsommer 1819 nach Heidelberg. Seine Tochter Nanetta träumt davon, ihre Gefühle in Versen auszudrücken, statt als Jüdin ein zurückgezogenes Leben zu führen. Die Stadt jedoch ist in Aufruhr. Nach dem Mordanschlag auf den Dichter Kotzebue sehen die Studenten in nahezu jedem Fremden einen Spion – und plötzlich gerät Nanetta in den Verdacht, eine Verschwörerin zu sein.
Roman. 304 Seiten. AtV 1661

Die Gewölbe des Doktor Hahnemann
Der erste Roman über den legendären Begründer der Homöopathie: Auf der Albrechtsburg träumt der junge Samuel Hahnemann davon, ein berühmter Arzt zu werden. Schon früh ist er von den dunklen Seiten der Medizin fasziniert und unternimmt alles, um an eine verschollen geglaubte Schrift des Paracelsus zu gelangen. Doch damit ruft er einen geheimen Orden auf den Plan, ihn aus dem Weg zu räumen.
»Sehr spannende Geschichte, eingekleidet in ein Zeitporträt; schlichtweg gut erzählt mit einem sinnvoll und schlüssig aufgebauten Plot, der mit mehr als einer Überraschung aufwarten kann.«
Die Rheinpfalz
Roman. 473 Seiten. AtV 2011

Die Magistra
Von ihrem Hof vertrieben, flieht die junge Philippa von Bora 1537 zu ihrem berühmten Onkel Martin Luther. Sogleich erhält sie einen Auftrag von ihm: Sie soll an der Wittenberger Mädchenschule unterrichten. Eine wunderbare Aufgabe, so scheint es, bis ihre Gehilfin ermordet wird und die Magistra einem Unbekannten auf die Spur kommt, der nur ein Ziel hat: die Reformation niederzuschlagen, indem er Martin Luther tötet.
Roman. 400 Seiten. AtV 2095

Luther
Zweifler, Ketzer, Reformator – Martin Luther war ein faszinierender, willensstarker Mensch, der die Welt aus den Angeln hob. Als er im Jahre 1517 seine Thesen verkündet und sich weigert, sie zu widerrufen, macht er sich mächtige und gefährliche Feinde. Nicht allein der Papst, auch der Kaiser versucht ihn mundtot zu machen, doch Luther widersteht und wird zum Volkshelden und Revolutionär wider Willen.
Roman. Mit 16 Filmfotos. 340 Seiten. AtV 2096

Mehr unter
www.aufbauverlagsgruppe.de
oder bei Ihrem Buchhändler

aufbau taschenbuch
AUFBAU VERLAGSGRUPPE

Historische Romane: Kelten, Ketzer, Abenteuer

MANFRED BÖCKL
Die letzte Königin der Kelten
Als Nero römischer Kaiser wird, bricht im besetzten Britannien grausame Tyrannei aus. In dieser Zeit verunglückt der Keltenkönig Prasutax tödlich. Nach keltischem Recht tritt seine schöne Witwe die Alleinregierung an. Doch Nero duldet keine Frauenherrschaft und fordert ihre Abdankung. Als die Königin sich weigert, lässt er sie in den Kerker werfen und schänden – doch es gelingt Nero nicht, sie zu brechen. Im Bündnis mit den Druiden der heiligen Insel Môn ruft Boadicea die Keltenstämme zum Freiheitskampf auf.
Roman. 542 Seiten. AtV 1296

MANFRED BÖCKL
Die Bischöfin von Rom
Branwyn, eine keltische Seherin im Britannien des 4. Jahrhunderts, soll eine Brücke schlagen zwischen dem alten Wissen der Druiden und den jungen christlichen Gemeinden des Westens. Sie begibt sich nach Rom und wird sogar zur Bischöfin gewählt. Doch sie hat nicht mit dem erbitterten Widerstand der römischen Priesterschaft gerechnet.
Roman. 504 Seiten. AtV 1293

GEORG BRUN
Der Engel der Kurie
Rom 1526: Eine Reihe grausamer Morde an jungen Frauen versetzt die Stadt in Angst. Der Kanzler der Kurie beauftragt den unerfahrenen Dominikanermönch Jakob mit den Ermittlungen. Die Spuren führen bis in die Nähe des Papstes. Ein illegitimer Medici-Sproß, zuständig für die Lustbarkeiten im Vatikan, scheint ein gefährliches Netz aus Erpressungen und Intrigen ausgelegt zu haben.
Roman. 330 Seiten. AtV 1350

GEORG BRUN
Der Augsburger Täufer
Der Dominikanermönch Jakob muß nach Augsburg, um einen Mord aufzuklären. Die erste Spur weist zu gefährlichen Glaubenseiferern, die gegen den Papst streiten und Unruhe verbreiten. Doch auch die schöne Malerin Ludovica scheint ihre Intrigen zu spinnen. Da geschieht ein zweiter Mord, und Jakob begreift, daß er es mit einer Verschwörung zu tun hat, in die sogar der Papst verstrickt sein könnte.
Roman. 409 Seiten. AtV 1425

Mehr unter
www.aufbauverlagsgruppe.de
oder bei Ihrem Buchhändler

aufbau taschenbuch
AUFBAU VERLAGSGRUPPE